古典詩歌研究彙刊

第二一輯

龔鵬程 主編

第 16 冊

王船山選評三李詩研究

張舒雲 著

國家圖書館出版品預行編目資料

王船山選評三李詩研究／張舒雲 著 — 初版 — 新北市：花木
蘭文化出版社，2017〔民106〕
目 2+260 面；17×24 公分
（古典詩歌研究彙刊 第二一輯：第 16 冊）
ISBN 978-986-404-878-6（精裝）
1.（唐）李白 2.（唐）李商隱 3.（唐）李賀 4.唐詩 5.詩評
820.91   106000591

ISBN-978-986-404-878-6

9 789864 048786

古典詩歌研究彙刊
第二一輯　第十六冊　　　　　ISBN：978-986-404-878-6

王船山選評三李詩研究

作　　　者　張舒雲
主　　　編　龔鵬程
總 編 輯　杜潔祥
副總編輯　楊嘉樂
編　　　輯　許郁翎、王筑　美術編輯　陳逸婷
出　　　版　花木蘭文化出版社
社　　　長　高小娟
聯絡地址　235 新北市中和區中安街七二號十三樓
　　　　　　電話：02-2923-1455／傳真：02-2923-1452
網　　　址　http://www.huamulan.tw 信箱 hml810518@gmail.com
印　　　刷　普羅文化出版廣告事業
初　　　版　2017 年 3 月
全書字數　186778 字
定　　　價　第二一輯共 22 冊（精裝）新台幣 33,000 元　　版權所有‧請勿翻印

王船山選評三李詩研究

張舒雲 著

作者簡介

　　張舒雲，桃園人，國立高雄師範大學國文所博士候選人，現職高中國文老師。雖是不折不扣的雙魚座，卻不具溫柔婉約、多愁善感等特質；取而代之者，是豪爽的性格，是清晰的思路，因此義無反顧踏入文學批評的領域之中。

　　相信「每顆種子都有花的承諾」，以文學灌溉每顆種子，期望學生們熱愛閱讀、理解作品、享受生活，散發出花朵的美麗與芬芳。

提　要

　　王夫之（1619～1692），湖南衡陽人，字而農，別號薑齋，明亡後隱居於湘西之石船山，學者稱船山先生。為明末清初之際，傑出之思想家、史學家，其史學及哲學思想，尤得後輩學者重視。雖然其詩學，所受到之注目，不若其史學、哲學，然因具有承先啟後之地位，又具有獨特之創造性，近年來，相關研究有日漸蓬勃之趨勢。

　　王船山之詩論著作，可分為理論批評、實際批評兩部分。理論批評，即《薑齋詩話》：有丁福保《清詩話》收錄《詩譯》、《夕堂永日緒論・內篇》而成之二卷本；及曾國藩所刻《船山遺書》，另又收錄《南窗漫記》而成之三卷本。實際批評，則包括《古詩評選》、《唐詩評選》及《明詩評選》，皆以文體分卷，各卷之中，詩人、作品，依時間先後為序，各詩之後，即是王船山之評語。

　　就目前可見之研究成果而言，以研究王船山之理論批評為主，實際批評僅作為輔助說明其詩論之材料。然詩評家於選詩過程，已透露其獨特之詩觀，藉由探究其選詩之標準，亦可歸結出其詩論重心；加以王船山實際批評，常不單就所選作品進行評析，亦常於評語中概括詩人之整體風格、特色，從而反映出其詩學主張。是以本論文以王船山之實際批評——《唐詩評選》為研究範圍。

　　由《唐詩評選》相關統計數據，可知王船山選評杜甫詩，數量居於首位，因此，目前可見，研究船山實際批評者，皆著眼於船山對杜詩之批評上，然因船山對杜詩之評價，貶多褒少，故成為學界爭論船山批評論客觀與否之主要依據。為避免爭議，本論文以《唐詩評選》中，亦占相當份量之「三李」——李白、李賀、李商隱，為研究主體。

　　此外，尚有以下幾點原因：其一，船山選評李白詩，以古詩為主，又橫跨樂府與律詩；選評李賀詩，以樂府為主；選評李商隱詩，以七律為主，故可得知船山對於各詩歌體裁，有何不同之批評觀點。其二，三李分別代表盛唐、中唐、晚唐，又可得知船山對於三時期整體詩風之評價。其三，自宋以來，詩評家對三李

詩之批評，褒貶皆有，且以貶爲多，而船山對三李詩，卻全然肯定，其中當有獨特之詩觀。其四，船山評述三李詩，常並列杜甫進行比較，可直接對應船山對杜甫之批評，觀二者之批評標準是否一致，進而重新評述船山實際批評客觀公正與否、其中所蘊含的意義又爲何。其五，三李並稱有其源流，透過船山選評三李詩，可得三李之異質與同構，亦可再次檢視三李並稱之可行性、恰當性。

　　基於以上研究動機，本論文之研究目的，在於補充現有對船山詩論中實際批評論研究之不足，呈現船山詩論之不同面向，使船山詩論體系臻於更詳盡之地步；亦欲使歷代對杜詩於船山眼中，是優是劣之爭議，化爲最小，重新給予船山批評論，較爲中肯之評價。

　　本論文共分七章：第一章〈緒論〉，說明本論文之研究動機、目的、範圍、方法、限制、相關研究成果，以及研究主體——「三李」之義界與並稱之源流。第二章〈王船山詩學之形成背景——明末清初詩學流變概說〉，分別自外緣背景及內緣因素，探究船山詩學如何形成。第三、四、五章，依序爲〈王船山選評李白詩〉、〈王船山選評李賀詩〉、〈王船山選評李商隱詩〉，首先簡述三人之生平及歷代接受情形，而後分別針對王船山對三人之選詩、評詩，進行分析及特色歸納。第六章〈王船山選評三李詩之內涵探析〉，整合第三、四、五章之歸納所得，對應王船山詩學形成之背景，就船山反門庭、門派與門法、詩史說、復興儒家詩教等角度，說明王船山對三李詩之批評，所透露出之觀點。又對應其理論批評，探討王船山選評三李詩，所反映出之詩歌本質論、詩歌創作論、詩歌鑑賞論。再對應船山其他實際批評，明其間之異同。最後，得知船山理論批評與實際批評之前後統一、環環相扣。第七章〈結論〉，一自船山選評三李詩，得出三李之異質與同構，證明三李之間有內在之聯繫，三李並稱乃可行。二則評述王船山選評三李詩之創獲與侷限，以求客觀看待船山批評論。

目

次

第一章　緒　論

第一節　研究動機與目的

　　王夫之（1619～1692），湖南衡陽人，字而農，別號薑齋，明亡後隱居於湘西之石船山，學者稱船山先生〔註1〕。平生著述甚多，爲明末清初之際，傑出之思想家、史學家，其史學及哲學思想，尤得後輩學者重視。同時又是在中國古代詩歌理論發展方面，具有承先啓後地位，及獨特創造性之文學理論家，雖此方面不如他在史學及哲學方面受到重視，但近年來對其詩論研究，有日漸蓬勃之趨勢。

　　就筆者所搜集各種專書、學位論文、單篇論文來看，王船山詩論研究成果主要展現在以下幾個方面：

　　其一，有關王船山整體詩論之研究。包括詩論概述、詩論體系、詩論歷史地位、美學思想之研究。如：楊松年《王夫之詩論研究》、崔海峰《王夫之詩學範疇論》、吳海慶《船山美學思想研究》等專書。

　　其二，有關王船山詩論中創作論之研究。包括情景關係之研究；

〔註1〕以上據張西堂《明王船山先生夫之年表》：台北・商務印書館，1978年。此年表，目前爲學術界廣泛引述、應用，較具權威性，是以參閱之。

興會、藝術直覺、現量說之研究；意與勢關係之研究，及從意勢關係中所衍伸的神韻說、神理說、意境說之研究。如：杜松柏〈王船山詩論中的情景說探微〉（《興大中文學報》）、何國平〈王夫之情景詩學的生成理論探析〉（《江南大學學報》）、龐飛〈「興」與王夫之詩學觀〉（《船山學刊》）。

其三，有關王船山詩論中本質論之研究。包括「詩道性情」、「詩主性情」之研究。如：劉鐵山〈王夫之詩以「道性之情」論〉（《衡陽師範學院學報》）。

其四，有關王船山詩論中功用論之研究。主要是「興觀群怨」說之研究。如：陶水平〈王夫之「興觀群怨」說的美學闡釋〉（《南昌大學學報》）。

相較於以上四方面，對船山詩論中批評論（指針對作家實際批評的部分）之研究，明顯有所忽略〔註2〕，至於忽略之因，大概是由於船山評選人物、詩作數量眾多，若要從中分析、歸納，必會有一定程度之研究限制，故一般還是將其實際批評列為研究之輔助材料，或是僅用以說明船山之批評方式。

然於如此多之歷代詩選、詩評中，沒有一位批評家所選作品是完全相同的，此點恰好說明，詩評家於選詩過程，即已透露其獨特之詩觀。而藉由探究其選詩之標準，亦可歸結出其詩論之重心；加以王船山選評作品，常不單就所選作品進行評析，亦常於評語中概括詩人之整體風格特色，從而反映出船山詩學主張。因此，筆者認為王船山之實際批評著作於研究其詩論，可視之為主體資料去研讀，而非僅作為輔助材料而已。

以下茲列王船山《唐詩評選》相關統計資料，以便後文闡述動機：

〔註2〕有關其批評論之研究成果，詳見後文「文獻探討」一節。

表一：王船山《唐詩評選》各體選詩及選詩人數

詩體	樂府歌行	五言古詩	五言律詩	五言排律	七言律詩	共　計
詩數	74	106	148	36	193	557
詩人數	27	34	65	22	74	147

表二：王船山《唐詩評選》各體選詩情形

體例 選詩數	樂府歌行	五言古詩	五言律詩〔註3〕	七言律詩
1.	李白（16首）	杜甫（19首）	杜甫（23首）	杜甫（37首）
2.	杜甫（12首）	李白（17首）	王維（15首）	李商隱（13首）
3.	岑參（7首）	韋應物（14首）	杜審言（9首）	劉禹錫（8首）
4.	李賀（5首）	張九齡（7首）	李白（8首）	王建（8首）
5.	張籍（4首）	儲光羲（6首）	王勃（6首）	沈佺期（7首）

表三：選詩最多前十名（含五言排律）

1.	杜　甫（91首）	6.	李商隱（15首）
2.	李　白（43首）	7.	沈佺期（14首）
3.	王　維（25首）	8.	杜審言（12首）
4.	韋應物（18首）	9.	王　建（12首）
5.	岑　參（18首）	10.	宋之問（11首）

　　由前列統計資料可知，王船山對杜甫詩之批評，於《薑齋詩話》及《唐詩評選》中，數量皆居首位〔註4〕，故目前可見對王船山批評

〔註3〕本表所計五言律詩數，包括王船山所選「五言排律」部分。
〔註4〕《薑齋詩話》提及杜詩次數共29次，《唐詩評選》所選杜詩共91首，
　　　　數量皆居冠。

論之研究，幾乎全數集中在「王船山對杜甫之批評」上〔註5〕，且其中之爭議性不小，因王船山對杜甫之批評，貶抑多於讚譽，與其他詩評家，褒多貶少，落差較大，學界評價王船山詩論客觀與否，皆由此而發。故在初步檢閱王船山詩論著作後，本論文不以王船山對杜甫之批評爲起點，而選擇其對「三李」〔註6〕之批評作爲研究主體，除因王船山所選三李詩於全本《唐詩評選》中亦占相當份量〔註7〕，且其對三李之批評幾乎全屬正面，可避免研究其對杜甫詩批評時所產生之爭議性。

此外尚有以下幾點原因：其一，因三李本身就具有內在聯繫，透過王船山對三李之選評，不僅可明三李之同與三李之異，亦可明王船山對於三李之「異質同構」〔註8〕有何論點。其二，因其對李白之選評以古詩爲主、李賀以樂府爲主、李商隱以七律爲主，而李白又橫跨樂府與律詩，因此探討其對三李詩之批評，可得其對不同詩體有何不同之批評觀點。其三，因三李分別代表盛唐、中唐、晚唐三個時期，

〔註5〕有關其批評論之研究成果，詳見後文「文獻探討」一節。

〔註6〕本論文所論及之「三李」指李白、李賀、李商隱，而非文學史上常見之「詞家三李」：李白、李煜、李清照。關於「詩家三李」：李白、李賀、李商隱之並稱緣由，本論文之後將有專節作更深入之論述。

〔註7〕船山選李白、李商隱詩不論總而觀之，或分體觀之，均占相當份量；船山選賀詩，雖未入全本選詩數前十名，然於「樂府歌行」一體，亦占相當份量。

〔註8〕「異質同構」由審美心理學派之一的「格式塔學派」所提出，用以解釋審美體驗的形成。此派學者以魯道夫・阿恩海姆爲代表。他們認爲審美體驗，是外在世界與內在世界的同型契合，即自然與心靈之間的溝通，從而使主客協調、物我同一，產生美感與詩意。所謂「異質」，指外在世界和內在世界的質料是不同的，但二者的表現性（或稱「力的結構」），卻可以是相同的，此即「同構」。如「春山淡冶而如笑」，「春山」和「笑」是不同質的，卻可互相聯繫，產生詩句及審美感受（參見童慶炳《中國古代心理詩學與美學・第二輯　心理美學散步・心靈與自然的溝通──談「異質同構」》：台北・萬卷樓圖書公司，1994年，頁168～175。）

本論文用以指三李詩所呈現出之風格，並不相同，此乃「異質」；但其中之表現手法、內涵，卻有可溝通、聯繫之處，此乃「同構」。

故亦可知王船山對於三時期整體詩風之評價。其四，因宋以來歷代對三李褒貶皆有，且以貶爲多，而王船山卻予三李全正面之肯定，其中當有其獨特之詩觀。其五，因三李和杜甫亦有相當程度之聯繫，可藉由探討王船山對三李之批評，對應王船山對杜甫之批評客觀公正與否及其中有何更深層之意義。

　　待闡明以上原因、疑點後，期能補充現有對船山詩論中批評論研究之不足，呈現王船山詩論之不同面向，使船山詩論體系臻於更詳盡之地步。同時期望使歷來對杜詩於王船山眼中是優是劣之爭議性化爲最小，修正目前學術界對王船山實際批評之誤解，重新給予王船山批評論較爲中肯之評價。又由於船山理論批評並非以系統性的論說文來陳述，容易讓人忽略論點本身具體的辯証特性，導致將論點當作個別詞語來釋義，而未能把握論點之間環環相扣的密切關係。加以札記式的條陳和批評用語之模稜，使得原本可相互涵攝的論點內容，難以突顯出來。因此，亦期望藉由船山對於三李詩批評之全面研究中，使其理論批評中某些相互矛盾、不合邏輯、含糊籠統之處，得到更恰當之解釋。

第二節　研究範圍與主題義界

一、版本依據

　　王船山之詩論著作，俱作於其年七十以後〔註9〕，於理論批評，計有《詩譯》一卷〔註10〕，《夕堂永日緒論》內篇一卷、外篇一卷〔註11〕，《南窗漫記》一卷〔註12〕。曾國藩所刻《船山遺書》合以上數種爲三卷本《薑齋詩話》，丁福保編《清詩話》，只取《詩譯》及《夕堂永日

〔註 9〕據張西堂《明王船山先生夫之年表・三、著述考》：台北・臺灣商務印書館，1978 年，頁 175～203。
〔註10〕此書專就《詩經》而論，強調《詩經》之文學地位。
〔註11〕外篇多屬討論經義時文。
〔註12〕此書多記與朋舊宴遊之作。

緒論》內篇爲二卷本《薑齋詩話》。於實際批評，計有《古詩評選》六卷、《唐詩評選》四卷、《明詩評選》八卷，此三部詩選評，以文體分卷，各卷之中，詩人、詩作依時間先後爲序，各詩之後，即是王船山之評語。

　　本研究所採用之主要著作及版本，以表格詳列之如下表四：

著　作	版　本
《薑齋詩話》（二卷）	丁福保所編《清詩話》本，台北・藝文印書館
《薑齋詩話箋注》（三卷）	王夫之著、戴鴻森箋注，台北・木鐸出版社
《古詩評選》	《船山全集》第十五集，台北・力行書局印行
《古詩評選》	王夫之評選，張國星校點，北京・文化藝術出版社
《唐詩評選》	《船山全集》第十六集，台北・力行書局印行
《唐詩評選》	王夫之評選，王學太校點，北京・文化藝術出版社
《明詩評選》	《船山全集》第十六集，台北・力行書局印行
《明詩評選》	王夫之評選，陳新校點，北京・文化藝術出版社

　　至於本論文之研究主體爲《唐詩評選》中王船山對三李詩之批評，搭配《薑齋詩話》中所闡述、條列之理論，同時於《唐詩評選》或《古詩評選》或《明詩評選》中，王船山提及三李之處，亦含蓋於本論文研究範圍內。

二、三李並稱探源

　　「三李」之稱，史有其名，然非指李白、李賀、李商隱，最常見之「三李」，乃「詞家三李」，即李白、李煜、李清照，因清・孫洙（蘅塘退士）合三家詞集爲《三李詞》，故將三人稱「三李」。

　　明確並稱李白、李賀、李商隱爲「三李」，直至清代始陸續出現。在清代以前，古籍中三李關係，多以李白與李賀、李賀與李商隱、李白與李商隱並提之形式出現。並列李白與李賀者，有：

李白李賀遺機杼，散在人間不知處。〔註13〕

長吉才狂太白顚，二公文陣勢橫前。〔註14〕

人言太白仙才，長吉鬼才。不然，太白天仙之詞，長吉鬼
仙之詞耳。〔註15〕

李賀有太白之語，而無太白之才。太白以意爲主，而失于
少文；賀以詞爲主，而失于少理。〔註16〕

另有以「二李」並稱李白與李賀者：

〈風〉、〈雅〉而降爲〈騷〉，而降爲十九首，十九首而降爲
陶、杜，爲二李。〔註17〕

楊鐵老作樂府，其源出於二李、杜陵，有古題者，有新題
者，其文字自是「鐵體」，頗傷於怪。〔註18〕

引文中之「二李」，皆指李白與李賀。楊維楨以爲古樂府之傳統自
〈風〉、〈雅〉、〈騷〉、〈古詩十九首〉、陶淵明、杜甫、李白而至李賀，
故其樂府詩亦承此脈絡；馮班亦溯楊維楨樂府詩之源流，亦以「二李」
並稱李白與李賀。

　　並列李賀與李商隱，則與李商隱嘗書〈李賀小傳〉，表達其對李
賀奇才之欣賞有關，宋・胡仔：「李長吉、玉川子詩皆出於《離騷》，
未可以立談判也。」〔註19〕，則認爲義山詩中之奇亦得之於李賀，皆
源於《離騷》。另亦有以「二李」並稱李賀與李商隱者：

至昌谷之奇詭，義山之獺祭，各有寓意，不可以貌爲。乃

〔註13〕語見唐・齊己《白蓮集・還人卷》一詩：台北・臺灣商務印書館，
　　　　1967年。

〔註14〕語見唐・齊己《白蓮集・謝荊幕孫郎中見示樂府歌集二十八字》一
　　　　詩：台北・臺灣商務印書館，1967年。

〔註15〕語見宋・嚴羽《滄浪詩話・詩評》：台北・世界書局，1956年。

〔註16〕語見宋・張戒《歲寒堂詩話》：北京・中華書局，1985年。

〔註17〕語見元・楊維楨《東維子文集・卷七・趙氏詩錄序》：台北・臺灣商
　　　　務印書館，1967年。

〔註18〕語見清・馮班《鈍吟雜錄・古今樂府論》：台北・廣文書局，1969年。

〔註19〕語見宋・胡仔《苕溪漁隱叢話前集・卷二・國風漢魏六朝下》：台北・
　　　　新興出版社，1983年。

> 今人襲取二李隱僻字句，以驚世眩目，叩其中絕無謂，是
> 皆無病呻吟，效顰而不自知其醜者。〔註20〕

以為李賀與李商隱詩，雖貌似奇詭，然實有深意，後人不當自形式上習之，否則僅得醜而已。

李白與李賀有並稱條件與源流，李賀與李商隱亦然。另有以李賀為過渡，將李白與李商隱聯結者，如：金·李純甫〈贈友人李冶〉詩云：「仁卿不是人間物，太白精神義山骨。」〔註21〕，並提李白與李商隱，用以形容李冶詩兼有李白之精神風貌與李商隱之骨骼特色。但目前為止，未見並稱李白與李商隱為「二李」之資料。

至於李白、李賀、李商隱並提，則首見於元·方回：

> 人言太白豪，其詩麗以富。樂府信皆爾，一掃梁陳篇。餘
> 編細讀之，要自有樸處。最於贈答篇，肺腑露情愫，何至
> 昌谷生，一一雕麗句？亦焉用玉谿，纂組失天趣？〔註22〕

雖並列比較三李，重點卻不在探討三李之異質同構及並稱基礎，而是在於肯定李白成就，否定李賀、李商隱詩之有文采，卻失天趣。故其時方回並未料想其啟發後世探究三李之相聯性。

清·舒位《瓶水齋詩集·卷一·讀三李二杜詩集竟歲暮祭各題一首》、張金鏞《躬厚堂詩初錄·卷四·讀三李詩集各書一首》，題中之「三李」即指「詩家三李」。

又清·金學蓮詩學「三李」，並將書堂取名「三李堂」，以示崇尚，翁方綱〈三李堂記〉：

> 金子子青（學蓮）瓣香太白、長吉、義山詩，而以三李名
> 堂，噫，淵乎奧哉！吾嘗怪放翁謂「溫、李自鄶也」，然此
> 亦非放翁之過，世稱溫、李，固已失之矣。義山、柯古之
> 名三十六體，以紀年輩則可耳，以示後學則不可。厥後漸

〔註20〕語見清·李調元《雨村詩話·卷下》：台北·廣文書局，1971年。
〔註21〕語見元·元好問《中州集·卷四·引金純甫詩》：台北·臺灣商務印書館，1983年。
〔註22〕語見元·方回《桐江集·秋晚雜書三十首其二十》：台北·臺灣商務印書館，1981年。

乃波及西昆，供人捃摭，則益失之矣。然則義山，孰可與
並耶？曰：義山，杜之的嗣也。吾方欲準杜法以程量古今
作者，而適聞子青以三李名其堂，是不可無一言記之也。
夫唐賢氣體近杜者莫若昌黎，而昌谷韓徒也；昌谷之從韓
出，實以天機筆力行之，則杜法何遠焉。自古詩人並稱者
皆同格調耳，唯少陵與李白不同調，則義山有曰：「李杜操
持事略齊，三才萬象共端倪。」此其不似而似者乎！此三
李之義，豈子青臆説乎！吾故願子青深思善養，得三家之
所以然，而勿襲其貌也，則此堂何名三李？仍即共此蘇齋
之師杜而已。故予於是堂，不可不述吾意以爲記。〔註23〕

闡述其對三李並稱之看法，雖不甚贊同金學蓮以「三李」名其堂，然
亦表示「三李」並稱有其所以然。又阮元〈金子青詩集序〉：

子青於詩，驚采絕豔，宛委沈鬱，兼慕唐之三李而得其神
理。長吉短命，而子青則甚壽；義山坎壈且有毀，而子青
爲名門之婿，處節使之幕，恬淡不幹榮利，有譽于時；太
白得入翰林，而子青無官。然太白仙才固不以翰林重，且
今人讀唐人詩者，無不醉心於義山，而於令狐氏則無聞
矣。〔註24〕

肯定金學蓮詩學「三李」，雖與三李之身世背景差異極大，其詩卻得
三李之「神理」，可相通相兼。翁、阮二人除並稱三人爲「三李」外，
更明列三李之名，同時闡明其對三李並稱之看法，較之方回，直接啓
發後世體認文學史上，長久以來不相屬之「三李詩」，就某些層面確
有相近、可通之處。

民國以後，《三李詩鑑賞辭典》之編成，周汝昌於此書序言表述：

太白、長吉、王谿生，三人關係與那（按：指「三曹」、「二
陸」之並稱關係）並不相同，而且時間上也不相連屬。他
們的風格更是絕不相類。那麼是什麼把他們三個「拉」在
一起的呢？……三李之並稱，是因爲他們是有唐一代詩人

〔註23〕語見清、翁方綱《復初齋文集・卷六》：台北・文海出版社，1969 年。
〔註24〕語見清、阮元《揅經室續集・卷三》：北京・中華書局，1985 年。

中最突出的「純詩人型」的作手。……太白、長吉、玉谿，
必然也能文能賦，但沒有人以文賦家見許。……他們一非
官僚，二非經師，三非學者……，只單單是個詩人。〔註25〕

周汝昌所謂之「純詩人型」作家，即言三李皆以詩見長，而三人又皆
有「才」，此等相同中卻有異點，李白是才氣、李賀是才思、李商隱
是才調，是以並稱三人，有特殊之文學史觀。

此後學界考論三李並稱之著作漸多，大陸地區有：陳友冰〈寓
精深於通俗淺切之中──評《三李詩鑑賞辭典》〉〔註26〕、阮堂明
〈「三李」之稱及其相互關係〉〔註27〕、余恕誠〈「詩家三李」說考
論〉〔註28〕、周慧暉〈夢境中的理想追求和幻覺中的現實苦悶──
論「三李」并稱的心理基礎〉〔註29〕、周慧暉、錢會泳〈「三李」
詩歌與夢幻世界〉〔註30〕、譚多幸、黃藝君〈論「詩家三李」化用
神話的差異性〉〔註31〕等。臺灣地區，於 2000 年，則有研究生盧
明瑜，撰寫《三李神話詩歌之研究》之碩士論文，以三李詩同具有
神話特色，並列研究之。詩家三李並稱，於學界日益受肯定。以是，
本論文承三李並稱之源，以爲論題名稱。

第三節　文獻探討

有關王船山詩論之整體研究、創作論、文質論、功用論等研究，
不論臺灣地區或大陸地區，爲數都不少，近十年大陸地區發表將近百

〔註25〕語見初旭、宋緒連主編《三李詩鑑賞辭典·周汝昌序》：長春·吉林
文史出版社，1992 年，頁 1～2。
〔註26〕發表於《遼寧大學學報》：第 6 期（總第 130 期），1994 年，頁 44～
45。
〔註27〕發表於《天津師大學報》：第 5 期，1999 年，頁 52～58。
〔註28〕發表於《文藝研究》：第 4 期，2003 年，頁 61～68。
〔註29〕發表於《戲文·百家論壇》：第 4 期，2003 年，頁 5～8。
〔註30〕發表於《中南民族大學學報（人文社會科學版）》：第 23 卷，2003 年
8 月，頁 52～54。
〔註31〕發表於《現代語文（文學研究版）》：2006 年 7 月，頁 10～11。

篇之單篇論文，可見其對王船山詩論研究之熱潮。相較之下，臺灣地區，有關王船山批評論之研究，則明顯少了許多。以下便針對，與船山實際批評論直接且密切相關之文獻〔註32〕，予以討論：

一、臺灣地區

首先，就學位論文而言，有游惠君所著之《王夫之「唐詩評選」研究》〔註33〕。此論文針對王船山三部實際批評著作之一《唐詩評選》作深入探討。採直接從實際選評切入方式，先概述王船山之詩觀，再分章詳述選評情形，分別探討王船山對樂府歌行體、五言古詩、五言律詩及排律、七言律詩的選評。爲臺灣地區首部以船山實際批評爲研究主體之學位論文。然因先概述船山整體詩觀，故船山之實際選評仍立於輔助角色。

其次，就期刊論文、單篇論文而言，有：郭鶴鳴所著〈王船山詩論探微〉一文〔註34〕。此文研究對象爲王船山之整體詩論，首先探討王船山詩論之淵源論。其次探討王船山詩論之創作論。最後探討王船山詩論之批評論，並舉「陶淵明」作批評實例，以證船山之批評論。此文爲臺灣目前可見最早論及船山批評之文獻，有篳路藍縷之功。雖是以船山整體詩論作爲其研究對象，批評論僅占全文之一節，又其批評論仍未脫離目前學術界所論述之本質論、創作論、功用論範疇，由於年代久遠，以目前之研究發展狀況而論，無法視其爲成熟之批評論。再者，其所附論船山對「陶淵明」之批評，僅陳列船山之評語，加以極少部分作者自己之論述，對研究王船山批評論之參考價值，於今而觀，可視爲點的陳述與歸類。

〔註32〕有關以船山三本實際批評著作《古詩評選》、《唐詩評選》、《明詩評選》，或是以船山實際進行評論之某作家作品，爲研究主體之文獻，均包含在討論範圍內。

〔註33〕游惠君《王夫之「唐詩評選」研究》爲彰化師範大學碩士論文，出版於 2003 年。

〔註34〕此文發表於《臺灣師範大學國研所集刊》：第 23 期，1979 年，頁 855～957。

又有：楊松年所著〈王夫之評選唐代詩人與詩作：《唐詩評選》研究〉一文〔註35〕。其另著有《王夫之詩論研究》，爲臺灣地區最早全面研究船山詩學之專書，故其對船山詩學有相當程度之研究。此文雖據船山《唐詩評選》中選詩人、詩作情形，而歸納船山詩觀，然因研究主體過多，篇幅不足，是以無法詳究船山之評語內涵，較爲可惜；然已達到啓發後輩學者關注船山實際批評之作用。

尚有：周艷娟所著〈王夫之論「杜甫詩史說」〉一文〔註36〕。首先，考證杜甫自唐以來即有「詩史」之稱，並詮釋「詩史」的涵義。其次，著墨於王船山對「杜甫詩史說」之議論，呈現其論點、理據。最後，在前述討論基礎上，探求王船山論「杜甫詩史說」之形成語境及價值。相較於郭鶴鳴，周艷娟確實針對船山之評語進行研究；然因研究主體限於杜甫一人，研究方向又著重於「詩史說」，與船山批評論之全面開展，仍有補充空間。

二、大陸地區

首先，就學位論文而言，有陳勇所著《「唐詩評選」考論》〔註37〕。以探討《唐詩評選》之成書背景爲出發點，兼論船山詩學觀之形成、當代政治背景與文風，同時概述此書流傳情況。次論此書體例與選詩情況。而後分別論述船山評詩形式上與內容上之風格與特點。特出之處在於對《唐詩評選》之成書與流傳，作「史」之探究，爲前人未觸及之方向；然所歸結船山評詩之形式上與內容上之特點，分類不足，未能全面概括船山評語，稍嫌主觀。

其次，就期刊論文、單篇論文而言，研究成果相對較多，茲以表格呈現如下，表五：

〔註35〕此文收錄於其《中國文學批評問題研究論集》一書中：台北・文史哲出版社，1994年，頁61～92。

〔註36〕此文發表於《輔大中研所學刊》：第12期，2002年，頁59～77。

〔註37〕陳勇《「唐詩評選」考論》爲西北師範大學碩士論文，出版於2005年。

篇　　名	作者	發表期刊、卷期、頁碼	發表時間
〈對王船山《唐詩評選》貶斥杜詩的辨析〉	曾玲先	《衡陽師範學院學報》，卷27期1，頁26～29	2006年4月
〈王夫之的唐詩觀及唐選價值〉	胡光波	《大連大學學報》，卷27期1，頁34～38	2006年2月
〈論王夫之選本批評〉	徐波	《江西師範大學學報》，卷38期4，頁50～55	2005年7月
〈論《唐詩評選》「以平爲貴」的批評觀〉	陳勇	《衡陽師範學院學報》，卷25期5，頁48～51	2004年10月
〈王船山對「三曹」詩的評介〉	薛泉	《陰山學刊》，期5，頁8～10	2002年10月
〈王船山的樂府詩評觀〉	鍾玲先	《衡陽師範學院學報》，期1，頁73～76	2002年2月
〈王夫之《薑齋詩話》對杜詩的批評〉	朱學東	《杜甫研究學刊》，期2，頁54～58	2001年
〈王夫之評杜甫論〉	鄔國平 葉佳聲	《杜甫研究學刊》期1，頁55～61	2001年
〈千古少有的偏見——王夫之眼中的杜甫其人其詩〉	郭瑞林	《湘潭師範學院學報》，期4，頁82～87	2000年7月
〈王夫之諷刺詩論簡評〉	王思	《文藝理論研究》，期6，頁86～94	2000年
〈王夫之的杜詩批評〉	周興陸	《船山學刊》，期3，頁18～20	2000年
〈王船山詩歌評論揚李抑杜剖析〉	曾也魯	《衡陽師範學院學報》，期4，頁115～119	1999年8月
〈王船山對杜甫反映現實詩歌的感受〉	宋小莊	《船山學刊》，期1，頁185～188	1994年

　　相較於大陸地區對王船山詩論其他方面之研究，於批評論方面的研究，確實少了許多。就目前可見之批評論研究，又集中在王船山對「杜甫」之批評上，故船山批評論尚有相當大的研究空間待學者去整理、分析及歸納。

第四節　研究方法與及限制

　　若依社會科學研究方法之分類而言,本研究當屬於「文獻資料研究」之研究類型,即對客觀存在之文獻資料進行探討,而王船山《唐詩評選》、《薑齋詩話》等著作,即爲客觀存在之文獻資料,亦爲本研究欲探討之主體。

　　所使用之研究方法〔註38〕則有:

　　第一,問題法,係以所發現之問題作爲研究對象,以尋求解答,解決疑惑,謀求可行之方法爲目的。而本研究由檢索歷來研究成果,發現對船山實際批評之研究,數量明顯缺乏,且皆集中於杜甫上;又由閱讀王船山《唐詩評選》,發現船山選評三李詩,全然肯定,不同於其選評杜甫詩,褒貶兼有。故探尋船山選評三李詩所透露出之詩觀,及選評三李與杜甫二者之聯繫關係,成爲本研究之重點。

　　第二,比較法,乃取二種以上之學術思想,或二種以上之事物,加以比較推斷,以發掘其共同點,或各具有之特點、特質。本研究既以探尋船山選評三李詩及與其詩學之關係爲目的,故須使用比較法,一自史之角度,對分別代表盛唐之李白、中唐之李賀、晚唐之李商隱,作縱向比較;二自辨別異同之角度對船山選評三李之區別及船山選評三李與其詩學形成背景、理論批評、選評其他作家作品,作橫向比較。

　　第三,歸納法,即由事實中發掘原理,主要由特殊之事實以推知普通之原理。本研究於析論船山對三李詩之選評後,據以歸納船山對三李選詩與評詩之特色,及其間之異同;再由此異同,歸結出其批評論,以對應其理論批評,二層面均使用歸納法。

　　第四,詮釋、分析法,於研究過程中,不論是選擇比較主體、解釋船山選詩、評語、比較與歸納選評三李詩異同、對應理論批評、闡

　　〔註38〕有關研究方法之類別、闡述,酌參 Earl Babbie 原著、邱泯科等合譯《研究方法:基礎理論與技巧》(台北·雙葉書局,2004 年)、楊國樞等《社會及行爲科學研究法》(台北·東華書局,1978 年)、王錦堂《大學學術研究與寫作》「研究方法」一節(台北·東華書局,1985年)、羅敬之《文學論文寫作講義》(台北·里仁書局,2001 年)

釋詩學內涵，皆須透過對文獻資料之詮釋、分析，說明研究所得。

　　至於，本論文之研究限制方面：首先，爲避免本論文之焦點模糊或轉移，對於船山所使用之批評術語，受限於學力、時間之不足，大抵採學術界普遍公認之意涵，不另作辯証及辯析之工作。其次，本論文之研究主體，僅占船山所選評唐代一百四十七位詩人中之三人，因此，無法一窺船山所使用批評標準、方法、目的之全貌。但由前述（第一節）統計資料，可知，船山選評三李詩，不論是就總詩數而言，或是就各體詩數而言，均占相當份量；加以，三李分別與盛唐、中唐、晚唐詩風有關，是以透過研究主體，當得以呈現船山重要之詩學觀及對唐代詩歌之整體評論。

第二章　王船山詩學之形成背景
——明末清初詩學流變概說

　　詩學批評家，其詩論之形成，應牽涉外在客觀環境時代背景與其內在學問經歷背景，加以傳統詩學之表現形式，常以「條列形式之詩話」呈現，內容涵蓋龐雜，卻缺乏充足之理論解釋。因此，欲全面掌握批評家其詩論之義涵，首當對批評家所處時代及其個人學經歷作一番了解，所謂「知人論世」是也。「知人論世」概念首見於《孟子·萬章下》：

> 以友天下之善士爲未足，又尚論古之人。頌其詩，讀其書，
> 不知其人可乎？是以論其世也，是尚友也。〔註1〕

孟子此段文字，原意在闡發個人道德修養與交友之關係，不僅要與當世之有德者相互砥礪，更得藉由頌古人詩、讀古人書、論古人世，以體會古人道德精神之方式與古人交友。雖然孟子本義並不指向文學作品的賞析，然並不代表此方法原則不能用之於解讀文學作品。換言之，體會古人的道德精神，除藉由「頌其詩，讀其書」之方式外，亦須「論其世」，故「頌詩讀書」與「論世」皆爲「知人」之方式，則透過閱讀文學作品本身及了解作者所處時代背景，亦爲體會作者心境之方式，當更能對文學作品有所感發。因此作品、時代背景、作者三

〔註1〕語見清·阮元《十三經注疏·孟子·萬章下》：台北·藝文印書館，
　　　1955年。

者乃是一體的。章學誠:「不知古人之世,不可妄論古人之辭也。知其世矣,不知古人之身處亦不可遽論其文也。」〔註2〕一語,即爲最好之註解。

是以,本章首先探討影響王船山詩學形成之外緣背景,次論王船山其他領域學術思想與其詩學之關係,期望以「論世」、「知人」做爲理解船山詩學之支柱。

第一節 外緣背景

王船山,生於明神宗萬曆四十七年,卒於清康熙三十年,〔註3〕生活背景橫跨明清兩代。明末清初之際,文壇亦如同政治環境等其他領域,各家各派各門,黨同伐異,充斥著混亂,極待變革,船山詩論,便是在反思明中葉以來詩學發展情勢中,以既繼承又創新的方式所建構。

一、對明中葉至明末詩學之繼承與反思

對明代中葉至明末之詩學觀,影響甚鉅者,當屬前後七子、公安派、竟陵派等派,其主張、理論,於當時蔚爲風潮。以下分別簡述各派之論點、王船山反對各家之因,及船山進而生發出何詩學主張。

(一)王船山對前後七子「復古、擬古」之反動

前後七子主宰明代文壇長達百年之久。因此,前後七子所發起之明代復古擬古運動及其詩學主張,便成爲影響明代文壇最重要的文學思潮,《明史・李夢陽傳》:

　　天下推李、何、王、李爲四大家,無不爭效其體。〔註4〕

_____

〔註2〕語見清・章學誠《文史通義・內篇二文德》:台北・史學出版社,1956年。

〔註3〕一說卒於清康熙三十一年,詳見張西堂《明王船山先生夫之年表・一、傳纂》:台北・臺灣商務印書館,1978,頁5~20。

〔註4〕語見清・張庭玉等奉敕修《新校本明史・列傳第一七四・文苑二・李夢陽傳》:台北・鼎文書局,1978年。本文以下所引《新校本明史》皆爲此一版本,故後文不再贅述。

前七子以李夢陽、何景明爲代表，活躍時期爲明孝宗弘治末年至武宗正德年間；後七子以李攀龍、王世貞爲代表，活躍時期爲明世宗嘉靖二十五年至神宗萬曆初年。

　　前七子之高舉「文必秦漢，詩必盛唐」之論詩主張，爲明代復古運動揭開序幕，《明史・文苑一》：

　　　　李夢陽、何景明倡言復古，文自西京，詩自中唐而下，一切吐棄，操觚談藝之士翕然宗之。明之詩文，於斯一變。〔註5〕

前七子主張以復古改變明初以來毫無生氣之文風，立意並無不妥，如唐代由韓愈、柳宗元提倡之古文運動，便爲唐代散文開創一新局面，然七子卻以擬古作爲復古之方式，僅得秦漢、盛唐詩文之形貌，而未得其精神氣度，由復古變作之擬古，死守古法，而後終成模擬剽竊。前七子之主要領導人物李夢陽與何景明二人之間，亦爲此有所爭論：

　　　　古之工，如倕、如班，堂非不殊，戶非不同也。至其爲方也，圓也，弗能舍規矩。何也？規矩者，法也。僕之尺尺而寸寸者，固法也。〔註6〕

　　　　大抵前疏者後必密，半潤者半必細，一實者必一虛，疊景者意必二，此余之所謂法，圓規而方矩者也。〔註7〕

李夢陽認爲詩文創作有一定之法，自古即然，故主張復古同時亦必學習古人格調、遵循古人創作法式，「弗能舍」即明言不能有所改變，一切唯古是尚，然僅自句法上求同，無可避免地造成明中葉以降，文壇鑽研句法、結構，於形式上字比句擬，忽略領會內容、情感之弊習。

　　後七子之論詩主張本質上與前七子並無差異，「李攀龍、王世貞輩，文主秦、漢，詩規盛唐。王、李之持論，大率與夢陽、景明相倡

〔註5〕語見清・張庭玉等奉敕修《新校本明史・列傳第一七三・文苑一》。
〔註6〕語見明・李夢陽《空同先生集・卷六十一・駁何氏論文書》：台北・偉文書局，1976年。
〔註7〕語見明・李夢陽《空同先生集・卷六十一・再與何氏書》：台北・偉文書局，1976年。

和也。」〔註8〕，其擬古甚或較前七子更盛，《明史‧李攀龍傳》言：「其為詩，務以聲調勝，所擬樂府，或更古數字為己作。」〔註9〕，前七子求形似，至李攀龍索性全篇模仿而僅更動數字。然後七子對前七子以擬古為復古所造成之弊端已有所認知，故王世貞論詩主張格調，認為「才生思，思生調，調生格。詩即才之用，調即詩之境，格即調之界。」〔註10〕，即詩之優劣在於格調之高低，而格調之高低則端賴詩人之才思廣博與否。故學習古人格調，不在於形貌上因襲，而在於是否得古人才思，在某種程度上對於前七子只重古法，忽略創作者才思、情感作了針砭。此舉亦意謂文壇對前後七子之復古、擬古已有反動。

而船山詩論，即是對前後七子主張之反動：「李何、王李俱有從入；舍其從入，即無自位。」〔註11〕，船山一針見血直言前後七子之創作，若捨去其所模擬剽竊之處，則無所觀，自然也無法論及其於文壇上之意義與地位。由此，可知船山主張詩歌具獨創性之由來背景。

（二）王船山對公安、竟陵「反復古與反擬古」之反動

前後七子之後，文壇反復古與反擬古聲浪已高漲，其中最有影響力者，首當推公安派，公安派之名，得於其代表人物三袁兄弟為湖北公安人。〔註12〕公安派詩學深受李贄影響，李贄論詩以「童心說」為中心：

> 童心者，真心也。……夫童心者，絕假存真，最初一念之本心也。若失卻童心，便失卻真心；失卻真心，便失卻真人。

〔註8〕語見清‧張庭玉等奉敕修《新校本明史‧列傳第一七三‧文苑一》。
〔註9〕語見清‧張庭玉等奉敕修《新校本明史‧列傳第一七五‧文苑三》。
〔註10〕語見明‧王世貞《藝苑卮言‧卷一》：收錄於吳文治主編《明詩話全編》：南京‧江蘇古籍出版社，1997年12月版。
〔註11〕語見王夫之評選、陳新校點《明詩評選‧卷六》：北京‧文化藝術出版社，1997年。
〔註12〕《新校本明史‧列傳第一七六‧文苑四‧袁宏道傳》：「袁宏道，字中郎，公安人，與兄宗道、弟中道並有才名，時稱『三袁』。」

　　天下之至文，未有不出於童心焉者也。苟童心常存，則道
　　理不行，聞見不立，無時不文，無人不文，無一樣創制體
　　格文字而非文者。詩何必古選？文何必先秦？降爲六朝，
　　變而爲近體，又變而爲傳奇，……皆古今至文，不可得而
　　時勢先後論也。〔註13〕

李贄所謂之「童心」即「眞心」，以此心爲文便可創作出天下之至文，
文學作品之優劣，決定於創作者是否存眞情，任何矯揉造作、模擬雕
琢之作，即便再美，與眞情無涉，自然與至文無涉；同時闡明文學是
演進的、是漸變的，不得以產生先後論定其優劣，故不必刻意標舉、
因襲前朝前代之詩文體制。李贄此一主張有力地駁斥前後七子復古擬
古文風。公安派主張「獨抒性靈，不拘格套」即是對李贄「童心說」
之進一步發揮，袁宏道〈敘小脩詩〉一文，讚揚其弟袁中道（字小脩）
之詩云：

　　大都獨抒性靈，不拘格套，非從自己胸臆流出不肯下筆。
　　有時情與境會，頃刻千言，如水束注，令人奪魂。其間有
　　佳處，亦有疵處，佳處自不必言，即疵處亦多本色獨造語。

　　〔註14〕

由上可知，宏道提倡文學創作以抒寫創作者性靈、表現內心眞情實感
爲主。因而，不拘泥於任何形式上的法則。此亦爲公安派，對前後七
子死守古法，加以析論、思辯之基點。同時可知，公安派此一求眞、
主眞之創作態度與李贄「童心說」乃是一致的。此外，李贄又有云：

　　秦漢而學「六經」，豈復有秦漢之文？盛唐而學漢魏，豈復
　　有盛唐之詩？惟夫代有升降，而法不相沿，各極其變，各
　　窮其趣，所以可貴，原不可以優劣論也。〔註15〕

〔註13〕語見明・李贄《焚書・卷三・童心說》：台北・漢京文化圖書公司，
　　　　1984年。
〔註14〕語見明・袁宏道《袁中郎全集・敘小修詩》：台北・世界書局，1964
　　　　年。
〔註15〕語見明・李贄《焚書・卷三・童心說》：台北・漢京文化圖書公司，
　　　　1984年。

李贄認爲文學之價值在於「變」，若自古而今之文學皆呈現同一面貌，則無存在之必要。從不同角度又再一次對前後七子「文必秦漢，詩必盛唐」進行批評。

　　承前所論，李贄、公安派之詩論主張，雖予前後七子抨擊，然其中亦有明顯之片面性，由於主張「任眞」、「率性」、「自然」，不受一切外在束縛，一味依循己心之結果，便是其創作內容少有深刻之社會意義，故流於俚俗。加以對情感、欲望毫無限制，作品所體現之情感易流於樂而淫、哀而傷之過露與不實。針對此流弊，船山有深刻見解：

> 自李贄以佞惑天下，袁中郎、焦弱侯（焦竑）不揣而推戴
> 之，於是以信筆掃抹爲文字，而誚含吐精微、鍛煉高卓者
> 「齩薑呷醋」。故萬曆壬辰以後，文之俗陋，亙古未有。如
> 必不經思維者而後爲自然之文，則夫子所云草創、討論、
> 修飾、潤色，費爾許斟酌，亦「齩薑呷醋」邪？〔註16〕

船山之立論根據：詩雖以情爲主，但非任何層面之情皆可入詩。可見船山仍舊以「發乎情，止乎禮義」、「溫柔敦厚」之儒家傳統詩教爲依歸，故詩需具有社會現實意義，即言創作者之情須著眼於「大我之情」，即便詩中所寫爲「小我」，但須能體現出「大我」。然不論是李贄「童心說」之「童心即眞心」或是公安派「性靈說」之「主眞重趣」，所認爲的童心或性靈，皆非指向儒家傳統詩教中人之道德本性，而是指人之情慾，他們所強調者，爲不受外在政治道德規範的原始心靈狀態，故與儒家詩學中重視政治道德之本性是相對立的。正因如此，他們的詩歌多表現個人情趣，而少具有深厚之現實內容與意義，正如張健所言：「只強調詩歌是表現性靈的工具，而不重詩歌對於政治倫理的作用，這種詩學偏離了儒家詩學。」〔註17〕此一偏離儒家詩學重教

〔註16〕語見王夫之《夕堂永日緒論外編》：收錄於戴鴻森注《薑齋詩話箋注・
　　　　附錄・三十六》：台北・木鐸出版社，1982年，頁224。
〔註17〕語見張健《清代詩學研究・第一章》：北京・北京大學出版社，1999
　　　　年，頁4～5。

化傳統之傾向，雖與明中葉以來之大環境背景有關，〔註18〕然卻與重
視儒家詩教傳統之船山詩學中心價值相悖離，故受到船山之批評。船
山對於創作情感之規範，與其深受傳統儒家思想薰染、嚴守封建制度
中之君臣之禮等背景有一貫之聯繫，故留待後文論述船山受儒家影響
之詩學觀時再一併探討，此處僅提出船山何以反對同樣認爲詩主情之
公安派。

　　接續公安派之後，反七子復古、擬古最有力者爲竟陵派，竟陵派
以其領袖人物鍾惺、譚元春，爲湖北竟陵人而得名。竟陵派之詩學主
張仍以公安派性靈說爲依歸，同時力矯公安之流弊，希冀建立起竟陵
一派之論詩特色。《明史‧文苑傳》：

> 自宏道矯王、李之弊，倡以清眞，惺復矯其弊，變而爲幽
> 深孤峭，與同里譚元春評選唐人之詩爲《唐詩歸》，又評選
> 隋以前詩爲《古詩歸》，鍾、譚之名滿天下，謂之竟陵體。
> 〔註19〕

竟陵派矯公安派淺俚俗僻之法在於「深幽孤峭」，鍾惺《詩歸‧序》：

> 眞詩者，精神所爲也，察其幽情單緒，孤行靜寄于喧雜之
> 中，而乃以其虛懷定力，獨往冥游於寥廓之外，如訪者之
> 幾于一逢，求者之幸于一獲，入者之欣于一至，不敢謂吾
> 之說，非即向者千變萬化不出古人之說，而特不敢以膚者
> 狹者熟者塞之也。

譚元春《詩歸‧序》亦言：

> 夫人有孤懷，有孤詣，其名必孤行於古今之間，不肯遍滿
> 寥廓，而世有一二賞心之人，獨爲之咨嗟彷徨者，此詩品
> 也。

雖認爲眞詩出於創作者之性靈、精神，同時認爲此精神即爲古人作品
中體現「幽情單緒」、「孤懷」、「孤詣」，故亦主張師古以「尋味古人之

〔註18〕有關「明代以來儒家詩學傳統的失落」詳見張健《清代詩學研究‧
　　　　第一章》，因與本章論述重點較無重要關係，故不予以討論。
〔註19〕語見清‧張庭玉等奉敕修《新校本明史‧列傳第一七六‧文苑四‧
　　　　鍾惺、譚元春傳》。

微言奧旨」〔註20〕，欲以此矯公安之弊。然一味追求己心所認定之深幽孤峭，以玄妙爲尚，卻走向另一種形式之復古與擬古，與其反復古、反擬古之初衷，背道而馳，無怪乎張少康言竟陵「欲矯公安之弊，實際上他們比公安派的詩歌創作道路更爲狹隘，所以，一直受到後來詩論家的批評」〔註21〕，如錢謙益便批評道：「以僻澀爲幽峭，作似了不了之語，以爲意表之言，不知求深而彌淺；寫可解不可解之景，以爲物外之象，不知求新而轉陳。」〔註22〕，認爲竟陵派「以深求新」，實是「愈淺愈陳」，無法矯正公安派缺失。船山對竟陵派，亦有感而發：

> 關情是雅俗鴻溝，不關情者貌雅必俗。然關情亦大不易，
> 鍾、潭亦未嘗不以關情自賞，乃以措大攢眉、市井附耳之
> 情爲情，則插入酸俗中爲甚。情有非可關之情者，關焉而
> 無當於關，又奚足貴哉？〔註23〕

船山此處認爲文學作品之雅與俗在於是否有創作者之「情」融入其中，故首句「關情是雅俗鴻溝」亦可視爲對七子只重外在形式、不求內在情感之詩學而發。而後又言文學作品表現情感並不容易，因並非任何情感皆可成爲文學作品之情感，此處則是針對竟陵派一味追求古人「幽情單緒」而發，故其作品雖關情卻非佳作。

（三）王船山針對前後七子、公安、竟陵而發之詩學主張

明中葉以來，文人好結黨社，或爲學術，或爲政治，門戶之見日益嚴重，前後七子、公安派、竟陵派之成亦與此相關，各立門戶、門派、門法，相互攻訐，於是王船山詩學理論批評《薑齋詩話》中，反對立門庭及依傍門戶之論述占極大篇幅：

〔註20〕語見清・錢謙益《列朝詩集小傳・鍾惺小傳》：台北・世界書局，1965年。

〔註21〕語見張少康《中國文學理論批評史教程・第十二章》：北京・北京大學出版社，1999年，頁214。

〔註22〕語見清・錢謙益《列朝詩集小傳・譚元春小傳》：台北・世界書局，1965年。

〔註23〕語見王夫之評選、陳新校點《明詩評選・卷六》：北京・文化藝術出版社，1997年。

　　詩文立門庭，使人學己，人一學即似者，自詡爲「大家」，爲
「才子」，亦藝苑教師而已。高廷禮、李獻吉、何大復、李於
鱗、王元美、鍾伯敬、譚友夏，所尚異科，其歸一也。才立
一門庭，則但有其局格，更無性情，更無興會，更無思致；
自縛縛人，誰爲之解者？昭代風雅，自不屬此數公。〔註24〕

　　所以門庭一立，舉世稱爲「才子」、爲「名家」者有故。如
欲作李、何、王、李門下廝養，但買得《韻府群玉》、《詩
學大成》、《萬姓統宗》、《廣輿記》四書置案頭，遇題查湊，
即無不足。〔註25〕

　　若欲吮竟陵之唾液，則更不須爾，但就措大家所誦時文
「之」、「於」、「其」、「以」、「靜」、「澹」、「歸」、「懷」熟
活字句湊泊將去，即已居然詞客。〔註26〕

船山之所以於批評前後七子之同時，批評竟陵派，乃因其認爲竟陵論
詩雖標舉性靈，卻非眞情，因其亦以記誦古人看似「深幽孤峭」之詞
彙爲詩，而非發自內在性情，故與前後前七子死守門法無異。王船山
不隨時代風氣，倡反門庭之見，實屬難得，此亦爲其特出之處，張健
亦言「王夫之對建安以來一切詩歌流派都持激烈的否定態度，這是王
夫之詩學中的一個突出現象。」〔註27〕

　　既有門庭、門派之別，則必然會出現門法，因各門各派之形成，
其詩論主張必然具有某種程度之共同性，以與他門他派有所區隔，並
以此共同性，作爲創作之標的及攻擊他門他派之準則，門法是以形
成。故船山暨反門庭、反門派、反門法後，進一步表達對任何只講求
外在形式法則之不滿：

〔註24〕語見王夫之《薑齋詩話・卷下 29》：收錄於丁福保編《清詩話》：台
　　　　北・藝文印書館，1965 年，頁 15。本文以下所引《薑齋詩話》皆爲
　　　　此一版本，故後文不再贅述。
〔註25〕語見王夫之《薑齋詩話・卷下 31》：頁 16。
〔註26〕語見王夫之《薑齋詩話・卷下 31》：頁 16。
〔註27〕語見張健《清代詩學研究・第六章》：北京・北京大學出版社，1999
　　　　年，頁 276。

> 起承轉收，一法也。試取初盛唐律驗之，誰必株守此法者？
> 法莫要於成章；立此四法，則不成章矣。且道「盧家少婦」
> 一詩作何解？是何章法？又如「火樹銀花合」，渾然一氣；
> 「亦知戌不返」，曲折無端。〔註28〕

「起承轉合」歷來被視爲傳統詩文創作之法則，船山卻舉數首被稱許
爲佳作之詩篇爲例，說明佳作不盡然必得符合傳統「起承轉合」之結
構要求，所謂詩法當爲輔助詩之成而設，然一味要求詩必符合四法，
則舉天下之詩皆一也，故謂不成章，即無詩也。船山以爲創作與個人
心靈狀態關係密切，而心中之情意不一，表現方法亦不一，無法模擬，
亦不必依循特定句法、章法。基於此，船山亦反對近體詩中間兩聯，
必定得一情一景之法，同時以「景以情合，情以景生，初不相離，雖
意所適」〔註29〕，明言任何外在表現形式皆不可與內在情意相違背。
無論何種法則，一旦成爲標準性，將使創作者爲牽就法則而無法展現
自身之情感，此等法則便成「死法」。此處船山已透露，詩之本質，
應立於創作者之情、意上，證諸《古詩評選》：

> 詩以道情，「道」之爲言「路」也。詩之所至，情無不至；
> 情之所至，詩以之至。一尊路委蛇，一拔木通道也。〔註30〕

船山於此，強調詩歌之抒情性，認爲作者若沒有眞摯之情感，則無法
成佳作、甚至無法成詩。又云：

> 無論詩歌與長行文字，俱以意爲主。意猶帥也。無帥之兵，
> 謂之烏合。李、杜所以稱大家者，無意之詩，十不得一二
> 也。煙雲泉石，花鳥苔林，金鋪錦帳，寓意則靈。若齊、
> 梁綺語，宋人摶合成句之出處，役心向彼搜索，而不恤己
> 情之所處發，此之謂小家數，總在圈繢中求活計也。〔註31〕

於此船山所言之「意」，即爲創作者之思想感情，文學作品中能否傳

〔註28〕語見王夫之《薑齋詩話・卷下38》：頁18。

〔註29〕語見王夫之《薑齋詩話・卷下17》：頁11。

〔註30〕語見王夫之評選、張國星校點《古詩評選・卷四・李陵〈與蘇武詩
三詩之一〉評語》：北京・文化藝術出版社，1997年，頁149。

〔註31〕語見王夫之《薑齋詩話・卷下2》：頁8。

達思想感情是最重要的，故言其為「帥」也，沒有情感之作品就如同
「無帥之兵」，只是隨意湊合之文字，毫無價值。同時就此點批評齊
梁詩追求綺麗之語、宋詩講求字句出處，皆無涉於意、無涉於情。

綜前所論，船山之所以對前後七子、公安、竟陵等明代門派有如
此深刻之批評，乃由於其學習詩歌創作之經歷，其初學明七子入手，
後改從竟陵派，自其〈述病枕憶得〉一文可知：

> 崇禎甲戌，余年十六，始從里中知四聲者問韻，遂學人口
> 動。今盡忘之，其有以異於音否邪？已而受教於父牧石先
> 生，知比耦結構，因擬問津北地、信陽，未就，而中改從
> 竟陵詩響。至乙酉，乃念去古今而傳己意。丁亥與亡友夏
> 叔直避購索於上湘，借書遣日，益知異制同心，搖蕩聲情
> 而檃括於興觀群怨，然尚未即捐故習。〔註32〕

學彼學此，直至遭逢亡國，幡然醒悟，認為詩當以去古今而傳己意為
尚，故其對前後七子、公安、竟陵之批評，非僅就其人表象批評，而
是深知其病、明辨其中甘苦所得之批評；由此所生發之詩學主張，自
然與時代背景相背，而具有船山之個人風格。

二、對清初詩學之繼承與反思

清初，是明清迭代之交，又是文壇風氣轉變之時，文學批評的價
值取向與晚明發生巨大變異。〔註33〕由於更朝易代，士大夫皆視明末
之心學末流，為國破家亡之主因，在其影響下，禮崩樂壞、道德淪喪、
文人束書不觀，此等弊端心學皆難辭其咎，故於思想學術領域，提倡
與心學全然不同，強調重學問、重歷史、重教化之實學，亦即所謂經
世致用之學。清初遺民學者普遍以史學作為經世致用之第一步，期望
以治史明古今之變、通當世之用，企圖藉由關注歷史，或得一代興亡
之教訓、或遣懷故國之思；學者亦以史學之角度研究經學，視六經皆

〔註32〕語見《王船山詩文集・下冊・薑齋詩集・憶得・述病枕憶得》：台北・
　　　　河洛出版社，1975 年。
〔註33〕語見蔡鎮楚《中國文學批評史》：北京・中華書局，2005 年，頁 323。

爲史料，不論思想、史學、經學皆以崇實爲取向。

此外，志士仁人面對此社會國家巨變之艱辛處境，亦十分關注國家、民族之命運與廣大民衆之疾苦；文人們亦與此時代思潮息息相通，於文學創作提倡史學之「實錄」精神，內容多寫時事、近事，調查訪問故老遺逸，重視考察歷史文獻，所據多爲「實事實人」，以求近乎信史、實錄，故作品皆以能及時反映社會生活爲原則，創作風格重實證而輕虛幻，此種創作方向與時人崇尚實學之風氣當是完全契合的。其中，「詩史說」之發展、儒家詩教之復興，均能體現清初之時代背景。

以下簡述清初「詩史說」、「儒學」之內涵，及二者如何影響王船山之詩學、王船山對二者之接受情形又如何。

（一）王船山對清初「詩史說」之反動

「詩史」一詞出現於中國詩論中，並不算早，但詩史觀念之萌生卻早在《詩經》時代便有，即所謂之「采風」。前人稱民歌爲「風」，因而稱搜集民間歌謠爲「采風」，《漢書·藝文志》：「故古有采詩之官，王者所以觀風俗，知得失，自考證也。」﹝註34﹞即言詩歌具有社會寫實意義，在上位者借由詩歌之內容考察民情風俗反映自己施政之得失。「詩史」一詞用以讚譽杜甫，是此詞始出現於中國詩論之時，亦是此詞較爲衆所皆知之出處，唐孟棨《本事詩·高逸》曰：「杜逢祿山之難，流離隴蜀，畢陳於詩；推見至隱，殆無遺事。故當時號爲『詩史』。」﹝註35﹞，又北宋·宋祁《新唐書》云：「律切精深，至千言不少衰，世號『詩史』。」﹝註36﹞，皆言杜甫之詩，敷陳時事如同史傳，故時人稱之爲「詩史」，直接將詩與史聯繫在一起。

「詩史」之詩學觀念和杜詩被賦予「詩史」之地位，在明代遭受

﹝註34﹞語見漢·班固撰、唐·顏師古注《新校本漢書·藝文志》：台北·鼎文書局，1980年。
﹝註35﹞語見唐·孟棨《本事詩·高逸》：上海·上海古籍出版社，1991年。
﹝註36﹞語見北宋·宋祁《新校本新唐書·卷201·杜甫傳·贊》：台北·鼎文書局，1979年。

挑戰與質疑，明人自辨體入手，辨別詩文之別，亦辨別詩歌自身的詩
性與非詩性之別，認爲詩與文章各有自己之本色，須嚴格區分，進而
各式文體亦有其本質特色，詩與史理所當然壁壘分明，切斷一直以來
詩與史之聯繫關係。明清之際，在崇實潮流之推衍下，多數學者贊同
詩中具史實、含史鑑，「詩史說」自然而然再次成爲詩學之主要論題，
成爲當時詩歌創作和批評的一個重要理論原則。

　　於清初，「詩史」不僅是個詩學觀念，更是一個價值觀念，錢謙
益〈胡致果詩序〉有其代表性：

　　孟子曰：「詩亡，然後《春秋》作。」《春秋》未作以前之
　　詩，皆國史也。人知夫子之刪詩，不知其爲定史；人知夫
　　子之作《春秋》，不知其爲續詩。《詩》也，《書》也，《春
　　秋》也，首尾爲一書，離而三之者也。三代以降，史自史，
　　詩自詩，而詩之義不能不本于史。曹之〈贈白馬〉，阮之〈咏
　　懷〉，劉之〈扶風〉，張之〈七哀〉，千古之興亡升降、感歎
　　悲憤，皆于詩發之，馴至于少陵，而詩中之史大備；天下
　　稱之曰「詩史」。唐之詩，入宋而衰；宋之亡也，其詩稱盛。
　　皋羽之慟西臺，玉泉之悲竺國，水雲之苕歌，谷音之越吟，
　　如窮冬沍寒，風高氣慄，悲噫怒號，萬籟雜作。古今之詩
　　莫變于此時，亦莫盛于此時。至今新史盛行，空坑厓山之
　　故事，與遺民舊老灰飛煙滅。考諸當日之詩，則其人猶存，
　　其事猶在，殘編齧翰，與金匱石室之書並懸日月，謂詩之
　　不足以續史也，不亦誣乎？〔註37〕

「《詩》亡而後《春秋》作」，認爲《春秋》既然繼《詩》而作，則《春
秋》與《詩》之間當有共通性，而此一共通性則是皆具「史」之特色，
故言「《春秋》未作以前之詩，皆國史也」，亦因此「詩之義不能不本
於史」，錢謙益點明詩歌應體現出歷史精神。之後錢氏又言當以「千
古之興亡升降、感嘆悲憤」體現史之精神，如此一來，詩歌須與現實

〔註37〕語見清‧錢謙益《初學集‧卷十八》：上海‧上海古籍出版社，1985
　　　　年。

密切相關方能表現時代之盛衰、國家之興亡及創作者之感嘆悲憤。錢氏以為此一詩、史相連之特色自《詩經》以來即是如此，而杜甫為此一詩學體系中之集大成者。

再觀黃宗羲〈姚江逸詩序〉：

> 孟子曰：「《詩》亡然後《春秋》作。」是詩之與史，相為表裡者也。故元遺山《中州集》竊取此意，以史為綱，以詩為目，而一代之人物，賴以不墜。錢牧齋仿之為《明詩選》，處士纖芥之長，單聯之工，亦必震而矜之，齊蓬戶於金閨，風雅衰鉞，蓋兼之矣。〔註38〕

黃宗羲此處「詩之與史，相為表裡者也」與錢謙益「詩之義不能不本於史」所欲表達之意乃是相同的。以此為中心認為歷史積累著大量之思想與經驗，而詩歌創作若依託於歷史，便能同時反照自身、闡明心志、批判現實，創作出「風雅兼之」之作品。其中可清楚看出清初學者在苦痛中面對現實、崇尚實學之情形。黃宗羲其後又於〈萬履安先生詩序〉中提出著名之「以詩補史」說：

> 今之稱杜詩者，以為詩史，亦信然矣。然注杜者，但見以史證詩，未聞以詩補史之闕，雖曰詩史，史固無藉乎詩也。
> 〔註39〕

此處黃宗羲開展唐宋以來「杜甫詩史」之說，他認為傳統所謂「詩史」，指的是「以史證詩」，借助於歷史來闡明詩歌之內蘊；然其認為真正之「詩史」，應具有「以詩補史」之用，即詩歌記載歷史所未記之史實，欲了解歷史反過來須借助詩歌。「黃宗羲所說的這種『以詩補史』的詩史往往出現在亡國易代之際，此時史官不能再正常記錄歷史，而這一時代的歷史事件往往見於亡國時代的詩人作品中。」〔註40〕，黃

〔註38〕語見清・黃宗羲《南雷文案・卷一》：台北・臺灣商務印書館，1967年。

〔註39〕語見清・黃宗羲《南雷文定前集・卷一》：北京・中華書局，1985年。

〔註40〕語見張健《清代詩學研究・第一章》：北京・北京大學出版社，1999年，頁42。

氏之所以會有此一觀點，與明清易代之際，清庭嚴格打壓與監控，史實多存於文學創作中有相當程度之關聯性。

　　王船山基本上反對清初錢、黃等人之主張，其「詩史觀」可與明代楊慎著重「詩」、「史」本質不同之「詩史說」相呼應，強調詩歌本身所具有之審美特徵及藝術本質。楊慎《升庵詩話》：

　　宋人以杜子美以韻語紀時事，謂之「詩史」。鄙哉宋人之見，不足以論詩也。夫六經各有體，《易》以道陰陽，《書》以道政事，《詩》以道性情，《春秋》以道名分。後世之所謂史者，左記言，右記事，古之《尚書》、《春秋》也。若《詩》者，其體其旨，與《易》、《書》、《春秋》判然矣。《三百篇》皆約情合性而歸之道德也，然未嘗有道德字也，未嘗有道德性情句也。〈二南〉者，修身齊家其旨也，然其言琴瑟鐘鼓、荇菜芣苢，夭桃穠李，雀角鼠牙，何嘗有修身齊家字耶？皆意在言外，使人自悟。至於變〈風〉變〈雅〉，尤其含蓄，言之者無罪，聞之者足以戒。如刺淫亂，則曰「雝雝鳴雁，旭日始旦」不必曰「慎莫近前丞相嗔」也；憫流民，則曰「鴻雁于飛，哀鳴嗷嗷」，不必曰「千家今有百家存」也；傷暴斂，則曰「維南有箕，載翕其舌」，不必曰「哀哀寡婦誅求盡」也；敘饑荒，則曰「牂羊羵首，三星在罶」，不必曰「但有牙齒存，可堪皮骨乾」。杜詩之含蓄蘊藉者，蓋亦多矣，宋人不能學之。至於直陳時事，類於訕訐，乃其下乘末腳，而宋人拾以為己寶，又撰出「詩史」二字以誤後人。如詩可兼史，則《尚書》、《春秋》可以併省。又如今俗卦氣歌、納甲歌，兼陰陽而道之，謂之「詩易」可乎？〔註41〕

楊慎之論點可視為明代「詩史說」之總結與代表，認為古之六經中《詩》、《書》、《易》、《春秋》分屬四經，而不歸為同類，當各有其與他經截然不同之特點，同時認為具有「史」特色之《尚書》與《春秋》，

────────────────

〔註41〕語見明・楊慎《升庵詩話》：收錄於吳文治主編《明詩話全編》：南京・江蘇古籍出版社，1997 年 12 月。

字裡行間直接且明白闡述道德，教化意味顯著，而《詩》雖以發抒性情、修養道德爲最終目的，卻不在表面述道德性情，故史與詩不同乃是顯而易見。船山則謂：

> 詩有詩筆，猶史有史筆。〔註42〕

> 詩之不可以史爲，若口與目之不相爲代也。〔註43〕

> 詩有敘事、敘語者，較史尤不易。史才固以隱括生色，而從實著筆自易；詩則即事生情，即語繪狀，一用史法，則相感不在詠言和聲之中，詩道廢矣。〔註44〕

史作雖以敷陳記敘爲主，然對史實仍有所選擇，非事事皆錄，但所錄皆爲確實發生之事，不帶記錄者心中之感情色彩；詩歌創作雖亦有敘事，仍卻是「即事生情、即語繪狀」，文字間已透露作者主觀之情感，兩者之不同甚是鮮明，史作「貴事實而輕情思」、詩歌「貴情思而輕事實」。

「本來，詩與史的關係很密切，讀詩而不讀史，對於事實的環境，不能深知，就不能深得詩旨。但史是直敘事實；詩是因事實環境深有感觸而發表情感，使人讀著如身臨其境。所以讀史又兼讀詩，就更可以對於當時的事實，有深刻的印象。」〔註45〕，一旦將文學與社會現實隔絕，其「情思」就易流於空虛，明代復古派前後七子之失敗便是有力的證明，主張性靈之公安、竟陵流於俚俗、率易的根本原因也在此。「詩史」創作，既寫當時之現實又密切聯繫過去之歷史，作家撫今追昔，興盛與衰亡對比強烈，追尋根由，教訓深刻，因而具有厚實深沉之歷史感；同時又能貼近現實與人生，關注時代風氣、民生疾苦，

〔註42〕語見王夫之評選、陳新校點《明詩評選・卷五》：北京・文化藝術出版社，1997年。

〔註43〕語見王夫之《薑齋詩話・卷上12》：頁6。

〔註44〕語見王夫之評選、張國星校點《古詩評選・卷四・〈古詩十九首・上山采蘼蕪〉評語》：北京・文化藝術出版社，1997年，頁145～146。

〔註45〕語見方孝岳《中國文學批評・四、左傳的詩本事》：台北・華嚴出版社，1993年，頁21。

可謂具有強烈之現實意義與時代意義。詩中之情感展現多將一己一家之得失、升沉，和國家民族之興廢命運聯結在一起，頗有「盛世萬家樂，國破家亦亡」之意味，既表現一己之情，亦表現普天下百姓之情，因此易與讀者產生共鳴。然而有部分作品一味陳述史實，甚而將史料如奏章之類直陳作品中，事事字字只爲牽合史實，缺乏想像力、創造力，讀者無法藉由文字而感發，降低作品之可讀性與藝術性，此亦爲船山反對「清初詩史說」之因：

> 「落日照大旗，馬鳴風蕭蕭」，豈以「蕭蕭馬鳴，悠悠旆旌」爲出處耶？用意別，則悲愉之景原不相貸，出語時偶然湊合耳。必求出處，宋人之陋也。其尤酸迂不通者，既於詩求出處，抑以詩爲出處，考證事理。杜詩：「我欲相就沽斗酒，恰有三百青銅錢。」遂據以爲唐時酒價。崔國輔詩：「與沽一斗酒，恰用十千錢。」就杜陵沽處販酒向崔國輔賣，豈不三十倍獲息錢耶？求出處者，其可笑類如此。〔註46〕

> 一部杜詩，爲劉會孟堙塞者十之五，爲《千家注》沉埋者十之七，爲謝疊山、虞伯生汙衊更無一字矣。開卷《龍門奉先寺詩》：「天闕象緯逼，雲臥衣裳冷。」盡人解一「臥」字不得，只作人臥雲中，故於「闕」字生許多胡猜亂度。此等下字法，乃子美早年未醇處，從陰鏗、何遜來，向後脫卸乃盡，豈黃魯直所知耶？至「沙上鳧雛傍母眠」，誣爲嘲誚楊貴妃、安祿山，則市井惡少造謠歌，詬鄰人閨閫惡習，施之君父，罪不容於死矣。〔註47〕

以史爲詩，限制了詩歌之感動人心之力量，阻礙讀者對作品之興發；進一步又認爲讀者亦不當以自史實、實錄之角度欣賞詩歌。因此對宋人劉邠《中山詩話》、陳岩肖《庚溪詩話》根據杜甫詩〈偪側行贈畢四曜〉，來考證唐時酒價之錯誤予以駁斥。

〔註46〕語見王夫之《薑齋詩話・卷下35》：頁17。
〔註47〕語見王夫之《薑齋詩話・卷下36》：頁17。

船山「詩史說」於其詩學理論中具有相當程度之意義，船山對杜甫之負面批評與其「詩史說」中所闡述之詩學觀是相符的，此點亦為後世學者對其詩學進行討論或予以評價一重要依據。由前文論述，亦可知船山「詩史說」之產生與清初極盛之「詩史說」關係密切。故清初「詩史說」乃基於對明中葉以來詩學情形與「詩史說」之反思而來，而船山之「詩史說」則又基於對清初「詩史說」之反思而來。

（二）王船山對清初復興儒家詩教之認同

在清初實學尊經復古、經世致用之影響下，儒家經典之地位重新被確立，從而儒家詩教亦隨之復興，與「詩史說」相呼應，有「文貴益世」、「詩貴益世」主張之提出，顧炎武《日知錄》：「文須有益于天下」、「文之不可絕於天地間者，曰明道也，紀政事也，察民隱也，樂道人之善也。」〔註48〕，又「凡文不關於六經之指、當世之務者，一切不為」，文學家須以「救民於水火之心」貫注于詩文之中〔註49〕；朱彝尊亦謂：「（文字）不入於虛偽，而歸於有用。」，皆與儒家「詩言志」、「文載道」的傳統文學觀念，有著一脈相承的血緣關係，亦即謂文學之教化功用再度受到重視。

顧炎武所說的「紀政事」、「察民隱」，本是歷史之職責與本質，在明末清初卻同時成為文學之職責與本質。因此，在「文貴益世」之要求下，文學必須依附於歷史，與歷史相為表裡，有益於現實政治，「不可絕於天地間」，方能成為佳作。於是此一重視寓教益世之文學思想和創作方向，使文學更加貼近現實和人生，更加關注時運和民生，又反過來催生「詩史」一類之創作。

清初儒家詩教之復興，有兩方面較為顯著，二者均與船山詩學之形成有聯繫關係，以下分述之：

〔註48〕語見清・顧炎武《日知錄集釋・卷19・直言》：台北・世界書局，1962年。

〔註49〕語見清・顧炎武《亭林詩文集・文集・卷四・與友人書三》：台北・臺灣商務印書館，1975年。

1、主張將小我之情感昇華為大我之情感

黃宗羲明言繼承「孔子之性情」，要求把「一時之性情」昇華爲「萬古之性情」，也就是要求個人情感具有普遍而深遠的社會意義。其言：

> 夫吳歈越唱，怨女逐臣，觸景感物，言乎其所不得不言，此一時之性情也。孔子刪之，以合乎興、觀、群、怨、思無邪之旨，此萬古之性情也。吾人誦法孔子，苟其言詩，亦必當以孔子之性情爲性情。如徒逐逐於怨女逐臣，逮其天機之自露，則一偏一曲，其爲性情亦末矣。〔註50〕

黃宗羲此處認爲文學創作中所體現之情感，應以能喚起普遍讀者之情感爲要求，既要使所有讀者皆有所感，則作品中之敘述必得與所處時代環境相結合，又自另一層面發揮「詩史說」、「詩貴益世」等主張。同時亦與儒家「發乎情，止乎禮義」之詩情說相關照，力圖賦予飄逸空靈之「性情」以具體實在之社會意義和社會功能，使之與儒家傳統思想緊密相連。黃宗羲此一觀點，在明末清初具有普遍性，船山詩學中亦對「詩之性情」有所要求：

> 詩言志，非言意也；詩達情，非達欲也。心之所期爲者，志也；念之所覬得者，意也。發乎其不自已者，情也；動焉而不自待者，欲也。意有公，欲有大，大欲通乎志，公意準乎情。但言意，則私而已；但言欲，則小而已。人即無以自貞，意封於私，欲限於小，厭然不敢自暴，猶有媿怍存焉，則奈之何長言嗟嘆以緣飾而文章之乎。〔註51〕

王船山此處認爲詩中所表達之詩情，其內容應有所規範，個人私意與私欲，不屬於詩中可表達之情，此一「雖寫小我之情，必得以傳大我之情」之主張與清初黃宗羲等人相符，亦合乎儒家詩教中詩「言志、

〔註50〕語見清・黃宗羲《南雷文定・四集・卷一・馬雪航詩序》：台北・世界書局，1964 年。

〔註51〕語見王夫之《詩廣傳・卷一・邶風・論北門 》：台北・河洛圖書公司，1974 年。

載道」之功能。

「詩史說」、「文貴益世」、「詩貴以小我之情傳大我之情」,一方面徹底糾正了明代前、後七子一味擬古、摹古、消泯作家眞情實感的文風;另一方面也糾正了公安派、竟陵派局限於狹窄的個人情感而脫離社會、逃避現實的文風,這就促使文學面向現實社會、時代政治,浸透濃郁的時代感、現實感、歷史感,昇華到更高的社會歷史層面。

求實文學觀念之價值取向,顯然與明末以李贄「童心說」爲代表之主情文學觀念背道而馳。主情文學觀念主張:「天下之至文,未有不出於童心焉者也。」〔註52〕,衡量文學是否「至文」的標準,不是文學的政治內涵、社會功能,而是文學的情感深度、個性意義;因此,文學不應是「有所爲而爲」,而應超脫任何政治目的與社會意義,具有獨立之存在性和審美性。求實文學觀念與其相反,要求文學正視歷史、政治、社會、人生,要求文學作品反映現實,從而糾正了主情文學觀脫離現實、教化意義、缺乏社會責任之極端偏向,此點乃是求實文學觀之益處。然於求實之過程中,卻否定文學之獨立性、審美性,單以作品體現之歷史情感、社會意義作爲衡量之價值標準,此乃其偏頗處。船山詩史說、詩教觀便是看見清初文學創作之侷限性,故既主情,又重儒家傳統詩教,在繼承與創新之間,化解二者之對立關係。

2、辨別正變中復興之儒家詩教

所謂正變即爲《詩經》傳統中之正風、正雅與變風、變雅,《詩大序》:

> 情發於聲,聲成文謂之音,治世之音安以樂,其政和;亂世之音怨以怒,其政乖;亡國之音哀以思,其民困。故正得失,動天地,感鬼神,莫近於詩。
>
> 至於王道衰,禮義廢,國異政,家殊俗,而變風、變雅作矣。國史明乎得失之跡,傷人倫之廢,哀刑政之苛,吟詠

〔註52〕語見明·李贄《焚書·卷三·童心說》:台北·漢京文化圖書公司,1984年。

情性，以風其上，達於事變而懷其舊俗也。故變風發乎情，
止乎禮義。〔註53〕

詩歌之正變與時代政治之盛衰有關，大體而言，正風、正雅乃所謂溫
厚和平之音，與之聯繫者為盛世、治世；而變風、變雅乃所謂怨怒哀
思之音，與衰世、亂世相聯繫。此一中國傳統詩學體系自《詩經》以
來便是如此。然創作者或作正風、正雅，或作變風、變雅，一方面與
所處時代之治亂有關，一方面又與個人期望時代之盛衰有關，於亡國
亂世，或作變風、變雅以襯時代背景，亦或作正風、正雅以期治世之
到來。

究竟是時代決定詩歌之正變，或是創作者亦得以決定詩歌之正
變，此二不同之創作取向，於清初文學批評中引發兩派辯論。其一，
認為清初已然成為一新之世代，而主張溫厚和平之音、反對怨怒哀思
之音者，以汪琬為例，其主張：

孔子曰：溫柔敦厚，詩教也。……今之學詩者，每專主唐
之杜氏，於是遂以激切為工，以拙直為壯，以指斥時事為
愛君憂國。其原雖稍出於雅頌，而風人多設譬喻之意亦以
是而衰矣。

（《三百篇》）其所以教人者必在性情之和平，與夫語言感
嘆之曲折，如孔子所云溫柔敦厚是已。〔註54〕

將正變關係與傳統儒家詩教主「溫柔敦厚」聯繫起來，而排斥明清之
際變風、變雅一類之詩歌創作，進而批評杜甫之創作，認為杜甫哀時
傷亂之作，不符合「溫柔敦厚」詩教中創作者情感須平和，須以宛轉
曲折用字遣詞體現創作者之深情與感嘆。陳維崧、王士禎等人皆為此
一主張之推戴者。

〔註53〕語見清・阮元《十三經注疏——詩經・毛詩序》：台北・藝文印書館，
　　　　1965 年。
〔註54〕語見清・汪琬《汪鈍翁前後類稿・卷二十八・程周量詩集序》：轉錄
　　　　自張健《清代詩學研究》：北京・北京大學出版社，1999 年，頁 33
　　　　～34。

其二，認為明清易代，肯定變風、變雅展現時代面貌者，以錢謙益為例，其為施閏章詩集作序時有言（《施愚山詩集・序》）：

> 記曰：溫柔敦厚，詩之教也。說《詩》者謂〈雞鳴〉、〈沔水〉，殷勤而規切者，如扁鵲之療太子；〈溱洧〉、〈桑中〉，咨嗟而哀嘆者，如秦和之視平公。病有淺深，治有緩急，詩人之志在救世，歸本於溫柔敦厚一也。

其說亦以「溫柔敦厚」為出發點，認為溫柔敦厚與否與作品呈現之正變關係不大，而與創作者創作之目的與心態有關，只要創作者志在救世，不論正或變，皆符合「溫柔敦厚」。與錢謙益同認為不應將正變與否與溫柔敦厚對立者，尚有黃宗羲、陳子龍、申涵光等人。不論何派、何種主張，皆反映出清初儒家詩教所受到之高度重視，而儒家詩教之亦在各派學者不斷予以闡述中獲得新生命而復興。

面對此一正變之爭，王船山所採取之態度為融合二者，雖不反對變風、變雅，卻要求變風、變雅須合乎儒家傳統詩教之「溫柔敦厚」與「含蓄蘊藉」，故云：

> 可以直促處且不直促。故曰：溫柔和平。〔註55〕

船山評謝靈運〈道路憶山中〉一詩，認為謝靈運此詩符合「溫柔敦厚」之詩教。其詩：「不怨秋夕長，常苦夏日短。濯流激浮湍，息陰倚密竿。懷故叵新歡，含悲忘春暖。悽悽明月吹，惻惻廣陵散。殷勤訴危柱，慷慨命促管。」，詩人不見遇於當朝，解佩去國，而展開山川水脈間的行旅遠遊，最終選擇以乘隨自然宇宙的運吐，為棲身息心的境域。然去朝者懷憂，離鄉者思親，本為人情之常，謝靈運亦然，詩中即揭示出其不平的情志，和其對故舊的眷戀，詩人寄情於春夏秋冬及明月等自然景象中，不言悲情而情在其中，不述理而理存其中，故船山評其「不直促」，即是稱許其含蓄有寄託，得以使讀者興情悟理，此乃船山所贊同之詩歌表現方式，或有中正

〔註55〕語見王夫之評選、張國星校點《古詩評選・卷五・謝靈運〈道路憶山中〉評評》：北京・文化藝術出版社，1997年，頁222。

平和之音，或有哀怨憤慨之音，皆「不直促」，此乃眞正合乎儒家
詩教之作品。又道：

> 健之爲病，壯于禎，作色于父，無所不至。故聞溫柔之爲
> 詩教，末聞其以健。健筆者，酷吏以之成爰書而殺人，藝
> 苑有健訟之言，不足爲人心憂乎？況乎縱橫云者，小人之
> 技，初非雅士之所問津，古人以如江如海之才，豈不能然？
> 顧知其不可而自閑耳。〔註56〕

與評謝靈運作品相較，庾信以〈詠懷〉爲名之詩則展現「直促」、「健
筆縱橫」，船山亦以「溫柔敦厚」作爲評斷庾信此詩之標的，明白直
斥「健筆縱橫」不屬於詩教之範疇，亦不符合「詩道性情」之本質。
詩之所以爲詩，必有其於《易》、《書》、《春秋》、斷獄之文、問罪之
書等不同處，否則不必再有詩一體，庾信〈詠懷〉詩直露其情、直陳
其理，情理躍然詩上，既無含蓄蘊藉，讀者更無以興、無以悟，故遭
致船山猛烈批評。

　　此外，清初學者又提出「文須有益於天下」，多主張直言諷刺之
表現手法，如顧炎武《日知錄》：「天下有道，則庶人不議，然則政教
風俗苟非盡善，即許庶人之議矣。……詩之爲教，雖主于溫柔敦厚，
然亦有直斥其人而不諱者。」〔註57〕，認爲直率抒憤之作，比溫柔敦
厚之作具有更豐富之社會意義。因此也具有更高之審美價值，文學創
作中對在上位者之諷刺多是直言不諱，此一背逆於儒家傳統之批判精
神，與王船山立論之中心是全然相反的。船山言：

> 太白胸中浩渺之致，漢人皆有之，特以微言點出，包舉自
> 宏。太白樂府歌行，則傾囊而出耳。如射者引弓極滿，或
> 即發矢，或遲審久之，能忍不能忍，其力之大小可知已。
> 要至於太白止矣。一失而爲白樂天，本無浩渺之才，如決

〔註56〕語見王夫之評選、張國星校點《古詩評選·卷五·庾信〈詠懷〉評
　　　語》：北京·文化藝術出版社，1997 年，頁 291。
〔註57〕語見清·顧炎武《日知錄集釋·卷 19·直言》：台北·世界書局，1962
　　　年。

> 池水，旋踵而涸。再失而爲蘇子瞻，蔆花敗葉，隨流而漾，
> 胸次侷促，亂節狂興，所必然也。〔註58〕

船山認爲「溫柔敦厚」之意義，在於表現手法之是否含蓄蘊藉，表現內容是否有所寄託起興，而不著墨於正變之爭，所謂「微言點出，包舉自宏」是也。換言之，船山以詩之特性──情爲出發點看待正變之爭，不論正風、正雅之中正和平之音，或變風、變雅之哀怨憤怒之音，其情感表達是含蓄者，其內容主張是可以興發普天下讀者之情者，便是合乎儒家詩教之作品。船山予以杜甫、白居易、蘇軾負面評價之因皆在此。由此可知船山所繼承與復興之儒家詩教，外在文字形式上，不必求於史筆、史實，不必明言諷刺；內在情感內容上，則必求於以寄託、比興將個人情感與現實國家社會相融合，力求情理合一。

此一對傳統詩教之再闡發，又可與其「詩史說」相觀照，歷來所謂之「詩史」作品，皆不合乎船山所定義之「溫柔敦厚」，自然受到船山之反對。船山詩論之環環相扣、條條相連，於此處亦展現無遺。

第二節　內緣因素

本論文研究、撰寫之重心在於船山對三李實際批評與其理論批評之結合部分，亦於前章「緒論」之「研究限制」中明言船山作爲跨越明清二代之哲學家、思想家，其哲學思想對其詩學有所影響，不言可喻。本論文不多著墨於分析、歸納船山哲學思想與詩學之聯繫與相通關係，故本節雖欲論述船山詩學形成之內緣背景，僅援引船山哲學、易學、儒學等思想中歷來學術界較爲一致性之論點，對應其詩學體系，不再對其思想，另作論證辨析。

一、船山哲學、易學與其詩學

歷來學術界多數認同王船山爲中國傳統詩論中「情景理論」之集大成者，同時認爲「情景理論」爲其詩學體系之主要架構，以「情景

〔註58〕語見王夫之《薑齋詩話・卷下12》：頁10。

交融」之詩學本質、內涵爲基點，其餘各個層面詩學主張之形成皆可
視爲「情景交融」之延伸，故可謂「情景交融」爲貫通其詩論所不可
或缺之部分。又其「情景理論」與其哲學思想、易學思想等領域有一
脈相承之關係，亦即其哲學、易學中之主張啓發其對情景關係之開
展。「在王船山的哲學體系中，汲取了老莊（按：應作《老》、《莊》）
和《周易》中具有辯證色彩的方法論，以變化的、對立統一的觀點看
待矛盾的事物，這種觀點爲他理解和處理情景關係奠定了哲學基礎。」
〔註 59〕《莊子・齊物》：「天地與我并生，而萬物與我爲一。」，船山
闡述之：

> 道合大小、長短、物我而通於一，不能分析而爲言者也。
>
> 〔註 60〕
>
> 夫物之不可絕，以己有物；物之不容絕，以物有己。
>
> 一眠一食皆與物俱，一動一言而必依物起。〔註 61〕

認爲大小、長短、物我等對立物之間是相互關聯、相互依存，並在一
定條件下得以相互轉化，因此宇宙間沒有截然割裂而對立存在之事
物，在任二看似對立之事物中，必然存在著某種統一性、相通性，因
此不能以對立之角度一一分析之，換言之，船山主張體現「物我渾
融」。其於《周易外傳》中亦傳達此一觀點：

> 天下有截然分析而必相對待之物乎？求之於天地無有此
> 也，求之於萬物無有此也，反求之於心抑未念其必然也。
>
> 〔註 62〕

仍在說明宇宙天下間任何事物本身皆具有與之相對之對立面，故對立
之二事物本身是你中有我、我中有你，二者之轉化亦是必然的。奠定
其「情景理論」中「情與景互藏其宅」之理論基礎。

〔註 59〕語見孫立《明末清初詩論研究》：廣州・廣東高等教育出版社，2003
　　　　年版，頁 189。
〔註 60〕語見王夫之《莊子解》：台北・廣文書局，1972 年。
〔註 61〕語見王夫之《船山全集・尚書引義》：台北・力行書局，1965 年。
〔註 62〕語見王夫之《周易外傳・卷七・說卦傳》：台北・成文書局，1976 年。

　　此外，船山易學中視「乾」與「坤」、「陰」與「陽」爲宇宙間互相對應之兩組符號，除闡述二者關係，同時提出「乾坤並建」以成宇宙間萬事萬物之說法，此一易學思想亦爲其情景交融理論形成之基礎。《周易內傳發例》：「乾坤並建，爲周易之綱宗。」〔註63〕、《周易內傳‧卷五》：「周易並建乾坤，以統六子，而爲五十六卦之父母；在天之化，在人之理，皆所緣生，道無以易。」〔註64〕；同時，船山又將「乾坤」與「陰陽」相連結言：「乾極乎陽，坤極乎陰。」〔註65〕，又言：「乾、坤獨以德立名：盡天下之事物，無有象此純陽純陰者也。」〔註66〕，既然「乾坤」統六十二卦，則「以陰陽至足者統六十二卦之變通。」〔註67〕爲必然。順此理論脈絡，可知船山以爲天人之理皆盡於《周易》之中，而《周易》中又以「乾」、「坤」統御其餘六十二卦，故天人之理亦盡於乾坤並建、陰陽合運之中，因此詩之理自然與此中之理同，不論是「情、景」與「乾、坤」、「陰、陽」同爲互相對應之兩個符號組合，由此又可反過來說明物我相感、情景相感之必然，《詩廣傳‧邶風》：

> 情者陰陽之幾也，物者天地之產也。陰陽之幾動於心，天地之物產於外。故外有其物，內可有其情矣；內有其情，外必有其物矣。……挈天下之物，與吾情相當者不乏矣。天地不匱其產，陰陽不失其情，斯不亦至足而無俟他求者乎？〔註68〕

船山認爲宇宙由陰陽二氣構成，不論是主體之情或是客體之物皆是如此，故情物同源；既然同源便得以相互感應，內在之情感必然有與之

〔註63〕語見王夫之《周易內傳發例》：台北‧成文書局，1976年。
〔註64〕語見王夫之《周易內傳‧卷五》：台北‧成文書局，1976年。
〔註65〕語見王夫之《周易內傳發例》：台北‧成文書局，1976年。
〔註66〕語見王夫之《周易內傳‧卷一》：台北‧成文書局，1976年。
〔註67〕語見王夫之《周易內傳‧卷一‧乾元亨利貞》：台北‧成文書局，1976年。
〔註68〕語見王夫之《詩廣傳‧卷一‧邶風‧論匏有苦葉》：台北‧河洛圖書公司，1974年。

相應之景物，外在之景物必然有與之相應之情感。自心物相感之必然性論證情景結合之必然性，同時提出情景之相輔相成關係。

至於《周易‧繫辭》：「一陰一陽之謂道」，船山詮釋之：

> 「一一」云者，相合以成，主持而分劑之謂也。無有陰而無陽，無有陽而無陰，兩相倚而不相離也。隨其隱見，一彼一此之互相往來。〔註69〕

蕭馳解釋「主持」爲「彰顯陰陽間往來、勝負、屈伸的永恆活動性」，又解釋「分劑」爲「指陳陰陽間之分辨以及絪縕和合。」〔註70〕，簡單論之，「主持」言二者之獨立存在性，「分劑」言二者之相互依存性。「情、景」與「陰、陽」、「乾、坤」此一特性相同，於其詩學中，既有「在心在物之別」之獨立存在意義，亦有「景以情合，情以景生」〔註71〕之相互依存意義，「情、景作爲詩人主客觀相互生發的兩個原質，有在心在物之分。而情和景一旦表現在詩中，構成一個完整和諧的系統，則與創作過程中在心在物之分不同。」〔註72〕。肯定「乾、坤」是一對互相依賴之範疇，唯有「乾坤並建」始有「宇宙生」；類比於其詩學中，唯有「情景並建」、「情景交融」始有「詩生」。

據此，船山謂：「情景名爲二，而實不可離，神於詩者，妙合無垠。」〔註73〕以「神」來形容堪稱佳作之詩，而此類作品必是情景不離，即情景合一、情景交融者，透過作品中景之描述，可感會作者之情；透過作品中情之抒發，可想像作者當下面對之情，景中有情，情中有景，寫景處似訴情，訴情中又似有景，故曰「不可離」、「妙合無垠」。故船山又有：「情不虛情，情皆可景；景非滯景，景總含情。」

〔註69〕語見王夫之《周易內傳‧卷五》：台北‧成文書局，1976年。
〔註70〕語見蕭馳《抒情傳統與中國思想——王夫之詩學發微‧船山天人之學在詩學中之開展（下）》：上海‧上海古籍出版社，2003年，頁76。
〔註71〕語見王夫之《薑齋詩話‧卷下17》：頁11。
〔註72〕語見孫立《明末清初詩論研究‧第四章‧王船山古典主義詩學的建構》：廣州‧廣東高等教育出版社，2003年修定版，頁191。
〔註73〕語見王夫之《薑齋詩話‧卷下14》：頁11。

〔註74〕之論。船山又云：

> 關情者景，自與情相爲珀芥也。情景雖有在心在物之分，
> 而景生情，情生景，哀樂之觸，榮悴之迎，互藏其宅。天
> 情物理，可哀而可樂，用之無窮，流而不滯，窮且滯者不
> 知爾。〔註75〕

言情景相爲珀芥，而非言情、景一爲珀、一爲芥，即表明情景之間非
截然可分，情景相輔相成爲必然。與船山論物我關係、景情關係相同，
船山亦主張情景相反亦得相成，宇宙間之景雖有樂景、哀景之分，創
作者之情雖有樂、哀之分，然樂、哀二者間亦非對立關係，可樂之景
可寫哀，可哀之景可寫樂，若一味尋找可樂景或可哀景，則作品將陷
於窮滯中。其甚明言：

> 「昔我往矣，楊柳依依；今我來思，雨雪霏霏。」以樂景
> 寫哀，以哀景寫樂，一倍增其哀樂。知此，則「影靜千官
> 裡，心蘇七校前」，與「唯有終南山色在，晴明依舊滿長安」，
> 情之深淺宏隘見矣。況孟郊之乍笑而心迷，香啼而魂喪者
> 乎？〔註76〕

「欲寫己情之悲，非必強言自然景物爲淒風苦雨；欲寫己情之愉，非
必強言自然景物爲風和日麗。」〔註77〕有時愈是和樂之景愈能襯托作
者內心之悲苦，反之亦然，故言「倍增其哀樂」。王船山此等情景理
論，與其哲學中所論之物我關係，皆有所呼應。又《詩廣傳·豳風》：

> 天地之際，新故之迹，榮辱之觀，流止之幾，欣厭之色，
> 形於吾身以外者化也，生於吾身以內者心也；相值而相取，
> 一俯一仰之際，幾與爲通，而浡然興矣。〔註78〕

〔註74〕語見王夫之評選、王學太校點《唐詩評選·卷三·張子容 〈泛永嘉
江日暮回舟〉評語》：文化藝術出版社，1997年，頁96。
〔註75〕語見王夫之《薑齋詩話·卷上16》：頁6~7。
〔註76〕語見王夫之《薑齋詩話·卷上4》：頁4。
〔註77〕語見王夫之著、戴鴻森箋注《薑齋詩話箋注·卷一·詩譯》：台北·
木鐸出版社，1982年，頁12。
〔註78〕語見王夫之《詩廣傳·卷二·豳風·論東山二》：台北·河洛圖書公
司，1974年。

「形於吾身以外」之「化」，即所謂之外在景物；「相值而相取」即言心與物之必然感應。心取物而使情感外化，物取心而使景物心情感化、內化，因此心物之間、情景之間是雙向來往者，並以「興」來表明此一狀態。

　　所謂之「興」，不論是情景之相輔相成或是情景之相反相成，皆與之有關，因二者皆涉及創作者是否真能自所見之景而感發其內心情思，故船山詩學中又提出「興會」、「現量」：

　　　　「池塘生春草」、「蝴蝶飛南園」、「明月照積雪」皆心中目
　　　　中與相融浹，一出語時，即得珠圓玉潤；要亦各視其所懷
　　　　來，則與景相迎者也。〔註79〕

創作者與外在景物猝然相迎之瞬間，所觸發情感，方為最真切之情感，感官所感受之景物，亦方為最真切之景物，此一真切之情感與景物，最終始得以構成情景交融之藝術佳作。船山以「現量」來闡述此種「心中目中與相融浹」之興會狀態：

　　　　「僧敲月下門」只是妄想揣摩，如說他人夢，縱令形容酷
　　　　似，何嘗毫髮關心？知然者，以其沉吟「推敲」二字，就
　　　　他作想也。若即景會心，則或「推」或「敲」，必居其一，
　　　　因景因情，自然靈妙，何勞擬議哉？「長河落日圓」，初
　　　　無定景；「隔水問樵夫」，初非想得。則禪家所謂「現量」
　　　　也。〔註80〕

文中所言之「即景會心」即前引文所謂之「心中目中與相融浹」。船山以賈島詩句「僧敲月下門」比苦心思索而得，認為此等創作雖「形容酷似」卻非真景物，自然無真感情，並提出禪家「現量」一詞：

　　　　「現量」，「現」者，有現在義，有現成義，有顯現真實義。
　　　　現在，不緣過去作影；現成，一觸即覺，不假思量計較；顯
　　　　現真實，乃彼之體性本自如此，顯現無疑，不參虛妄。〔註81〕

〔註79〕語見王夫之《薑齋詩話・卷下4》：頁8。
〔註80〕語見王夫之《薑齋詩話・卷下5》：頁9。
〔註81〕語見王夫之《船山全集・相宗絡索・三量》：台北・力行書局，1965
　　　　年。

「現在」,強調藝術創作不依賴過去的印象,是當下眼前直觀所得;「現成」,強調藝術創作是在心物交感之瞬間,隨即能與自身之情感、經歷相對應,不需借助任何理性思考;「顯現真實」,強調藝術創作不僅是對事物表面的觀察,而且也是對事物內在本質之把握,即從觀察景物之具體形象出發,而以呈現創作者內在之真實情感為終點。總之,文學創作所呈現之情、景皆應是創作者之親身經歷和真切感受。

二、船山之儒家背景與其詩學

　　前節於論述「船山詩學與清初詩學之關係」時,已述及在清初實學尊經復古、經世致用之影響下,儒家詩教亦呈現出復興之傾向,多數詩論家、詩評家皆以儒家詩教作為批評詩歌創作之標準,船山亦不例外。同時,由於船山之儒學背景與淵源深厚,〔註82〕因此畢生遵循儒家思想、儒家詩教,甚至因太過執著於儒家思想中之維護君主之封建儒理觀念,遭致歷來研究者之批評,本文於此無意探究船山儒家思想之好壞優劣,而僅就船山詩學繼承、開展儒家詩教處,明其儒家背景與詩學間之關聯。

　　前文業已論述船山雖主張「詩以情為主」,卻同時限定情之取向,所寫之情須合乎儒家「發乎情,止乎禮」、「主含蓄」、「重寄託」為上,船山於此等儒家觀念中並無太大之創新,其有所發揮處在於其對儒家詩教「興、觀、群、怨」四者關係之闡述,儒家詩教「興觀群怨」說見於《論語・陽貨》:

> 子曰:「小子!何莫學夫《詩》?《詩》可以興,可以觀,可以群,可以怨。邇之事父,遠之事君。多識於鳥獸草木之名。」〔註83〕

傳統詩教中之以「興、觀、群、怨」四者作為詩之功用,分別有感發

〔註82〕詳見張西堂《明王船山先生夫之年表・二、學述・(一)思想淵源》:台北・臺灣商務印書館,1978年,頁21～26。
〔註83〕語見清・阮元《十三經注疏——論語・陽貨・卷17》:台北・藝文印書館,1965年。

意志、考見得失、和以處眾、抒發不平之義，四者為獨立存在。王船
山則認為：

> 「詩可以興，可以觀，可以群，可以怨。」盡矣。辨漢、
> 魏、唐、宋之雅俗得失以此，讀《三百篇》者必此也。「可
> 以」云者，隨所以而皆可也。於所興而可觀，其興也深；
> 於所觀而可興，其觀也審。以其群者而怨，怨愈不忘；以
> 其怨者而群，群乃益摯。出於四情之外，以生起四情；遊
> 於四情之中，情無所窒。作者用一致之思，讀者各以其情
> 而自得。故〈關雎〉，興也；康王晏朝，而即為冰鑒。「訏
> 謨定命，遠猷辰告。」觀也；謝安欣賞，而增其遐心。人
> 情之遊也無涯，而各以其情遇，斯所貴於有詩。〔註84〕

由上可知，船山以為詩之所以為詩，須可以觸發人們感情意志，又可
以考察社會政治和人心得失，亦可以團結人們，還可以抒發怨憤不
平，亦四者是一體的，如此詩之「興」方能深遠，詩之「觀」方能明
晰，詩之「群、怨」方能誠摯與動人，「興觀群怨」四者之間無法割
裂。同時，由王船山將四者歸結為「四情」，再由「隨所以而皆可也」、
「讀者各以其情而自得」，可知王船山將四者之間如何聯繫及作品會
生發何種情感作用，交由讀者決定，重視「讀者感受之無限性」，與
作品相聯結，讀者若可與詩中景交感，進而興發「四情」，此乃符合
船山詩觀中之佳作。又由於不同讀者面對相同之作品，所感發之情志
不見得相同，如此一來，詩之感染力、影響力大增，詩之可貴亦得以
突顯。船山詩論特出之處，除在於賦予「興觀群怨」新義，使「興觀
群怨」成為一有機之整體，亦在於船山注意到文學創作中「讀者」所
扮演之角色及其重要性，此可謂文學批評中一大突破。

　　由於重視讀者之角色，故於四者之中，船山尤重視「興」，認為
「興」乃區分詩與非詩之標誌，其《唐詩評選》：「詩言志，歌咏言，
非志即為詩，言即為歌也。或可以興，或不可以興，其樞機在此。」

〔註84〕語見王夫之《薑齋詩話‧卷上2》：頁3～4。

〔註85〕而論及「興」、何以使作品具備「興」之功能,則必然牽涉其「情景理論」中「興會」之層面,故可與其「情景理論」相參看,再次印證船山詩論間環環相扣。

由前文論述可知,船山詩學之內緣背景實受其外緣背景影響,故外在因素與內在因素非截然可分者,各理論之間亦非截然可分,須統合觀之,船山詩學形成之輪廓方較易顯現出來。或許正如同船山思想中任何對立物之間非可一一分析之,船山之詩學亦不可割裂而觀之;亦如同船山將「興觀群怨」視爲一有機之整體,吾人研究其詩學亦得將所有詩話、評選、評語視爲一有機之整體,如此一來船山獨特之處自然容易展現。

船山著述豐富,內容橫跨哲學、易學、史學、經學、詩學等,然因其著述於當世並未流傳,雖於道光庚子年間,其七世孫王世全始刻其部分著作於湘潭,名曰《湘潭王氏守遺經書屋刊本船山遺書》,卻於咸豐初年,燬於兵,後又經鄭湘皋搜羅編目,同治年間曾國荃刊刻其著作七十餘種,名爲《船山遺書》,其著作始流傳,其思想方廣爲人知〔註86〕,故孫立於《明末清初詩論研究》一書中歸類船山爲「於當代影響小,但具有重大價值」之詩論家,〔註87〕而正因其詩學具有特色與重大價值,方能引發近世學術界對其詩學之探討。

船山對於清初詩學(或曰明中葉以來詩學,甚或其理學、哲學、儒學、經學、史學之內涵)既有繼承,亦有其反思、創新之一面,「不依附時代主流」而「堅守自己之原則」此一鮮明之個人特色,不啻反映在船山之理論批評中,同時於其實際批評中仍可窺見。本論文所設定之主體範疇「三李」──李白、李賀、李商隱,或多或少與船山此

〔註85〕語見王夫之評選、王學太校點《唐詩評選·卷一·孟浩然〈鸚鵡洲送王九之江左〉評語》:文化藝術出版社,1997年,頁11。

〔註86〕詳見張西堂《《明王船山先生夫之年表·著述考》:臺灣·商務印書館,1978年,頁175～176。

〔註87〕語見孫立《明末清初詩論研究·序說》:廣州·廣東高等教育出版社,2003年修定版,頁3。

一人格特色、論詩特色相合，故船山對三李之評價以肯定、正面爲多，不可不將此點視爲箇中原因。而船山受上述外緣及內緣背景影響下所建立之詩觀，亦將一一呈現於其對三李詩之選評上。本論文第三章起將進入船山實際批評部分，析論船山所選三李詩篇之著眼點，及其予以評論之意義與價值。

第三章　王船山選評李白詩

　　目前可見最早爲李白詩集作註者，爲南宋楊齊賢的《李翰林集》25 卷；元初蕭士贇刪補楊註，撰成《分類補注李太白集》25 卷；至明，胡震亨著有《李詩通》，於楊本、蕭本可見之一般典實不註，駁正舊註外，亦有其對李白詩獨特之見解；降及清代，王琦彙集舊註，補充訂正，編成《李太白集注》36 卷本，採擇宏富，註釋詳備，後有年譜一卷，分類輯錄李白生平、作品資料五卷；今人瞿蛻園、朱金城先生，編有《李白集校註》，以前人註本爲底本，旁搜唐宋以來有關詩話、筆記、考證資料以及近人研究成果，加以箋釋補充，考訂謬誤，是迄今爲止李白集註釋中，堪稱最詳備之註本。本章於分析李白詩篇，酌參上述諸家說法。又本文若述及創作之時代背景、確切年代，乃參據清末黃錫珪，增訂王琦舊譜而成，較舊譜內容更爲詳細之《李太白年譜》，今人詹鍈先生所著《李白詩文繫年》及安旗先生《李白年譜》，不再另作註腳。

第一節　李白生平與其詩歷代接受情形

　　李白，字太白，自號青蓮居士，才情橫溢，性情倜儻，詩文高妙清逸，世稱詩仙。祖籍隴西成紀（今甘肅天水市），後遷居蜀中綿州昌隆（今四川江油市）。少有才學，熟研經史，旁及百家雜書，好劍

術，《新唐書・李白傳》：

> 十歲通詩書，既長，隱岷山。州舉有道，不應。蘇頲爲益
> 州長史，見白異之，曰：「是子天才英特，少益以學，可比
> 相如。」然喜縱橫術，擊劍，爲任俠，輕財重施。更客任
> 城，與孔巢父、韓准、裴政、張叔明、陶沔居徂徠山，日
> 沉飲，號「竹溪六逸」。〔註1〕

一方面，隱居山林，求仙學道；另一方面，有輔佐君王、建立功業之
抱負，求遇合賢主，又不願依科舉常例擢用。李白一生便在出世與入
世之矛盾間，開展其生命與詩文創作。年二十五，出蜀東遊，足跡遍
及大江南北，留居湖南雲夢安陸時，娶故相許圉師孫女爲妻。

　　玄宗天寶元年（742），李白年四十二，經道士吳筠、賀知章推薦，
玄宗召見之，並任翰林供奉：

> 天寶初，南入會稽，與吳筠善，筠被召，故白亦至長安。
> 往見賀知章，知章見其文，歎曰：「子，謫仙人也！」言於
> 玄宗，召見金鑾殿，論當世事，奏頌一篇。帝賜食，親爲
> 調羹，有詔供奉翰林。〔註2〕

初時心情激奮，胸懷大志，後被疏遠，然玄宗後期，政治日趨腐敗黑
暗，李林甫把持政權，賢能之士屢遭排斥和迫害，李白秉性耿直，「嘗
沉醉殿上，引足令高力士脫靴」〔註3〕，不願阿諛奉承，因而遭受讒
害，於天寶三年辭官離開長安，又開始漫遊生活，政治理想幻滅，促
使李白詩歌創作趨於成熟，名篇迭出。

　　天寶十四載，安史之亂爆發，次年李白入永王李璘幕府，後永王
謀亂兵敗，李白連罪，遭永王兄肅宗放逐夜郎，行至巫山，遇赦獲釋，
《舊唐書・李白傳》：

〔註1〕語見宋・歐陽脩、宋祁等奉敕撰《新校本新唐書・卷二百二・列傳第
　　　　一百二十七・文藝中・李白傳》：台北・鼎文書局，1979年。
〔註2〕語見宋・歐陽脩、宋祁等奉敕撰《新校本新唐書・卷二百二・列傳第
　　　　一百二十七・文藝中・李白傳》：台北・鼎文書局，1979年。
〔註3〕語見晉・劉昫等撰《新校本舊唐書・卷一百九十下・列傳第一百四十
　　　　下・文苑下・李白傳》：台北・鼎文書局，1979年。

祿山之亂，玄宗幸蜀，在途以永王璘爲江淮兵馬都督、揚
州節度大使，白在宣州謁見，遂闢爲從事。永王謀亂，兵
敗，白坐長流夜郎，後遇赦得還。〔註4〕

晚年雖流落於襄漢及江淮一帶，當其聞李光弼統率大軍出鎮臨淮，仍
以多病之身請纓從軍，足見李白平社稷、救蒼生之志，無奈半途病發
而還，隔年死於當塗，年六十二。一生流浪、有志不得伸之痛苦，皆
體現於李白詩文創作中。

　　李白詩，雖受賀知章讚嘆爲「謫仙」，加上詩中多以豐富之想像、
豪邁之筆調描寫仙人、仙境，而有「詩仙」之譽，列唐詩大家，然其
於盛唐以來，所受到之注目，卻遠不如杜甫，不論是對其詩之編纂或
註解，皆是如此。

　　首先，就同處唐代之詩評而言，杜甫對李白讚許不已，如其詩〈寄
李十二白二十韻〉：「昔年有狂客，號爾謫仙人，筆落驚風雨，詩成泣
鬼神。」，李白「詩仙」一名之流傳與肯定，與杜甫此語關係匪淺；又
〈春日憶李白〉亦言：「白也詩無敵，飄然思不群。清新庾開府，俊逸
鮑參軍。」，可看出對李白「清新」、「俊逸」、「飄然不群」詩風之傾心。

　　然中唐以後，元稹、白居易並列比較李白、杜甫，開啓後世「李
杜孰優孰劣」之爭論。元、白二發起新樂府運動，主張「寓意古題，
刺美見事」〔註5〕、「即事名篇，無復依傍」〔註6〕、「文章合爲時而著，
歌詩合爲事而作」〔註7〕、「其事覈而實，使采之者傳信也」〔註8〕之

〔註 4〕語見晉・劉昫等撰《新校本舊唐書・卷一百九十下・列傳第一百四十
　　　　下・文苑下・李白傳》：台北・鼎文書局，1979 年。
〔註 5〕語見唐・元稹〈敘詩寄樂天書〉：收錄於《元氏長慶集》：台北・臺灣
　　　　商務印書館，1967 年。
〔註 6〕語見唐・元稹〈敘詩寄樂天書〉：收錄於《元氏長慶集》：台北・臺灣
　　　　商務印書館，1967 年。
〔註 7〕語見唐・白居易〈與元九書〉：收錄於《白氏長慶集》：台北・藝文印
　　　　書館，1981 年。
〔註 8〕語見唐・白居易〈新樂府序〉：收錄於《白氏長慶集》：台北・藝文印
　　　　書館，1981 年。

詩歌創作原則，要求詩歌取材於眞實人物、現實事件，開啓寫實諷諭
詩風。相較之下，自然是杜甫詩風符合其詩論，元稹盛讚杜詩「上薄
風騷，下該沈宋，古傍蘇李，氣奪曹劉，掩顏謝之孤高，雜徐庾之流
麗，盡得古今之體勢，而兼人人之所獨專。」〔註9〕，而李白「不能
歷其藩翰」〔註10〕。白居易亦有言：

> 又詩之豪者，世稱李、杜。李之作才矣，奇矣，人不逮矣；
> 索其風雅比興，十無一焉。杜詩最多，可傳者千餘首，至
> 於貫穿今古，覼縷格律，盡工盡善，又過於李。〔註11〕

雖並論李、杜，表面上對二人皆有讚揚，實際上褒杜貶李之意味，顯
而易見。白居易言李白有才氣，詩亦有奇語，卻未能體現諷諭現實之
精神，故不逮杜甫，甚至言李白詩之藝術形式亦不如杜。而「李白詩
中無比興」之論，雖非確論，仍對後代造成影響。

至晚唐雖有李陽冰：「（李白）凡所著述，言多諷興，自三代以來，
風騷之後，馳驅屈宋，鞭撻揚馬，千載獨步，唯公一人。」〔註12〕、
吳融：「國朝能爲歌詩者不少，獨李太白爲稱首，蓋氣骨高舉，不失
頌風刺之道。」〔註13〕等人，反駁李白詩無諷刺之說，並正面評價李
白詩，然因元、白論詩觀點，恰好與宋代整體學術背景、詩歌創作背
景相呼應，是以未對宋人評價李白詩造成影響，故中唐新樂府運動，
可謂是對李白詩歌評價之轉折點。

宋代理學興盛，間接使宋人關注詩歌之教化意義，因而宋詩主
理。杜甫詩具備忠君、愛國、憂民之情思，又以詩述史，諷諭鮮明直

〔註9〕語見唐・元稹〈唐故工部員外郎杜君墓係銘並序〉：收錄於《元氏長
慶集》：臺北・臺灣商務印書館，1967 年。

〔註10〕語見唐・元稹〈唐故工部員外郎杜君墓係銘並序〉：收錄於《元氏長
慶集》：臺北・臺灣商務印書館，1967 年。

〔註11〕語見唐・白居易〈與元九書〉：收錄於《白氏長慶集》：臺北・藝文
印書館，1981 年。

〔註12〕語見唐・李陽冰〈草堂集序〉：收錄於清・王琦《李太白集注》：臺
北・臺灣商務印書館，1983。

〔註13〕語見唐・貫休《禪月集・序》引吳融語：臺北・學生書局，1975 年。

接，符合宋人對詩歌之要求；李白詩則飄逸豪放，以寄託爲主，與理學重實精神不符，相形之下，不受重視，既不受重視，則對其詩之批評亦隨之而生，王安石言：「太白詩語迅快，無疏脫處，然其識低下，詩詞十句九句言婦人酒耳。」，故其詩「近俗」、「無深意」〔註14〕，即忽略李詩託物寄意之特色。又如《碧溪詩話》：

> 白之論撰，亦不過玉樓、金殿、鶯鴦、翡翠等語，社稷蒼生何賴？

> （白詩）雖累千萬篇，只是此意，非如少陵傷風憂國，感時觸景，忠誠激切，蓄意深遠，各有所當也。〔註15〕

仍以李、杜詩，能否直言體現之義理、教化，作爲評斷優劣之標準，李詩中多物象描繪，不如杜詩直陳慨嘆，無法吸引宋人目光，「尊杜抑李」成爲宋代風尚。間有江西詩派以杜甫爲宗，其命題、立意、章法、用韻、隸事，無不爲宋人所讚嘆、闡釋、仿擬，「千家注杜」，也就不足爲奇。

同處宋代之嚴羽，則以爲李、杜二人，不分軒輊：「太白有一二好處，子美不能道；子美有一二好處，太白不能作。」、「子美不能爲太白之飄逸，太白不能爲子美之沉鬱。」；又爲李詩辯白：「太白天才豪逸，語多率然而成者，學者於每篇之中要識其安身立命處可也。」〔註16〕，以爲李詩中亦有倫理教化意義，不應一味否定。雖不時有人稱道李白詩歌，如張表臣《珊瑚鉤詩話》、張戒《歲寒堂詩話》、范晞文《對床夜話》等，然仍未能改變詩壇貶抑李詩之局面，故李白詩於宋倍受冷落。

金元二代，亦不乏讚賞、敬慕李詩者，如李俊民〈申元帥四隱圖・

〔註14〕語見宋・胡仔《苕溪漁隱叢話・前集・卷六》引宋・王安石《鍾山語錄》；收錄於吳文治主編《宋詩話全編》：南京・江蘇古籍出版社，1998年。

〔註15〕語見宋・黃徹《碧溪詩話》；收錄於清・丁福保編《歷代詩話續編》：台北・木鐸出版社，1983。

〔註16〕以上所引嚴羽語，見《滄浪詩話》：台北・世界書局，1956年。

李太白〉一詩，表述對李白一生飄泊無依之同情，進而詩學李白，多
寄懷深遠之作。然金代詩風承宋詩餘緒，元代詩風力宗晚唐，故對李
白之評價與接受，未出現巨大變動，選注杜者仍多於選注李詩者，杜
詩仍處於高於李詩之地位

　　明代以後，情勢則始有所不同，前後七子倡言「文必秦漢，詩必
盛唐」，略過宋詩，尊唐詩，是以同屬盛唐大家之李、杜二人，皆為
時人重視，亦未繼承宋代揚杜抑李之論。又高棅《唐詩品匯》：「詩至
開元天寶間，神秀聲律，粲然大備，李翰林天才縱逸，軼蕩人群。」
〔註17〕，李詩形式、內容兼備，是以其於各體之下，皆列李白為正宗，
不但不抑李，甚而高度讚許之。然前後七子重詩法、以模擬為復古，
加以才氣不及李白，無法呈現李詩之奇勢與意蘊，而杜詩多律體，有
一定創作規矩，較易模擬。概括而言，杜詩於明代之影響力，仍較李
白為大；李、杜並重，則為大多數詩評之觀點。當然明代亦有因襲前
人「李不如杜」之論，如瞿佑：

> 老杜詩識君臣上下，如云「萬方頻送喜，無乃聖躬勞」，「至
> 今勞聖主，何以報皇天」……。〈上歌舒開府〉及〈韋左相〉
> 長篇，雖極稱讚朝霞與見素，然必曰「君王自神武，駕馭
> 必英雄」，「霖雨思賢佐，丹青憶老臣」，可謂知大體矣。太
> 白作〈上皇西巡歌〉、〈永王東巡歌〉，略無上下之分。二公
> 雖齊名，見趣不同如此。〔註18〕

繼承宋代著重詩歌倫理教化意義之主張，舉杜甫諸詩說明其嚴守君臣
上下之別，因而以「識大體」肯定其人其詩。只是此等有所偏頗之評
論，與宋代相比，已減少許多。

　　降及清代，李、杜並重，仍為趨勢。只是有鑑於明末心學末流之
空洞浮泛，毫無內容深意，而使國家走向衰敗滅亡之路，故於學術上
重實證、重考據，「詩史說」亦因此發展，不論是「以詩存史」、「以

〔註17〕語見明・高棅《唐詩品匯》：台北・學海出版社，1983年。
〔註18〕語見明・瞿佑《歸田詩話・少陵識大體》：收錄於清・丁福保編《歷
　　　　代詩話續編》：台北・木鐸出版社，1983年。

詩述史」、「以詩補史」，皆著重於詩之實錄精神，杜甫詩與此相應，故其「詩史」地位，再次得到肯定，研究杜詩之風氣，亦較研究李詩興盛。

　　王船山與大多數清人相同，反對明末心學，卻又悖於大多數清人，反對「以詩為史」之詩歌創作方式；又其對李白之批評，幾乎全屬正面，此乃其看似「揚李抑杜」之主因，與歷代主體論點有異，故實際對船山選評李白詩進行分析、歸納，當可見其詩論特出之處，同時從中辨明船山是否真是如表面之「揚李抑杜」。

第二節　王船山選評李白詩析評

　　王船山《唐詩評選》選評李白詩，計有樂府歌行體十六首、五言古詩體十七首、五言律詩體八首（包括一首五言排律）及七言律詩體二首，共四十三首。本節嘗試經由分析四十三首詩之作法、寓意，探討王船山選評李白詩之重心，並輔以條列其他批評家對船山所選詩篇之評價，明二者之同異，同時據以呈現出船山選評之特色。

一、樂府歌行體

（一）〈烏夜啼〉

> 黃雲城邊烏欲棲，歸飛啞啞枝上啼。機中織錦秦川女，碧紗如煙隔窗語。停梭悵然憶遠人，獨宿孤房淚如雨。

王船山評：只於烏啼上生情，更不復於情上佈景興賦，乃以不亂。直敘中自生色有餘。不資爐冶，寶光爛然。

　　〈烏夜啼〉為樂府舊題，內容多寫男女離別相思之苦，李白此詩沿用傳統題旨，然言簡意深，有其獨特之處。

　　首二句，扣緊題名，描繪黃昏秋林中之烏鴉群啼之景。以「烏欲棲」言群鴉將棲未棲，正是啼聲最為煩亂之時，烘托整體環境之蕭瑟、暗淡、煩躁，而隱約牽引出下文之人物與其愁緒。

次二句，點出人物爲「秦川女」，本指晉竇滔之妻蘇蕙，其夫爲苻堅放逐至流沙，其思夫心切，織回文璇璣圖贈夫，故言「機中織錦」。〔註19〕此處詩人化用典故，不明確指秦川女爲蘇蕙，而泛指當時因唐玄宗好大喜功、窮兵黷武，許多丈夫遠征之思婦，使詩之普遍性、可感性大增。下句，以「碧紗如煙」、「隔窗語」由視覺、聽覺之朦朧不清，讓讀者想像思婦之形貌、體態，進而感受思婦之心境。

末二句，承「烏夜啼」、「機中織錦」而「停梭」、「憶遠人」。黃昏，當爲丈夫返家與妻子相伴之時刻，思婦之丈夫卻遠征不歸，加以鴉啼，更加深其悲愁，卻又因「獨宿孤房」，無法排解鬱結，只得淚如雨下以渲洩，於此又呼應「隔窗語」，其喃喃自語，原是在對丈夫訴說思情。

全詩由「烏啼」而起情，發展皆順此而下，非有意造景、造人、造事，故雖有景、有人、有事，卻不致使詩意不明，故船山曰「不亂」。短短六句，雖是概括筆法，卻具體、生動展現思婦之形象，故船山謂之「直敘中自生色有餘」，其中「有餘」點出此詩豐富之意蘊，除是相思之苦，亦關合時事，微諫玄宗之開疆拓土。「不資爐冶」，則言此詩不特意著墨於思婦之情、諷刺之意，卻「寶光爛然」，色彩、寓意鮮明。沈德潛：「蘊含深遠，不須語言之煩。」〔註20〕，即船山所言之「不資爐冶」，不須長篇鋪陳、不須具體描繪景情，讀者卻可明白體會之。

（二）〈烏棲曲〉

姑蘇臺上烏棲時，吳王宮裏醉西施。吳歌楚舞歡未畢，青山欲銜半邊日。銀箭金壺漏水多，起看秋月墜江波。東方漸高奈樂何。

王船山評：薑尾銀鉤，結構特妙。　　總此數語，由人卜度，正使後人誤解，方見圖繢之大。　　「青山」句天授，非人力。

〔註19〕詳見唐・房玄齡等撰《新校本晉書・列女傳》：台北・鼎文書局，1979年。
〔註20〕語見清・沈德潛《唐詩別裁》：台北・臺灣商務印書館，1965年。

　　〈烏棲曲〉亦樂府舊題，內容多寫輕靡艷情之宮體詩，李白此詩看似亦寫宮廷艷詩，實則諷刺宮廷之淫靡、浮華，形式上亦有所創新。

　　首二句，「烏棲時」與題名相應，點明時間為黃昏，同時又具象徵意義，幽深昏暗籠罩吳宮，寓吳國日益沒落之國勢；「姑蘇臺」為吳王夫差所建，上有春宵宮，為吳王與西施日夜飲酒作樂之宮，點出地點，並引出下句「吳王宮裏醉西施」之事。「醉西施」，一言吳王與西施已自白晝飲酒至黃昏，故皆已「醉」，一言吳王醉心於西施之美貌。詩人雖用虛筆，然吳王盡日沉溺酒色之中，無心國事，可知也。

　　次二句，言宴飲作樂時光之快速流逝，上承「烏棲時」，時卻已至日暮低垂，不明寫時光流逝，卻寫「青山銜半日」。然而「歡未畢」，寫吳王未盡興，故入夜後仍將持續放縱享樂，為下二句埋下伏筆。此處之「落日銜山」亦有吳國勢已暮之象徵意義。船山讚此句渾然天成，雖工巧，卻自然無人工斧鑿之跡。

　　又次二句，續寫吳宮夜晚之荒淫。「銀箭金壺」，指宮中之計時器；「漏水多」，形象地寫時光之流逝，引出「秋月墜江波」，白晝又將來臨。以「起看」二字，再寫吳王之未盡興，亦暗喻白晝仍將如此，日復一日，夜復一夜，永無停歇之時。「月墜江波」，與前「落日」景物之象徵意義亦相同，悲涼氣氛環繞全詩。

　　最後，突破傳統〈烏棲曲〉偶句收結之形式，變偶為奇，以一句「東方漸高奈樂何」，戛然收束。「高」字為「皓」之假借字，「東方漸高」，言天已發白，即已天亮；「奈樂何」，則言宴飲仍會繼續下去，又寓有吳王享樂之日已無多之慨嘆，因其國將衰亡。詩至此，方隱約明言荒淫者之悲慘結果。

　　書法上稱「乙」字的末趨為「蠆尾」，「銀鉤蠆尾」即指趨法如銀鉤般的遒勁有力，船山言此詩「蠆尾銀鉤，結構特妙」，即就其創新〈烏棲曲〉之形式而發，多此一句，不但不使節奏拖沓，反而增強諷

刺寓意，《唐宋詩醇》：

> 樂極生悲之意，寫得微婉，未幾而麋鹿遊於姑蘇矣。全
> 不說破，可謂寄興深微者。……末綴一單句，有不盡之
> 妙。〔註21〕

此一創發之單句、結句，使全詩語盡而意不盡，詩人頗有以吳王醉心於西施，比唐玄宗沉迷於楊貴妃；以吳之亡國，警玄宗若不知醒悟，唐亦將亡國。後人不知李白此詩以創新之形式，「寄興深微」，一味仿其形式、結構、句法、用字，而陷於「圈繢」中，無法跳脫人為設置之框架，使其詩無法展現自我獨特之風格。船山《薑齋詩話》亦云：「若齊、梁綺語，宋人摶合成句之出處，役心向彼掇索，而不恤己情之所處發，此之謂小家數，總在圈繢中求活計也。」〔註22〕，創作時，不經感物起情之過程，不因情而為之，反以拼湊前人字句為法度，作品無情、無意蘊，成不了佳作、稱不上大家。

（三）〈遠別離〉

遠別離，古有皇英之二女。乃在洞庭之南，瀟湘之浦。

海水直下萬裏深，誰人不言此離苦？日慘慘兮雲冥冥，猩猩啼煙兮鬼嘯雨。

我縱言之將何補？皇穹竊恐不照餘之忠誠，雷憑憑兮欲吼怒。

堯舜當之亦禪禹。君失臣兮龍為魚，權歸臣兮鼠變虎。或言堯幽囚，舜野死。

九疑聯綿皆相似，重瞳孤墳竟何是？帝子泣兮綠雲間，隨風波兮去無還。

慟哭兮遠望，見蒼梧之深山。蒼梧山崩湘水絕，竹上之淚乃可滅。

〔註21〕語見清高宗御選《唐宋詩醇》：台北・中華書局，1971年。
〔註22〕語見王船山《薑齋詩話・卷下2》：收錄於清・丁福保編《清詩話》：台北・藝文印書館，1971年，頁8。

王船山評：通篇樂府，一字不入古詩。如一匹蜀錦，中間固不容一尺吳練。　　工部識時語開口便見，供奉不然，習其讀而問其傳，則未知己之有罪也。工部緩，供奉深。

　　〈遠離別〉為樂府古題，以傷離怨別為主要內容，詩人此詩所述與古題亦有相關，然表現手法及所寓詩意，卻極不同。天寶中末期，唐玄宗貪圖享樂，荒廢政事，將大權委於李林甫、楊國忠之流，致使國勢日益腐敗，詩人對此感到憂心與不滿。

　　詩首以堯嫁二女娥皇、女英予舜之古老傳說開篇，相傳後舜南巡，死於蒼梧之野，二妃追至洞庭，溺於湘江，魂魄常神遊於此。「海水直下萬裏深」言二妃之悲痛深如海，順勢帶出「誰人不言此離苦」之疑問？後又承此述瀟湘四周之景物皆感此苦，日無光、雲晦暗、猩、鬼在煙雨中哀鳴啼嘯，烘托出整體環境之淒涼、昏暗。

　　正當讀者沉浸於二妃之悲傷氣氛中，詩人卻天外飛來一問「我縱言之將何補」，將傳說與現實之間聯繫起來，故蕭士贇言「日、雲、猩、鬼」二句實寓玄宗時政局之淒涼、昏暗〔註23〕，詩人言己雖對此一局勢感憂心，卻因人微言輕，一言無進諫機會，二言玄宗不會予以理會，故以下感慨述皇天恐怕無法察照其一片忠誠。而後又瞬間回到瀟湘之景，寫風雨中雷聲大作，一與前文所烘托之氣氛相應，一又將「雷」比當朝有權勢之小人，言因己直言皇帝昏聵、政局陰暗，故「雷」對己怒吼。

　　接續以「龍」比君王、以「鼠」比奸臣，寫君王若用人失當，大權旁落，則二者身分將轉變，「龍化魚」、「鼠變虎」，本來貴處龍位者，將屈居下位，成為別人刀俎上之魚；本來已懷有野心之鼠輩，將一躍變成萬獸之王。並引史實並加以轉化其義，言「堯讓舜」、「舜禪禹」、「堯幽囚」、「舜野死」，實際上皆是大權旁落所造成之結果。行文至此，又將焦點回歸至舜，「重瞳」指舜，相傳其眼珠有兩個瞳孔〔註24〕，

〔註23〕詳見元・蕭士贇《分類補注李太白集》：台北・世界書局，1985 年。
〔註24〕詳見漢・司馬遷《史記・項羽本紀》：「舜目蓋重瞳子。」

其喪命之蒼梧山，因九山相連，形又相似，故又名「九疑山」，言失
去大權的舜，連其究竟葬身何處，亦不得而知，更不必言如何保其國
家、妃子，二妃只能於綠雲般之竹林間不斷哭泣。末又以因二妃眼淚
灑於竹上，故瀟湘一帶盛產有斑痕之竹的傳說，言二妃之悲，綿延不
絕，無停止之日。

　　全詩即虛即實，虛中有實，實中有虛，以傳說始，以傳說結，使
全詩不論是思想上，或是藝術手法上，皆保持其完整性，恍惚、含蓄
之敘事中，見其反映時代之詩旨，故船山謂之「通篇樂府」，此外，
此一評語，亦就此詩句式長短不齊，與樂府詩多長短句之特色相同而
發。後以四川所出產、細緻精美聞名之「蜀錦」形容此詩，其中「不
容一尺吳練」即與「通篇樂府」意涵同。船山又將李白此詩與杜甫社
會寫實諷刺之詩相較，言杜甫之詩，諷刺之意露於表面，與李白辭隱
意明不同。讚賞李白詩寓意深切，同時可避免因諫而獲罪，杜詩寓意
則流於鬆緩，無法興發讀者層層探求其意蘊。

　　又此詩長短相間，詩人情思似吐似吞，若斷若續，與「楚騷體」
有幾分相似：

> 此篇最有楚人風。所貴乎楚言者，斷如復斷，亂如復亂，
> 而辭意反覆行乎其間者，實未嘗斷而亂也；使人一唱三嘆，
> 而有遺音。〔註25〕

吞吐其意、閃爍其詞、斷續其脈之筆法，與楚騷相仿，李白詩與楚騷
體有部分承繼關係，可知也。然詩人不僅是單純形式上之繼承，其亦
有獨創之處，如其構思與立意，真切的與其自身之情思相結合，顯、
隱之間，使詩意境深邃、情感張力強烈可感，別具一格。

（四）〈長相思〉

> 長相思，在長安。絡緯秋啼金井闌，微霜淒淒簟色寒。
> 孤燈不明思欲絕，卷帷望月空長歎。美人如花隔雲端。

〔註25〕語見瞿蛻園《李白集校注》引范梈言：台北・里仁書局，1981年。

上有青冥之長天，下有淥水之波瀾。天長路遠魂飛苦，夢
魂不到關山難。

長相思，摧心肝。

王船山評：題中偏不欲顯，象外偏令有餘。一以爲風度，一以爲淋漓，嗚呼！觀止矣！

〈長相思〉，本〈古詩〉：「客從遠方來，遺我一書札，上言長相思，下言久離別。」內容多寫思婦之情。李白初入長安，本懷抱君臣遇合之理想，事實上，卻遊於魏闕，不得其門而入、不得君王之賞識，故此詩雖亦自思婦之情入手，實則別有寓意。

此詩以「美人如花隔雲端」一句，將詩分爲二部分。前半，寫相思之苦。篇首以二句三字句式，點題。次四句，則著意藉環境之冷清，烘托相思者之孤獨淒涼形象。「絡緯秋啼」，以聽覺摹寫，點明時令爲蕭颯之秋；又以觸覺摹寫霜露降、枕席寒，故無法成眠。承不能寐，改以視覺摹寫其起身見「孤燈」，「孤」字既寫燈，亦寫詩人心理寂寞，故「思欲絕」；又見「月」之可望不可及，故「空長嘆」。後而以「美人如花隔雲端」，與題「長相思」呼應，並點出前二句「思欲絕」、「空長嘆」之主因。不論是絡緯、霜、簟、燈、月皆附著人之哀傷。

後半，寫詩人企圖追尋美人之經過。首二句爲後句「天長路遠」之具體描述，上有天，下有水，中有重重關山，塑造出詩人與美人之間，環環阻礙。本爲「天長路遠」「關山難度」，「夢魂不到」故「魂飛苦」，詩人有意錯綜句式，突顯求之不得之無奈，使其相思之苦又轉深一層，而帶出「摧心肝」，此種追尋不得之痛。

自屈原〈離騷〉以男女戀情比君臣遇合、「求女」比理想之追求以來，「美人」於詩詞中便寄有所追求之理想與人物之寓意，加以詩人將地點設置於「長安」，加深此詩具有現實託寓之暗示，詩人形象地將美人比君王，思美人比期盼君王之提攜，摧心肝比理想無法實現之苦悶。表面上只寫相思，故船山謂之「題中偏不欲顯」，然卻可隱約體會詩人蘊藏詩句間之深意，故又曰「象外偏令有餘」。而此弦外

之音，船山以爲既有傳統詩教「悲而不傷，怨而不誹」〔註26〕之風度，
卻又使「忠愛之意藹然」〔註27〕，故以「淋漓」讚此詩曲盡其意。

（五）〈北風行〉

燭龍棲寒門，光曜猶旦開。日月照之何不及此，唯有北風
號怒天上來。

燕山雪花大如席，片片吹落軒轅臺。幽州思婦十二月，停
歌罷笑雙蛾摧。

倚門望行人，念君長城苦寒良可哀。別時提劍救邊去，遺
此虎紋金鞞靫。

中有一雙白羽箭，蜘蛛結網生塵埃。箭空在，人今戰死不
復回。

不忍見此物，焚之已成灰。黃河捧土尚可塞，北風雨雪恨
難裁。

王船山評：前無含，後亦不應，忽然及此，則雖道閨人，知其自道所
感。

　　「鮑照有〈北風行〉，傷北風雨雪，行人不歸，李白擬之而作。」
〔註28〕，雖言「擬之」，詩中卻深化、擴大詩旨，使其較鮑照原作，
富有更深刻之現實意義。詩人有感於天寶年間，安祿山爲邀功、拓展
個人勢力，連年窮兵黷武，以致民瘼深重，不堪其苦，而作此詩。

　　全詩分爲二部分。前六句爲第一部分，描繪北方氣候之嚴寒。首
二句，借傳說起興，「燭龍」典出《淮南子》，棲息於極北之地，其地
日、月不及，故以燭龍之視瞑、呼吸分晝夜、四季〔註29〕，言寒門雖

〔註26〕語見張仁青選注《李太白詩醇》引嚴羽：「悲而不傷，怨而不誹，可
　　　以追《三百篇》之旨矣！」（收錄於陳伯海主編《唐詩彙評》：杭州・
　　　浙江教育出版社，1995年，頁580。）

〔註27〕語見《批點唐詩正聲》：收錄於陳伯海主編《唐詩彙評》：杭州・浙
　　　江教育出版社，1995年，頁579。

〔註28〕語見清・王琦《李太白集注》：台北・臺灣商務印書館，1983年。

〔註29〕詳見《淮南子・墜形訓》：「燭龍在雁門北，蔽於委羽之山，不見日，

無日光照射，仍有燭龍之光輝，承此而烘托思婦所在之幽燕一帶，較之寒門，不只無日、月、燭龍，甚且只有北風、大雪，詩人分別自聽覺、視覺，以誇飾、想像之筆，寫風、雪之凜冽、厚深，其幽冷酷寒，可想而知。此等環境既觸動女子之相思，又是女子心理狀態之反映。

「幽州思婦」句起爲第二部分，著意描寫女子思夫之苦。以「停歌」、「罷笑」、「雙蛾摧」、「倚門望行人」等具體動作之敘述，展現女子殷切之期盼與擔憂，所盼者爲一年將盡，丈夫歸返團聚，所憂者爲丈夫所在之長城，遠較幽燕苦寒。詩前半所寫幽燕氣候已是極端寒冷，長城苦寒又更勝之，不必詳述，仍可想見。雖「望」卻不見，只得將視線轉移至「鞞靫」、「白羽箭」等可睹物思夫之物上，又以「蛛網」、「塵埃」象徵丈夫離開時間已久，再次點明女子之相思。以下四句，筆鋒一轉，以物在人亡，更深一層寫女子心境之淒愴。末二句，反用「黃河捧土」之傳說結詩〔註30〕，言黃河之水即使可以土塞之，幽燕之風雪卻仍無停歇之時，著意突顯女子之離愁別恨，永無消殆之日。

以「燭龍」傳說始、以「黃河捧土」傳說終，以風雪起、以風雪結，雖看似前不呼，後不應，實是全詩結構完整，寓意深刻，感情眞摯，詩人透過思婦之恨，寄己對戰爭造成人民苦難之恨。故船山評：「雖道閨人，知其自道所感。」，「前無含，後不應」則是船山表達此詩雖不著意針砭現實，其意仍得以爲讀者領會。

（六）〈採蓮曲〉

若耶溪傍採蓮女，笑隔荷花共人語。日照新妝水底明，風飄香袖空中舉。

岸上誰家遊冶郎，三三五五映垂楊。紫騮嘶入落花去，見此踟躕空斷腸。

其神人面龍而無足。」、高誘注：「龍銜燭以照太陰，蓋長千里，視爲晝，瞑爲夜，吹爲冬，呼爲夏。」

〔註30〕 詳見《後漢書·朱浮傳》：「此猶河濱之人，捧土以塞孟津，多見其不知量也。」本指若孟津渡口不可塞，則黃河之水更不可塞。

王船山評：卸開一步，取情爲景，詩文至此只存一片神光，更無形跡矣。

王琦：「〈採蓮曲〉起梁武帝父子，後人多擬之。」〔註31〕梁氏父子筆下之採蓮女形象較艷麗，與其時宮體艷情詩之發展有關，李白此詩雖亦描繪採蓮女，卻賦予採蓮女截然不同之形象。此詩約作於李白辭供奉翰林，遊於會稽若耶溪畔，心情受採蓮女之嬌媚、活潑感染而作。

詩前四句，寫採蓮女之形神。首句即點明此詩主角爲採蓮女，並與題名相應。二句，著意描繪採蓮女盡情談笑之態，「笑隔荷花」，既寫女子形象有如荷花之美，又寫詩人立於岸上，聽聞「笑聲」、「人語」始得知花裡有人，蘊含豐富。第三句，寫溪水四周，日光普照、綠水澄明，亦用以襯托採蓮女之明麗；第四句，則直寫採蓮女高舉衣袖，任風吹拂之樣貌，使風帶有荷香，正襯採蓮女之清香。

後四句，描繪焦點轉至遊冶岸邊之青年男子，「映垂楊」寫日已西下，男子們仍未歸，究竟是爲荷花之香美而徘徊，或是爲採蓮女之動人而留戀，詩人未明言，留給讀者可想、可感之空間。詩人見採蓮女、遊冶郎之純眞情意、悠閒情趣，思及自己居處朝廷時，所受之讒言、委屈，不禁發出「見此踟躕空斷腸」之感嘆。

末句「見此踟躕空斷腸」之意涵，其實很隱微，不結合詩人之經歷，不知此句爲感嘆，因亦可作遊冶郎因對採蓮女有愛慕之思而踟躕、斷腸，故船山謂之「詩人至此只存一片神光，更無形跡矣！」，所言之「神光」，即男女之間之情思；所言之「形跡」，即詩人主觀之情思。全詩採蓮女之形象是自然質樸的，不見梁氏父子筆下之濃妝艷抹，故船山言詩人「卸開一步」，同時營造四周環境之芬芳淡雅，以烘托採蓮女子形態嬌柔可人、情感之純粹眞摯，故船山評之「取情爲景」。肯定此詩者之評論觀點與船山大同小異，或曰「語致閒閒，生

〔註31〕語見清‧王琦《李太白集注》：台北‧臺灣商務印書館，1983 年。

情布景。」〔註32〕，或曰：「淺語盡情。」〔註33〕，皆就情景交融，予以讚賞。否定此詩者，則因未明詩人寄寓末句之意旨，以爲同於齊梁艷情詩，無深刻之內容，故曰：「此作語極秀媚，體實輕浮，未見其細。」〔註34〕，對比二方之評，可知船山評此詩，不論主體詩人或客體詩中之人，皆以「思眞、情眞、景眞」爲主要要求。

（七）〈夷則格上白鳩拂舞辭〉（或作〈白鳩辭〉）

> 鏗鳴鐘，考朗鼓。歌白鳩，引拂舞。白鳩之白誰與鄰，霜衣雪襟誠可珍。
>
> 含哺七子能平均，食不噎，性安馴，首農政，鳴陽春。天子刻玉杖，鏤形賜耇人。
>
> 白鷺亦白非純眞，外潔其色心匪仁。闕五德，無司晨。胡爲啄我葭下之紫鱗？
>
> 鷹鸇鵰鶚，貪而好殺。鳳凰雖大聖，不願以爲臣。

王船山評：閑（閒）處點綴奇絕，古體爲新詩，賴此神肖。

此詩《樂府詩集》入「舞曲歌體」一類，據《古今樂錄》：「鞞、鐸、巾、拂四舞，梁並夷則格，鐘磬鳩拂和，故白擬之，爲〈夷則格上白鳩拂舞辭〉云。」〔註35〕，可知此詩，結合樂府古題〈白鳩辭〉與〈拂舞辭〉而來，即爲既配樂又伴舞之詩歌，故詩首四句，乃與題相應，述演唱〈白鳩辭〉之情形。晉楊泓有〈白鳩拂舞辭〉：「翩翩白鳩，載飛載鳴。懷我君德，來集君庭。曖曖鳴球，或丹或黃。樂我君恩，振羽來翔。」其序言中言，此詩爲其到江南見〈白符舞〉，或稱〈白鳧鳩舞〉，有感百姓痛恨孫皓之殘暴，寄望晉之賢君治理之，然

〔註32〕語見明・陸時雍《唐詩鏡》：台北・臺灣商務印書館，1983 年。

〔註33〕語見明・高楝《唐詩品匯》引劉辰翁評：台北・學海出版社，1983 年。

〔註34〕語見《匯編唐詩十集》：收錄於陳伯海主編《唐詩彙評》：杭州・浙江教育出版社，1995 年，頁 590。

〔註35〕語見宋・郭茂倩《樂府詩集》所引《古今樂錄》：台北・中華書局，1970 年。

晉亦無賢君，故詩旨實爲對太平生活之期許。李白此詩雖亦有此深意，然表現手法，與之不同。

　　以下七句，著意描述白鳩之外表與本質，言其外表之白，正襯其內心、作爲之純眞無邪、溫馴有守。而後又舉「鷹」與之對比，言鷹雖色白，卻是「缺五德」、「無司晨」、「貪而好殺」，與其內心、作爲無關，詩人所言之「白鷺」，實指「白鷹」而言，強調其表裡不一。末二句，意有所指，言若是白鷹掌權，即使有聖德如鳳凰之才子志士，亦不願爲其效力。

　　詩人以白鷹比玄宗之好色荒淫、窮兵黷武，以白鳩、鳳凰自喻其有才有德、有爲有守，不願對玄宗稱臣之寓意，雖未明言，仍可生發聯想而體會。詩人純自旁觀白鳩、白鷹之角度著筆，彷彿正爲讀者介紹白鳩與白鷹，描述完其習性後，不經意發表其評述，巧妙且自然融入詩人之情思，故船山評之：「閒處點綴奇絕」。雖仿古作，不但著力處有異，情思表述方式有異，甚且以三字句爲主調，與古作四字句之句型、句式亦相異，無怪乎船山謂之「古體爲新詩」、「神肖」。

（八）〈設辟邪伎鼓吹雉子班曲辭〉（或作〈雉子班〉）

辟邪伎作鼓吹驚，雉子班之奏曲成。喔咿振迅欲飛鳴，扇錦翼，雄風生。

雙雌同飲啄，趫悍誰能爭？乍向草中耿介死，不求黃金籠下生。

天地至廣大，何惜遂物情。善卷讓天子，務光亦逃名。所貴曠士懷，朗然合太清。

王船山評：二首從曹孟德父子問津，遂抵西京岸次。後人橫分今古，明眼人自一蕆片穿太白於樂府歌行，不許唐人分半席，惟此處委悉耳。歷下、琅玡學〈鐃歌〉，更不曾湯著氣味在。

　　「雉子」，鳥名，小野鳩之一種。〈雉子班〉本漢樂府鼓吹曲辭類，或作短簫鐃歌，述雉子之事。「辟邪」，爲古代傳說中之神獸，形狀似

鹿，尾長，有兩角〔註36〕。「辟邪伎」，指伎人佯裝辟邪而舞。據《古今樂錄》記載，南朝梁朝廷宴會樂曲設有「辟邪伎鼓吹作雉子班曲」，即伎人跳辟邪舞，同時搭配〈雉子班〉。

詩首二句，看似交待題名之由來，與題相應，實則詩人以「奏曲成」言雉子已成熟、茁壯，欲翱翔天際，拓展視野，增長見聞。三句承「奏曲成」而來，以「振迅」強調想飛之決心。四五六七句，描繪雉子飛翔之姿，「扇錦翼」，著眼於其色彩斑斕之雙翅；「雄風生」，著眼於其振翅之力度；後又以設問句法「趫悍誰能爭」，寫其飛翔時，體態之輕捷，無人能比。

八九句，寫雉子性剛直，若為人所捕，寧可自斷其頭而死，不願苟活。「天地」二句，承前二句，再次強調雉子之耿介不阿，同時將焦點由雉子轉向現實生活中。末四句，典出《莊子·讓王篇》，「善卷」、「務光」二人皆古代隱士，相傳天子欲傳位予二人，二人皆不受，因二人皆為胸懷曠達之士，與其居高位，處處受限制，倒不如與天地萬物冥合，來得自在自適。

綜觀全詩，詩人實以雉子喻己，先言詩人懷抱才能、理想入京，欲對國家社稷有一番作為，卻遭受讒言、嫉妒，正如同雉子受捕於人，詩人之剛介耿直個性亦同雉子，不願苟且偷生，故毅然離京。離京之詩人，即便滿懷憂傷，仍以「善卷」、「務光」辭君位，安慰自己正如同二人，以曠達、超脫為人生志向。故此詩雖亦與雉子有關，然詩人非單純寫雉子事，而以雉子比詩人，寄寓不向權貴屈服之精神。故船山認為閱讀、欣賞李白樂府歌行體，須穿透文字表面之雲霧，方得見詩人於詩中委婉表達之意念。船山評語中，提及曹孟德父子，言李白樂府詩得二人之長，曹孟德父子詩，多樂府歌行體，且創作不依循漢樂府成規，而是有所發展，使詩篇感情深摯、

〔註36〕詳見《漢書·卷九十六·西域傳上·烏弋山離國·顏師古注》所引孟康語：「桃拔一名符拔，似鹿，長尾，一角者或為天鹿，兩角者或為辟邪。」

氣韻沉雄、別有寄意。

後世仿曹孟德之筆法，以〈雉子歌〉、〈鼓吹曲辭〉、〈短簫鐃歌〉等樂府古題，進行創作之時，或直敘戰陣，或直記祥瑞、或直表武功，不是未跳脫古樂府之框架，就是雖與時事結合，卻過於直露，不似李白樂府諸作之既有繼承又有創新，更不必言詩中是否寄託有再深一層之情思、寓意，故船山言其人之作「無詩味」，因所述之事、所敘之景、所詠之物，皆與其情無涉。

（九）〈中山孺子妾歌〉

> 中山孺子妾，特以色見珍。雖然不如延年妹，亦是當時絕世人。
>
> 桃李出深井，花豔驚上春。一貴復一賤，關天豈由身？
>
> 芙蓉老秋霜，團扇羞網塵。戚姬髠剪入舂市，萬古共悲辛。

王船山評：以鮑照〈行路難〉意致作艷詩，此公三頭六臂，援娑今古作一九弄，直由本等圓徹，好向異類中行，非但拗一章法也。

〈中山孺子妾歌〉，《樂府詩集》列「雜曲歌辭」一類，據《漢書》：「詔賜中山靖王子噲及孺子妾冰、未央才人歌詩四篇。」顏師古注：「孺子，王妾之有品號者。妾，王之眾也。」，可知此舊題以詠宮中佳人爲主要內容，齊·陸厥作〈中山王孺子妾歌〉，李白此詩似擬之，然筆法、寓意均過之。

首二句，點明佳人之美色，以應題。三四句，「延年妹」，指漢武帝寵妃李夫人，乃李延年其妹，《漢書·李夫人傳》：「北方有佳人，絕世而獨立，一顧傾人城，再顧傾人國。」〔註37〕，極言其貌美，言佳人姿色雖未如李夫人傾城傾國，但仍可稱「絕世」。五六句，以桃李比佳人、李夫人，出身雖非皇室貴族，卻以其「美艷」得寵。七八句，承上二句而來，「賤」寫其出身，「貴」寫其得寵，詩人發出貴賤

〔註37〕語見漢·班固《新校本漢書·卷九十七·外戚傳上·孝武李夫人傳》：台北·鼎文書局，1979。

由天定之疑問與感嘆。九十句，用「班婕妤失寵後，作怨歌行以團扇自比」一事。前句言色衰而失寵，後句言失寵而幽怨。末二句，再用「高祖死後，戚夫人遭呂后囚禁、髡鉗、衣赭衣、令舂」事，將佳人失寵後之悲痛表述淋漓盡致。

　　全詩雖寫漢宮佳人，實亦詩人自比，言其因有才受玄宗賞識，一旦失寵，亦得離京遠遊，其哀怨憂傷與詩中所詠之佳人無異，寄寓詩人真情實歷，與古題僅詠嘆佳人，不同。故船山以為此詩與鮑照〈行路難〉有異曲同工之妙，「妙在不曾說破，讀之自然生愁」〔註38〕，同時將漢高祖妃、武帝妃事與己事融為一體，故謂之「援娑今古作一丸弄」。有悲有怨，卻未嘗入淚、憤、痛等直露之情緒之字眼，仍得使人感其悲怨，故船山意有所指言：「非但拗一章法也」，頗有批評杜甫以拗筆寫拗情之意。

（十）〈登高丘而望遠海〉

　　登高丘，望遠海。六鰲骨已霜，三山流安在。扶桑半摧折，白日沉光彩。

　　銀臺金闕如夢中，秦皇漢武空相待。精衛費木石，黿鼉無所憑。

　　君不見驪山茂陵盡灰滅，牧羊之子來攀登。盜賊劫寶玉，精靈竟何能。

　　窮兵黷武今如此，鼎湖飛龍安可乘。

王船山評：後人稱杜陵為詩史，乃不知此九十一字中有一部開元天寶本紀在內。俗子非出像則不省，幾欲賣陳壽〈三國志〉以雇說書人打匾鼓說赤壁麈兵。可悲可笑，大都如此。

　　魏文帝有〈登高山而望遠〉一詩，郭茂倩《樂府詩集》將之歸入相和曲辭一類，李白此詩編於其後，故王琦以為李白擬魏文帝之作，

〔註38〕語見清・沈德潛《古詩源・評鮑照〈行路難〉》：台北・華正書局，1975 年。

但詩旨大不同。〔註39〕此詩約略作於天寶十年，詩人離京後。

　　首二句，言詩人因愁而登高望遠，同時又與題相應和。以下八句全用傳說、史實入詩，三四句，典出《列子》，相傳渤海東方有五座仙山，天帝派十五隻巨鼇守護仙山，後有巨人釣走六隻巨鼇、二仙山亦沉入大海〔註40〕，故詩人設問六隻巨鼇之骨是否已同霜雪融化消失？剩餘之三仙山是否亦隨前二仙飄流他處、沉入大海？五六句，典出《山海經》，相傳古有十日，其中九日居大木之下，一日居其上，即為每日所見之日〔註41〕，詩人亦設問太陽長久居大木之上，大木難道沒有摧折之日嗎？太陽難道不會因此而失去光彩嗎？七八句，用秦始皇、漢武帝妄想長生、沉迷仙術之事，「銀台金闕」泛指仙境、仙人、仙跡〔註42〕，以「如夢中」、「空相待」感嘆二王求仙之徒然。九十句，一以海水深廣，不可填，否定《山海經》「精衛填海」之傳說，一言《竹書紀年》「黿鼉為橋」之傳說，無憑無據，不可信。

　　「君不見」以下六句，承前八句所引六傳說、史實而來，說明詩人何以雖鋪陳傳說、史實，卻對其懷疑、反用與否定之因。詩人以秦始皇、漢武帝之陵墓「驪山」、「茂陵」點出原因，即便是秦始皇、漢武帝此二功蓋天下、迷信求仙之君王，最終仍長眠地下；甚至其陵墓為羊群所踐踏、為盜賊所挖掘，化為魂魄之二人又奈何？同時以「君不見」強化讀者印象，強調歷史之不可動搖、長生不朽之不可得。故末二句，以昔日之二王之窮兵黷武，對比今日之灰飛煙滅；再用此今昔對比反駁黃帝乘龍昇天之傳說。

　　詩行至此，李白此詩託古諷今可明也，唐玄宗早年好大喜功，奉行開邊政策、窮兵黷武，晚年尊道教、慕長生，與秦始皇、漢武帝相

〔註39〕詳見清・王琦《李太白集注》：台北・臺灣商務印書館，1983 年。
〔註40〕詳見列禦寇《列子・湯問》：台北・臺灣商務印書館，1968 年。
〔註41〕詳見《山海經第九・海外東經・卷四》：「湯谷有扶桑，十日所浴，在黑齒北。居水中，有大木，九日居下枝，一日居上枝。」
〔註42〕漢武帝曾築台建金銅仙人以求長生不死，詳見後文李賀〈金銅仙人辭漢歌〉一詩之解析。

似，故詩雖寫二王事，實亦有諷刺、警醒唐玄宗之深意，故王船山以為「此九十一字中，有一部開元天寶本紀在內」。船山又將此詩對比杜甫為人所譽為「詩史」之作品，以為杜甫之作、世人看「詩史」之眼光，正如同「賣陳壽〈三國志〉以雇說書人打匾鼓說赤壁鏖兵，可悲可笑」，換言之，船山所認同之「詩史」，不是字裡行間直述、直映照出史實，而是透過詩所描繪之意象，得以使讀者想像歷史之樣貌、感受歷史之意義與教訓，正如同李白此詩，使讀者飛馳在一篇篇神話傳說中，以自己之立場、角度去連結傳說與歷史，並體會出詩人對興亡盛衰之感慨、對國家社會之期許。《李太白詩醇》引嚴羽評此詩：「長短錯綜，彌覺奇健。詩必有為而作，乃含蘊如此。」〔註43〕，言史事、史實，不必處處類之、似之，使詩除蘊含深意外，亦可使人對此詩有耳目一新之感受。

（十一）〈梁甫吟〉

長嘯梁甫吟，何時見陽春？

君不見朝歌屠叟辭棘津，八十西來釣渭濱。寧羞白髮照清水，逢時吐氣思經綸。

廣張三千六百釣，風期暗與文王親。大賢虎變愚不測，當年頗似尋常人。

君不見高陽酒徒起草中，長揖山東隆准公。入門不拜騁雄辯，兩女輟洗來趨風。

東下齊城七十二，指揮楚漢如旋蓬。狂客落魄尚如此，何況壯士當群雄。

我欲攀龍見明主，雷公砰訇震天鼓。

帝傍投壺多玉女，三時大笑開電光，倏爍晦冥起風雨。

閶闔九門不可通，以額叩關閽者怒。白日不照吾精誠，杞國無事憂天傾。

〔註43〕詳見張仁青選注《李太白詩醇》：收錄於陳伯海主編《唐詩彙評》：杭州‧浙江教育出版社，1995年，頁586。

狻貐磨牙競人肉，騶虞不折生草莖。手接飛猱搏雕虎，側
足焦原未言苦。

智者可卷愚者豪，世人見我輕鴻毛。力排南山三壯士，齊
相殺之費二桃。

吳楚弄兵無劇孟，亞夫咍爾爲徒勞。梁甫吟，聲正悲，張
公兩龍劍，神物合有時。風雲感會起屠釣，大人^{峼屼}當安
之。

王船山評：長篇不失古意，此極難。　　將諸葛亮舊詞「二桃三士」
攛入夾點，局陣奇絕。蘇子瞻取此法作「燕子樓空」三句，便自詫獨
得。

　〈梁甫吟〉，樂府古曲，諸葛亮曾作〈梁甫吟〉，通過晏子「二桃
殺三士」事，譴責讒言害賢之悲劇，李白詩中亦寫此事，然詩之廣度、
深度，較之前人，均有發展。李白此詩亦作於離京放還後。

　詩首二句，用「長嘯」，使詩氣勢雄壯，感情豪邁，既與題相應，
又以此情感基調、意旨總領全詩。「見陽春」，用宋玉〈九辨〉詩句，
設想著何時得以親見君王、一展抱負。

　之後兩段，以「君不見」引領出二歷史人物發跡之過程，一爲西
周‧呂望，即姜太公，一爲秦末‧酈其食，二人雖有才謀膽略，卻沉
淪許久，方得君王重用。詩人以二人勉勵自己，亦以二人自喻，言其
英才必有得君王賞識之一日。

　看似樂觀高昂之語調、情感，自「我欲攀龍見明主」，突然直降，
現實世界之不如意，使詩人轉爲悲觀低沉。以屈原〈離騷〉筆法，將
「見明主」之過程描述得奇幻迷離，將明主比喻天帝，想像自己乘龍
昇天見明主，不但途中遭受雷鳴威嚇，即便見了明主，明主逕自沉浸
於其宴樂之中，不願對詩人一顧，但詩人不因此灰心，不惜觸怒守門
者，仍「以額扣天門」。詩人將其於京所受委屈、不平，含蓄呈現於
詩中。

　自「白日不照吾精誠」句起，詩人融合眾多典故，寫其對君王、

國家之憂慮與自己之痛心、期許。君王不以爲國家有難，反認爲詩人「杞人憂天」，如「獝貐」般之奸臣當道，人民苦不堪言，如「騶虞」之仁臣卻不得進用。詩人以「黃伯能」、「焦原」自比，言自己雖處水深火熱之中，亦有能力化解。以齊三士、劇孟爲例，感嘆這個世界上總是愚者受重用，總是智者、賢者受責難排擠。樂觀與悲觀、急促與舒緩，跌宕起伏全詩，極盡變化。

　　末尾以「梁甫吟，聲正悲」，首尾呼應，又總結其心境之沉痛悲愴，本以爲詩至此已結束，詩人又以古二劍之遇合、姜太公與周文王之遇合比自己終有與明主遇合之日。

　　沈德潛：「後半拉雜使事，而不見其痕跡。」〔註44〕，言此詩雖通篇用典、用事，卻不使人感到雜亂無理，因詩之主線自詩首便已表明；亦不使人感到頻繁生厭，因詩人呈現典故手法層出不窮，或正用，或反用，或交錯使用，皆與詩人之情思相配合。其中「力排南山三壯士，齊相殺之費二桃」二句，將〈梁甫吟〉古辭之基本內容，點綴入詩，與舊題相扣，古辭原只是五言十二句，李白將古詩發展爲長達四十二句之七言歌行，爲避免長詩平鋪直敘，過於平板呆滯，故筆法、內容、詩旨，自始至終不斷變化，船山肯定此詩而言「長篇不失古意」，然船山更加讚賞者，應是詩人雖擬用古題、古事、古句，卻賦予其新之生命，在詩人筆下，古題、古事、古句，皆非古意，故謂之「局陣奇絕」、「極難」。

　　船山以爲蘇軾〈永遇樂〉：「燕子樓空，佳人何在，空鎖樓中燕。」三句，亦取此法。蘇軾此詞爲其夜宿彭城燕子樓，夢見關盼盼而作。「關盼盼」爲唐・張建封之寵姬，居張宅燕子樓中，後張建封死，盼盼不離樓，蘇軾三句詞即寫此事，然蘇軾意在以「燕子樓」之人事全非，言其對人生體悟和詠歎，故已跳脫史實之框架，船山因其「自託獨得」予以肯定。

〔註44〕語見清・沈德潛《唐詩別裁》：台北・臺灣商務印書館，1965 年。

（十二）〈宣州謝朓樓餞別校書叔雲〉

棄我去者昨日之日不可留，亂我心者今日之日多煩憂。

長風萬裏送秋雁，對此可以酣高樓。蓬萊文章建安骨，中間小謝又清發。

俱懷逸興壯思飛，欲上青天覽日月。

抽刀斷水水更流，舉杯銷愁愁更愁。人生在世不稱意，明朝散髮弄扁舟。

王船山評：興比超忽。

此詩作於天寶末年，李白在宣州謝朓樓，爲餞別秘書省校書郎李雲而作。雖是餞別詩，既不自餞別之地著筆，亦不自餞別之情著筆，詩首二句十一字之長句，如湧泉直溢而出，詩人滿腔鬱結亦突兀起現，以「棄」、「亂」二字，將過去不得志之悲憤與現今憂己憂國之煩思相連，以突顯其不可抑止之高亢情感。三四句，始以「送秋雁」委婉點出此詩之主題——送別，送別之時節——秋，送別之地點——謝朓樓。五六句，兼寫送別之主客雙方，前句以建安風骨讚美李雲詩，後句以謝朓之清新雋秀讚美詩人自己，除與題名「謝朓樓」相應外，亦可見詩人對己才能之肯定。七八句，一承「建安骨」、「小謝」而來，總結二者共同點爲「逸興」、「壯思」，二寫二人酒酣興發，欲飛上青天摘取日月，三又將詩首之煩悶、悲觀轉向激昂、熱情。然正當讀者隨詩人翱翔天際之時，詩人又將目光移向環繞謝朓樓之二溪水，哀愁頃刻間降臨，以「抽刀斷水」比「舉杯銷愁」，因「水更流」，自然「愁更愁」，寓理想和現實間之落差及不可踰越，同時順勢帶出末二句，「愁更愁」，所以「不稱意」，與其「不稱意」則不如「散髮弄扁舟」來得自適逍遙，詩人企圖爲己之苦悶，尋找排遣之出口。

船山認爲此詩特出之處在於比、興筆法之奇特、飄逸。如三四句，以壯闊明朗之景色，興發「酣高樓」之豪情逸興；如七八句，以「壯思」比己之懷才，以「覽日月」，比欲追求明主以施展抱負；如九十句，流水本易與時光流逝、煩思相聯繫，然「抽刀斷水」與「舉杯銷

愁」之間的比喻，便屬詩人獨創；同時又關合眼前景，「興」味；因抽刀斷水不得、舉杯銷愁不得，又興發末二句隱逸山野之情思。比興之間，看似直起直落，無任何轉承過渡，卻寄託詩人層層深入之現實情感與意義，故船山所以謂之「超忽」，原因正在此。

（十三）〈灞陵行送別〉

送君灞陵亭，灞水流浩浩。上有無花之古樹，下有傷心之春草。

我向秦人問路歧，云是王粲南登之古道。古道連綿走西京，紫闕落日浮雲生。

正當今夕斷腸處，黃鸝愁絕不忍聽。

王船山評：夾樂府入歌行，掩映百代。

「灞水」在長安城東南，後漢文帝葬於此，又稱「灞陵」，漢唐以來，出長安東行必經此地，常見送別景象，故此地本身即帶有之離愁別情。此詩開篇點明送別，並重覆「灞陵」、「灞水」，加深濃濃離情，又以「流浩浩」，象徵離情之綿綿不盡，作為全詩情感基調。三四句，以環境烘托情思，舉目所即皆是傷別之物，「無花古樹」，歷盡滄桑，感時傷世；「萋萋春草」，承繼《楚辭》「春草」送別遣懷之傳統意象〔註45〕，抒寫離愁別恨、殷切思念；二者並列，送別二方哀傷之情，不言可喻。

五六句，承上句「古樹」開展懷古幽情。王粲曾因董卓之亂離開長安，又作〈七哀詩〉：「南登灞陵岸，回首望長安。」，詩人想像此時朋友亦走在古人「南登之古道」上，亦如古人頻頻回首望長安，同時暗點朋友此次離京，當是如古人避亂之不得已，為七八句埋下伏筆。七八句，呼應「登南之古道」，言此古道為通往長安之道，千古

〔註45〕《楚辭・招隱士》：「王孫游兮不歸，春草生兮萋萋。」，以萋萋春草喻時光流逝，思念遊子未歸；而後〈飲馬長城窟行〉：「青青河邊草，綿綿思遠道。」等，使「春草」之相思意象定型；因懷人為送別後，所生之情感，故「春草」又延伸出離愁別恨之意象。

以來，多少人往返其間，具志而來，懷憂而去，令人感慨萬千，詩人之朋友想必亦是如此；「落日浮雲生」，點明何以具志而來，懷憂而去，點明何以不得已離京，原是大權旁落，小人當道，奸佞蔽主、害賢良。雖寫朋友遭遇，實則有詩人影子於其中，自己亦為求君臣遇合而來，受讒失意而去。正是如此無奈，故末二句曰「斷腸」、「鸝歌不忍聽」，又回到送別主題，與首二句前呼後應。

全詩節奏、句式，或長或短，或快或慢，隨詩人情感發展而變化，開篇二句，雖是五言短句，卻以「流浩浩」疊字，營造不忍離別之呼告，因而之後皆為長句，或應合別情之綿綿，或應合恨意之悠悠，或應合憂心之茫茫，為樂府一體中少見之七言、九言句式。讀似抑揚頓挫，實則回環往復、朗朗上口；看以全為賦筆，筆法單一，又有比興、排比、對偶、頂真等格；以為是單純送別，卻又可體會詩人對際遇之不平、對政局之關注，故船山言其「夾樂府入歌行，掩映百代」。而「古道連綿走西京，紫闕落日浮雲生」一句，概括歷朝歷代行經此古道人們之情思，描繪出蒼涼傷別之意象，百年千年以後之讀者，卻仍得以據此意象創造意境，體會情思，故船山所謂「掩映百代」又有此一義。

（十四）〈侍從宜春苑奉詔賦龍池柳色初青聽新鶯百囀歌〉

東風已綠瀛洲草，紫殿紅樓覺春好。池南柳色半青春，縈煙嫋娜拂綺城。

垂絲百尺掛雕楹，上有好鳥相和鳴，間關早得春風情。

春風捲入碧雲去，千門萬戶皆春聲。

是時君王在鎬京，五雲垂暉耀紫清。仗出金宮隨日轉，天回玉輦繞花行。

始向蓬萊看舞鶴，還過苣石聽新鶯。新鶯飛繞上林苑，願入簫韶雜鳳笙。

王船山評：兩層重敘，供奉於是亦且入時，虧他以光響合成一片，到頭本色。自非天才，固不得效此。

此詩爲詩人入長安，列供奉翰林期間，侍從玄宗遊宜春苑，奉詔之作。全詩與題相應，可分四大段，又可歸納爲二大主題，一爲寫春色，一爲寫春聲，二者兩重出現，故船山言之「兩層重敘」。

首四句爲第一大段，「瀛洲」、「紫殿」、「池南」皆指帝王居處，暗合題名「宜春苑」，寫初春之景色，爲與題相應，著意寫柳色青青，同時又不忘以各種色彩，點綴春景，「綠草」、「紫殿」、「紅樓」等，亦帶出「綺城」一語。又以擬人手法，使人感受春天之活力。五至九句爲第二大段，寫初春之聲，著意寫鳥鳴，暗點題名之「新鶯百囀」。將鶯鳴附著於春風之中，再以春風之彌漫大地，烘托出上下四周，處處皆可感受初春之清新。

十至十三句爲第三大段，又再回頭寫初春之色，同時借「五雲垂暉」、「玉輦繞花」，寓皇帝儀仗之生意盎然，以襯托出皇帝個人不凡之丰采，並呼應題名「奉詔」。末四句，則將焦點轉回春聲，明白點出新鶯之聲，又借武帝「上林苑」比玄宗「宜春苑」，扣題之外，亦歌頌玄宗有如武帝般之成就。吳喬言此詩：「首敘境，次出鶯，次以鶯合境，次出人，次收歸鶯，而以自意結，甚有法度。」〔註46〕可作爲此詩結構完整，層層相生之補述。

船山以爲李白此詩，雖無可避免使詩歌成爲歌功頌德、宴遊賞玩之物，但詩人卻堅守詩之本質，進行創作，使詩情景交融，含蓄蘊藉，故雖「入時」，仍有「本色」〔註47〕。又評之「光響合成一片」，此可自二方面言：其一，言此詩四部分，分別依視覺、聽覺、視覺、聽覺摹寫而成，有春色有春鶯聲，色聲融合，故「光」指色，「響」指聲，二者合而爲一。其二，言詩人於吟詠春色鶯鳴中，寓有歌頌皇帝龍儀之意蘊，不分寫，二者合而爲一，此「光」指感官可及之景物，「響」

〔註46〕語見清‧吳喬《圍爐詩話》：收錄於郭紹虞編《清詩話續編》：上海‧上海古籍出版社，1983。

〔註47〕「文學本色論」乃由明代唐順之等人所提出，有其意義及影響，本章僅就船山所言「本色」之意涵論述，後文「第六章、第二節」，有專節討論之，詳見頁210～211。

指迴響，即透過興發而想見之意象。雖爲奉詔之作，仍不脫詩人形式風格飄逸、獨特，內容深遠之「本色」，船山以爲此一境界，唯有詩人一類之「天才」，方能達成，讚譽之情，溢於言表。沈德潛評之更甚：「應制詩有此，非仙才不能。」〔註48〕，言詩人之才情、才性，非常人可及，已臻於「仙界」。

（十五）〈金陵酒肆留別〉

> 風吹柳花滿店香，吳姬壓酒使客嘗。
> 金陵子弟來相送，欲行不行各盡觴。
> 請君試問東流水，別意與之誰短長。

王船山評：供奉一味本色，詩則如此，在歌行誠爲大宗。

詩人出蜀東遊，嘗作客金陵，此詩爲別金陵而作。首二句，以「柳花」、「酒」二具有離別意義與情感之物開篇，雖未明言「別」，而別意貫串其間。春風輕拂，柳花飄揚，女子勸酒，如此美好之季節與地點，詩人卻因即將離別，愁緒滿懷。「滿店香」，既寫春天百花齊放之芬芳，又暗與「吳姬壓酒」之酒香合，短短二句，四周景物、詩人情感均躍然詩中。

三四句，點明地點「金陵」，點明題旨「送別」。欲行者、送行者，俱有情，故「各盡觴」，詩人欲走又欲留之情貌於此展現。因而發出末二句之嘆問：請問東流水，欲行者、送行者，究竟是誰的離情濃郁呢？「流水」本亦有哀傷之意象，此處詩人主動問之，離愁別情更深一層。詩人豪邁爽朗、才情洋溢之個性，不拘一格、情景交融之創作風格，於詩中展露無遺。

世人常認爲李白詩一如其作〈經亂離後天恩流夜郎憶舊遊書懷贈江夏韋太守良宰〉：「清水出芙蓉，天然去雕飾」，此詩確實可見此一特色，六句短詩，看似自然無斧鑿之痕，卻又不至平淡無意；語短調急，更顯情長；言淺意深，情味更濃，鍾惺謂之：「不須多，亦

〔註48〕語見清·沈德潛《唐詩別裁》：台北·臺灣商務印書館，1965年。

不須深，寫得情出。」〔註49〕、沈德潛也有言：「語不必深，寫情已足。」〔註50〕，言之短長、深淺，與意之有味與否，不一定成正比，言雖有盡而意卻無窮之作，乃船山所謂李白詩「本色」，而此「本色」又與詩人之經歷、情感交織一片，是以詩人本色與作品本色，乃密不可分者。

（十六）〈把酒問月〉

> 青天有月來幾時？我今停杯一問之。
> 人攀明月不可得，月行卻與人相隨。
> 皎如飛鏡臨丹闕，綠煙滅盡清輝發。
> 但見宵從海上來，寧知曉向雲間沒？
> 白兔擣藥秋復春，嫦娥孤棲與誰鄰？
> 今人不見古時月，今月曾經照古人。
> 古人今人若流水，共看明月皆如此。
> 唯願當歌對酒時，月光長照金樽裏。

王船山評：於古今為創調，乃歌行必以此為質，然後得施其裁制。供奉特地顯出稿本，遂覺直爾孤行，不知獨參湯原為諸補中方藥之本也。辛幼安、唐子畏未許得與此旨。

　　此詩題下李白自注：「故人賈淳令余問之。」，李白其時當正與友人飲酒賞月、吟詩作對。詩首二句，以設問、倒裝句法，突兀起勢，先言疑問，後言問，強調宇宙時空之廣大蒼茫，亦關合題名「把酒問月」，以下詩句自此二句起興，詠月以抒懷。三四句，以回文句法，寫人與月之間若遠實近、若離若即的矛盾狀態。五六句，承三四句，以「皎如飛鏡」、「清輝發」寫月之明媚，與人親近，彷彿可攬。七八句，亦承三四句，卻又以「宵自海上來」、「曉向雲間沒」寫月與人之疏遠，難以捉摸。九十句，人與月之若親若疏，引發詩人聯想，以月

〔註49〕語見明·鍾惺《唐詩歸》：收錄於《續修四庫全書·集部·總集類1589》：上海·上海古籍出版社，1995年。

〔註50〕語見清·沈德潛《唐詩別裁》：台北·臺灣商務印書館，1965年。

宮神話入詩，由「與誰鄰」，對月中白兔、嫦娥感到疑問。以下四句，則由此疑問而來，以「人如流水」、「月照古人」抒發人生短暫、明月長在之感嘆，亦使詩之情調轉爲憂傷，詩人胸懷壯志卻無明君承攬其理想之生命經歷，於此躍然紙上。正當讀者隨著詩句與詩人一同憂傷之際，詩人卻不沉溺其中，率然超拔，以對酒當歌、獨自賞月寫及時行樂，孤芳自賞意味濃厚。

　　詩以酒、月爲題，全詩自酒、月起，又以酒、月結，看似無變化，二時心境實大不相同，「及時行樂」之束句，看似消極，實亦有詩人不以其遭遇而悲愁之正面思考，亦埋下其日後仍願爲國家社稷而奔走之伏筆。〔註51〕陳華中言：

> 從詩歌流衍情況著眼，本篇承屈原〈天問〉的手法（「夜光
> 何德，死則又育」），與以曹操〈短歌行〉的憂思（「對酒當
> 歌，人生幾何」），語言造型裡可見張若虛〈春江花月夜〉
> 的句式（「江畔何人初見月，江月何年照古人」），卻又分明
> 自成新意，字字句句，惟太白方可道。〔註52〕

部分個別字句雖有所承，但亦有新穎獨創之造語，整體詩意、詩情亦別開生面，故船山不以其仿古，而謂之「古今創調」，同時認爲詩歌創作須本此原則，即雖題材、體制與古人同，然情思得異之且出於己。

　　全詩信筆拈來、淡妝鋪陳，卻脈絡有致、情思開拓，雖字面不見豪氣，然詩人之特有之謫仙豪情卻隱然附著於詩間，故情思乃創作之主角、含蓄蘊藉乃創作之根本。船山以「不知獨參湯原爲諸補中方藥之本」言辛棄疾、唐寅（字伯虎，一字子畏）二人，未得李白此詩之創作要旨，正如同不知「參湯原」爲所有中藥材之根本，即不知創作之根本爲何。辛棄疾向以豪放著稱，其豪放指向其選擇物象、遣詞用

〔註51〕由詩人晚年得知李光弼率大軍出鎮淮臨，討伐安史叛軍，仍欲前往殺敵之史實可知也。
〔註52〕語見裴斐主編《李白詩歌賞析集》中陳文華賞析〈把酒問月〉：四川・巴蜀書社，1988 年，頁 371。

字之層面，如其〈太常引〉（一輪秋影轉金波）下片：「乘風好去，長空萬里，直下看山河。斫去桂婆娑，人道是清光更多。」以「桂婆娑」暗指朝廷主降勢力，言其希望鏟除主降派以實現其光復祖國河山之宏圖大略，雖亦似「含蓄」筆法，然「長空萬里」、「直下看山河」等句，實是明寫，明白透露情思。又如唐寅，官場失意，以直筆揭露人情世態之炎涼，抒發懷才不遇之悲憤，其〈贈徐昌國〉：「書籍不如錢一囊，少年何苦擅文章。十年掩骭青衫敝，八口啼饑白稻荒。」便是一例；又其〈把酒對月歌〉：「我愧雖無李白才，料應月不嫌我醜。我也不登天子船，我也不上長安眠。姑蘇城外一茅屋，萬樹桃花月滿天。」將其狂放不羈之傲氣，一傾而出。二人之創作不僅與李白大相逕庭，亦與船山詩學主張，背道而馳。

二、五言古詩體

（一）〈古風〉

　　李白〈古風〉共五十九首，上承〈古詩十九首〉、阮籍〈詠懷〉、左思〈詠史〉、郭璞〈遊仙〉、陳子昂〈感遇〉等詩之形式、內容，又有所創新改變。李白用以表現政治理想與人生感慨，其中不少篇以寓言、詠史筆法對當時政治措施、社會現象進行抨擊和諷刺。船山選七首，分別為：

其五十八：

　　我到巫山渚，尋古登陽臺。天空綵雲滅，地遠清風來。

　　神女去已久，襄王安在哉。荒淫竟淪替，樵牧徒悲哀。

王船山評：一色。　　三四本情語，而命景正麗，此謂雙行。雙行者，古今文筆之絕技也。

　　詩人因永王李璘而獲罪，並遭流放，途經巫山遇赦，有感昔日神女、楚王皆已杳無音訊而作，借以抒興亡之感。全詩用宋玉〈高唐賦〉所詠「巫山神女」：楚襄王與宋玉遊於雲夢之臺，遠眺高唐觀，其上雲氣繚繞，楚王問宋玉何以如此，宋玉回答：「昔先王夢巫山之女，

與之共眠，其女離去時告知先王，其居巫山之陽，朝爲雲，暮爲雨，朝朝暮暮皆在此陽臺之下。」

　　首二句，明點「巫山」。三四句，化用「神女朝爲雲」之事，一言詩人登巫山臺，不復見雲霧，一又與典故暗合，以「滅」字，啓下句神女、襄王皆去久、不在，船山所評「本情語，命景正麗」乃基於此，詩人實有感於巫山神女事，卻又似自眼前景入詩，既虛且實，船山謂之「雙行」，即情景兼收，景中含情，並以此作爲詩中淡化古今界線之絕佳表現方式。末二句，詩人以「樵牧悲哀」，寄其對造成此興衰淪替原因之感嘆。歷來或以爲借楚王荒淫喪國之事，諷玄宗寵愛楊貴紀，詩境空靈，情感深刻，筆調嚴肅，使楚王會神女之艷情轉化爲具有現實政治意義之意象。詩人雖用典，卻不受典故左右，又使典故、景象、情感與詩寓意，四者交融爲一整體，故船山以「一色」歸結此詩。

　　其二：

　　　蟾蜍薄太清，蝕此瑤臺月。圓光虧中天，金魄遂淪沒。
　　　蝃蝀入紫微，大明夷朝暉。浮雲隔兩曜，萬象昏陰霏。
　　　蕭蕭長門宮，昔是今已非。桂蠹花不實，天霜下嚴威。
　　　沉歎終永夕，感我涕沾衣。

王船山評：怨詩本體。

　　前人多謂此詩以漢武帝廢陳皇后一事，影射、諷刺唐玄宗爲楊貴妃廢王皇后。《舊唐書・玄宗紀》：「開元十二年秋七月壬申，月食既。己卯，廢皇后王氏爲庶人。」故詩人以「蟾蜍蝕月」開篇，抒發感嘆。五六句，「蝃蝀」即今日之虹，又名「蝭蝀」，《詩經・鄘風・蝃蝀》：「蝃蝀在東，莫之敢指。」，古人以爲虹現乃因天地之間有邪氣；「紫微」，又名「紫宮」，指帝座〔註53〕。二句言邪氣入帝座，朝日無光，國將有

〔註53〕　詳見《晉書・卷十一・天文上志》：「紫宮垣十五星，其西蕃七，東蕃八，在北斗北。一曰紫微，大帝之坐也，天子之常居也，主命主度也。」

災禍。七八句，又言浮雲蔽日月，使萬象陰濛。後四句，以「長門宮」暗點漢武帝廢后，以「桂蠹花不實」言武帝藉口皇后無子而廢之。末二句，言詩人對彼景彼事之傷懷。可知詩人前八句雖看似寫景，實是別有寓意，企圖以環境之昏暗淒清，烘托陳皇后之哀情、詩人之哀嘆。

全詩寫月蝕、虹、浮雲遮蔽光明，主旨較爲晦澀，可以闡釋之內容亦隨之擴大，既可同前詩（〈古風〉其五十八）比作君主荒淫於女色，亦可比爲小人當道，君主大權旁落，再與詩人之生命經驗結合，則「桂蠹花不實」，可看作小人對詩人之讒佞；「天霜下嚴威」，可看作玄宗對詩人之驅逐。船山評「怨詩本體」，雖以抒發哀怨爲詩主旨，卻不應自哀怨著筆，用可怨之史實結合可哀之情感，無意表露哀怨，而哀怨自陳，此乃怨詩之根基。

其四十：

> 鳳飢不啄粟，所食唯琅玕。焉能與群雞，刺蹙爭一餐。
> 朝鳴崑丘樹，夕飲砥柱湍。歸飛海路遠，獨宿天霜寒。
> 幸遇王子晉，結交青雲端。懷恩未得報，感別空長歎。

王船山評：此作如神龍，非無首尾，而不可以方體測之。直與步兵、弘農並驅天路矣！

據蕭士贇注：「此詩似自比太白之作，太白雖帝族，非凡輩可儕，然孤寒疏遠，知章薦之方能致身金鑾，蒙帝知遇，可謂結交青雲端矣。此恩未報，臨別之時安能不感嘆哉？」，可知此詩約略作於詩人受讒離京之時。前八句，著意寫鳳凰之本性，即便飢腸轆轆，仍只食「琅玕」美玉，不願食粟米，言其有所堅持，故不能使之與雞群同室，相爭食。不願與雞群共處，只得自放山林，朝日鳴於崑崙山，夕日飲於砥柱山，此趟旅程遙遠艱辛。九十句，用「王子晉」典〔註54〕，言其

〔註54〕「王子晉」，亦稱「王子喬」，爲神話傳說中之仙人。漢・劉向《列仙傳・卷上・王子喬》：「王子喬者，周靈王太子晉也。好吹笙作鳳凰鳴，遊伊洛之間，道士浮丘公接以上嵩高山。三十餘年後，求之於山上，見柏良，曰：『告我家，七月七日，待我於緱氏山巔。』至時，果乘白鶴駐山頭。望之不得到，舉手謝時人，數日而去。」

幸遇仙人，得以入青雲。末二句，言其未報仙人恩而離開，只有空長嘆。

　　詩人實以鳳凰自比，以「食琅玕」、「崑兵樹」相呼應，言才如「崑山片玉」，極爲珍貴，以「飲砥柱湍」言其志向高潔、抱負遠大，不願與小人共處一朝，只得自求歸去。然詩人受賀知章推薦入朝廷擔任翰林供奉，卻未能發揮所長，感其愧對賀知章知遇之恩。船山評此作如「神龍」，詩境縹緲無邊，卻又可體會詩人蘊含於詩中之深意，想像詩人在朝不得志之樣態，故不似神龍「見首不見尾」之神祕，故曰之：「非無首尾」。

　　船山評郭璞〈遊仙〉：「步兵一切皆委之〈詠懷〉，弘農一切委之〈遊仙〉。」〔註55〕，「步兵」指阮籍，言其詩將情思透過詠物呈現，含蓄有味；「弘農」指郭璞，言其詩於遊仙中寄託情思，婉轉有致。船山認爲李白〈古風〉一組詩，直可與阮籍、郭璞，並駕齊驅，皆「不可以方體測之」，即指〈古風〉，雖詠物象、寫仙境、用古事，實是抒理想、詠懷抱之作，不可僅自表面闡述、評斷之。

　　其四：

> 鳳飛九千仞，五章備綵珍。銜書且虛歸，空入周與秦。
> 橫絕歷四海，所居未得鄰。吾營紫河車，千載落風塵。
> 藥物秘海嶽，採鉛青溪濱。時登大樓山，舉手望仙眞。
> 羽駕滅去影，飆車絕迴輪。尚恐丹液遲，志願不及申。
> 徒霜鏡中髮，羞彼鶴上人。桃李何處開，此花非我春。
> 唯應清都境，長與韓眾親。

王船山評：規運廣遠，而示人者恒以新密，若直以太白爲一往豪宕人，則視此類詩爲何語耶？

　　此首與前首（〈古風〉其四十）寓意相同，皆以鳳凰自喻、借遊仙以感其遭、抒其懷，應亦作於詩人受讒離京之時。《唐宋詩醇》

〔註55〕語見王船山評選、張國星點校《古詩評選・卷四》：北京・大陸藝術
　　　　出版社，1997 年，頁 194。

認爲二詩，皆詩人自比：「懷恩未報，感別長嘆。惓惓之誠，溢於言表。」〔註56〕

　　首四句，以鳳凰自喻，言其有才；又以「空入周與秦」，喻理想和從政失敗。五六句，言未得知音。續八句，承前六句而來，既空有才能、抱負，無處施展，只有從事煉丹，走向仙境，以求超脫。而後又言「尙恐丹液遲，志願不及申」、「唯應清都境，長與韓眾親」，可知並非眞心嚮往神仙世界，而是其不幸之遭遇使然，是無可奈何之下的選擇，故詩人實欲以遊仙化解現實之苦悶，詩人爲國家社稷而奉獻之精神亦長久存在。

　　船山評此詩之角度與前詩相同，詩人雖自鳳凰起筆，將時空拓展至人所不及之仙境，看似無邊無際，實仍以之寄託情思，故評之「規運廣遠」，只是展現於讀者眼前之景物、意象、時空狀態，非人所可及，非人所熟知，使全詩寓深旨遠，故謂之「新密」，新奇、隱微。並言若以爲李白詩風屬「豪宕」一派者，非眞解李白詩者，除表明李白詩風不拘一格，後人不當自一端評之、學之外，亦可知只要寓含眞情實感之作品，其表現形式不論是豪放，或是婉約，皆爲船山所認同。

　　其九：

　　　莊周夢胡蝶，蝴蝶爲莊周。一體更變易，萬事良悠悠。
　　　乃知蓬萊水，復作清淺流。青門種瓜人，舊日東陵侯。
　　　富貴故如此，營營何所求。

王船山評：用事總別意言之間，藏萬里於尺幅。

　　首二句，直用《莊子・齊物論》：「昔者莊周夢爲蝴蝶，栩栩然蝴蝶也。自喻適志與！不知周也。俄然覺，則蘧蘧然周也。不知周之夢爲蝴蝶與？蝴蝶之夢爲周與？」，尙不知詩人欲以此表述何事。三四句，承首二句，以「更變易」，言莊子夢中化爲蝴蝶，夢醒仍是莊子

〔註56〕語見清高宗御選《唐宋詩醇》：台北・中華書局，1971年。

之瞬息萬變，故萬事渺茫無所依。五六句，又用麻姑三見東海變作桑田，蓬萊水亦淺於昔日之故事〔註57〕。七八句，用秦滅亡後，東陵侯召平種瓜於長安城事〔註58〕。末二句，詩人發出不必鑽營富貴之深嘆，可知前八句之用典，皆在以世事變幻無常，烘托此詩寓意。方東樹：「言世事幻妄，不必營營富貴。」〔註59〕

詩人所用之事「莊周夢蝶」、「蓬萊水淺」、「東陵種瓜」，其原本僅有人生如夢、世事變化急劇、人生無常，棄官歸隱等旨意，詩人雖亦承此一層面之意涵，同時又引申至不必汲汲於富貴之意涵，更以之襯托詩人失意，使詩蘊含著詩人對功業無成之悲愴情懷。詩人活用典故，增加典故之可塑性，使之與詩人生命經驗自然結合，故「用事總別意言之間」。短短二句詩，概括一整個典故意象；全詩十句，三個典故意象，相輔相成，包容之意境，亦更加大宏偉、豐富，故「藏萬里於尺幅」。

其二五：

　　世道日交喪，澆風散淳源。不采芳桂枝，反棲惡木根。

　　所以桃李樹，吐花竟不言。大運有興沒，群動爭飛奔。

　　歸來廣成子，去入無窮門。

王船山評：大似庾子山入關後詩，杜以為縱橫，抑以為清新，乃其不可及者，正在縝密。

蕭士贇注：「此篇謂世不知有道者之可尊，是世喪道矣。」〔註60〕，詩人以此刺時也。首二句，點明題旨，社會風氣浮薄、衰頹，不見質樸敦厚之本質，有道者見世如此，亦無心於治世，故曰「交相喪」。三四句，以「芳桂枝」比有道者，以「惡木根」比無道者，形象且具體呈現「世道喪」，賢良不見用，奸惡反見用。五六句，承前二句，

〔註57〕詳見晉・葛洪《神仙傳》：台北・藝文印書館，1966 年。

〔註58〕詳見漢・司馬遷《新校本史記・卷五十三・蕭相國世家》：台北・鼎文書局，1979 年。

〔註59〕語見清・方東樹《昭昧詹言》：台北・廣文書局，1962 年。

〔註60〕語見元・蕭士贇《分類補注李太白集》：台北・世界書局，1985 年。

反用「桃李不言，下自成蹊」諺語，言賢良者見世道喪，遂隱藏不出，則世道喪之更多更深。七八句，言世人沉溺於聲色私利中，世道全喪，亦為國運衰沒之時。末二句，用《莊子》黃帝問道於廣成子事，以「廣成子隱居崆峒山石室」比有道者，不願見此澆風薄俗，欲與之共隱。

　　詩中之「芳桂枝」、「桃李樹」、「廣成子」，亦詩人自比，其感嘆風俗淺薄，世道翻覆，有道者不見用，故決意歸隱山中。雖予以世俗、君王、奸臣群小之過失、醜態，辛辣且明白之諷刺，卻不見詩人痛心疾首之態，故船山評述此詩既「縱橫」，又不失「清新」，並較之「庾信」，以為此詩與庾信入關之後，情感沉鬱，語言清新之風格相似，可知船山對庾信後期作品之肯定〔註61〕。又較之「杜甫」入夔州後詩，以為杜甫詩雖「縱橫」，卻不見「清新」、「緬密」，即缺少含蓄雋永之詩味。

　　其三七：

　　　　燕臣昔慟哭，五月飛秋霜。庶女號蒼天，震風擊齊堂。
　　　　精誠有所感，造化為悲傷。而我竟何辜，遠身金殿傍。
　　　　浮雲蔽紫闥，白日難回光。群沙穢明珠，眾草凌孤芳。
　　　　古來共歎息，流淚空霑裳。

王船山評：意至詞平，不害其直。

　　此詩亦作於詩人受讒放還後，首四句，皆用《淮南子》典，一言鄒衍其無罪被拘，則五月飛霜；一言齊女蒙冤，則雷電擊台。五六句，承前人間有冤屈，五月下霜、雷暴海溢，言上天亦為之哀痛、悲傷。以興起七八句，詩人對自己無辜遭放逐之感慨，可知前六句之鋪陳，乃詩人借古人史事，抒發自己憤懣情懷。下四句，闡述詩人之冤屈來自小人蒙蔽君王、讒害賢人。末二句，言良臣見疑，良才見棄，正人遭讒，能人賈禍，此等事實，史不絕書，千古同悲。

　　言鄒衍、齊女冤屈，實亦言詩人冤屈；言千古同悲，實亦言詩人

〔註61〕庾信前期作品，受宮體詩影響，文藻艷麗，與徐陵並稱「徐庾體」；入關以後，心情頓挫，作品常寓思鄉情感，風格亦轉為真摯深刻。

之悲；又以「浮雲」、「群沙」、「眾草」喻小人，以「紫闥」、「白日」
喻君王，以「明珠」、「孤芳」喻賢人，亦指詩人本身，「明珠遭穢」、
「孤芳遇凌」，實即詩人遭穢、遇凌。字字不見詩人，句句皆有詩人
影像，詩人指斥時政、揭露問題、詠哀懷傷等寓意鮮明，全篇實「感
傷己遭」結合「指言時事」之作，故船山言之「意至」，又因用事、
用字隱微，不使詩情過於直露，仍符合船山詩學觀，故予「詞平」、「不
害其直」之評述。

（二）〈擬古西北有高樓〉李白〈擬古〉詩，共十二首，此為其二：

　　高樓入青天，下有白玉堂。明月看欲墮，當窗懸清光。
　　遙夜一美人，羅衣霑秋霜。含情弄柔瑟，彈作陌上桑。
　　弦聲何激烈，風捲遶飛梁。行人皆躑躅，栖鳥起迴翔。
　　但寫妾意苦，莫辭此曲傷。願逢同心者，飛作紫鴛鴦。

王船山評：十全古詩，一無纇跡。　　「明月看欲墮」二句從「高
樓」、「玉堂」生出。雖轉勢趨下，而相承不更作意，少陵從中生語，
便有拖帶。杜得古韻，李得古神，神韻之分，亦李杜之品次也。　　一
收直溯觀上勢，固不得不以直領之。

　　全詩擬〈古詩十九首〉其五：「西北有高樓」而作。首四句，詩
人即仿〈古詩十九首〉，突兀起筆，寫詩人因聽聞樂聲，尋其源而知
樂聲出自高樓，是以詩人抬頭望高樓，以「入青天」、「看」、「懸」等
字，寫詩人久望高樓、久聞樂聲。次四句，描繪彈奏樂聲之美人，及
其彈奏之曲。詩至此可知，樓外聽樂之人與樓內彈樂之人，皆為作者
化身，「霑秋霜」、「含情」、「陌上桑」皆為詩人有意置入詩中之意象，
以「秋霜」比詩人所受之排擠讒害，故含哀傷愁怨之情，用古樂府〈陌
上桑〉，羅敷嚴詞拒絕官吏戲弄，比詩人不願受此污辱、委屈，自請
放逐離京。又次六句，前承「陌上桑」，同時化用《列子・湯問》韓
娥善歌「餘音繞梁」事，以行人、栖鳥皆有感，言樂聲動人之深；著

以「苦」字，既寫韓娥為換取食物而賣唱之苦，又寫樓中美人之苦，亦即詩人之苦。末二句，以「同心」言詩人、美人互為知音，可成鴛鴦，聊相慰藉。詩人隱約中悲嘆賢者不為君主所用，抒發尋求知音之渴望，蕭士贇：「此詩喻賢者懷才抱藝，有以聳動人之耳目，而不肖以身輕許於人，思得同心同德者而依附也。」〔註62〕

詩人雖擬古詩主題、句法，卻非全然仿作，所選物象、所託意象、所用字句，皆有李白獨有之體驗、情意於其中，有指斥現實之意味，有感傷遭遇之哀情，古詩本質之質樸自然、不事雕琢、託物起興、含蓄抒情，詩人亦皆未失，是以船山評之「十全古詩，一無纇跡」〔註63〕。

杜甫亦有擬古之作，如其〈麗人行〉，全篇描繪手法與〈陌上桑〉相同，然杜甫詩與李白相較，多直指實事，直抒情懷，少見《詩經》、《古詩十九首》之以物起興、詠物寄託之筆法，溫柔敦厚之詩教，故未得古詩之神，只得其韻。又此處船山以「得古韻」評述杜甫詩，可知對杜甫詩，船山亦有肯定之處，非如歷來研究者所言，揚李抑杜。

（三）〈子夜吳歌・秋歌〉

　　長安一片月，萬戶擣衣聲。秋風吹不盡，總是玉關情。
　　何日平胡虜，良人罷遠征。

王船山評：前四語是天壤間生成好句，被太白拾得。

〈子夜歌〉，一作〈子夜四時歌〉，為樂府舊題，《樂府詩集》入「清商曲辭・吳商歌曲」一類，故又名〈子夜吳歌〉，據《舊唐書・音樂志二》曰：「〈子夜歌〉者，晉曲也。晉有女子名子夜，造此聲，聲過哀苦。」又《樂府解題》：「後人更為四時行樂之詞，謂之〈子夜四時歌〉。」李白此詩沿用樂府舊題，在形式及內容上，均有創變。

〔註62〕語見元・蕭士贇《分類補注李太白集》：台北・世界書局，1985年。
〔註63〕「纇」者，瑕疵、缺點也，見《淮南子・氾論訓》：「明月之珠，不能無纇。」

首二句，以所見之景、所聞之聲入詩。「擣衣」，以杵捶打生絲去蠟，使生絲柔白而富有彈性，以便裁製衣物，古代多在秋涼時縫製冬衣，此處用以指婦女為遠方丈夫縫製征衣，同時暗合題名「秋」。見月而懷人、擣衣而念夫之情，溢於言表。三四句，改自觸覺、感覺著筆，颯颯秋風，使氣溫轉涼、大地變色，卻吹不盡婦女思念征夫之情，又襯托婦女之惆悵、淒涼。末二句，寫婦女因思夫心切，而發出「何時平胡虜」之疑問與感嘆。此曲歷來以四句為主要形式，以女子相思為主要內容，李白以六句之形式，寫婦人思念征夫，從而使此曲具有傳統中國婦女期望和平之現實意義，皆是詩人創變之處。

詩前四句，以樸實、簡潔之語言，白描、摹寫之手法，創造出宏闊、跳躍之時空畫面，「秋月」、「擣衣聲」、「秋風」、「玉關」，皆興起「相思」，不寫人情，人情自生其中，詩人未刻意聯繫物象與人情，情景卻自然交融，彷彿不經意「拾得」，故船山評之「天壤間生成好句」，對情景渾然一體，不知何者為景、何者為情，表達其讚許。

（四）春思

　燕草如碧絲，秦桑低綠枝。當君懷歸日，是妾斷腸時。
　春風不相識，何事入羅幃。

王船山評：字字欲飛，不以情，不以景。《華嚴》有兩鏡相入義，唯供奉不離不墮。　　五六句即一切可群可怨也。

此詩與前首（〈子夜吳歌‧秋歌〉）同，皆以女子思征夫為詩旨。首二句，以「草碧」、「桑綠」、「枝低」與「春」呼應，睹物思人，作為興起女子思夫之憑藉。燕地當為征夫所在地，秦地為女子所在地，女子因見春臨思夫，而遙想征夫亦當因此思己，在實景與虛景之間，描繪兩地春色、兩地相思，由一而二，由二而一。三四句，承前二句而來，承「兩地相思」，上句寫征夫思歸，下句寫女子愁緒。本來征夫懷歸，應是值得歡喜之事，女子卻因此「斷腸」；承「兩地春色」，乃因燕、秦二地春來時間不一，「燕北地寒，生草遲。當秦地柔桑低

綠之時，燕草方生，興其夫方萌懷歸之志，猶燕草之方生。妾則思君
之久，猶秦桑之已低綠也。」〔註64〕末二句，寫女子因春風撩人、春
思綿綿而難以入眠，以斥責春風無故入羅幃，一言女子思念之深切，
一言女子貞潔，非外物所能動搖。草絲、桑枝、春風對女子而言，皆
沾染其情感，皆有深意可尋，故船山謂「一切可群可怨」。

　　全詩看似景語，又非全爲實景；看似情語，又有物象。以女子視
角著眼，卻看見兩地春色；以女子立場抒發，卻感受兩地相思。詩人
在虛與實、假與眞、景與情之間，掌握得宜，變換自然，故船山以爲
「不以情，不以景」，「融兩爲一，神色飛動」〔註65〕。華嚴宗立「十
玄門」，用以說明佛法身之法界緣起，重重無盡、事事無礙之理境，
其中「因陀羅網境界門」爲：「兩鏡互照，傳輝相瀉」，即兩鏡互照，
使事物與事物之間，彼此互相反映，創造出重重無盡之境界。〔註66〕
船山用以比此詩所臻至之境界，正在於女子、征夫互相反映，而傳遞
出無窮之情感。

（五）〈送張舍人之江東〉

張翰江東去，正值秋風時。天清一雁遠，海闊孤帆遲。
白日行欲暮，滄波杳難期。吳洲如見月，千里幸相思。

王船山評：讀太白詩乃悟風華不由粉黛，溫飛卿、楊大年殊郎當不俚
賴。「天清一雁遠」與「大江流日夜」、「亭亭木葉下」自挾飛仙之氣。
賈島「落葉滿長安」妝排語耳，無才而爲有才，欺天乎？

　　「張舍人」，指張說，嘗擢拜鳳閣舍人，官至中書令，封燕國公。
〔註67〕玄宗開元十八年間（730），李白一度抵長安，爭取政治出路，

〔註64〕語見元‧蕭士贇《分類補注李太白集》：台北‧世界書局，1985年。
〔註65〕語見清‧吳瑞榮《唐詩箋要》：收錄於陳伯海主編《唐詩彙評》：杭
　　　　州‧浙江教育出版社，1995年，頁615。
〔註66〕參見王邦雄等撰《中國思想史‧下》：台北‧里仁書局，2005年，頁
　　　　417～423。
〔註67〕有關「張說」事詳見《新校本舊唐書‧卷九十七‧列傳第六十七‧
　　　　張說》：台北‧鼎文書局，1979年。

於此時結識張說，而後李白失意而歸，張說亦貶謫岳州，李白此詩即
為送別張說而作。雖送別張說，卻引用張翰事，下筆、立意均妙。張
翰，晉吳郡人，齊王司馬冏執政，召授為大司馬東曹掾，當時王室爭
權，張翰託言見秋風起而思吳中蓴羹、鱸魚，棄官還鄉。不久，齊王
冏敗，張翰因得免於難。〔註68〕

　　首二句，以張翰秋日返鄉，比張說秋日貶岳州。三四句，既寫景，
又以「天清」、「海闊」對比「雁遠」、「帆遲」，點綴整體環境、心情之
憂愁悵然，故「一雁」、「孤帆」實寓志同道合者難尋之深意。五六句，
以白日行，即刻卻暮，滄波難測，承前句「帆遲」，表達不忍離去之情；
同時又以「白日暮」、「滄波杳」，暗喻朝廷內灰濛昏暗，爭權奪利，波
濤洶湧。末二句，再回到張翰返吳中，以「月」寄詩人對張說之相思。

　　全詩首尾呼應，以張翰比張說，二者皆有往赴江東之史實，然詩
人亦以張翰還鄉而免禍之事，告慰張說亦將免於難。而詩人為張翰、
張說而感傷，何嘗不亦是為自己長安謀遇合未果之感傷。此詩情思深
長悠遠，雖用典，並非直用，而是經過詩人內化，從而以平易近人之
語言、意蘊呈現，加以詩中所描繪之景物意象，雖平凡無奇，卻因與
詩人之情感，緊密相連，而顯得韻味有致，「情境曠邈，可望，可思」
〔註69〕，故船山言：「風華不由粉黛」，基於此，對溫庭筠、楊億、賈
島等人，雕章琢句，鋪陳詞藻，講究聲律，有意用典，刻意苦吟等與
情感無涉之創作方法，予以否定，並明言李白與其人之不同，在於「有
才與否」，亦即是否有足夠之才，駕馭典故與詞藻，而此「才」又不可
離「情」。

（六）〈蘇武〉

蘇武在匈奴，十年持漢節。白雁上林飛，空傳一書札。

〔註68〕有關「張翰」事詳見《新校本晉書・卷九十二・列傳第六十二・張
　　　　翰》：台北・鼎文書局，1979。
〔註69〕語見張仁青選注《李太白詩醇》：收錄於陳伯海主編《唐詩彙評》：
　　　　杭州・浙江教育出版社，1995年，頁672。

牧羊邊地苦，落日歸心絕。渴飲月窟冰，飢餐天上雪。
束還沙塞遠，北愴河梁別。泣把李陵衣，相看淚成血。

王船山評：詠史詩以史爲詠，正當於唱嘆寫神理，聽聞者之生其哀樂。
一加論贊，則不復有詩用，何況其體？「子房未虎嘯」一篇如弋陽雜
劇，人妝大淨，偏入俗眼，而此詩不顯。大音希聲，其來久矣！

　　此詩詠蘇武史事，首四句，概述蘇武出使匈奴至歸還漢朝之經
過，以「漢節」此使臣之信物，言其雖遭羈留十餘年，仍堅持己爲漢
人；以「空」言漢朝謊報天子於上天苑得蘇武書，匈奴只得放還之。
五至八句，著意描繪「蘇武牧羊北海」之艱苦，渴飲冰，飢食雪，「歸
心絕」言其甚已覺回漢無望，從而強調「持漢節」之意義。末四句，
用李陵與蘇武詩、書中語〔註70〕，寫二人之深厚情誼與相別之哀傷，
寄寓詩人無限感慨與讚頌情懷。將蘇武一生高節、感人事蹟，隳括在
十二句詩中，言雖簡，意卻深。

　　《唐詩解》：「此太白流竄之時，備嘗艱苦，故取蘇武事以詠之。」
〔註71〕，可知詩人之遭遇，正與蘇武有相應處，故以蘇武入詩。以蘇
武滯留匈奴不得歸之苦，喻己流放各地之苦；以蘇武之「歸心絕」，
喻己返朝之心亦絕；以蘇武之守節，喻己亦將如此；又以蘇武最後回
歸漢朝廷，自我安慰、勉勵，其終亦必能如蘇武回歸唐朝廷。此船山
所謂之「神理」、「聽聞者自生哀樂」，不加論贊，亦可明詩人寄託其
中之旨意，方爲詠史詩之本體。船山又舉李白〈經下邳圯橋懷張子房〉
一詩，認爲此詩雖亦爲詠史詩，卻不如〈蘇武〉之作，因詩人非單純
詠子房，末四句：「我來圯橋上，懷古欽英風。惟見碧流水，曾無黃
石公。嘆息此人去，蕭條徐泗空。」將自己與古人相聯繫，言當代未
嘗沒有如張良般具有「英風」之才，只是未有如黃石公具有識人之慧

────────────

〔註70〕李陵〈與蘇武詩〉：「攜手上河梁，遊子暮何之？」／李陵〈與蘇武
　　　書〉：「此陵所以仰天搥心而泣血者。」
〔註71〕語見明·唐汝詢《唐詩解》：收錄於陳伯海主編《唐詩彙評》：杭州·
　　　浙江教育出版社，1995年，頁710。

眼、拔擢人才之用心的人，末二句，直書詩人對張良之評價，故船山否定其筆法，並以「大音希聲，其來久矣」感嘆人為破壞詩之自然，由此可知船山非全然讚賞某一詩人之全數作品，必與其詩學觀相符，方予以肯定。

（七）〈下終南山過斛斯山人宿置酒〉

> 暮從碧山下，山月隨人歸。卻顧所來徑，蒼蒼橫翠微。
> 相攜及田家，童稚開荊扉。綠竹入幽徑，青蘿拂行衣。
> 歡言得所憩，美酒聊共揮。長歌吟松風，曲盡星河稀。
> 我醉君復樂，陶然共忘機。

王船山評：清曠中無英氣，不可效陶。以此作視孟浩然，真山人詩爾。

此詩為李白於長安任供奉翰林後期所作，由於目睹朝政日益腐敗，加以仕途未順遂，萌生歸隱念頭。「終南山」歷來為隱士所居之地，「斛斯」即為當時居終南山之隱士，此詩寫詩人入山拜訪斛斯之過程。

首二句，「暮」字點出入終南山之時間，又為次句「月」之伏筆，自暮而月，寫時間之流動，「隨人歸」寫月光照映，身、影、月三者相隨，彷彿俱有情，雖著墨山中靜景，卻展現景之動態感。三四句，「蒼蒼」、「橫翠微」承首句「碧」字，寫山色蒼翠朦朧，人心平淡恬靜，並以「卻顧」盪出詩人對此山此情之眷戀。五至八句，寫詩人遇斛斯山人，來到田家，居此人間仙境中之山人、孩童皆熱情好客，以「綠竹」、「青蘿」象徵閒適自得、無憂無慮，詩人心生嚮往。九至十二句，既已心嚮往之，則必融入此山生活，以「揮」字寫詩人與斛斯山人放聲長歌、暢懷豪飲。末二句，寫詩人歡悅之情，飽滿高漲，而忘卻俗事紛擾，詩人長安生活之哀傷苦痛，在此山中得到釋放。

李白一生懷抱濟蒼生、安社稷之理想，不但未受君王肯定，更受小人讒害，其理想幻滅，決意歸隱山中，實非其所願，然入山尋慰藉，實為詩人不願苟且偷生、同流合汙之氣節展現，全詩未觸及詩人所特有之豪情壯志，反以清妝淡筆，烘托此境之令人神往，有無更進一層

之深意，則待讀者自行咀嚼感發，正如《網詩園唐詩箋》：「盡是眼前真景，但人苦會不得，寫不出。」〔註72〕，故船山評之：「清曠中無英氣」。又寫景幽靜，抒情率真，風格近似陶淵明，然船山卻不以為李白「效陶」，原因即在於，陶詩之「無我」，白詩「有我」，二人異趣。

此外，船山又比之孟浩然山水田園詩，孟詩不事雕飾，佇興造思，亦有超妙自得之趣。與李白皆以清曠沖淡為基調，然孟浩然一生未仕，思想感情未經歷練與深化，內容稍嫌單薄，蘇軾言其：「韻高而才短，如造內法酒手而無材料」〔註73〕，亦是就此而論，無法體會塵世喧囂與山間空靈落差之大，則詩歌無法傳達出強烈嚮往山林美景之感染力，故船山以為李白此詩「真山人詩」。

（八）〈送裴十八圖南歸嵩山二首其一〉

何處可為別，長安青綺門。胡姬招素手，延客醉金樽。
臨當上馬時，我獨與君言。風吹芳蘭折，日沒鳥雀喧。
舉手指飛鴻，此情難具論。同歸無早晚，潁水有清源。

王船山評：只寫送別事，託體高，著筆平。「風吹芳蘭折」以下即所「與君言」者也，寒山指裂石壁便去，豈有步後塵踪？

此詩作於天寶三年（744年），為詩人居長安任供奉翰林最後一年，詩人借送別友人，指言時政，抒發感懷。「嵩山」，亦為歷來隱士所居之地。

首二句，點明送別及送別地點，「青綺門」指長安東城門，因色青，故又名青門〔註74〕，歷來出長安東南行須經此門，故此門本身即象徵離別意義，加以裴圖南將南去嵩山，故自此送別。三四句，以城門酒館胡姬招手、延客，欲走還留，襯托詩人不捨之情。五六句，寫

〔註72〕語見清·宋宗元輯《網師園唐詩箋》：收錄於陳伯海主編《唐詩彙評》：杭州·浙江教育出版社，1995年，頁688。
〔註73〕語見宋·陳師道《後山詩話》引蘇軾語：收錄於何文煥編《歷代詩話》：北京·中華書局，1981。
〔註74〕詳見《水經注·渭水》：「民見門色青，名青城門，或曰青綺門，亦曰青門。」

臨別之際，詩人對朋友之叮囑。以下六句，看似寫眼前景，實皆詩人之獨白。七八句，借景物起興，王琦注：「『風吹芳蘭折』，喻君子被抑不得伸其志也。『日沒鳥雀喧』，喻君暗而讒言竟作也。」〔註75〕，含蓄訴說二人之哀愁，傾訴之對象，是裴圖南，更是玄宗，君王放任賢才受挫、小人得志，國勢必將衰頹，順勢帶出九十句，其心之無可奈何「難具論」，其身則欲同「飛鴻」遠此無道之地，隱約表述詩人欲辭官離京之心意。末二句，主題再回到送別、與題相應，「潁水」為嵩山之河，以「清源」明詩人獨善其身之最後理想，「同歸」言詩人將隨裴圖南入嵩山，一以慰離情，二以述己志。

寫送別，表面通篇寫景、敘事，字字句句皆平淡無奇，然其中所蘊含之寓意卻很廣，寫詩人困頓失意之仕途，有為有守之節操，寫奸臣奪勢掌權之醜態、君王受蒙蔽卻不自知之可笑，寫盛世日薄西山之惆悵，故曰其「託體高，著筆平」，全詩情景交融自然渾成，密不可分。

「寒山」為唐代僧人，姓氏、籍貫、生卒年均不詳，長期隱居寒山中，有傳說謂其「入穴而去，其穴自合」，人不見其蹤跡，喜於山穴石壁創作詩歌，多記述山林隱逸之事，多數宣揚佛教因果輪迴，或闡述道教、仙家養氣煉金之事，亦有譏諷時態、揭露黑暗之作品。詩歌多以教戒說理為主，用字多口語、俗語，因與當時詩壇重典雅之詩風不合，故其詩於當時不受重視，後有《寒山子詩集》問世。〔註76〕船山認為李白與寒山子不同之處，在於雖皆寫歸隱、仙境，李白另有寓意；雖皆有譏諷時政之作，李白含蓄蘊藉，直承詩經傳統、漢魏風骨，以讚李白詩非一味追隨仿效，仍有可觀者，批評後世仿傚寒山詩風。

（九）〈上三峽〉

巫山夾青天，巴水流若茲。巴水忽可盡，青天無到時。
三朝上黃牛，三暮行太遲。三朝又三暮，不覺鬢成絲。

〔註75〕語見清・王琦《李太白集注》：台北・臺灣商務印書館，1983年。
〔註76〕有關寒山之生平，可參見《舊唐書・藝文志》、《高僧傳》。

王船山評：落卸皆神。袁淑所云：「須捉著，不爾便飛者。」非供奉不足以當之，真〈三百篇〉、真〈十九首〉，固非歷下、琅玡所知，況竟陵哉？

　　此詩乃乾元年間，李白因入永王李璘幕府獲罪，流於夜郎，途經三峽時所作。據酈道元《水經注》記載，三峽兩岸懸崖峭壁橫亙，江面狹隘不平，流水湍急，極為險要。首二句，詩人即以誇張手法寫此山此水，巫山高聳入青天，巴水浩浩蕩蕩。原本壯麗之景象，因詩人內心之憂染上濃濃愁味，而成三四句之感嘆，有行渡至巴水盡頭之日，卻無登攬青天之日。「青天」，既指詩人即目可見之天，又以喻君王所在之處，同時又比詩人理想實現之境地，使單純之景色，飽含詩人之情感，即景生情，因情寫景，情景交融，無分彼此，所謂「以我觀物，而物皆著我之色彩」〔註77〕也。

　　五六句，據《水經注》載，此處山峽絕壁上有如人負刀牽黃牛之大石，故古時有歌謠「朝發黃牛，暮宿黃牛，三朝三暮，黃牛如故」，李白化用歌謠，明寫巴水紆迴曲折，行船緩慢，經過三天三夜，仍得見之，暗寫路途艱苦，詩人之心情更益沉重。末二句，再用誇飾法，寫詩人之愁怨，使黑髮變作銀絲。再次即景生情，融情入景，委婉表述詩人之情思。

　　全詩短短八句，卻多重字，脫胎歌謠，節奏回環往復，鏗鏘有力，故船山言詩人真正繼承《詩經》與《古詩十九首》之特色，《唐宋詩醇》亦謂：「質處似古謠，惟其所之，皆可以相肖也。爽直之氣，自是本色。」〔註78〕，語言自然、平實、古淡，卻又將景象、狀態與情感，描繪得恰到好處，不著力寫情而情自見，船山所評「落卸皆神」之「神」即在於此，若不仔細體會，則無法得詩人所傳達之情意，故船山引用袁淑語：「須捉著，不爾便飛」。船山並以此詩之神妙，斥責

〔註77〕語見清・王國維《人間詞話》：台北・學海出版社，1982年。
〔註78〕語見清高宗御選《唐宋詩醇》：台北・中華書局，1971年。

明代詩壇一味尊盛唐詩，卻不知盛唐詩之精神承繼，不知古詩之本質，何以創作出佳作，何以開創明詩之新局？

（十）〈秋夕書懷〉一作〈秋日南遊書懷〉

北風吹海雁，南渡落寒聲。感此瀟湘客，淒其流浪情。
海懷結滄洲，霞想遊赤城。始探蓬壺事，旋覺天地輕。
澹然吟高秋，閒臥瞻太清。蘿月隱空幕，松霜皓前楹。
減見息群動，獵微窮至精。桃花有源水，可以保吾生。

王船山評：杜贈李詩云：「李侯有佳句，往往似陰鏗。」正謂此等，宋人不知橫生異同，陰鏗豈易似耶？　　純好勝陽。

蕭士贇曰：「太白當謫逐之時，乃能以仙遊自解，可謂善處患難者矣。」〔註79〕，此詩約作於李白遭受讒言詆毀，心情苦悶，離開長安，漫遊於黃河、長江中下游地區之時。首四句，「雁」本為隨季節遷徙之候鳥，春分後往北飛，秋分後往南飛，詩人卻寫「北風」吹之，使之南渡，又以「流浪」狀之，使雁之南遷帶有不得已之意味；詩人以雁自比，雁之不得已，正如同其離京之不得已，其對雁之感傷，亦即對自己之感傷。次四句，以「滄洲」、「赤城」、「蓬壺」等隱者或仙人所居之地，表達詩人對歸隱、閒適之渴望；此境中得「天地輕」之感受，啟下六句，因「澹」、「閒」，故得以欣賞、歌頌眼前之天況、月色、松霜等秋景；此時此刻，群動息，無聲無影，詩人自己彷彿與秋景融合而無形。〔註80〕末二句，將此地比作桃花源，洗盡塵事，忘卻紛擾，寓有雖不能兼善天下，亦得堅守獨善其身之理想。

船山以杜甫〈與李十二白同尋範十隱居〉一詩中：「李侯有佳句，往往似陰鏗。」品評此詩，即船山以為李白此詩具有陰鏗之特色而肯定之。茲對應於船山評陰鏗〈和侯司空登樓望鄉〉之語：

取景險，用意重，出卸別。杜云：「李侯有佳句，往往似陰

〔註79〕語見元·蕭士贇《分類補注李太白集》：台北·世界書局，1985年。
〔註80〕王琦注：「陶潛詩：日入群動息。莊子：至精無形。」

鏗。」觀其雅尚，知杜之所服膺者在此也。〔註81〕

可知船山肯定陰鏗「取景險，用意重，出卸別」，此一特色於李白詩中亦得見，如詩中之「滄洲」、「赤城」、「蓬壺」、「桃源」，皆前有所承，有其本義，李白雖以之入詩，卻不用其本義，而是結合詩人情感意念，使之具有別意，因此李白非真欲入仙境，化作仙人，而是以之告慰自己，從而堅定濟蒼生、佐社稷之大志。一以景物感傷，突顯詩人之感傷；一又反用景物意象，突顯詩人之抱負，陰鏗之寫景創作之精神在此，李白得其神，而非真似之、擬之，船山據此指斥宋人以杜甫詩為宗，不明陰鏗、李白詩之本質，只因杜甫言：「頗學陰何苦用心」〔註82〕，便仿其作之不當。

（十一）〈春日獨酌二首其一〉

東風扇淑氣，水木榮春暉。白日照綠草，落花散且飛。
孤雲還空山，眾鳥各已歸。彼物皆有託，吾生獨無依。
對此石上月，長醉歌芳菲。

王船山評：以庾、鮑寫陶，彌有神理。　　「吾生獨無依」偶然入感，前後不刻畫，求與此句為因緣。是又神化冥合，非以象取，玉合底蓋之說，不足立以科禁矣！

　　此詩約作於天寶年間，詩人於長安受挫，遊於四方之時。首二句，描繪春色，呼應題名。「淑氣」，指溫和怡人的氣息，著一「扇」字，使東風吹拂之景象，更生動具體；本是春暉照水木，卻以「榮」字，逆向敘述，春日、春景越發可愛。三四句，「白日」承「春暉」，紅花、綠草，春回大地之景象，展露無遺。前四句，愈是將春色描繪得細緻、充滿生機，愈是反襯詩人政治生命之衰頹。五六句，春臨氣暖，以「雲還山」寫天色湛藍，不見雲朵；冬季前往南方避寒

〔註81〕語見王船山評選、張國星點校《古詩評選・卷六》：北京・大陸藝術出版社，1997年，頁314。
〔註82〕語見杜甫〈解悶十二首其七〉：「陶冶性靈存底物，新詩改罷自長吟。孰知二謝將能事，頗學陰何苦用心。」

之候鳥，亦回歸其土。寓有獨詩人不得歸之感嘆，因不得歸，而失落、孤獨、寂寞，則「落花」、「孤雲」、「空山」，乃詩人之情渲染物象之結果，融情入景。七八句，詩人抒情，順勢明點「無託」、「無依」之哀傷，呼應題名之「獨」；而詩人所欲託、所欲依者，自然是明君、明主，使此詩於觸景生情中，又帶有現實意義。末二句，以「醉」點題，呼應題名之「酌」，與月相伴，以詩、酒遣懷。

　　船山言此詩，以庾信、鮑照筆法，寫陶詩澹然閒適之情懷，即於景物之描繪、悠然之基調中，另蘊含深意。換言之，雖景物意象，具有陶淵明之風格，詩旨卻得自庾、鮑不得志之情思而觀，亦即須從中體會李白之情思。又「吾生獨無依」一句，雖直接表情，與前後之景色、物象，看似不相連，然其前詩中已有暗示啓之，其後詩中又有獨酌相承，故無依之情感，實已連結全詩，達至「景、情神化冥合」之境界。

　　「玉合底蓋」之說，見計有功《唐詩紀事》：「（劉昭禹）嘗與人論詩曰：……覓句若掘得玉合子，底必有蓋，但精心求之，必獲其寶。」〔註83〕，視對仗精工爲詩歌創作之首要，如得半聯，必有銖兩悉稱、嚴絲合縫之另半聯存在，詩人一心求此另半聯，忽略創作之本意、眞情。船山《薑齋詩話・卷上》亦提及：

> 興在有意無意之間，比亦不容雕刻；關情者景，自與情相爲珀芥也。情景雖有在心在物之分，而景生情，情生景，哀樂之觸，榮悴之迎，互藏其宅。天情物理，可哀而可樂，用之無窮，流而不滯，……唐末人不能及此，爲「玉合底蓋」之說，孟郊、溫庭筠分爲二疊。天與物其能爲爾麗分乎？〔註84〕

船山用以批評孟郊、溫庭筠詩，景、情分離，僅是雕章琢句，情非自感物起，即非自「興」而起，故景、情之間無法相融，全詩之詩意亦

〔註83〕語見計有功《唐詩紀事，卷四十六》：台北・臺灣商務印書館，1968年。／又見黃徹《碧溪詩話・卷五》：收錄於清・丁福保編《歷代詩話續編》：台北・木鐸出版社，1983。

〔註84〕語見王船山《薑齋詩話・卷上・十六》：收錄於丁福保編《清詩話》：台北・藝文印書館，1971。

無法體會；進一步否定詩法、詩式，以其無益於情感之展現。

三、五言律詩體

（一）〈秋思〉

燕支黃葉落，妾望自登臺。海上碧雲斷，單于秋色來。
胡兵沙塞合，漢使玉關回。征客無歸日，空悲蕙草摧。

王船山評：神藻飛動，乃所謂龍躍天門、虎臥鳳閣也。　　以此及「塞虜乘秋下」相比擬，則知五言近體正閏之分。

此詩可與〈春思〉相參看，征夫未歸，女子相思，一自春色入手，一自秋色入手。首二句，逆筆取勢，本為登臺而望見燕支黃葉落，詩人卻先言葉落，有意使整體環境籠罩於秋之蕭瑟中；此處所寫之景，實為女子想像征夫所在燕地之秋景。三四句，「單于」，本為匈奴王號，詩人一用以言廣大無邊，承「黃葉落」，著意突顯大地皆秋，無一例外，萬物朦朧，不見碧雲；一用以指戰事頻仍，使女子與征夫之間，音訊斷絕，景、情雙收。五六句，「沙塞合」狀戰地大漠紛紛，「玉關回」，言胡漢決裂，寫戰事無有完結之日，過渡至末二句，故其征夫亦未歸返之日，而女子之相思、悲切乃徒然。古時女子多配蕙草於身，以怡男子，詩以「蕙草摧」結，既呼應開篇秋季「黃葉落」；又關合征夫未歸，蕙草無用武之地；更寫女子如蕙草之高潔守貞。《唐詩箋注》：「收得綿密，而用筆亦妙。」〔註85〕，悲愁至極，相思飽滿，寓意廣遠，而不直接表露，是為「綿密」。

一字一句，寫得平淡似目前景，又字字跳脫既有之意義、意象，塑造層層意境，詩人不啻體物而得神，使字亦得其神，不受景物、文字束縛，筆勢縱橫飄逸，故船山評之「神藻飛動」〔註86〕。又舉李白

〔註85〕語見清·黃叔燦《唐詩箋注》：收錄於陳伯海主編《唐詩彙評》：杭州·浙江教育出版社，1995 年，頁 616。
〔註86〕「龍躍天門，虎臥鳳閣」語本南朝梁武帝《書評》：「王義之書，字勢雄逸，如龍躍天門，虎臥鳳閣。」

〈塞下曲六首其五〉相對比，以「正閏」別二詩，認爲〈秋思〉乃五言近體之「正」，即眞正合乎五言近體詩風。粗略比較二詩，〈塞下曲〉不論寫出征、戰事、相思皆較爲直接明白，未跳脫字句表面所限定之意義，相對使詩寓意較淺白，一目即了。由此粗略可知，船山品評律詩，仍以合乎典雅、含蓄之詩歌本質爲前提。〔註87〕

（二）〈塞下曲六首其三〉

駿馬似風飆，鳴鞭出渭橋。彎弓辭漢月，插羽破天驕。
陣解星芒盡，營空海霧消。功成畫麟閣，獨有霍嫖姚。

王船山評：總爲末二語作，前六句直爾赫奕，正以激昂見意，俗筆開口便怨。「嫖姚」唐人作「飄搖」，音與史記注異。　　「麟」字拗。

　　此詩歌借詠戰事告捷，詩人以獨特視角解讀勝利。首二句，以馬馳之快，言軍行之迅捷，倏忽到達塞外。三四句，「天驕」爲匈奴之代稱，《漢書・匈奴傳》：「胡者，天之驕子也。」，上句寫離開京城，下句寫抵達匈奴所在地；一寫弓已出鞘，一寫箭已上弦；「破」字，啓下二句。五六句，「陣解」、「營空」乃因「破」；「星芒盡」、「海霧消」，反用《漢書・天文志》〔註88〕，指兵氣消散，即戰事停息，高亢激昂中又略帶委婉。末二句，「麟閣」指麒麟閣，爲陳列功臣畫像之地〔註89〕，詩人用以言君王獎勵有功者。「霍嫖姚」，即霍去病，武帝時率兵攻打匈奴有功，然入麒麟閣者，卻是其弟，詩人用此事，暗指全體士兵沙場賣命，有功者卻是將領，爲士兵之犧牲而感嘆；又霍氏乃漢代外戚，故此句又以功歸外戚，言君王只重外戚之現實意義。

〔註87〕至於王船山對樂府、古詩、律詩之要求，究竟有何不同，則待後文解析船山選評李賀、李商隱詩後，再予以歸納及論述。（詳見第六章）
〔註88〕《漢書・天文志中》：「客星芒氣白爲兵。」，星芒盡，即兵盡。
〔註89〕《漢書・蘇武傳》、《三輔黃圖》均載漢宣帝將出兵匈奴有功之霍光等十一人之畫像掛置於麒麟閣。

　　前六句寫軍隊勢如破竹，所向無敵，全詩氣象壯闊無比，彷彿讀者亦親眼見證戰場上之一切，感受士兵凱旋歸來之歡愉。末二句，情勢直轉而下，婉轉訴說成功背後，「一將功臣萬骨枯」之遺憾。慨嘆置於歌頌之後，更見其深沉濃烈。不明寫哀怨，甚至不必營造哀怨氣氛，而悲怒自然湧出，不可抑止，即船山所評「以激昂見意」者，而言六句之直露亦非真直，因其有烘托詩旨之目的。船山以為不寫怨而怨意自出，方為真怨、佳作。

（三）〈訪戴天山道士不遇〉

　　　犬吠水聲中，桃花帶雨濃。樹深時見鹿，溪午不聞鐘。
　　　野竹分青靄，飛泉挂碧峰。無人知所去，愁倚兩三松。

王船山評：全不添入情事，只拈死「不遇」二字作，愈死愈活。

　　此詩為李白早期之作品，「戴天山」又名「匡山」，李白年少時，於山中之大明寺讀書。首二句，寫初入山中之景，時聞犬吠，流水潺潺，桃花正妍，晨霧未散，聽覺、視覺雙寫，聲色宜人，宛如世外桃源，襯托出詩人所欲訪者必定是超脫俗塵之人。三四句，寫已入山中之景，林木繁茂，以喜靜之鹿兒出沒其中，寫山中罕見人跡之幽靜；不知不覺時已正午，不聞鐘鳴，只聞溪水淙淙，同樣聲色雙寫，以「見」、「聞」使靜中有動，展現山中仍有活力；「不聞鐘」暗點道士未歸，是以不遇。五六句，已達道院，寫道士所居處之景，以「分」字，寫竹林蒼蒼與青靄相融，以「挂」字，寫白泉自青山瀉出，山光水色交相輝映。極寫所見之景，而未寫人，人不在而不遇，可知也。末二句，側面點明題名「不遇」，愁倚青松，既寫詩人不遇之惆悵，又寫詩人流連此景之樣態，其情迂迴而長存。

　　前六句，以白描法寫入山後沿途景色，看似信手拈來，實層次分明，依入山時間順序寫成，「不遇」之愁情亦依此順序益深，末二句之抒情，只須輕輕帶過，讀者便可感受。《詩筏》：

　　　無一字說「道士」，無一字說「不遇」，卻句句是「不遇」，

句句是「訪道士不遇」。何物戴天山道士，自太白寫來，便
覺無煙火氣，此皆不必以切題爲妙者。〔註90〕

可作爲船山評語之補述，全詩寫景，景中卻有情，造語有意而不險，
句句緊扣不遇，使淡語更增韻味。

（四）〈尋雍尊師隱居〉

　　群峭碧摩天，逍遙不記年。撥雲尋古道，倚石聽流泉。
　　花暖青牛臥，松高白鶴眠。語來江色暮，獨自下寒煙。

王船山評：乃爾沉遠，杜陵所謂「往往似陰鏗」者也，非皮相供奉人
得知。

　　前首訪道士，此首訪雍尊師，二詩頗爲相似，皆由山中景物入筆，
而景中自然生情，亦爲李白早年作品。首二句，以俯瞰角度，概言雍
尊師所居，以「群峭」、「摩天」既言師居山中，又狀山之形勢，「碧」
字繪山之蒼蒼，壯麗山景直現讀者面前；「逍遙」，自空間寫山之遠離
塵囂；「不記年」，自時間寫山之超拔俗世，同時又暗點雍尊師之個性
亦如此，山與人渾然一體，無分你我。三四句，寫詩人入山訪師之經
過，「撥」字，言山中霧雲彌漫，「尋」字，言山中人跡罕至，烘托山
中之飄渺幽靜；詩人受此氣氛感染，佇足石旁，享受大自然之美好，
使其忘卻凡事、塵念，亦與題名相呼應。五六句，以近視角度，寫師
所居四周之景物，紅花、綠松、青牛、白鶴，有植物，有動物，色彩
鮮明，富有生機，然著一「臥」字、「眠」字，則居此山中之牛、鶴
亦是悠閒自適。末二句，「語來」言詩人已見著雍尊師，與之相談甚
歡，因此「江色暮」而不自知，最後，循此寒煙暮色返回山下；「暮
色」、「寒煙」又與「撥雲」、「尋道」相呼應，首尾環境皆不改山中靜
謐深幽之主調。

　　全詩景物隨詩人觀看角度不同、行跡所至不同而有所變化，但「逍

〔註90〕語見清・賀貽孫《詩筏》：收錄於郭紹虞編《清詩話續編》：上海・
　　　　上海古籍出版社，1983年。

遙不記年」之灑脫卻始終貫串其中，意境深邃，情味雋永。讀者依據
詩中各式景物，可以想像不同畫面，可體會不同情意，與詩人一同感
受大自然對人心靈之洗禮，故船山謂之「沉遠」。船山再次提及杜甫
對李白之評語：「李侯有佳句，往往似陰鏗。」〔註91〕，亦是自陰鏗、
李白二人雖作五言近體，合律、合韻、對仗工整，卻不因此阻礙整體
詩意、詩情之發展，字句甚而更顯質樸，所寫之景，景中有情，景能
興情。因此感嘆能學李白，又得李白作品神態者，少之又少。

（五）〈太原早秋〉

> 歲落眾芳歇，時當大火流。霜威出塞早，雲色渡河秋。
> 夢繞邊城月，心飛故國樓。思歸若汾水，無日不悠悠。

王船山評：兩折詩以平敘故不損，李、杜五言近體，其格局隨風會而
降者，往往多有。供奉於此體似不著意。乃有入高、岑一派詩，既以
備古今眾制，亦若曰：「非我不能為之也。」此自是才人一累，若曹
孟德之啖冶葛，示無畏以欺人。其本色詩則自在景雲神龍之上，非天
寶諸公可至，能揀者當自知之。

　　此詩作於開元二十三年（735），詩人與元演同遊太原，太原早秋，
觸發詩人歸情。首四句，以眾芳歇、大火流〔註92〕、霜威、雲色營造
出秋天氣息。其中「大火流」，點明太原秋來之早，時方六七月，百
花已凋、秋霜、秋雲已現，呈現出與中原長安，截然不同之時景。以
此使人愁之秋景，過渡至情思，五六句，意蘊不明，可解讀之空間亦
大，或謂身處邊疆，心在故國；或謂詩人夢裡隨著邊疆之月飛往故國，
以具特殊象徵意義之「月」與身、心三者牽連，欲歸不得之無奈，糾
結詩人身心。末二句，以汾水水流悠長喻詩人歸情亦悠長，脫口而出，
直接切情；然因以汾水取譬，故表情方式，仍不失含蓄，思情之綿延

〔註91〕船山於評〈秋夕書懷〉一詩，亦曾以杜甫此語評述李白詩。
〔註92〕大火，星名，夏曆五月出現於南方，方位最正且最高，六月以後，
　　　　偏西而行，《詩經・豳風・七月》：「七月流火。」，即指此星向西而
　　　　行。

不斷亦長佇讀者心中。

律詩一體形成後，自盛唐發展至高峰，伴隨而來，對格律、聲韻、句式、章法之要求亦多，如起承轉合、二聯寫景，二聯寫情等，乃船山所謂之「風會格局」，即當代對律詩格局之要求，船山以爲李白、杜甫五言律詩，亦多有受風會格局影響者。如「兩折詩」，即律體中先寫景後寫情之章法，船山對此極爲不滿，此法使景、情二分，無法達至情景合一，進而無法使詩有更深層之意涵。〔註93〕李白此詩雖亦分景、情二部分，前半著意寫太原早秋景，後半著意寫思歸之情，然寫景中透露情思，寫情中又有景象，可謂觸景生情，融情入景，以眼前實景寫心中眞情，不知究竟何者是景、何者是情，二者之過渡與轉折，自然、無刻意畫分之跡，是以船山謂之「不損」、「不著意律體格局」。

同時提及高適、岑參，二人擅七言歌行，皆以邊塞詩、悲壯詩風著稱，爲有「才」之人，雖亦作五言近體，卻非二人所長，船山對此有評述：「高、岑自非五言好手，亢爽自命，謂之氣格，止是鋪排骨血，粗豪籠罩。」〔註94〕，古體、近體皆有，故曰「備古今眾制」。船山以曹孟德啖冶葛比高、岑二人創作五言近體，「冶葛」，毒草也〔註95〕，相傳曹操能啖冶葛至一尺，以示其有勇，實則其先前已食能解冶葛毒之蘁草，故言之「欺人」〔註96〕；言二人未明瞭古體、近體之別、五言、七言之別，而進行創作，是以才欺人也。「本色詩」指二人七言歌行，船山予以較高之評價，以爲天寶諸公皆無法超越二人。

〔註93〕船山批評唐以後律體章法之主張，詳見《薑齋詩話》。

〔註94〕語見王船山評選、王學太校點《唐詩評選‧卷三‧評高適〈自薊北歸〉》：北京‧文化藝術出版社，1997年，頁103。

〔註95〕漢‧王充《論衡‧言毒》：「草木之中，有巴豆、野葛、食之湊懣，頗多殺人。」，「野葛」同「冶葛」。又唐‧張鷟《朝野僉載》：「冶葛食之立死。」

〔註96〕晉‧嵇含《南方草木狀‧卷上‧草類》：「冶葛有大毒，以蘁汁滴其苗，當時萎死。世傳魏武能啖冶葛至一尺，云先食此菜。」

（六）〈渡荊門送別〉

渡遠荊門外，來從楚國遊。山隨平野盡，江入大荒流。
月下飛天鏡，雲生結海樓。仍憐故鄉水，萬里送行舟。

王船山評：明麗果如初日。結二語得象外於圜中。「飄然思不群」，唯此當之，泛濫鑽研者，正由思窮於本分耳。

「荊門」，為荊州之門戶，此處有荊門山、虎牙山隔江對峙，為蜀楚來往要塞，亦為蜀楚分界。此詩作於開元二十三、二十四年間，李白懷抱理想，初次出蜀，船行經三峽、出荊門後，景物風光截然不同，詩人因此抒發由蜀入楚的感受。首二句，以「楚國遊」，交待此行目的，開啟下文。三四句，蜀地多高山峻嶺，江水亦曲折迂迴，然隨著船出荊門，所見多平原田野，故以「山盡」寫視線之頓時開闊，江水因無阻礙，浩浩蕩蕩，直向前奔流，展現出眼前一望無垠之景色。五六句，承上二句，將視角由平地轉向天上，江面舒曠，月如明鏡，以「飛」字，刻畫月之生命力，著意寫楚地夜景、近景；同樣因江面開展，水氣奔騰，加以雲霞時時變幻，景色如海市蜃樓般，不可預測，著意寫日景、遠景。長江出三峽後，奇偉壯美之風光，在詩人筆下盡收眼底。

末二句，情感基調改變，由慷慨激昂轉為深沉柔美，寫長江不捨詩人，為其萬里送行，除是長江自蜀入楚之實際地理情勢描述，亦是詩人思鄉之告白，運用擬人法、反襯法、烘托法，使詩之餘味無窮，越發感受詩人念惜別離之深情，是以船山謂之「得象外於圜中」，全詩意境，超脫物象、文字之外，與詩人情感交融、契合。又中間兩聯，寫景之語，描繪山河之壯闊，月雲之動人，反映詩人樂觀向上、胸懷壯志之神情；同時表達詩人對故鄉山水、月雲之依依眷戀，是以船山言之「明麗果如初日」，山、水、月、雲之形象，如初生之日般，鮮明、瑰麗而生動呈現於讀者面前。

船山又引杜甫〈春日憶李白〉詩：「白也詩無敵，飄然思不群。」，肯定李白才思洋溢、與眾不同、不隨時風之性格、詩風，嚴屬指責不

深入體會李白創作意境，僅管耗盡才思，一味求仿李白詩，仍不可能臻至其人之才思、其詩之境界，頗有針對明代前後七子主張「詩必盛唐」而發之諷刺。

（七）〈謝公亭〉

謝公離別處，風景每生愁。客散青天月，山空碧水流。
池花春映日，窗竹夜鳴秋。今古一相接，長歌懷舊遊。

王船山評：五六不似擬古，乃以擬古。覺杜陵「寶屬」、「羅裙」之句，尤爲貌取。　　「今古一相接」五字盡古今人道不得。神理、意致、手腕三絕也。

「謝公」，指齊人謝朓，其於宣城任太守時，曾於城外新亭送別范雲，後亭名爲「謝公亭」，李白百年後造訪謝公亭，觸景生情，賦詩抒懷。首二句所言之「離別」、「生愁」，即自謝朓、范雲二人相別而來，同時以此情思，開展全詩。三四句，寫謝公亭之青天、明月、山、水，承首二句之「風景」而來，「客散」則承「離別」、「生愁」而來，亦反過來使得天曠、山空、孤月、水悠悠，寂寥空虛之惆悵感，刹那間一湧而出。三四句，寫詩人眼前所見之景，五六句，則寫詩人想像中謝公亭之春景、秋景，春日花色映於池面，秋日修竹翠翠作響於窗外，景致美不勝收，然此春花、秋竹皆排拒於人境之外，故亦渲染離別之哀傷。末二句，寫詩人遙想古人至入神，彷彿眞與其「相接」，因而以詩歌詠其亭。

中間兩聯，看似寫景，又似寫情，景、情之間，既分且合，虛實相生，感物含情之意蘊，益發濃烈，對仗精巧，卻自然渾成，毫不著力，故船山認爲李白此詩雖懷古，卻非單純懷古，詩人情思已全然融入古亭中，此乃擬古詩之精髓。又自末二句之「今古相接」，回顧句首之「愁」，可知此「愁」蘊意極廣，既得謝、范二人之離愁，亦寓詩人不見古人、孤獨寂寞之愁，或含景物依舊、人事全非之愁，又或有由謝朓身世、遭遇，感己不得志之愁，端視讀者自行體會與解讀，

是以船山讚其「盡古今人道不得」。「神理」，言李白體物而得其神；「意致」，指詩中所含意蘊之深遠；「手腕」，則就李白情思發而爲文字之本事、技巧而言，興發、內容、形式三者兼備，絕妙之象、絕妙之境、絕妙之筆，三絕妙，極言其不凡、無人能及。

　　船山又舉杜甫〈琴台〉一詩，與李白此詩並列比較。〈琴台〉爲杜甫晚年，於成都弔唁司馬相如遺跡——琴台而作，司馬相如因愛慕卓文君，於琴台彈奏〈鳳求凰〉曲以表情意，卓文君爲琴聲所動，夜奔司馬相如。其中五六句：「野花留寶靨，蔓草見羅裙」，寫杜甫自野花聯想到卓文君當年臉上之笑靨，自翩翩蔓草想見卓文君之羅裙隨搖擺，再現卓文君形象，以明司馬相如對美好愛情之堅持。雖同是觸景生情，然詩寓意仍停留於古蹟、古人、古事上，未似李白詩之「今古相接」，是以船山謂之「貌取」。

（八）〈送儲邕之武昌〉（五排）

　　黃鶴西樓月，長江萬里情。春風三十度，空憶武昌城。
　　送爾難爲別，銜杯惜未傾。湖連張樂地，山逐泛舟行。
　　諾爲楚人重，詩傳謝脁清。滄浪吾有曲，寄入棹歌聲。

王船山評：供奉於此體本非勝場，乃此一篇，則又一空萬古，要唯胸中無排律名目也。　　　銜口雲煙，無端縈繞。

　　儲邕，李白友人，生卒年、事蹟皆不詳。唐代的武昌在今天的湖北鄂城，李白於開元十三年（725），嘗遊於武昌、洞庭、黃鶴樓一帶。首二句，寫詩人登武昌黃鶴樓，所見之景，以「月」、「江水」等具特定象徵意義之景象，表達離情別意；「萬里情」，既狀長江水勢奔流之勢，亦寫二人之情誼，即使相隔萬里，仍不改變，景眞而情深，雖寫景，亦寓情。此詩作於天寶十三年（754），是以詩人三四句，以「三十度」，言距上次至武昌，已過三十年，故今日描繪武昌景色，實爲「空憶」；「空憶」二字，又再次強調時間之久遠，記憶卻仍深刻；同時可知，首二句所寫，爲想像中之景，爲虛寫。五六句，轉自情入筆，

點明送別，以「酒」象徵離別之宴席，以「未傾」寓詩人之不捨。七八句，又轉寫武昌洞庭湖之景，用謝朓詩：「洞庭張樂地，瀟湘帝子游。」，告慰儲邕，可於武昌一地，盡情享受山水風光。九十句，稱許儲邕如楚人重諾，詩如謝朓清俊，呼應上句引謝朓詩句，言其人其詩，皆與之相同。末二句，承七八句洞庭湖而來，用《孟子》：「滄浪之水清兮，可以濯我纓。」〔註97〕，言儲邕得於此地，行船詠歌，擯除世間塵俗，保有崇高節操；雖是告慰儲邕，同時亦詩人對自己之慰藉與期許；情感表述，含蓄有味，不同凡俗，讀者彷彿亦隨之自適山林之間。

　　律詩一體本已非李白所擅長之詩歌體裁，更不用說更加要求聲律之排律，然李白卻以真摯之情感、古樸之文字，創作出「逸度逸才，鏗然合節」〔註98〕、「健筆凌空」〔註99〕之排律，因此船山言其「空萬古」，能達此一境界，乃因李白不受詩之體式所圍，僅就其所觀之景、所懷之情進行創作，雖如脫口而出，情感卻始終縈繞其間，沈德潛亦讚此詩：「以古風起法運作長律，太白天才，不拘繩墨乃爾！」〔註100〕，評詩觀點與船山一致。

四、七言律詩體

（一）〈登金陵鳳凰台〉

鳳凰臺上鳳凰遊，鳳去臺空江自流。
吳宮花草埋幽徑，晉代衣冠成古丘。
三山半落青天外，二水中分白鷺洲。
總為浮雲能蔽日，長安不見使人愁。

〔註97〕語見清・阮元《十三經注疏・孟子・離婁上》：台北・藝文印書館，1965 年。
〔註98〕語見明・周珽《唐詩選脈會通評林》：收錄於陳伯海主編《唐詩彙評》：杭州・浙江教育出版社，1995 年，頁 683。
〔註99〕語見清高宗御選《唐宋詩醇》：台北・中華書局，1971 年。
〔註100〕語見清・沈德潛《唐詩別裁》：台北・臺灣商務印書館，1965 年。

王船山評：「浮雲蔽日」、「長安不見」借晉明帝語，影出浮雲以悲江
左無人，中原淪陷。「使人愁」三字總結「幽徑」、「古丘」之感，與
崔顥〈黃鶴樓〉落句語同意別。宋人不解此，乃以疵其不及顥作。覿
面不識，而強加長短，何有哉？太白詩是通首混收，顥詩是扣尾掉收；
太白詩自〈十九首〉來，顥詩則純爲唐音矣。

　　此詩之創作時間有二說：一曰作於天寶天間，李白受讒離京赴金
陵時；一曰作於李白因永璘王事件，流放夜郎，遇赦返金陵後。詩人
有感朝廷日益腐敗、盛世將去，將心中之憂己、憂王、憂時、憂國之
哀傷寄託於詩中。

　　首聯，以「鳳凰台」之傳說〔註 101〕落筆，寫今昔之感。傳說，
鳳凰鳥唯見於天下清平之治世，故歷來皆以鳳凰鳥做爲祥瑞的象徵。
如今「鳳去台空」，一語雙關，既寫六朝風華不再，亦暗寫唐王朝盛
世不再；「江自流」，只有江水依然東流，人事會改變，大自然卻是永
恆。

　　頷聯，承上「鳳去台空」進一步發揮，三國孫吳建都金陵、晉朝
永嘉之亂，晉室南渡之後亦建都金陵，詩人於此想像當年吳宮苑之繁
華、東晉豪門之風光，如今卻皆隱於幽徑、成爲古丘。詩人於此發興
廢盛衰之感嘆，感時傷國之意亦可體會。

　　頸聯，詩人沒有讓自己的感情沉浸在對歷史的憑弔之中，轉寫登
鳳凰台所見之景，遠望見相連之「三山」若隱若現，故言「半落青天
外」，低頭見將秦淮河一分爲二之白鷺洲。詩人將整體環境營造爲江
煙迷濛、蒼涼寂寥，以示其情感之沉重。

　　尾聯，寫詩人眼見天上浮雲杳杳，卻不見長安，與題名「登台」
暗合。同時以「浮雲」喻奸臣，以「日」喻君主，寫奸邪惑君、進讒
害賢，使忠臣沒有機會向皇帝進諫言，引出「愁」。實言詩人感歎自

〔註 101〕　南朝劉宋永嘉年間，有三只鳳凰翔集於金陵山間，文彩五色，音聲
　　　　　諧和，遂築台於此，名曰「鳳凰台」，山亦名「鳳凰山」。

己因讒言而離京，擔憂自己無法回到長安，滿腔抱負無法施展；或言安史之亂，玄宗遷西蜀，太子即位靈武，唐室山河尚未收復，而爲長安城憂傷。

　　全詩既發思古之幽情，復寫江山之壯觀，又慨時局之不安，史實、典故、景色皆與詩人情感，融爲一爐，意旨深遠。後人常將此詩比崔顥〈黃鶴樓〉：

> 昔人已乘黃鶴去，此地空餘黃鶴樓。
> 黃鶴一去不復返，白雲千載空悠悠。
> 晴川歷歷漢陽樹，芳草萋萋鸚鵡洲。
> 日暮鄉關何處是？煙波江上使人愁。

詩的主旨在描寫登樓望遠時，心中寂寞思鄉的感慨，作者從仙人乘黃鶴來此遊憩的美麗神話，點出黃鶴樓，接著由仙人已離去，永遠不再回來，只留下黃鶴樓及晴川、芳草、漢陽樹、鸚鵡洲，與白雲共悠悠千載，寄託思家的情結。《唐才子傳》記載李白見崔顥此詩言：「眼前有景道不得，崔顥題詩在上頭。」〔註 102〕，加以嚴羽盛讚之：「唐人七言律詩，當以崔顥〈黃鶴樓〉爲第一。」〔註 103〕，故認爲李白此詩全模仿崔詩，爲與之爭勝。然細觀李白此詩，實因登鳳凰臺，觸景傷情而作，兩人爭勝之說應爲後人附會。言李白此詩不如崔詩，亦不甚客觀，二詩雖皆爲感事寫景，李白詩寄寓愛君之熱忱、抒發憂國傷時之愁緒，意旨遠較崔詩思鄉之情豐富、深入。船山言二詩「落句語同意別」，即指二詩同以「使人愁」三字結尾，崔詩僅限於個人的鄉關之愁，而李詩則是比喻朝廷奸臣當道，賢者不能進用的家國之愁，自是有別。《李太白詩醇》：

> 嚴滄浪曰：〈鶴樓〉祖〈龍池〉而脫卸，〈鳳台〉復倚〈黃鶴〉而翩躚。〈龍池〉渾然不鑿，〈鶴樓〉寬然有餘。〈鳳台〉構造，亦新豐凌雲妙手，但胸中尚有古人，欲學之，欲似之，終落圈圚。蓋翻異者易美，宗同者難超。太白尚爾，

〔註102〕 詳見清·辛文房《唐才子傳·卷一》：台北·廣文書局，1969 年。
〔註103〕 語見宋·嚴羽《滄浪詩話》：台北·世界書局，1956 年。

況餘才乎？〔註104〕

嚴羽以爲李白此詩筆法、結構，雖亦可曰「妙」，然未擺脫模擬崔詩之痕跡。船山對此等「揚崔抑李」之評，極爲不滿，認爲其人雖「見」李白詩，卻未「識」李白詩，李白全詩寫景摹物、用字遣詞，均有意蘊，循〈古詩十九首〉之筆法而來；崔詩第三聯境界始與前二聯異趣，而後僅尾聯有含意於其中，爲七言律詩發展至成熟後，講求「起、承、轉、合」之法式，故曰「純爲唐音」，船山評崔詩，亦言：「一結自不如〈鳳凰台〉，以意多礙氣也。」〔註105〕，其崔顥之情、景之間非自然融合，而是有意交織，故阻礙整首詩之神氣。

船山於評語中，明述末聯化用《世說新語》中晉明帝語：

> 晉明帝數歲，坐元帝膝上。有人從長安來，元帝問洛下消息，潸然流涕。明帝問何以致泣？具以東渡意告之。因問明帝：「汝意謂長安何如日遠？」答曰：「日遠。不聞人從日邊來，居然可知。」元帝異之。明日集群臣宴會，告以此意，更重問之。乃答曰：「日近。」元帝失色，曰：「爾何故異昨日之言邪？」答曰：「舉目見日，不見長安。」
> 〔註106〕

《晉書・卷六・肅宗明帝紀》，亦可見相同記載。又明點「使人愁」結「幽徑」、「古丘」之意，此等評論於船山實際批評中實屬少見，因其極少細述單一詩句所用典故出處、全篇之結構如何組成，此評可謂特例。

（二）〈鸚鵡洲〉

鸚鵡來過吳江水，江上洲傳鸚鵡名。
鸚鵡西飛隴山去，芳洲之樹何青青。

〔註104〕語見張仁青選注《李太白詩醇》：收錄於陳伯海主編《唐詩彙評》：杭州・浙江教育出版社，1995年，頁696。
〔註105〕語見王船山評選、王學太校點《唐詩評選・卷四》：北京・文化藝術出版社，1997年，頁168。
〔註106〕語見南北朝・劉義慶《世說新語・中卷下・夙惠》：台北・臺灣商務印書館，1968年。

煙開蘭葉香風暖，岸夾桃花錦浪生。
遷客此時徒極目，長洲孤月向誰明。

王船山評：此則與〈黃鶴樓〉詩宗旨略同，乃顯詩如虎之威，此如鳳之威，其德自別。

　　此詩作於上元元年（760）春，詩人自巴陵返回江夏時。「鸚鵡洲」為江夏名勝，得名自禰衡〈鸚鵡賦〉，相傳禰衡亦葬於此洲。

　　首聯，同〈鳳凰台〉詩，以鸚鵡洲之名稱由來落筆。表面上寫此洲因鸚鵡來訪而得名，實則暗合禰衡於此作〈鸚鵡賦〉之史實，所言之「鸚鵡」亦指禰衡本人，次句「江上洲傳鸚鵡名」，則指〈鸚鵡賦〉而言。頷聯，相傳鸚鵡產於陝西、甘肅之隴山一帶，以虛筆寫今日不見鸚鵡群，則其必「西飛隴山去」，實則寓禰衡於此為人殺害。次句以設問句法寫既然鸚鵡已歸去，此處之芳樹何以仍然繁茂常青？詩人以此表現對禰衡之死，無限惋惜。前二聯，詩人以寫景傳達其情感，並為後二聯埋下伏筆。

　　頸聯，承接「芳樹青青」，描繪鸚鵡洲上明媚之春光。「煙開」寫鸚鵡洲上百花齊放、水氣繚繞之迷濛縹緲，春風溫暖，徐徐吹拂「蘭葉」，散發出花香，故曰「香風」，視覺、嗅覺、觸覺的感受，全融入一句中。次句，加強視覺之印象，寫兩岸桃花花團錦簇之貌，隨風而搖，如一波波拍打岸邊之浪花。詩人表面著意描寫亮麗之春色，實則欲以此反襯、對比己心之悲苦。尾聯，點出悲苦之因，乃因其為「遷客」，內心仍對蒙冤遭流放而哀傷，再美好之景色，對詩人而言只是「徒然」。詩言至此，又將焦點轉回鸚鵡洲上，寫禰衡已死，天上之月，為誰而明呢？「孤」字，既寫月、又寫禰衡、更是寫詩人自己，詩人有感於自己雖有抱負，卻無處可施，與禰衡才高命薄之遭遇相類，故借懷禰衡以自傷。然不明寫禰衡事，而以鸚鵡洲烘托出禰衡，含蓄而深刻。

　　與〈登金陵鳳凰台〉一詩同，歷來亦常以此詩比崔顥〈黃鶴樓〉，方回評之曰：「崔是偶然得之，自然流出。此是有意為之，語多襯貼，

雖效之而實不及。」〔註107〕，認爲崔詩感物起興，李白詩則有意效
之，詩境亦不如崔詩。《湘綺樓說詩》：

> （〈黃鶴樓〉）起有飄然之致，觀太白〈鳳凰台〉、〈鸚鵡洲〉
> 詩學此，方知工拙。〔註108〕

《唐詩成法》：

> 〈鳳凰台〉諸作屢擬此篇（〈黃鶴樓〉），邯鄲學步，並故步
> 失之矣。〈鸚鵡洲〉前半神似，後半又謬以千里者，律調不
> 協也。〔註109〕

二詩評家，一言李白詩「拙」，一以「邯鄲學步」比白詩，反而不見
白詩本色，皆不甚讚賞李白之詩。而船山言此詩與崔詩宗旨略同，
乃就二詩前六句皆寫景，寫景之方式、角度亦皆相同，末二句皆寄
寓個人情感而論。二詩不同之處，則在於崔詩「如虎之威」，此評可
與船山實際選評崔詩時所言之：「鵬飛象行，驚人以遠大。」〔註110〕
相參看，鵬、象言其空間意象之壯闊，故如虎本身即具有威勢，自
表面一視便可知；而白詩「如鳳之威」，則恰好相反，須仔細觀察、
詳加玩味，方能體會其神情、氣度之威。以「虎」、「鳳」喻二詩所
蘊含之意義，有高下之別，崔詩寓思鄉，白詩寓理想，故「德」不
同。方東樹：

> 崔顥〈黃鶴樓〉，千古擅名之作。只是以文筆行之，一氣轉
> 折。五六雖斷寫景，而氣亦直下噴溢。收亦然，所以奇貴。
> 太白〈鸚鵡洲〉，格律工力悉敵，風格逼肖，未嘗有意學之
> 而自似。〔註111〕

〔註107〕語見元‧方回《瀛奎律髓匯評》：收錄於陳伯海主編《唐詩彙評》：
　　　　杭州‧浙江教育出版社，1995年，頁697～698。

〔註108〕語見清‧王闓運《湘綺樓說詩》：收錄於陳伯海主編《唐詩彙評》：
　　　　杭州‧浙江教育出版社，1995年，頁697～698。

〔註109〕語見清‧屈復《唐詩成法》：收錄於陳伯海主編《唐詩彙評》：杭州‧
　　　　浙江教育出版社，1995年，頁697～698。

〔註110〕語見王船山評選、王學太校點《唐詩評選‧卷四》：北京‧文化藝
　　　　術出版社，1997年，頁168。

〔註111〕語見清‧方東樹《昭味詹言》：台北‧廣文書局，1962年。

雖未如船山認為白詩較優於崔詩，卻亦不同於一般以白詩仿崔詩而不及之論。其以為李白此詩所開展之意境、所包容之意蘊，非僅自模仿便可得，必得投注詩人真摯之情思，方得成此佳作，故反對李白有意學崔顥之說。

第三節　王船山選評李白詩之特色

經由前文分析王船山所選李白詩及對其詩之評語後，已可初步掌握船山選評李白詩之角度，以下分別歸納其「選詩」、「評詩」之特色，以作為後文論述王船山對「三李詩」選評異同之基準點。

一、選詩：氣宇不凡，境界縹緲

（一）就思想內容而論

王船山所選李白詩，就思想內容而言，可歸納為以下幾方面：

1、詠史、懷古以諷刺或明志

所謂詠史詩，係指以歌詠歷史人物、歷史事件為題材，進而寄託詩人思想情感，或表達某種議論、見解，為古代詩歌中重要且常見之一類。明人胡應麟：

> 〈詠史〉之名，起自孟堅（班固），但指一事。魏杜摯〈贈毋丘儉〉，疊用八古人名，堆垛寡變。太沖（左思）題實因班，體亦本杜，而造語奇偉，創格新特，錯綜震蕩，逸氣干雲，遂為千古絕唱。〔註112〕

詠史之作，始於東漢班固〈詠史詩〉，僅詠「緹縈救父」一事，概述史事，略見意旨，又因文字質樸，無文采可言，鍾嶸評之「質木無文」〔註113〕。而後魏杜摯〈贈毋丘儉詩〉，雖未以「詠史」為題名，然本質上卻是詠史，較之班固專詠一事，杜摯進步之處在於疊用許多古人古事，但用事「寡變」，無新意。直至左思〈詠史詩〉八首，方擺脫

〔註112〕語見明・胡應麟《詩藪》：台北・廣文書局，1973 年。
〔註113〕語見梁・鍾嶸《詩品》：台北・臺灣商務印書館，1965 年。

前人傳統，獨創新格，借詠史敘寫己之志趣、操守，清人張玉穀亦言：
「太沖詠史，初非呆衍史事，特借史事以詠己之懷抱也。」〔註114〕，
將詠史、詠懷二者合一，使詠史詩，成爲借歷史人物事件寄寓自我情
思之作品，成爲具有特殊意義之題材。

　　李白詠史作品，既繼承杜摯不以詠史爲題名、所用史事不止於
一，又繼承左思借古人古事，抒己情懷，同時又有自己之特色。李白
詠史作品，於文學史上不如杜甫、李商隱所受到之注目與肯定，而船
山所選評李白詩，多詠史一類，又將其作品與杜甫相較，可知船山對
其詠史作品之重視，亦可知船山肯定李白詠史詩之表現方式，從中可
探求船山詩學觀。

　　李白詠史詩，或借詠歷史人物、事件，以寄諷刺時政，如〈烏
棲曲〉，表面詠吳王宴飲逸樂、沉迷女色，實際用以諷刺玄宗後期，
因楊貴妃不理朝政，使國家衰敗。或詠古人古事，以明己之志，如
〈中山孺子妾歌〉，全詩詠漢宮佳人，李夫人、班婕妤、戚夫人等人，
以比之詩人自己，言佳人因美色受君王寵愛，正如自己因有才，受
君王肯定而爲翰林供奉；然佳人一旦年華老去或失寵，只得入冷宮
孤獨一生，亦正如自己不受重用，而離京遠遊，其中哀傷之情感是
相通的。混寫漢宮佳人，實是爲明己之有才，卻陷讒言，無法使才
有所用之志。

　　較之前述，以歷史人物、事件入詩，詩人更多詠史作品，以鋪陳
傳說、神話爲主，輔以眞實歷史，寄寓情思，如：〈遠離別〉，全詩鋪
敘堯嫁娥皇、女英二女予舜，舜死，二妃追至九疑山仍不得見舜，因
而淚灑竹上，使瀟湘之竹，皆有斑痕之傳說，間又詠「堯讓舜」、「舜
禪禹」、「堯幽囚」、「舜野死」等史事，非自堯舜選賢與能之傳統詮釋
而詠之，反是言堯舜因大權旁落，遭致「幽囚」、「野死」，用以諷刺、
警惕唐玄宗，若再將大權託付給楊國忠、李林甫等人，則玄宗最後亦

─────────────

〔註114〕語見清・張玉穀《古詩賞析》：收錄於《續修四庫全書・集部・總
　　　　集類1591》：上海・上海古籍出版社，1995年。

會如堯舜之失家庭、失權勢、失社稷、失生命。又如〈登高丘而望遠海〉，連用《列子》、《山海經》、漢武帝築臺建金銅仙人以求長生等神話、傳說、史實，又對所詠者，提出疑問與反駁，以諷刺秦始、漢武雖極力拓展國勢、希求不死，最終仍無法逆天，而玄宗所做所爲，與二王如出一轍，故詩人實際上是借二王諷刺玄宗，試圖使玄宗醒悟。尚有〈古風其五十八〉，全詩詠「巫山神女」事，抒對唐王朝興亡盛衰之感嘆。而〈古風其二〉，以漢武帝廢陳皇后事，既諷刺唐玄宗爲楊貴妃廢王皇后之不智，又以陳皇后自比，抒己遭玄宗逐離長安之哀嘆。

　　李白詠史詩，所詠不侷限於單一事件，不就事件本有之意義進行感發，寓意常出人意料之外，甚至一詩中，所蘊含之寓意，不止一層，船山選評李白詠史詩，可謂獨具慧眼。

2、詠物以自喻、自傷

　　如同詠史詩，詠物詩亦是古代詩歌之一大品類，而所謂詠物詩，指以現實生活中具體事物爲歌詠對象之詩歌創作，由來已久，自《詩經》、《楚辭》之時代起，便有詠物之作。如《詩經》之〈桃夭〉，以歌詠桃花、桃實、桃葉，祝賀少女出嫁、生子、子孫滿堂；又〈碩鼠〉，則以碩鼠比喻昏君，以碩鼠「食我黍」、「食我麥」「食我苗」之行爲，比喻昏君暴政。大體而言，《詩經》之詠物，多以物起興，眞正開始描繪物象、寄託意涵，則是《楚辭》之〈橘頌〉，屈原以「受命不遷，生南國兮。深固難徙，更壹志兮」，既描繪橘樹生長習性，又暗喻君子爲人忠信、志節操守始終如一；而「綠葉素榮，紛其可喜兮」一句，則以狀橘樹之葉，象徵君子德行清白、得以信任。句句頌橘，實句句頌君子，是以劉勰云：「三閭〈橘頌〉，情采芬芳，比類寓意。」〔註115〕，說明詠物詩曲隱原意、借物代言之特點，不論是寄情寓諷，或是說理議論皆可。

〔註115〕語見梁・劉勰《文心雕龍・卷二・頌贊第九》：台北・臺灣商務印書館，1965 年。

　　船山選李白詠物詩，有以歌詠鳥獸者，如：〈夷則格上白鳩拂舞辭〉，兼詠白鳩、鷹、鳳凰，突破歷來詠物詩只詠一物之結構，同時以白鳩、鳳凰自喻，言己之有才有德，以鷹比玄宗之荒誕，又比玄宗寵臣之奸邪，諷刺意味濃厚。〈設辟邪伎鼓吹雉子班曲辭〉一詩，亦以「雉鳥」自比，以詠雉鳥受捕於人，則自斷其首，傷己遭受迫害，又明己不向權貴低頭之志節。〈古風〉其四、其四十，皆以鳳凰自比，抒發詩人品性高潔、抱負遠大，自傷從政失意，而遠走他處。

　　有歌詠古蹟者，如：〈謝公亭〉，自詠亭而詠謝公（謝朓），又自詠謝公而詠自己，詩人有感亭景惆悵，彷彿謝公之惆悵，實則為詩人不遇合於明君之惆悵。又〈登金陵鳳凰台〉，以詠「鳳凰台」之由來，結合詠史，抒發唐王朝由盛轉衰之感嘆，傷己受小人讒害之生命經驗，詠物、詠史、抒情三者交織成一詩，又為詩人詠物作品之創調；〈鸚鵡洲〉，作法與前詩同，既歌詠鸚鵡洲，又述禰衡史事，興發詩人感傷情懷。李重華云：

> 詠物詩有兩法，一是將自身放頓在裡面，一是將自身站立
> 在旁邊。〔註116〕

故詠物詩有「純詠物」和「託物寄諷」之別。前者，即「將自身站立在旁邊」之法，多用「賦」筆，以摹形狀物為主；後者，即「將自身放頓在裡面」之法，則多用「比」、「興」，以譬喻、擬人、象徵等藝術手法，表現出物體之外特有的神韻與意象，結合詩人之情思，以詠有限之物，表現無限之意。

　　簡言之，李白詠物詩，後者為多，具有題材多元、諷諭深刻、意象鮮明、情感真切等特色，受到船山選評與讚賞。

3、贈別以遣懷

　　宴飲餞別，本就是古代文人生活之一部分，為此而創作詩歌，更是稀鬆平常，故贈別詩亦屬古代詩歌之大宗。元・楊載曰：

〔註116〕語見清・李重華《貞一齋詩說》：收錄於丁福保所編《清詩話》：台
　　　　北・藝文印書館，1971 年。

> 贈別之詩，當寫不忍之情，方見襟懷之厚。然亦有數等，
> 如別征戍，則寫死別，而勉之努力效忠；送人遠遊，則寫
> 不忍別，而勉之及時早回；送人仕宦，則寫喜別，而勉之
> 憂國恤民，或訴己窮居而望其薦拔，如杜公唯待吹噓送上
> 天之說是也。凡送人多託酒以將意，寫一時之景以興懷，
> 寓相勉之詞以致意。第一聯敘題意起。第二聯合說人事，
> 或敘別，或議論。第三聯合說景，或帶思慕之情，或說事。
> 第四聯合說何時再會，或囑付，或期望。於中二聯，或倒
> 亂前說亦可，但不可重複，須要次第。末句要有規警，意
> 味淵永爲佳。〔註117〕

歸納漢、魏、盛唐贈別詩之類別、章法、作法，已言別，不忍之情當
貫串全詩，而根據別離原由之不同，詩中又呈現不同之慰勉，因征戍
而別，則勉之效忠；因遠遊而別，則勉之早回；因仕宦而別，則勉之
憂國恤民；因謫居而別，則勉之將有受薦拔之日。一般贈別詩，大抵
不出此法，然李白贈別、送別之作，則因擺脫傳統贈別詩的風格形式，
歷來多有稱道。

　　試觀〈宣州謝朓樓餞別校書叔雲〉，既不自餞別之地著筆，亦不
自餞別之情著筆，反而著眼於詩人有才無處施之悲憤，雖有讚美李雲
之句，然詩人實讚美自己；雖有寬慰李雲之句，實爲詩人自解之道；
又〈灞陵行送別〉，以描繪送別地之景物，烘托出離情，又間用史實
典故，「我向秦人問路歧，云是王粲南登之古道。古道連綿走西京，
紫闕落日浮雲生。」，言賢人離京、小人得志之感嘆，此又一創格也；
〈送張舍人之江東〉，明是送張說，卻詠張翰事，借彼言此，告慰張
說將如同張翰全身而退；同時以景物之哀愁，比詩人之感傷；〈送裴
十八圖南歸嵩山二首其一〉，亦以詠史、寫景送別友人，並借以指言
時政，皆開展前人於贈別詩所未發之筆法。

　　要之，李白贈別詩，既無眷戀難捨之言，亦無勉人之語，雖以贈

〔註117〕語見元・楊載《詩法家數・贈別》：收錄於何文煥編《歷代詩話》：
　　　　北京・中華書局，1981年。

別爲主旨，然李白詩中所流露出來的氣度及情感，多不以離別爲憾，展現詩人飄逸、豪爽之個性；甚而所寫內容，不關注於將離者，反而圍繞詩人本身，或遣懷、或自傷。

4、寫景以寄情

船山亦多選評李白寫景作品，李白此類作品，或爲抒發閒情逸趣，如〈下終南山過斛斯山人宿置酒〉，寫詩人入山拜訪斛斯之過程，透過對山景之描繪，營造出詩人對山林間恬靜閒適之嚮往；〈訪戴天山道士不遇〉、〈尋雍尊師隱居〉，皆與此相類，題名雖爲「訪」、「尋」，全詩卻只見山間景物，「野竹分青靄，飛泉挂碧峰」、「花暖青牛臥，松高白鶴眠」，而詩人所選擇入詩者，雖是山林尋常之景物，看似平淡無奇，未刻意雕琢，更可感受詩人於景物中所體會之自在心境。

或借以表述感傷情緒，如〈上三峽〉，表面似直敘船行三峽所見之景，然取景之角度，皆恰好反映詩人內在之感情，「三朝上黃牛，三暮行太遲」，眞實狀巴水曲折，雖以古歌謠入詩，卻使人不覺，同時船行困難又眞切地與詩人流放夜郎一路艱辛相合，對景、情之掌握，對古人古事之化用，確實爲詩人之長；又如〈秋夕書懷〉，詩人以「北風吹海雁，南渡落寒聲。感此瀟湘客，淒其流浪情。」開篇，將海雁隨季節遷徙之自然現象，融入詩人自己離京漫遊之無奈，「瀟湘客」、「流浪情」皆雙關海雁與詩人，抒情成分遠大於表面以所言之景；〈春日獨酌〉一詩，更是如此，「東風扇淑氣，水木榮春暉。白日照綠草，落花散且飛。」，將春景描述得生機蓬勃，實是用以反襯詩人不見己之生機何在。

或借狀邊塞之景以諷刺，如〈塞下曲六首其三〉，詩人不但描繪戰地之景、戰場之物，又不經意化入漢代匈奴、霍去病等史實典故，隱諷玄宗窮兵黷武，士兵犧牲，功歸將領、外戚，使原本表現豪情壯志之邊塞詩，兼具有現實意義。李白個人風格，於此詩又再次展現。

或爲因奉詔而作，如〈侍從宜春苑奉詔賦龍池柳色初青聽新鶯

百囀歌〉，爲詩人於長安供奉翰林期間，侍從玄宗遊宜春苑，奉詔而作，全詩以描摹視覺之春色與聽覺之春聲，交織而成，雖無可避免有歌功頌德之意味，卻將此寓意經由景物而表露，不失爲寫景寄情之佳作，是以船山仍以「本色」評之。

5、閨怨相思

古代婦女出嫁從夫，以夫爲天，丈夫遠行，原因不一，或爲經商、或爲求取功名、或因征戍行役，妻子獨守空閨，縱然孤淒寂寞，亦得默默忍受，因此，古代婦女閨怨相思，極爲普遍，文人感之，以思婦怨婦形象作爲詩歌主體，遂使閨怨詩亦成爲古代詩歌之一大品類。

閨怨一詩體，最早可見於《詩經》，如〈衛風・伯兮〉：「自伯之東，首如飛蓬。豈無膏沐，誰適爲容。」，寫女子因丈夫不在，相思心切，無心打扮自己；又〈王風・君子于役〉：「君子于役，不知其期，曷至哉！雞棲於塒，日之夕矣，羊牛下來，君子于役，如之何勿思！」，亦以女子口吻書寫，丈夫遠出行役，歸期無定，婦人見日落牛羊歸而其夫不得歸，憂深思切。《古詩十九首・行行重行行》亦有：「相去日已遠，衣帶日已緩。浮雲蔽白日，遊子不顧返。思君令人老，歲月忽已晚。」，言丈夫離家日久，妻子思念深而形悴，又言歲月不待人之憂慮。而後徐幹〈室思〉：「思君如流水，何有窮已時」、曹植〈雜詩〉：「君行逾十年，孤妾常獨棲。君若清路塵，妾若濁水泥。」等詩皆屬此類，因而以女子立場自敘，情緒傾向寂寞、怨恨、惆悵，成爲閨怨詩之正格。

船山選李白閨怨詩，有〈烏夜啼〉，由外在環境之蕭瑟、煩躁，轉入思婦內心之愁緒、孤寂，同時化用「蘇蕙織錦相思」典故，暗指丈夫因征伐而離家，諷諭唐玄宗好大喜功、窮兵黷武，使丈夫遠征，妻子思怨，成爲普遍現象，擴大詩歌之深度，由景而情，由詩歌之虛而至現實之實；有〈子夜吳歌・秋歌〉，亦自環境給人之感受著筆，詩句看似平淡無奇，沒有流淚，不寫病懨，不提心緒，但是卻字字相思、句句哀惋，蘊含了無限閨怨相思；至於〈春思〉、〈秋思〉，則是

以丈夫、妻子二人所在之地不同，季節變化不一，想像、雙寫二人相思，頗有特色。

〈長相思〉一詩，則屬變格，由「美人如花隔雲端」一句，可知此詩自男性立場、口吻，而「思欲絕」、「空長嘆」、「魂飛苦」、「摧心肝」亦表達相思之苦，此一變；又所寫「美人」，除實指女子佳人外，亦暗指賢明君王，故此詩又具有追尋明主之深意，此二變。李白不為閨怨詩正格所限之外，更使閨怨詩別有寓意，船山謂之「有餘」，詩之可感空間，瞬間擴增。

閨怨詩之外，李白亦有多以男子立場表達相思、鄉愁、飄泊無依，而創作之思鄉詩。如〈太原早秋〉，以秋景生愁為全詩主調，寫詩人身處太原，心思故國，以「汾水悠悠」，象徵詩人思歸亦悠悠；相對於〈太原早秋〉，詩人所欲歸返之地為長安，〈渡荊門送別〉，詩人所欲歸返之地，確實為其家鄉蜀地，全詩前六句，皆寫壯闊之景，至末二句，方以水之不忍離，比己之不忍離，隱約流露些許思愁，前六句，景象愈是明麗，思鄉之情愈是濃厚。

（二）就藝術手法而論

王船山所選李白詩，就藝術手法而言，可歸納為以下幾方面：

1、用典靈活

用典之目的，一為在有限之篇幅中，展現無限之詩意，二為使情感含蓄而婉轉地表達；然用典之方式、時機、典故於詩中所扮演之角色不當，詩意因此艱澀呆板，讀者無法了解與體會典故之意涵，不但無法使詩之容量擴大，反使詩歌創作成為文字堆砌。漢賦、六朝駢文，有其價值，然因典故之引用過繁，組織不當，又與詩人情思無涉，而遭致「綺麗不足珍」〔註 118〕之批評，文學創作之審美價值、興發意義，蕩然無存，是以典故之死用與活用，便成為詩人用典受肯定與否之指標。

〔註 118〕語見李白〈古風五十九首其一〉（大雅久不作）。

　　李白用典方法多彩多姿，正用、反用、明用、暗用、翻用、混用，各法皆有，在典故之拆解與重構間，深化、轉用典故史實本有之意義，充分展現李白個人之才性、才情，如：〈古風其九〉，「莊周夢蝶」一典，原本僅有人生如夢、變化急遽之旨意，詩人亦承此意涵，同時又結合詩人失意之生命經驗，引申至不必汲汲於富貴，使詩蘊含著詩人對功業無成之悲愴情懷。又如：〈蘇武〉，全詩由蘇武事鋪敘而成，但詩人所關注者非歷史人事本身，而將詩人心靈感受，滲透入典故、文字中，故典故於李白詩中，實是詩人比興、象徵、讀者感發之憑藉。

　　此外如〈登高丘而望遠海〉，詩中所用典故，多至六項以上，包括史實、神話、傳說等，卻不會對讀者理解詩旨造成困擾，除因詩人選擇典故與其現實情、景，存在深刻緊密關係外，亦在於用字遣詞不假雕飾，語言流暢、節奏明快，故不使人感覺晦澀，不影響其詩風之自然天成，此亦為李白用典之另一特色。

　　船山不贊成用典，卻提倡比興，但是比興又與用典有關，不能截然畫分。李白據情用事、字句樸實，使二者達到高度和諧，典故意義，亦正亦反，又非正非反，或用之以諷刺，或用之以自傷，虛與實之間，詩人將景物、歷史、情思三者融合為一體，使其作品增添了俯仰古今，渾厚蒼茫的時空感，歷來詩論不以李白用事為缺點，故所選作品中，幾乎篇篇有用事，正如船山評〈古風其九〉：「用事總別意言之間。」船山對李白用典是持肯定態度的。

2、比興象徵

　　李白詩中多比興、象徵，詩人所取之景物都有其所代表之意象與意境，非無端湊合，比興、象徵之意味濃厚。又李白所取景物範圍廣大，或取山川等自然景物，常見者為以「浮雲」比小人，以「日、月」比明主、理想，如〈登金陵鳳凰台〉：「總為浮雲能蔽日，長安不見使人愁」、〈遠離別〉：「日慘慘兮雲冥冥」、〈宣州謝朓樓餞別校書叔雲〉：「俱懷逸興壯思飛，欲上青天覽日月」、〈灞陵行送別〉：「紫闕落日浮

雲生」、〈古風五十九首其二〉：「浮雲隔兩曜，萬象昏陰霏」等，不勝枚舉。又以「水」興不盡之感，如〈太原早秋〉：「思歸若汾水，無日不悠悠」，以「水」興思歸情之不盡；〈渡荊門送別〉：「仍憐故鄉水，萬里送行舟」、〈送儲邕之武昌〉：「黃鶴西樓月，長江萬里情」，則以「水」興離情之不盡。

　　或取動、植物象，如〈夷則格上白鳩拂舞辭〉，以「白鳩」、「鳳凰」之品德高尚、才氣非凡自喻，以「鷹」之無德比蒙蔽君王、讒害詩人之小人；〈古風五十九首其四十〉：「鳳飢不啄粟，所食唯琅玕」，詩人亦以「鳳」之品格自喻、明志。〈擬西北有高樓〉：「願逢同心者，飛作紫鴛鴦」，則以「鴛鴦」比詩人與明主之結合。〈秋夕書懷〉，給予「海雁」不得已而遷徙之新義，以與詩人不得已離京相應。〈訪戴天山道士不遇〉：「樹深時見鹿，溪午不聞鐘」，以「鹿」興山中幽靜。以上皆為取動物者。而取植物者有〈秋思〉：「征客無歸日，空悲蕙草摧」，取古女子配蕙草宜男子之意象，象徵丈夫未歸之悲傷。又〈下終南山過斛斯山人宿置酒〉、〈訪戴天山道士不遇〉、〈尋雍尊師隱居〉，則皆以「松」象徵山林隱逸之地、高潔之情懷。

　　或取人物、事物，此與李白詩中活用典故多有關，如〈梁甫吟〉，詩人用「黃伯能」、「焦原」自比，言其有能力突破困境。又〈烏夜啼〉之「秦川女」，用蘇蕙織回文璇璣圖以表思念之典，以比唐代丈夫從征之婦女情思。〈烏棲曲〉：「吳王宮裏醉西施」，以「吳王」比「玄宗」，以「西施」比「楊貴妃」，諷刺玄宗沉迷女色，不理國政。

　　李白詩中所取物象，非單一種類，更常見者，為並用自然景物、動植物、人事物三者，如〈長相思〉：「美人如花隔雲端」，承繼屈原以「美人」比賢君，又以自然景物「雲」比小人，言君臣無法遇合，全由於小人從中阻撓。不論取何類，亦不論是獨取或混取，皆能反映出詩人潛在個性、意識、情感，是以詩中景物人事非孤立存在，而是與詩人相互融合，使詩人形象、情感完整呈現，故為成功之比興、象徵。

3、烘雲托月

自詩人活用典故、多用比興象徵,可知詩人表達思想感情之方式為間接而含蓄的,因此環境烘托法,亦為李白詩中常見之藝術手法,如〈烏夜啼〉:「黃雲城邊烏欲棲,歸飛啞啞枝上啼」,以「歸鳥」表明其時為黃昏,又以烏啼,烘托女子之煩躁,而女子煩躁主因──「相思」,從而婉轉表露。〈長相思〉:「絡緯秋啼金井闌,微霜淒淒簟色寒。孤燈不明思欲絕,卷帷望月空長歎」,不直言心境,而企圖透過視覺、聽覺、觸覺各方面之摹寫,塑造環境之蕭瑟、無奈。〈灞陵行送別〉:「送君灞陵亭,灞水流浩浩。上有無花之古樹,下有傷心之春草」,詩人不明言自己送別之哀傷,而古樹、春草之哀傷,烘托環境之離愁,則處此境之人必也是哀傷的,情感之表達更為強烈、直接。

4、想像誇飾

《文心雕龍》:「發蘊而飛滯,披聲而駭聲。」,即為誇飾手法所造成之藝術效果,透過此法,可興發隱藏於詩文內之情感,可使原本被動死沉之文字物象飛舞,眼雖盲、耳雖聾,卻彷彿能見其形、聞其聲。但並非所有誇飾皆能臻至上述藝術效果,是以劉勰又言:「誇而有節,飾而不誣。」〔註 119〕,言誇飾須有所節制,不可傷害所寫物象本質;對應葉燮《原詩》:「(誇飾)絕不能有其事,實為情至之語。」〔註 120〕,誇飾之法,雖不必盡合邏輯,其最終意義,在於動人耳目,以傳難言之意,摹難傳之狀,達難顯之情,故一切仍以創作者之情思為考量,此即劉勰所謂之「節」。

既是「絕不能有其事」,則誇飾又與想像、擬人、比喻等法密不可分,如〈北風行〉中「燕山雪花大如席」、「黃河捧土尚可塞」,將「雪」想像作「席」,「黃河可塞」,皆非生活中可能發生之事,卻又不離物象本質,讀者因此感到詩人真實、強烈之情感,故為成功之誇

〔註 119〕 語見梁・劉勰《文心雕龍・卷八・誇飾第三十七》:台北・臺灣商務印書館,1965 年。
〔註 120〕 語見清・葉燮《原詩》:北京・人民文學出版社,1979 年。

飾。又如〈梁甫吟〉:「我欲攀龍見明主,雷公砰訇震天鼓。」,將「雷」擬人化,又將「雷鳴」想像其人對詩人之咆哮與威嚇,並誇飾震雷鳴聲之大可震天撼地,使人強烈感受詩人所處環境之險惡。

總而言之,李白以豐富之想像、奇特之誇飾,使詩中意象飛動而傳神,意境深遠而含情,其豪邁奔放、氣吞宇宙、境界縹緲等詩風,皆為想像、誇飾之迭出而造就。

5、篇章結構

李白詩開篇即點題,如〈採蓮曲〉以「若耶溪傍採蓮女,笑隔荷花共人語。」開篇,〈長相思〉以「長相思,在長安」開篇,又〈梁甫吟〉之「長嘯梁甫吟,何時見陽春?」,〈把酒問月〉之「青天有月來幾時?我今停杯一問之。」,故嚴羽言:「太白發句,謂之開門見山。」〔註121〕

詩中則樂與悲交替出現,物象、情感瞬息萬變,如〈春思〉首二句「燕草如碧絲,秦桑低綠枝。」,展現春天之生機,可謂樂景,次二句卻接「當君懷歸日,是妾斷腸時。」,使全詩情調瞬間轉悲;又如〈塞下曲六首其三〉,前六句著意寫勝利之喜悅,末二句:「功成畫麟閣,獨有霍嫖姚。」,頓時使喜悅跌至谷底,哀愁突然來到,故《昭味詹言》:「發想超曠,落筆天縱,章法承接,變化無端,不可以尋常胸臆摸測。」〔註122〕,起落無端,斷續無跡,景物意象隨思想感情瞬息萬變,波瀾迭起,除展現詩人駕馭語言文字之才能,亦展現詩人理想與現實之間衝突所生之矛盾與苦悶。

詩末,多用首尾呼應法,如〈梁甫吟〉以「長嘯梁甫吟」起,以「梁甫吟,聲正悲」結,兩相呼應外,又與詩人情感發展脈絡相接;再如〈送張舍人之江東〉,以張翰比張舍人,詩首焦點是張翰,故言「張翰江東去,正值秋風時。」,中間借外在景象表達離別愁緒,詩末,又以張翰為傾訴對象而言「吳洲如見月,千里幸相思」,相別之

〔註121〕語見宋・嚴羽《滄浪詩話》:台北・世界書局,1965年。
〔註122〕語見清・方東樹《昭味詹言》:台北・廣文書局,1962年。

痛，貫串全詩；又如〈尋雍尊師隱居〉末二句：「語來江色暮，獨自下寒煙。」，亦不離全詩所營造出空靈蒼茫之山間氣息。故李白詩結構完整，一氣呵成，同時又有言盡而意不盡之效果，弦外之音瀰漫文字詩句間。

二、評詩：才人之思，創調之詩

王船山選評李白詩四十三首，數量僅次於選評杜甫之九十一首，可見船山對李白詩之重視，其評語亦當蘊含其詩學各個層面之觀點，以下歸納爲：詩歌起源論、作家作品論、詩歌體裁論、創作鑑賞論等四方面進行論述。

船山於實際批評，常並舉其他作家作品與李白詩相比較，使李白詩之特色得以張顯，同時亦可見船山批評之重點、讚賞之原因。

（一）詩歌起源論

船山評李白〈上三峽〉：「落卸皆神」，而言之：「眞《三百篇》、〈眞十九首〉」，評〈登金陵鳳凰台〉：「太白詩自〈十九首〉來」，將李白詩、《詩經》、〈古詩十九首〉三者，並列肯定。

《詩經》與〈古詩十九首〉二者有承繼關係之說，約定論自鍾嶸：「古詩，其體源出於〈國風〉」〔註123〕，又言「文溫以麗，意悲而遠」〔註124〕，即二者之文詞皆溫厚婉麗，意蘊皆悲愴清遠。同時代之劉勰亦稱讚〈十九首〉：「結體散文，直而不野，婉轉附物，怊悵切情，實五言之冠冕也。」〔註125〕，直率自然而富於文采，托物曲折見意，情感表述眞切。後世論《詩經》與〈十九首〉之關係，大抵不出劉、鍾二人之言，如元・楊載《詩法家數・五言古詩》：

五言古詩，……寫景要雅淡，推人心之至情，寫感慨之微

〔註123〕語見梁・鍾嶸《詩品・上》：台北・臺灣商務印書館，1965 年。
〔註124〕語見梁・鍾嶸《詩品・上》：台北・臺灣商務印書館，1965 年。
〔註125〕語見梁・劉勰《文心雕龍・卷二・明詩第六》：台北・臺灣商務印書館，1965 年。

意，悲歡含蓄而不傷，美刺婉曲而不露，要有《三百篇》之遺意方是。觀魏、漢古詩，藹然有感動人處，如〈古詩十九首〉，皆當熟讀玩味，自見其趣。〔註126〕

言〈古詩十九首〉繼承《詩經》寫景雅淡平易，寫情含蓄眞摯，寫意婉曲不露之旨趣。明‧陸時雍自二者託物寓志之角度言：「〈十九首〉謂之風餘，謂之詩母。」〔註127〕。清‧沈德潛亦謂：

〈十九首〉大率逐臣棄妻，朋友闊絕，死生新故之感。中間或寓言，或顯言，反復低迴，抑揚不盡，使讀者悲感無端，油然善入，此〈國風〉之遺也。〔註128〕

即認爲〈十九首〉不論是內容之描述，或是句法之運用，情意之展現，皆與《詩經》相類。楊、陸、沈三人兼及內容與形式雙方面，明確指稱《詩經》、〈十九首〉之聯繫。

船山對〈十九首〉之評價很甚高：「〈十九首〉該情一切，群、怨俱宜，詩教良然，不以言著。」〔註129〕，所謂「詩教良然」，指《詩經》「溫柔敦厚」的詩教原則；所謂「不以言著」，指「含蓄委婉」、「意在言外」之藝術風格。又言：「〈十九首〉多承〈國風〉。」〔註130〕，可知船山亦認同《詩經》、〈十九首〉之承繼關係。

〈上三峽〉、〈登金陵鳳凰台〉得《詩經》、〈十九首〉遺風，自思想內容而言，二者皆寫詩人離京後之愁緒與相思，此等遊子懷鄉、相思離別、文人生命意識之抒發，本就是《詩經》、〈十九首〉中常見之主題。自藝術手法而言，觸景生情、典故化用、語言迴環往復、時空

〔註126〕語見元‧楊載《詩法家數‧五言古詩》：收錄於何文煥編《歷代詩話》：北京‧中華書局，1981。

〔註127〕語見明‧陸時雍《詩鏡總論》：收錄於清‧丁福保編《歷代詩話續編》：台北‧木鐸出版社，1983 年。

〔註128〕語見清‧沈德潛《唐詩別裁》：台北‧臺灣商務印書館，1965 年。

〔註129〕語見王船山評選、張國星點校《古詩評選‧卷四》：北京‧大陸藝術出版社，1997 年。

〔註130〕語見王船山評選、張國星點校《古詩評選‧卷四》：北京‧大陸藝術出版社，1997 年。

意象之塑造、比興手法之運用，使詩歌表面平淡自然，卻又不因此質木無文，正如謝榛對〈十九首〉之評語：「格古調高，句平意遠，不尙難字，而自然過人矣。」〔註131〕。兩相結合，而達到景眞、情眞、味長、氣勝之境界。情與景交，神與形融，渾然天成，即爲「有神」、「通首混收」。雖然船山僅於〈上三峽〉、〈登金陵鳳凰台〉二詩下，闡述與《詩經》、〈十九首〉之關係，實則船山所選李白作品，皆體現《詩經》、〈十九首〉之神韻。

（二）作家作品論：與其他作家詩風比較

王船山不論於理論批評或實際批評時，皆常將詩人並列比較，以突顯詩人所具有之獨特風格，及做爲船山臧否某詩人之根本，船山選評李白詩，亦用此比較批評法。歷來並稱李白、杜甫爲「李、杜」，以之作爲盛唐詩人之代表，船山於多詩提及杜甫，如〈遠離別〉，自李、杜二人寓諷刺之意手法不同而予以不同評價，李詩譏諷之意全隱藏於字面之下，結構嚴謹，須層層探究，故「深」；杜詩則直截了當，淺層便見，無須細察，故以「緩」概括其平鋪直敍，如史之筆，是以稱之「詩史」，船山以爲詩、史有別，故評〈登高丘而望遠海〉，自詩可以有史之意蘊，但不可有史直書其事、直指是非善惡之筆法，李白詠史作品，合乎此論，杜甫詠史諸作，遭致船山嚴厲批評，原因亦在此，如〈古風五十九首其二五〉言杜詩「少緬密」。評〈擬古西北有高樓〉，則比較李、杜二人，擬古之不同，李詩得古詩較爲妙絕之精神氣度，杜詩僅得古詩字裡行間、古人、古事、古物表象之韻味，故評〈謝公亭〉，言杜甫〈琴台〉「貌取」，不如李詩物我相融，以我之情，重新詮釋古物，使詩之情思超越「古韻」，而至「古神」。船山對比李、杜而映襯出其獨特詩觀。

船山並列比較其他作家作品，有反面批評，用以反襯者，如評〈送

〔註131〕語見謝榛《四溟詩話・卷三》：收錄於清・丁福保編《歷代詩話續編》：台北・木鐸出版社，1983年。

張舍人之江東〉，否定溫庭筠、楊億、賈島雕章琢句之苦心，主張用事、用字，只要與創作者本身眞實情感相通，自有佳句、自成佳篇。評〈設辟邪伎鼓吹雉子班曲辭〉、〈上三峽〉，對中唐新樂府運動後，所形成之寫實諷諭詩風、詩派，如歷下、琅玡，明白表示反對之意。

有正面批評，用以正襯者，船山多肯定魏晉時期詩人，如其評〈古風五十九首其二五〉、〈中山孺子妾歌〉、〈春日獨酌二首其一〉，提及庾信、鮑照，認爲李白詩得二人感情深沉、剛健奔放、俊逸挺拔之遺風。此外評〈古風五十九首其四十〉，肯定阮籍借物詠懷、郭璞借仙境寓諷刺之組詩形式，以李白與二人「並驅」，肯定李白〈古風〉組詩中，表情之手法。評〈秋夕書懷〉、〈尋雍尊師隱居〉，則引杜甫詩，著眼李白、陰鏗二人雖創作近體，卻不讓聲律、句法、詩法影響詩人寓情於景、蘊情於詩。

亦有並列李白與其他作家、作品，未加以肯定或否定者，僅用以說明二者不同之處：如〈下終南山過斛斯山人宿置酒〉，舉陶淵明山水田園詩之「無我」，對襯李白之「有我」；舉孟浩然山水田園詩之含蘊層面不足，對襯李白既可寫閒適之情、又有諷刺意味、甚有自傷之意、明志之旨。以崔顥〈黃鶴樓〉對襯李白〈登金陵鳳凰台〉、〈鸚鵡洲〉，言崔詩爲唐音，「如虎之威」；李詩爲古音，「如鳳之威」，二者有別，但對崔詩無貶意。

（三）詩歌體裁論：各體裁之本質、特色

李白作品，以離京作爲分界線。前期，思想感情較單純，多抒發抱負、留連山水、惜別寄遠之作。後期，因目睹朝廷種種，多冷靜、深刻之分析與思考，多借端發慨、抨擊現實，寄寓幽憤之作。

船山雖將「樂府歌行」並錄於《唐詩評選・卷一》，實際上船山選評李白詩，常分用「樂府」與「歌行」，可知，船山所言二者應有所別，如其評〈遠離別〉：「通篇樂府，一字不入古詩。」；又評〈灞陵行送別〉：「夾樂府入歌行」，句式以七言爲主，視其爲歌行，又間

用五言、九言，故言其夾雜樂府；再如，〈金陵酒肆留別〉通篇為七言句式，評之：「在歌行誠為大宗」、〈把酒問月〉亦是全首皆七言句，評：「乃歌行必以此為質」。故船山所謂之「樂府」，指承樂府舊題、可歌之創作；所謂之「歌行」，則包括可入樂之新題樂府，亦包括不可入樂之七言古詩。

至於船山所謂之「古詩」，以〈古詩十九首〉為依歸，通首以五言句式呈現、不講求對仗、句數不定之作品，《唐詩評選》列入「卷二」，如其評〈擬古西北有高樓〉：「十全古詩，一無纇跡。」，以為此詩不論自取材、句式、情感表述方式皆承繼〈十九首〉，故言之「十全古詩」。

李白詩歌創作，本就以樂府、古詩為主，近體律詩相對較少，聲律成熟之七律又少於五律。船山所選李白五律，具有律而近古的特點，形式上，不受聲律約束，體制上近古；內容上，不受初唐以來浮艷氣息之影響，深情超邁，自然秀麗。不著意於對仗、聲律、詞藻雕琢，卻仍符合對仗、聲律之要求，顯示李白才思之高超。船山評〈秋思〉，並列李白〈塞下曲六首其五〉，以為〈秋思〉為律體之「正」，〈塞下曲六首其五〉為律體之「閏」，表明船山主張五言律體，形式、內容皆自古詩而來，作法亦須與古詩相承。

船山所選李白詩樂府歌行、古詩，多為後期之作品；所選律詩，多為前期作品。或因前期之時，律體尚未完全成熟，所受約束較少，與古體較近，與船山詩觀相符，而肯定之。

（四）創作鑑賞論：李白詩獨有之風格

綜上所論，可據以歸結出王船山所肯定之詩風，即李白所獨有之詩風。首先，是繼承中有創新精神。李白不論是樂府歌行、古詩，皆不滿足於因襲模仿，或大膽創造，別出新意，胡應麟譽之為「擅古今」〔註 132〕，或經由對原作之提煉、深化，保留漢魏詩歌的古樸自然風

〔註 132〕語見明・胡應麟《詩藪》：台北・廣文書局，1973 年。

味,同時創造出許多屬於詩人獨有之語言形式,使其作品既有原作之意涵,又兼有更深刻之寓意。船山評〈把酒問月〉:「於古今爲創調,乃歌行必以此爲質」,雖言李白「歌行」之「創調」,實亦是概括李白各體詩歌之「創調」,前文已述,其律體,不死守聲律句法、不講求詞藻修飾,亦是一種創新,評〈送儲邕之武昌〉:「要唯胸中無排律名目也。」,全以抒情爲本,船山對此極爲讚揚。此外,李白活用典故,表現手法出神入化,翻新出奇,更是另一種創新。

其次,是詩人有才與作品呈現詩人本色。船山將上述創新精神,與詩人之「才」相結合,評詩時多次論及詩人之「才」,如其評〈侍從宜春苑奉詔賦龍池柳色初青聽新鶯百囀歌〉:「自非天才,固不得效此。」、評〈張舍人之江東〉,以爲溫庭筠、楊億、賈島詩之所以不如李白,根本原因是,其人「無才」,以彰顯李白之有才。循此「才」而創作之詩歌,是「風華不由粉黛」(評〈張舍人之江東〉)、「平敘不損」(評〈太原早秋〉)、「落卸有神」(評〈上三峽〉)、「神藻飛動」(評〈秋思〉)、「前無含,後亦不應」卻「知其自道所感」(評〈北風行〉),此等皆爲詩人創作之「本色」。故詩歌創作能否反映個人特質、呈現獨特風格,乃船山關注焦點。

最後,在創新精神、詩人之才、作品之本色等條件之配合下,李白詩具有情景交融、物我合一之完美境界。以寫目前景、狀當下情,詩寓意含蓄蘊藉,層層相疊爲最終目的。創作詠史詩,使史實、抒情、議論三者融爲一體,詩材廣、立意高、寄慨深、創作手法繁複多變,形式與內容、景物與情思皆和諧統一。創作詠物詩,不求形似,而求情通,強烈情感常是透過物象而傳達出來,寓主觀於客觀,將自己主觀意識、思想感情融入於客觀物象之具體描寫之中,使物我合一。

以上對王船山選評李白詩特色之歸納,後文將用以比較王船山選評李賀、李商隱詩特色,並對照船山理論批評著作《薑齋詩話》,探析船山選評三李詩之深層內涵。

第四章　王船山選評李賀詩

　　目前可見，李賀詩最早之註本，爲南宋・吳正子註，次爲明・曾益所註之《李賀詩解》，清・王琦選錄吳正子、劉辰翁、徐渭、董懋策、曾益等人之評註，成《李長吉歌詩彙解》。本章分析李賀詩，除採用王琦彙解本外，亦酌參清・姚文燮《昌谷詩集注》、清・方扶南《方扶南批本李長吉詩集》、錢仲聯《讀昌谷詩箚記》、陳弘治《李長吉歌詩校釋》等箋釋本。若述及年代，則據朱自清《李賀年譜》、錢仲聯《李長吉年譜會箋》、《李賀年譜會箋》。

第一節　李賀生平與其詩歷代接受情形

　　李賀，字長吉，唐諸王孫也，生於唐德宗貞元七年，卒於唐憲宗元和年間，得年有二說：一曰二十四，一曰二十七。[註1] 祖籍隴西，自稱「隴西長吉」，家居福昌昌谷，後世因此稱其爲李昌谷。出身貴族，實際上家道早已中落。少有才學，七歲便能辭章，《新唐書》：

　　　　李賀，字長吉，系出鄭王後。七歲能辭章，韓愈、皇甫湜始聞未信，過其家，使賀賦詩，援筆輒就如素構，自目曰

〔註 1〕李賀得年有《舊唐書》根據李商隱〈李賀小傳〉的二十四歲之說與《新唐書》根據杜牧〈李長吉歌詩序〉的二十七歲之說。

高軒過，二人大驚，自是有名。〔註2〕

雖受韓愈、皇甫湜肯定而有名聲，卻未使其仕途之路平步青雲，反遭嫉其才者排擠詆譭，言其父名晉肅，因「晉」、「進」同音，故其爲避諱，不當「進士」，《舊唐書》：

> 父名晉肅，以是不應進士，韓愈爲之作〈諱辨〉，賀竟不就試。手筆敏捷，尤長於歌篇。其文思體勢，如崇巖峭壁，萬仞崛起，當時文士從而效之，無能彷彿者。其樂府詞數十篇，至於雲韶樂工，無不諷誦。〔註3〕

《新唐書》亦有相同記載：「以父名晉肅，不肯舉進士，愈爲作〈諱辨〉，然卒亦不就舉。」，雖有韓愈力挺之，終不得登第。是以「手筆敏捷」、「文思萬仞」、「無人能及」，卻只做了奉禮郎的小官。《新唐書》據李商隱〈李長吉小傳〉、陸龜蒙〈書李賀小傳後〉言：

> 每旦日出，騎弱馬，從小奚奴，背古錦囊，遇所得，書投囊中。未始先立題然後爲詩，如它人牽合程課者。及暮歸，足成之。非大醉、弔喪日率如此。過亦不甚省。母使婢探囊中，見所書多，即怒曰：「是兒要嘔出心乃已耳。」〔註4〕

詩人一生鬱鬱不得志，毅然辭去奉禮郎職東歸，將其雄心壯志全部化作對詩歌創作之熱忱，爲獲得創作靈感，四處尋訪，日出暮歸，晝先筆錄所得之構思、詩句，夜則絞盡腦汁，串組所錄以成詩，用力之勤，已達「嘔心瀝血」之地步。亦使李賀在短短二十多年生命中，留下二百四十三首作品〔註5〕，雖以唐代而言，數量不算多，然李賀卻以其獨特之風格於詩壇占有一席之地，歷代皆留下對其詩之評論。

〔註2〕語見宋・歐陽脩、宋祁等撰《新校本新唐書・卷二百三・列傳第一百二十八・文藝下・李賀傳》：台北・鼎文書局・1979年。

〔註3〕語見晉・劉昫等撰《新校本舊唐書・卷一百三十七・列傳第八十七・李賀傳》：台北・鼎文書局・1979年。

〔註4〕語見宋・歐陽脩、宋祁等撰《新校本新唐書・卷二百三・列傳第一百二十八・文藝下・李賀傳》：台北・鼎文書局・1979年。

〔註5〕作品數統計根據清・王琦《李長吉歌詩彙解》：收錄於《李賀詩注》：台北・世界書局，1972年。

　　首先就李賀所處之唐代而言，對其詩之評論幾乎全屬正面，評論
之角度及所論之問題亦屬全面且具有創發意義，開啓後代對李賀詩之
評論點。當中首推杜牧爲李賀文集所作之序言：

　　　雲煙綿聯，不足爲其態也；水之迢迢，不足爲其情也；春
　　　之盎盎，不足爲其和也；秋之明潔，不足爲其格也；風檣
　　　陣馬，不足爲其勇也；瓦棺篆鼎，不足爲其古也；時花美
　　　女，不足爲其色也；荒國陊殿，不足爲其恨怨悲愁也；鯨
　　　呿鼇擲，牛鬼蛇神，不足爲其虛荒誕幻也。蓋騷之苗裔，
　　　理雖不及，辭或過之。騷有感怨刺懟，言及君臣理亂，時
　　　有以激發人意。乃賀所爲，無得有是！賀能探尋前事，所
　　　以深嘆恨今古未嘗經道者，如〈金銅仙人辭漢歌〉、〈補梁
　　　庾肩吾宮體謠〉，求取情狀，離絕遠去筆墨畦徑間，亦殊不
　　　能知之。……世皆曰：「使賀且未死，少加以理，奴僕命騷
　　　可也。」〔註6〕

杜牧以「雲煙綿聯」、「水之迢迢」、「春之盎盎」、「風檣陣馬」、「瓦棺
篆鼎」、「時花美女」等極爲形象化的文字，狀李賀詩外在形式、內在
情意、格調等各方面之特色，以示肯定，加以提出李賀詩「無理」之
憾，都成爲後代評論李賀詩之方向。

　　其次就李賀詩之「譎怪」風格技巧而言，宋代褒貶不一，毀譽參
半，正面評論者，如《新唐書‧文藝傳序》：

　　　言詩則杜甫、李白、元稹、白居易、劉禹錫；譎怪則李賀、
　　　杜牧、李商隱，皆卓然以所長爲一世冠，其可尚矣。〔註7〕

由「爲一世冠」可知宋祁、歐陽修等人對李賀詩譎怪之風格是給予肯
定的。再如嚴羽《滄浪詩話》：

　　　人言太白仙才，長吉鬼才。不然，太白天仙之詞，長吉鬼
　　　仙之詞耳。玉川之怪，長吉之瑰詭，天地間自欠此體不得。
　　　大曆以後，我所深取者，李長吉、柳子厚、劉言史、權德

〔註6〕語見唐‧杜牧《樊川文集‧卷十》：台北‧九思出版社，1979年。
〔註7〕語見宋‧歐陽脩、宋祁等撰《新校本新唐書‧卷二百〇一‧列傳第一
　　　百二十七‧文藝傳序》：台北‧鼎文書局‧1979年。

　　　與、李涉、李益耳。〔註8〕

嚴羽以「鬼才」、「鬼仙」名李賀，其中「鬼」字，總結李賀詩中多牛鬼蛇神、神怪鬼魅之用語、情境，繼承宋祁、歐陽修等人「譎怪」之概括；「仙」、「才」具有讚譽之意，表示嚴羽對李賀「瑰詭」之肯定，顯示其對李賀獨有詩風之接受及讚揚。另外，反面評論者亦不爲少數，如張表臣《珊瑚鉤詩話》：

　　　篇章以含蓄天成爲上，破碎雕鎪爲下。……以平夷恬淡爲
　　　上，怪險蹶趨爲下。如李長吉錦囊句，非不奇也，而牛鬼
　　　蛇神太甚，所謂施諸廊廟則駭矣。〔註9〕

張表臣將杜牧「牛鬼蛇神」一語，加入負面意涵，認爲李賀詩風不可取。元代，師效李賀詩風大盛，胡應麟即言：

　　　長吉則宋末謝皋羽得其遺意，元人一代尸祝，流至國初，
　　　尚有效者。〔註10〕

降及明代，毀多譽少，毀者如陸時雍《唐詩鏡》：

　　　妖怪惑人，藏其本相，異聲異色，極技倆以爲之，照入法
　　　眼，自立破耳。然則李賀其妖乎？非妖何以惑人？故鬼之
　　　有才者能妖，物之有靈者能妖。賀有異才，而不入於大道，
　　　惜乎其所之之迷也。

　　　世傳李賀爲詩中之鬼，非也，鬼之能詩文者亦多矣，其言
　　　清而哀。賀乃魔耳，魔能瞇悶迷人。〔註11〕

對李賀詩風之批評極爲嚴厲，以「妖」字，歸結李賀詩「譎怪」、「瑰詭」等風格，認爲李賀之「妖」「不入於大道」，將前人予以「鬼才」之正面含義完全轉化。其他如李東陽《麓堂詩話》、王世貞《藝苑卮言》、謝榛《四溟詩話》所評皆屬負面。而清人則多以別調肯定其詩

〔註8〕語見宋・嚴羽《滄浪詩話》：台北・金楓出版社，1986年。
〔註9〕語見宋・張表臣《珊瑚鉤詩話》：收錄於宋・吳文治主編《宋詩話全
　　　編》：南京・江蘇古籍出版社，1998年。
〔註10〕語見明・胡應麟《詩藪・内編》：台北・廣文書局，1973年。
〔註11〕語見明・陸時雍《唐詩鏡・詩鏡總論》：收錄於丁福保編《歷代詩話
　　　續編》：台北・木鐸出版社，1983年。

風，譽多毀少，譽者如毛先舒《詩辯坻》中認爲李賀大曆以後樂府之
大家〔註12〕；葉燮《原詩》亦肯定李賀詩用字之特色〔註13〕。

　　最後就李賀詩中是否「無理」一問題，歷代亦有不同看法。唐杜
牧言李詩「無理」，所強調者爲李賀詩中是否具有裨補時用之現實意
義。宋人劉辰翁將「理」解釋爲「邏輯之理」、「條理之理」，並認爲
李賀詩之所以「無理」乃因李賀不拘步驟、變化不同常人〔註14〕。而
清人、近人，則認爲李賀詩當爲有理，卻因其表述方式含蓄，故使人
有無理之憾，如賀貽孫認爲既然李賀詩與楚騷有類似風格及表現技
巧，當如求楚騷之理般求李賀詩中之理〔註15〕；又如姚文燮《昌谷集
註》則將李賀與杜甫並舉，認爲李賀詩「寓今託古，比物徵事，無一
不爲世道人心慮。」〔註16〕看似「無理」，實理寓其譎怪之文字中；
由王船山所評選之李賀詩亦可知其主張李賀詩爲「有理」〔註17〕。錢
鍾書《談藝錄》（補訂本）一書中，對李賀詩之評論，共有九節，份
量相當，評論內容所含蓋範圍，博而深，亦論及李賀詩「少理」，其
「理」爲「條理章法」，錢氏贊同黎簡（二樵）「李賀於章法不大理會」
之論，因李賀重視者，爲修辭設色，而非立意謀篇；但亦認爲李賀詩
中有所謂裨補時世者，只是程度明顯較低、著意較輕〔註18〕，此又引

〔註12〕語見毛先舒《詩辯坻・卷三》：收錄於清・丁福保編《清詩話》：台
　　　　北・藝文印書館，1965 年。
〔註13〕葉燮《原詩》：「李賀鬼才，其造語入險，正如倉頡造字，可使鬼哭。」
　　　　（北京・人民文學出版社，1979 年。）
〔註14〕劉辰翁：「樊川反覆稱道，形容非不極至，獨惜理不及騷，不知長吉
　　　　所長正在理外，如惠施堅白，特以不近人情，而聽者惑焉，是爲辯。」
　　　　（語見陳弘治《李長吉歌詩校釋・附錄》：台北・嘉新水泥文化基金
　　　　會，1969 年）。
〔註15〕詳見清・賀貽孫《詩筏》：收錄於清・丁福保編《清詩話》：台北・
　　　　藝文印書館，1965 年。
〔註16〕詳見清・姚文燮《昌谷集註》：收錄於《李賀詩注》：台北・世界書
　　　　局，1972 年。
〔註17〕詳見後文「王船山選評李賀詩析評」一節。
〔註18〕關於錢鍾書對李賀詩中「理」的說法，詳見其《談藝錄》一書「第
　　　　七節」、「第十四節」：台北・書林書局，1988 年，頁 46、58。

發近世學者熱烈討論。

以上分別由李賀詩之風格技巧與內容有理與否切入，論述歷代對李賀詩批評之角度，對照下文王船山對李賀之批評，以明王船山批評論立論之基礎。

第二節　王船山選評李賀詩析評

王船山《唐詩評選》中選評李賀詩，共五首，五首皆爲樂府歌行，僅次於船山選評李白十六首、選評杜甫十二首、選評岑參七首；若僅就李賀所處之中唐而言，則王船山選評當時代樂府詩，以李賀詩數量最多。本節嘗試經由分析五首詩之作法、寓意，探討王船山選評李賀詩之重心，並輔以條列其他批評家對船山所選詩篇之評價，明二者之同異，同時據以呈現出船山選評之特色。以下茲以歷代對李賀詩「肯定與否」之觀點分二類論述：

一、歷代詩評家肯定李賀「譎怪之有理」，褒多貶少之作　　——對比船山評語

（一）〈古鄴城童子謠效王粲刺曹操〉

鄴城中，暮塵起。將黑丸，斫文吏。棘爲鞭，虎爲馬。圍圍走，鄴城下。

切玉劍，射日弓。獻何人，奉相公。扶轂來，關右兒。香掃塗，相公歸。

王船山評：亦刺當時，體神自遠。

此詩前八句，言曹操起用一些奸滑惡少加強自己的威勢，以「棘鞭」、「虎馬」形象地襯托出起用人之惡，故首二句「鄴城中，暮塵起」，實寫此時政治之迷離、時勢之不安。後八句，言原本該進奉予天子——獻帝的寶劍、名弓，卻只獻給曹操，關右的武將亦簇擁著曹操，以旁人對曹操的態度，將曹操專橫之勢描摹盡致。「獻何人」，

一語雙關，一問將進獻予何人，一暗寫其時獻帝無實權，不必將其放在心上，有「人但知有曹操，不知有天子」之嘆。《唐詩選脈會通評林》引徐謂、唐汝詢評語：

> 徐謂曰：古淡。　　唐汝詢曰：王粲〈從軍〉等作，諂媚醜極。此特借其口以罵曹操耳，實無譏刺念頭。　　又曰：用此惡少爲羽翼，其窺覦可想。「扶轂來」二句，輕忽語；末二句勢便輝赫。〔註19〕

徐謂和唐汝詢皆認爲李賀此詩無諷刺於其中，與王船山之理解完全不同。王船山以爲此詩「亦刺當時」，乃因李賀所處中唐，宦官專政，加以唐德宗對宦官一味信任，朝廷大權皆落入其手中，爲所欲爲，甚至反過來操縱皇帝，李賀對此深表不滿，借同爲宦官之後——曹操「挾天子以令諸侯」之史事，表達其憤怒及忠君愛國之心，姚文燮亦云：「唐之時，天后、中宗之朝，妄竊國柄者，先後不乏，幾至玉曆暗移，賀傷本朝往事，而作此也。」〔註20〕然李賀縱使有極高漲之情緒，仍不直接表露，反而寄其意於古事，讀者需自行體會詩所呈現出之神理，故王船山評「體神自遠」。又：

> 詩準諸史，則議自堅確。操駕車東遷，乃自爲大將軍封武平侯者也；獻何人、奉相公，其無君心之罪著矣。〔註21〕

認爲此詩既然是詠史之作，應當要求詩中所描述之史實、所發之議論，確實可信，然實際上並非如此，其同時指出李賀詠史有疑誤之處。此一看法，若與船山「詩史說」相對照，則有歧異，蓋船山以爲此詩所以體神自遠，乃因此詩並未侷限於史實之重現，詩人跳出「史」之框架，故可使讀者領會詩人寄情於唐代之用意，而此點正是李賀詠史詩成功之處。

〔註19〕語見《唐詩選脈會通評林》：收錄於陳伯海主編《唐詩彙評》：杭州·浙江教育出版社，1995年，頁1972。

〔註20〕語見清·姚文燮《昌谷詩集注》：收錄於《李賀詩注》：台北·世界書局，1972年。

〔註21〕語見陳弘治《李長吉歌詩校釋》所引集評：台北·嘉新水泥文化基金會出版，1969年，頁236。

（二）〈金銅仙人辭漢歌〉

> 茂陵劉郎秋風客，夜聞馬嘶曉無跡。
> 畫欄桂樹懸秋香，三十六宮土花碧。
> 魏官牽車指千里，東關酸風射眸子。
> 空將漢月出宮門，憶君清淚如鉛水。
> 衰蘭送客咸陽道，天若有情天亦老。
> 攜盤獨出月荒涼，渭城已遠波聲小。

王船山評：寄意好，不無稚子氣，而神駿已千里矣。

「金銅仙人」，爲漢武帝劉徹於長安所建造之仙人銅像，高二十丈，大十圍，手托巨盤，以承甘露，爲其求長生之寄託。〔註22〕魏明帝爲求長生，下詔將銅像遷至洛陽。〔註23〕此詩約略作於李賀辭奉禮郎，離京赴洛時，個人仕途失意，加上安史亂後，唐王朝元氣大傷，國勢衰敗，詩人面對此情此景，千愁萬緒湧上心頭，故以詩之筆詠魏人遷移漢宮銅人事，透過想像力及各種藝術技巧描繪歷史事件，融敘事與抒情於一詩中，並從中寄寓詩人之感嘆。此詩大致可分作三個部分。

首四句寫漢武帝死後，漢宮荒涼之景象，對漢武帝作了委婉而犀利的嘲諷。首二句，「茂陵劉郎」、「秋風客」皆指漢武帝，「秋風客」，一寫漢武帝曾作〈秋風辭〉，慨嘆人生苦短；一寫漢武帝雖建金銅仙人本是漢武帝求長生的寄託，然事實上，漢武帝終究沒有求得長生，而是如秋風中的落葉般，倏然離去，徒留金銅仙人歷盡興衰而感慨；同時又點明此詩之季節爲「秋」。「夜聞馬嘶」，寫漢武帝死後，其魂魄仍常率領著軍騎於夜間出現漢宮中之傳說〔註24〕，「夜聞」、「曉無

〔註22〕關於漢武帝建金銅仙人一事，詳見清‧徐松撰、清‧孫星衍、莊逵吉校定《三輔黃圖》：北京‧中華書局，1985 年。又見清‧張樹編撰《三輔故事》：北京‧中華書局，1985 年。
〔註23〕魏明帝時有拆運金銅仙人一事，然因重不可致，便罷。詳見晉‧陳壽著、清‧裴松之注《三國志‧注》所引《魏略》：台北‧世界書局，1972 年。
〔註24〕詳見東漢‧班固《漢武故事》：台北‧新興出版社，1976 年。

跡」，以誇飾法對比今昔，過去威猛無比，現在不過是茂陵之一坏土；亦以「夜」、「曉」之迅速轉移，寫時光匆匆，無人可掌握。次二句，上承「曉無跡」，寫今日之漢宮，雖富麗堂皇，卻只存「桂樹」「土花」。「桂樹」、「秋香」上承「秋風客」，以「懸」字，寫桂樹香氣無可依，傳神道出宮苑之死寂。「三十六宮」，用張衡〈西京賦〉語，泛指漢時長安宮殿〔註25〕；「土花」，指苔蘚，點出宮殿之荒廢，又以「碧」字，寫其恣意漫生，強化荒廢之程度。全詩悲涼深幽之氣氛由此烘托出。

　　中間四句，將時間轉至魏代、焦點轉至銅像上，寫金銅仙人離開漢宮之悲痛。以擬人法，賦予銅像人之情感，「千里」明寫其將遠行，悲痛亦由此來；著一「酸」字，則外在環境之酸苦與內在心情之酸澀巧妙融合，既寫風之凜冽、尖銳，又寫心之酸楚，如此強烈之風勢，自然是直「射」眼眸、心坎。接著，以「空」、「漢月」，一寫金銅仙人赴魏無人陪伴之孤獨，一寫金銅仙人不忍離漢之憂傷、不願接受漢之衰敗之事實，王琦：「因革之間，萬象爲之一變，而月體始終不變，仍似舊時，故稱『漢月』。」〔註26〕；正因孤獨、不忍，淚水順勢而落下，著一「鉛」字，寫盡銅人之痛苦，淚水落地彷彿滴滴有聲，亦點明了銅人之性質，《唐賢清雅集》：「淚如鉛水，切銅人精妙。」〔註27〕，成功地使銅人既有人性，又不失物性，物與人之間難分難解。

　　末四句寫銅人辭漢途中之情景。以「衰蘭送客」、「攜盤獨出」、「月荒涼」等蕭瑟之景物，襯托銅人之孤獨。眼看「衰蘭」與「月」本皆爲無情之物，僅能被動地隨時序轉換而興衰，詩人此處有意賦予其情性，寫其因銅人離漢，而「衰」、而「荒涼」，因此詩人不由得發出「天若有情天亦老」之感慨，言若蒼天有情，亦當因感受銅人之悲而衰老。王琦：

〔註25〕漢・張衡〈西京賦〉：「離宮別館，三十六所。」
〔註26〕語見清・王琦《李長吉歌詩匯解》：收錄於《李賀詩注》：台北・世界書局，1972 年。
〔註27〕語見清・張文蓀《唐賢清雅集》：收錄於陳伯海主編《唐詩彙評》：杭州・浙江教育出版社，1995 年，頁 1958。

> 又銅人本無知覺，因遷徙而潸然淚下，是無情者變爲有情，
> 況本有情者乎？長吉以「天若有情天亦老」反襯出之，則
> 有情之物，見銅仙下淚，其情更何如耶？〔註28〕

頗有物猶如此，人亦當如此，多愁善感之詩人自己更不待言，如此「衰蘭」、「獨盤」、「荒月」，似銅人，亦似漢朝，亦似作者，亦似唐朝。末句，「渭城」本指秦都咸陽，漢改爲渭城縣，此用以借代漢都長安。不明言銅人離漢愈遠，反以「渭城遠」、「渭水波聲小」襯托，婉曲見意。詩人彷彿在寫自己之離京，正如銅人之離漢，是如此不得已，所懷之愁恨，亦將一路綿延不絕。亦有語盡而意不盡之作用，讀者可感之空間大增。

李賀將金銅之物象、金銅之人象、歷史、現實交錯抒發，融合爲一，從中寄託、興發自己的「情」與「意」。歷來對本詩之寓意眾說紛紜，或以此詩爲李賀自喻其悲，或以此作爲對唐德宗、憲宗求仙之諷刺，或以爲對國家衰敗之哀慟，各說皆可通，故不必強分高下。王船山認爲此詩「佳」，即在於依附於詩之寓意多層次、多角度，此詩必有其對現實之寄託，故言「寄意好」。又何以「好」？好在不說破，即李賀以委婉曲折之手法寄其意。題名雖只是針對「金銅仙人」，內容卻不拘泥於單一物象中，故又以「神駿千里」，稱許詩中空間跨度大，情感跳躍性高。故此詩爲李賀代表作之一，歷代評論家都給予正面之批評，《唐賢小三昧集》：「此首章法正顯，結得渺然無際，令人神會於筆墨之外」〔註29〕、杜牧則云：「此篇求取情狀，絕去筆墨畦徑。」〔註30〕、劉辰翁云：「此意思非長吉不能賦，古今無此神妙。」〔註31〕等，以上肯定此詩之處，皆與王船山相同，詩人極力塑造環境之悲涼、金銅仙

〔註28〕語見清・王琦《李長吉歌詩匯解》：收錄於《李賀詩注》：台北・世界書局，1972 年。
〔註29〕語見史承豫《唐賢小三昧集》：收錄於陳伯海主編《唐詩彙評》：杭州・浙江教育出版社，1995 年，頁 1958。
〔註30〕語見明・高棅《唐詩品彙》：台北・臺灣商務印書館，1983 年。
〔註31〕語見明・高棅《唐詩品彙》：台北・臺灣商務印書館，1983 年。

人之悲涼，實際上亦是其心境之悲涼，句句寫金銅仙人，實亦句句寫己，物我合一，自然「渺茫無際」，不限於「筆墨畦徑」。

（三）〈後園鑿井〉

井上轆轤床上轉，水聲繁，弦聲淺。情若何？荀奉倩。城頭日，長向城頭住，一日作千年，不須流下去。

王船山評：悼亡詩，託詞不覺，乃於意隱者，於言必顯，如此方不入魔。　　悲腕能下石人之淚，但一情徑去，無待記憶商量，斯以非俗眼之滂沱。

　　此詩歸入樂府，爲「歌」之形式，句法、音調皆擬古歌行體，詩題出於《晉書・樂志・拂舞歌詩・淮南王篇》載：「後園鑿井銀作床，金瓶素綆汲寒漿。」，然涵義與原作不同，王琦：「長吉此詩，略祖其義，而名與調及辭意皆變焉。」〔註32〕

　　首三句，「井」、「轆轤」爲井上用以汲水之器具、「床」指承受轆轤之支架、「水」指井水、「弦」指吊桶之繩索，皆直接呼應詩題。「轉」字，直啓下二句，水聲、弦聲之產生，皆因汲水器具轉動使然。「水聲繁」言「瓶初入井，水多則聲繁」〔註33〕；「弦聲淺」，或言「弦從上轉，水深則聲淺。」〔註34〕，又或言吊桶繩索之垂降聲，較轆轤轉動聲爲小，皆可通。

　　詩人此三句究竟有何寓意，須聯繫四、五句方可明白。「荀奉倩」，即荀粲，字奉倩，《世說新語》中有荀粲夫婦情至深至篤之描述。至此可知詩人首三句，用以興起「情若何」之疑問與感慨，《李長吉文集》：「黎簡：汲井以起興，情如綆與水耳。」〔註35〕，同時用比喻手

〔註32〕語見清・王琦《李長吉歌詩匯解》：收錄於《李賀詩注》：台北・世界書局，1972年。

〔註33〕語見清・姚文燮《昌谷詩集注》：收錄於《李賀詩注》：台北・世界書局，1972年。

〔註34〕語見清・姚文燮《昌谷詩集注》：收錄於《李賀詩注》：台北・世界書局，1972年。

〔註35〕語見李賀《李長吉文集》：台北・學生書局，1967年。

法，以「轆轤」「井架」之和諧轉動、「吊桶」、「繩索」之相互依靠，比夫婦之諧和一體，又以「水聲繁」比喻夫婦情感之長久深刻、「弦聲淺」比喻外在時空之短暫。而「荀粲」則又用以回應「情若何」。環環相扣，句句有意。

末四句，以「太陽長住」、「一日千年」、「不須流下去」言希望時間就此停止，夫婦感情方能天長地久，寓有美好事物總無法長久之感慨。其中「住」字、「流」字，用字極為精妙，彷彿真的見到太陽之不落、光陰之不失。

此詩所表現出之情感極為含蓄內斂，很難體會李賀之原意，或言李賀亦如同荀粲之愛妻，故以此詩緬懷亡妻，「蓋為夫婦之相愛好者思得長相思」〔註36〕；或言詩人以此詩寓其望援引，「此歎士人沉淪，必賴在上者有以引汲之也」〔註37〕，又或藉對時空永恆之期待，哀悼自己體弱多病之生命，哀悼唐將亡之國祚，不論何說，皆可通、可感。此亦為王船山肯定此詩之主因，詩人雖用古歌行體，卻別出新意，透過平凡之物象，組合產生鮮活之意象，使讀者可感空間加大，不必侷限於一隅，符合王船山「讀者各以其情自得」之詩觀，故認為此詩為「悼亡詩」之典範，表面上直寫閨情，同時又具有更加開闊之意境，「意隱，言卻不隱」，故「託詞不覺」。短短幾句詩，以迭宕之筆法，迴環之音節，既寫愛情之美好，又寫愛情之消逝，彷彿對情感之著墨並不深，故言「一情徑去，無待記憶商量」，又呼應「託詞不覺」，卻又「悲腕能下石人之淚」，連石人皆因此而流淚，故詩中所蘊含之真情，其感人之力度，至大至深，可明也。「非俗眼」則再次言此詩不同於一般之「悼亡詩」。句句皆顯示出船山對此詩之讚譽。

《昌谷詩集注》引陳二如曰：

〔註36〕語見清・王琦《李長吉歌詩匯解》：收錄於《李賀詩注》：台北・世界書局，1972 年。

〔註37〕語見清・姚文燮《昌谷詩集注》：收錄於《李賀詩注》：台北・世界書局，1972 年。

題爲〈後園鑿井〉，而詩則帶恨於井之多此一鑿，爲閨閣言
之也。夫後園之井，其亦可以不鑿也。〔註38〕

點出此詩於描繪閨情之中，隱藏著詩人之恨，並認爲詩人由後園之井
而發哀傷、愁恨之情感，故雖以之作詩，實則不願見此井存在。此評
可與船山相參看，陳二如亦認爲此詩除言閨情外，所寄寓之恨意，才
是全詩之重心。同時可知，李賀不僅能透過大時代進行諷刺，亦能透
過「閨閣」之小景進行諷刺，此點亦爲船山所以極力讚揚之因。

二、歷代詩評家以爲李賀「譎怪之無理」，貶多褒少之作 ——對比船山評語

（一）〈秦宮詩並序〉

漢人秦宮，將軍梁冀之嬖奴也，秦宮得寵內舍。故以驕名，大噪於人。
予撫舊而作長辭，以馮子都之事。相爲對望，又云昔有之詩。

越羅衫袂迎春風，玉刻麟麟腰帶紅。
樓頭曲宴仙人語，帳底吹笙香霧濃。
人間酒暖春茫茫，花枝入簾白日長。
飛窗復道傳籌飲，卜夜銅盤膩燭黃。
禿衿小袖調鸚鵡，紫繡麻霞踏哮虎。
斫桂燒金待曉筵，白鹿青蘇夜半煮。
桐英永巷騎新馬，內屋深屏生色畫。
開門爛用水衡錢，卷起黃河向身瀉。
皇天厄運猶曾裂，秦宮一生花底活。
鸞篦奪得不還人，醉睡氍毹滿堂月。

王船山評：亦刺當時，無事如少陵之〈麗人行〉，主名必立。「開門爛
用」四句只自夾帶出，末又以二豔細語結，如此生者，乃可與微言。
「銅盤膩燭黃」寫燭淚好，惜其「卜夜」二字用左傳，稚。

　　此詩借東漢將軍梁冀嬖奴秦宮之豪奢，諷刺唐代貴族，姚文燮：

〔註38〕語見清・姚文燮《昌谷詩集註》：收錄於《李賀詩注》：臺北・世界
　　　　書局，1972 年。

「此借以醜武韋及楊氏輩也。賀謂漢世子都秦宮之事相爲對望，不知唐世如梁霍事，所在接踵，況更有上焉者乎？」〔註39〕。首二句描繪孿奴所著服飾之華麗。次六句極寫其於宴飲之歡樂。九十句言其無所事事至馴鸚鵡。十一十二句以「白鹿」突顯其飲食之珍異。十三十四句以「騎馬」、「觀畫」言宅第之深闊、華美。十五十六句言其盡情揮霍。末四句言孿奴絲毫不知人間疾苦。

孿奴尚且如此，則其主梁冀之豪奢，不待言而自明。中唐以後，貴族不但沒有「中興」之抱負，甚至奢靡更甚安史亂前，對人民疾苦不聞不問，對國家憂患全然不覺，只顧自身宴飲享樂，故王船山認爲「開門爛用」四句出不著痕跡，亦不從「爛用」結，看似力道不足，實則深意已隱於其中。李賀自覺爲貴族之後，當肩負起拯救國家社會之使命，然人微言輕，只能透過詩歌揭示當權貴族之生活。所寫梁冀事於其傳記中皆有記，非憑空杜撰，使人感受極爲眞切，寓意十足。胡應麟《詩藪》：「長吉〈浩歌〉、〈秦宮〉，仿太白而過於深。」〔註40〕然此「深」正爲王船山所喜，以爲諷刺之作，當以「微言」出。

又船山以爲「卜夜銅盤膩燭黃」一句，將孿奴夜夜笙歌之態描繪得具體生動又含蓄，然「卜夜」一詞卻不甚理想，「卜夜」語本《左傳·莊公二十三年》：「飲桓公酒，樂。公曰：『以火繼之。』辭曰：『臣卜其晝，未卜其夜，不敢。』」，後用以形容宴樂無度，夜以繼日。可知船山認爲詩之用典須自然結合詩意，不可因用典破壞本欲傳達之情境。

劉辰翁云：

亦是妙思（「鸞篦奪得」句下）。

極言梁氏連夜盛宴，而秦宮得志可見。至「調鸚鵡」、「夜半煮」無不可道，故知作者妙於形容，未更奴態，人所不能盡喻。

<hr>

〔註39〕語見清·姚文燮《昌谷詩集註》：收錄於《李賀詩注》：台北·世界書局，1972 年。
〔註40〕語見明·胡應麟《詩藪·內編》：台北·廣文書局，1973 年。

鈎深索隱，如夢如畫。賦秦宮似秦宮，何多才也！〔註41〕
劉氏盛讚李賀此詩之「妙思」及「諷刺深隱」，一言其雖斥奰奴，卻
似詠之；一言其以奰奴之失更見梁冀之失。對比方扶南：

> 此詩人推絕構，非也。長吉高處，往往有得之於天而非
> 人事之所有者。佛家所謂教外別傳，又所謂別峰相見者
> 也。雖不及李、杜大宗，而大宗亦或不得而及之，此天
> 也。此詩雖工，卻皆言人事之所可揣；語雖工，弗善也。
> 若只以善寫人事爲工，則杜公〈麗人行〉尚矣，此工不
> 及。〔註42〕

方氏此論針對董懋策評此詩「隱而不俗，所以爲絕構」〔註43〕一語而
發，其以爲李賀詩特出之處，在於其以神鬼仙境作爲歌詠主體之作，
若言及人事、社會寫實則不及杜甫。船山則反駁此論點，李賀詩借配
角突顯主角更甚之，符合詩教中「怨而誹，直而不絞」〔註44〕，相較
杜甫〈麗人行〉之「主名必立」，即詩中直接點明所欲諷刺之對象，
直述其人之作爲，直斥其人之失，不以「微言」出，則〈秦宮詩並序〉
詩意隱而有「深意」。簡言之，詩歌工筆與否，非船山所強調，船山
對杜甫亦非一味貶斥，而是與其理論批評相呼應。

（二）〈崑崙使者〉

> 崑崙使者無消息，茂陵烟樹生愁色。
> 金盤玉露自淋灕，元氣茫茫收不得。
> 麒麟背上石文裂，虯龍鱗下紅肢折。
> 何處偏傷萬國心，中天夜久高明月。

〔註41〕語見明・高棅《唐詩品彙》所引評語：台北・臺灣商務印書館，1983
　　　年。
〔註42〕語見清・方扶南《李長吉詩集批注》：收錄於《李賀詩注》：台北・
　　　世界書局，1972年。
〔註43〕語見陳弘治《李長吉歌詩校釋》所引集評：台北・嘉新水泥文化基
　　　金會出版，1969年，頁235。
〔註44〕語見王船山《薑齋詩話・卷上12》：收錄於清・丁福保編《清詩話》：
　　　台北・藝文印書館，1965年，頁6。

王船山評：此以刺唐諸帝餌丹暴亡者。今且千年，人猶不解，況當時習讀聞傳之主人。長吉於諷刺，直以聲情動今古，真與供奉為敵，杜陵非其匹也。「元氣茫茫收不得」，說出天人之際無干涉處，分明透現，笑盡仙佛家。代石人搔背癢一段，愚妄。韓退之諸君終年大聲疾呼，何曾道得此一句在？故知人不可以無才。

　　此詩旨與〈金銅仙人辭漢歌〉相同，藉對漢武帝求仙徒勞嘲諷，寓唐憲宗求仙誤國之憤慨。

　　首二句直言漢武帝對崑崙使者之盼望落空。以「崑崙使者」，即西王母之信使青鳥〔註 45〕點題，《漢武故事》、《漢武帝內傳》皆載，漢武帝求長生不老藥於西王母，青鳥為西王母及漢武帝之間之溝通橋樑。「無消息」，承上啟下，「茂陵」，指漢武帝之陵墓，言武帝終究無法長生不死；以陵墓周遭環境之愁雲慘霧繚繞，取代正面寫武帝之愁，亦揭示詩人對武帝求仙、求長生之諷刺。

　　次二句，再次著墨於武帝求長生之作為。「金盤玉露」，即前〈金銅仙人辭漢歌〉一詩中所述，武帝建造之「金銅仙人」；「自淋漓」，前承金銅仙人手持巨盤以承玉露，後啟「元氣茫茫收不得」。「元氣」，為天地間之精氣，方士以為吸服之可長生，「茫茫」狀「元氣」之浩瀚。「自淋漓」、「收不得」相映襯，因「收不得」，故武帝仍難逃一死；武帝死，無人飲用，金盤中之玉露當然「自淋漓」。言即使建立了「金銅仙人」收集了天地之露水，武帝仍無法阻止生老病死的結果，用以暗諷希求長生之可笑。

　　五六句，對照「茂陵烟樹生愁色」，具體寫武帝陵寢因日久而殘破。以「麒麟」、「虯龍」二種，可直接聯繫天子之石雕，寫武帝欲藉以展現其生時之威勢；然卻無法料想今日之「石文裂」、「紅肢折」。以時間之不斷流逝、風霜雪雨之無情，反襯其求長生不死之徒勞，無

〔註45〕《山海經‧海內北經》：「西王母梯几而戴勝杖，其南有三青鳥，為西王母取食。在崑崙虛北。」

生命之陵墓尚且無法長生，更何況是人。同時有以陵墓零落，寓武帝聲望消殆之意涵。

末二句，承上二句，以曲筆寫武帝雄心壯志皆因求長生而幻滅。「萬國心」，指武帝年少時，即有統治萬國之雄心壯志，以襯其迷信仙術、妄求長生之荒誕。如今只剩明月高掛空中，映照著其理想之泡影。

詩旨在勸阻憲宗沉迷仙述、妄求長生，然卻不從憲宗下筆，託古諷今，深得王船山讚賞。姚文燮：

> 漢武好大喜功，遣張騫使異域，方欲爲萬年計，乃使者未還而陵木已拱，仙掌甘露猶然淋漓，奈元氣已耗，不能得長生矣；墓前刻獸，久而頹敗，中天月滿，一坯徒存，英武神仙，又安在乎？賀蓋深爲元和憂也。〔註46〕

切入此詩觀點與王船山相同，認爲此詩句句諷武帝，實句句憂憲宗、諷憲宗。王船山又將詩人與杜甫相較，認爲二人雖皆有諷刺之作，李賀「以聲情動古今」，保有詩聲情兼備之特性，既有深刻之寓意，又有溫柔敦厚之語調，故杜甫無法與之相提並論。《唐詩品彙》：「劉辰翁云：甚有風刺（「金盤玉露」二句下）。」〔註47〕又將詩人與韓愈相較，認爲韓愈雖力排佛道，然效果卻不如其用力，原因亦在於韓愈「大聲疾呼」、「直言斥責」，李賀「曲筆寄託」。故以李賀作品寓意「分明透現」，對比韓愈作品「代石人搔背癢」，憲帝聞之仍渾然不覺。

《李長吉詩集批注》：「爲好仙也。此乃眞本，看他何等卓立！」〔註48〕，認爲此詩與李賀其他神鬼詩相同，皆爲其逃避現實之反映，無任何諷刺於其中。董癸仲曰：「序稱長吉理不及詞，如元氣一語，奧越參同。」〔註49〕，針對「元氣茫茫收不得」一句作批評，認爲此

〔註46〕語見清・姚文燮《昌谷詩集注》：收錄於《李賀詩注》：台北・世界書局，1972 年。

〔註47〕語見明・高棅《唐詩品彙》：台北・臺灣商務印書館，1983 年。

〔註48〕語見清・方扶南《李長吉詩集批注》：收錄於《李賀詩注》：台北・世界書局，1972 年。

〔註49〕語見陳弘治《李長吉歌詩校釋》所引集評：台北・嘉新水泥文化基金會出版，1969 年，頁 369。

句理詞不相符，字裡行間無法展現詩人所欲傳達之思想感情，不論是方扶南或是董癸仲之評語，皆與船山呈現兩極化之差異，船山評李賀詩，著眼點獨特處，亦由此可知。

第三節　王船山選評李賀詩之特色

經由前節分析王船山所選李賀詩及對其詩之評語後，已可初步掌握船山選評李賀詩之角度，以下分別歸納其「選詩」、「評詩」之特色，以作爲後文論述王船山對「三李詩」選評異同之基準點。

一、選詩：樂府詠史，託古諷今

（一）就思想內容而論

世稱李賀爲「鬼仙」，故歷來詩選集，皆對其以神仙鬼魅爲題材之作品多所著墨，加以認爲其詩「無理」，故對其與現實世界有所連結之創作，常爲詩評家所忽略。船山與世論不同，所選李賀詩，既非遠人情、渺人世之作，且詩旨往往直諫當世。就思想內容而言，可歸納爲以下二方面：

其一，詠史以諷刺。中唐時期，朝政腐敗，宦官專權，藩鎮割據，戰亂頻仍，詩人面對此景狀，創作詠史詩以抒其滿懷之憂傷。王船山所選李賀詠史詩，有揭露統治者之腐敗與荒誕，著意描寫憲宗之迷戀神仙，祈求長生，如：〈金銅仙人辭漢歌〉、〈崑崙使者〉，皆以漢武帝比唐憲宗，希望憲宗能以武帝爲借鏡，不要重蹈武帝求仙亡國之悲劇。字字哽咽，語語哀愁，句句動人，只爲喚醒憲宗。亦有抨擊宦官專權、藩鎮割據，對君主之威勢、信譽，蕩然無存之怨恨，如：〈古鄴城童子謠效王粲刺曹操〉，詩人對曹操挾天子以令諸侯，使人民只知有曹操，不知有獻帝之作爲，十分不滿，實際上亦是傳達詩人對唐德宗寵信宦官，反使宦官胡作非爲，操控皇帝之憤懣。還有對中唐時百姓生活於水深火熱之中，貴族不僅不關心民

生疾苦，甚且終日飲酒享樂、醉生夢死，表達其痛心，如：〈秦宮詩並序〉，同樣以漢梁冀嬖奴比唐貴族，「開門爛用水衡錢，卷起黃河向身瀉」一句，將貴族把國庫通家庫之醜樣，描寫得生動無比。

其二，閨情以自傷、諷刺。李賀作品中，除了專注於「牛鬼蛇神」之詩篇，為人所熟知外，其以宮怨、閨情、愛情為吟詠主題之作品，亦不少，此類作品形象鮮明，色彩濃艷，感情抒發大膽直接，然船山所選李賀閨情之作，卻不見以上特色，如〈後園鑿井〉，首三句著墨於井、轆轤、床、水聲、弦聲，使人不明其用意、情思為何？以興起後文「情若荀奉倩般真摯」，隨即筆鋒突變、節奏陡降，由美好之情感轉至對時光匆匆，歲月無情流逝之感慨。與常見之閨情之作、悼亡之作，截然不同，有意無意間，透露詩人對己身世之慨嘆，亦藉以抒發在上位者不趁時、趁勢「汲取」自己、起用自己之愁怨，全詩詩境深遠，情感表述沉潛，故為船山所重視。

客觀而論，李賀詩中直接再現現實之作品，的確不多，但所作皆以婉曲筆觸，寓深刻諷刺，明顯可感受其反映現實之意義，同時含蓄、形象地表達其身為貴族之後，對國家社會之責任與義務。

（二）就藝術手法而論

船山所選李賀五詩，最突出之藝術手法，當推「託古諷今」，既是託古諷今，則必使用比與、象徵手法，將古人、古事比當世之人事，如：〈古鄴城童子謠效王粲刺曹操〉，以曹操比唐代宦官；〈金銅仙人辭漢歌〉、〈崑崙使者〉，以漢武帝比唐憲宗；〈秦宮詩〉，以嬖奴比唐代貴族，又以梁冀之放縱嬖奴，比皇帝放縱貴族。

與託古相應，李賀詩中「用典用事」亦多，如：〈金銅仙人辭漢歌〉中之「金銅仙人」，用漢武帝造金銅仙人事、魏明帝遷移金銅仙人事；然雖用古事，卻不囿於古事中，不言因金銅仙人過重，魏明帝無法搬移，遂罷之史實，反寫金銅仙人離開漢宮一路上之情景，使金銅仙人既是詩人觀物起興之憑藉，又是詩人用以自比之憑藉，同時還

是唐將亡國之象徵。同詩首二句「茂陵劉郎秋風客，夜聞馬嘶曉無跡」，又用漢武帝葬於茂陵、曾作〈秋風辭〉及其死後魂魄出現於漢宮中之史實、傳說。再如：〈崑崙使者〉，所言之「崑崙使者」，典出《山海經》，借代西王母青鳥，又用《漢武故事》中之記載，使其與漢武帝相連結，作為長生之象徵。而〈後園鑿井〉，則用荀粲與其妻感情堅篤之事。不論用何典、何事，李賀皆改變典故本所具有之意涵，使典故與詩中之情思結合。唯〈秦宮詩並序〉一詩，直用《左傳》「卜夜」一語，未做變化，故船山言其「惜」、「稚」。

　　五詩中，另一突出之藝術手法為李賀擅以擬人手法，使全詩形象鮮活，富有生命力。最明顯者，為〈金銅仙人辭漢歌〉中對金銅仙人之描繪，明明是無生命之物，卻會感到酸楚、會落淚、會懷念；蘭花會衰、會送客；桂樹會懸香等等，皆使整個畫面雖帶有「人味」、帶有深沉之情感，卻又不會過於直露，不會彷彿濃得化不開。〈後園鑿井〉中，日會「住留」於城頭；時間不會「流走」。〈秦宮詩並序〉，「銅盤膩燭黃」，明明是燭燃後，滴下蠟油，卻說是銅盤「膩」之，寫活了日夜歡宴，無心清理之現象。〈崑崙使者〉，明明是無人取用金盤上之玉露，卻言金盤玉露「自淋漓」，當下使讀者彷彿見到露水源源不絕湧出之景況。

　　又次，詩人觀察力敏銳、想像力豐富之特質，亦展現於詩中，以「鉛水」寫金銅仙人落淚，一方面狀其滴滴有聲，一方面寫其心情之沉重，一方面又暗合銅人本質。以「酸」寫風，環境之凜冽，兼寫銅人與詩人自己心境之淒楚。由後園汲水之聲，思及美好情感、光陰不待人。雖後世加諸詩人「苦吟詩人」之評，然由王船山所選五詩中，詩人之嘔心瀝血、苦思苦吟，確實使詩境變化萬千，且皆合於詩人所欲表達之旨意，無怪乎船山皆予以正面之評價。

　　因託古諷今，因使用比興、象徵、借代、擬人、想像，故詩中字字句句皆極為精煉，使其蘊涵之意義是含蓄、是隱匿、是「微言」，同時又反過來使字句瑰麗無比。在在皆顯現詩人於詩歌創作上之高超

造詣，船山言其「有才」，其來有自。

二、評詩：意隱言顯，體神自遠

　　王船山對李賀五首詩之評語，與對其他詩人之評語相比，敘述較多，較爲詳細，甚有針對詩中某句某字，進行評論者，故雖只評五首，亦可見其對李賀詩各方面之評述，其中亦蘊含其詩學各個層面之觀點，以下歸納爲作家作品論、詩歌體裁論、創作鑑賞論等三方面進行論述。

（一）作家作品論：與其他作家詩風比較

　　王船山不論於理論批評或實際批評時，皆常將詩人並列比較，以凸顯詩人所具有之獨特風格，及做爲船山正面或負面批評某詩人之根本。船山選評李賀詩，亦用此比較批評法，如：其評〈秦宮詩並序〉、〈崑崙使者〉，皆提及杜甫，一言「亦刺當時，無事如少陵之〈麗人行〉，主名必立。」，一言：「長吉於諷刺，直以聲情動今古，眞與供奉爲敵，杜陵非其匹也。」，可知，船山比較李賀、杜甫，乃基於詩中寓含諷刺之方式，船山以爲李賀之作，聲情兼備，既有華麗之字句形式，亦有眞切之內容意蘊，不只可諷刺當世，甚而對古人古事亦有諷刺之意味，以樸實文字指陳時弊、情感表述激切之杜甫，無法與之相匹敵，如李賀〈秦宮詩並序〉與杜甫〈麗人行〉，詩旨皆在諷刺楊氏國戚之奢侈淫亂，同時側面反映出在位者之昏庸和朝政之腐敗，李賀不直指其諷刺之主，而自嬖奴、梁冀下筆、取勢，杜甫則具體點出楊貴妃之美色，楊國宗之驕恣、得意，雖歷代評論者認爲此詩不見諷刺之語言，卻隱含尖銳之譏諷，但船山對杜甫明言楊氏、明寫其作爲，不合乎傳統詩教中「溫柔敦厚」之原則，給予負面批評。船山深受儒家傳統詩教影響，由此可見。

　　船山於評〈崑崙使者〉一詩，又提及韓愈。並列比較李賀、韓愈之因，爲二人皆有感於唐憲宗求仙好佛而荒廢朝政，亦皆透過文學創作表達其不滿，船山以爲雖二人所欲諷刺之對象、事由相同，然李賀

作品之深意及感發人心之力量,卻遠遠超過韓愈,船山尤讚賞其「元氣茫茫收不得」一句,表面上只有感慨,實際上卻告知唐憲宗,其所作所為,將如同漢武帝遭致亡國亡身;反觀韓愈,不論是眾所皆知之〈諫迎佛骨表〉或其他排佛詩〈謝自然詩〉、〈華山女〉,皆詳實敘述、抨擊佛道迷信,對社會造成危害,然其筆法,不但未使在上位者有所警惕,反使自身遭貶抑,其用心更加無法傳遞給在上位者,故船山言:「韓退之諸君終年大聲疾呼,何曾道得此一句在?」,同時直斥韓愈無才。船山批評韓愈之理由,與其批評杜甫是相通的,皆因其人之作品,忽略了「含蓄蘊藉」之詩本質。

(二)詩歌體裁論:與其他詩歌體裁風格比較

王船山選評李賀詩五首,皆為樂府歌行,且為中唐以後,所選詩數最多者,可知船山對李賀樂府詩之成就,及其樂府詩於中唐所具有之意義,相當重視。《舊唐書》、《新唐書》,已述及李賀工樂府:

> 辭尚奇詭,所得皆驚邁,絕去翰墨畦逕,當時無能效者。
> 樂府數十篇,雲韶諸工皆合之絃管,為協律郎。〔註50〕

毛先舒《詩辯坻》亦曰:

> 大曆以後,解樂府遺法者,惟李賀一人。設色穠妙,而詞旨多寓篇外,刻於撰語,渾然用意。〔註51〕

《舊唐書》、《新唐書》僅言李賀樂府一類作品,合於律、可披之管絃。毛先舒則進一步認為,中唐以來,以創作樂府詩為能者,首推李賀。李賀除繼承樂府詩本色外,更多有創新,開展樂府詩原本主敘事、主質樸之風格,形式上走向字句精妙、色彩穠麗,內容上要求寓意深遠,意見於詩句之外。船山肯定李賀樂府詩,即與其不侷限於樂府古題、古意,繼承中又有所創新,關係密切。

〔註50〕語見宋·歐陽脩、宋祁等撰《新校本新唐書·卷二百三·列傳第一百二十八·文藝下·李賀傳》:台北·鼎文書局·1979年。

〔註51〕語見毛先舒《詩辯坻·卷三》:收錄於清·丁福保編《清詩話》:台北·藝文印書館,1965年。

　　船山肯定李賀樂府詩，亦具有時代意義。中唐之時，元稹、白居易提倡新樂府運動，時稱「元和體」，以「文章合爲時而著，歌詩合爲事而作」（〈與元九書〉）爲口號，提出「直歌其事」（〈秦中吟〉）、「其事覈而實，使采之傳信也」（〈新樂府序〉）、「惟歌生民病」（〈寄唐生〉）、「不求宮律高，不務文字奇」（〈寄唐生〉）、「其辭質而徑，欲見之者易諭也；其體順而肆，可以播於樂章歌曲也」（〈新樂府序〉）等詩歌主張，使詩歌取材於眞實事件、內容走向寫實諷諭、語言形式走向通俗淺切。然其主張亦有明顯缺失，宋・張戒：

　　　梅聖俞云：狀難寫之景，如在目前。元微之云：道得人心
　　　中事。此固白樂天長處。然情意失於太詳，景物失於太露，
　　　遂成淺近，略無餘蘊，此其所短處。〔註52〕

張戒認爲「元和體」雖宗古樂府，然其情意、景物淺近直露、無餘蘊，此點與船山之看法，頗爲類似。而李賀之樂府創作，或藉用舊題，或自創新題，大都凝煉而絢麗，且含義隱晦，姚文燮：

　　　賀之爲詩，其命辭、命意、命題，皆深得當世之弊，切中
　　　當世之隱。倘不深自發（通「韜」）晦，則必至焚身。斯愈
　　　推愈遠，愈入愈曲，愈微愈減，藏哀憤孤激之思於片章短
　　　什。言之者無罪，聞之者不審所從來。〔註53〕

可知李賀雖同處中唐，卻不受時代風氣影響，於「元和體」之外，別開境界，獨樹一幟，亦爲船山獨選其樂府作品原因之一。又後世以爲李賀「長吉體」，所代表詩風，爲構思奇特、力求新穎、不落俗套、煉字雕句、奇險光怪、異於正體，皆未觸及李賀詩眞正特出之處，《唐詩歸折衷》：

　　　唐云：創意極奧，摛詞卻質，乃長吉眞妙處。今人擬其艷
　　　冶，反入魔境，殊不知此君嘔心處，正不在此。〔註54〕

〔註52〕語見宋・張戒《歲寒堂詩話》：北京・中華書局，1985年
〔註53〕語見清・姚文燮《昌谷詩注》：收錄於《李賀詩注》：台北・世界書局，1972年。
〔註54〕語見清・劉邦彥《唐詩歸折衷》所引之評語：收錄於陳伯海《唐詩彙評》：杭州・浙江教育出版社，年，頁1958。

此為其針對〈金銅仙人辭漢歌〉一詩之評語,可與船山評〈後園鑿井〉:「如此方不入魔」相參看。言李賀詩之真妙處,不在字句篇章之光彩奪目,而在於詩人如何將其真摯之情思寄寓於詩中,既不使詩境突兀,又不使其情思過於彰顯,世人不明此而模擬之,反適得其反,陷入苦思之「魔境」中。

(三) 創作鑑賞論:李賀詩獨有之風格

李賀詩最為人所熟知之風格,莫過於奇詭瑰麗、淒厲孤寂,造就此詩風之原因,不外乎光怪陸離之題材選擇、深思熟慮之用字遣詞、虛實交錯之筆法運用,然以上皆非船山自其作品中所見之風格。船山首重李賀詩兼具現實主義與浪漫主義之特色:其現實主義之批判精神,可由船山所選五詩,皆有諷刺寓意得知;其浪漫主義之唯美精神,則來自於李賀詩選擇物象,獨闢蹊徑,如其〈崑崙使者〉,以「麒麟裂」「虯龍折」指漢武帝陵墓之殘破、荒涼;又李賀詩描摹比附,跳脫常理,如其以「酸」寫風、以「鉛水」形容眼淚;或是「明知不可為而為之」之理念堅持,即雖明知所諷刺之對象,不會予以理會,卻仍以身為貴族之後,再三呼告,與屈原對楚王之殷切盼望相同。使其詩既有傳統詩教「興、觀、群、怨」〔註55〕之作用,又具有楚騷體之遺風,杜牧言其詩:「蓋騷之苗裔,理雖不及,辭或過之。」〔註56〕,雖然「理雖不及(楚騷)」一語,有待商榷,不過,言李賀詩繼承楚騷精神,而又有所改變,大體可信。船山認為李賀優於杜甫之處,亦在此,杜甫詩僅見現實主義精神,李賀詩則二者兼有。

其次,李賀詩中所具有之濃厚悲傷情感,亦為其特出之風格:〈金銅仙人辭漢歌〉、〈崑崙使者〉,表達詩人對君主求仙好佛之哀傷;〈古

〔註55〕《論語·陽貨》:「子曰:『小子!何莫學夫《詩》?《詩》可以興,可以觀,可以群,可以怨。』」,言《詩》具有感發意志、觀風俗得失、群居相切磋、怨刺上政之功能。

〔註56〕語見前文所引唐·杜牧〈李長吉歌詩序〉:收錄於《樊川文集·卷十》:台北·九思出版社,1979 年。

鄴城童子謠效王粲刺曹操〉、〈秦宮詩〉，表達對宦官外戚操持大權、貴族沉迷逸遊享樂之哀傷；〈後園鑿井〉，則表達對人生不圓滿、生命終將消殞之哀傷；五詩又皆表達其對唐朝國祚將亡之哀傷。而詩人之所以想法悲觀，與其懷才不遇、自幼體弱多病之人生經驗息息相關，故可謂詩中所有悲情，均來自詩人人生不圓滿、無法建功立業之哀傷。

又由其強烈之悲傷情感，可知詩人「因情造景、造語」之風格，詩人選擇描繪之物象，雖獨創性高，卻不失能因物象而興發其哀傷情思之前提，並使其詩臻於物我合一、情景交融之境界，如：〈金銅仙人辭漢歌〉，雖寫銅像，實寫詩人，就另一層面而言，詩人以銅像爲吟詠主題，乃因其在銅像與自身之間，發現情感之共通處；〈後園鑿井〉一詩亦同，詩人以轆轤、井架、吊桶、吊繩爲題材，同樣因其自身之情感與所見景物之意境，是可通的。

最後，李賀詩中以古見今、以小見大、以反見正之表現手法，亦得船山肯定：如〈秦宮詩〉，以孌奴見梁冀；〈古鄴城童子謠效王粲刺曹操〉，以「暮塵起」見時局之混亂；〈金銅仙人辭漢歌〉，以「土花碧」見漢宮荒涼、以「渭城遠」、「波聲小」見離京愈遠；〈後園鑿井〉，以「轆轤轉」見時光之無聲逝去……等，使其詩具有含義隱晦、諷刺含蓄之特色，亦爲船山所推崇。李賀詩乍看難解，一旦有所感，則可體會詩中無窮之言外之意，讀者可依自身經驗，重新賦予詩篇新義，反過來再擴大詩境，符合船山重視「讀者於創作中之作用」的詩觀。

以上對王船山選評李賀詩特色之歸納，後文將用以比較王船山選評李白、李商隱詩特色，並對照船山理論批評著作《薑齋詩話》，探析船山選評三李詩之深層內涵。

第五章　王船山選評李商隱詩

　　自清初朱鶴齡吸取並補充明末釋道源註李商隱詩之部分成果，撰成《李義山詩註》以來，箋釋義山詩，一時蔚爲風潮，如沈厚塽將何焯、朱彝尊、紀昀三家評語輯入朱註本中，成爲通行的《李義山詩集輯評》、程夢星增補朱註而成《李義山詩集補注》、陸昆曾《李義山詩解》、屈復《玉谿生詩意》、馮浩《玉谿生詩集箋註》、何焯《義門讀書記》、紀昀《玉谿生詩說》、黃侃《李義山詩偶評》等，先後問世，本章於分析李商隱詩篇，酌參上述諸家。又本文若述及創作之時代背景、確切年代，乃參據清・馮浩《玉谿生詩集箋註》、近人張采田《玉谿生年譜會箋》、葉蔥奇《李商隱詩集疏注》中，所撰詩人年譜、詩文編年，不再另作註腳。

第一節　李商隱生平與其詩歷代接受情形

　　李商隱，字義山，號玉谿生，又號樊南生。原籍懷州河內（河南省沁陽），從祖父起遷居鄭州滎陽（河南省滎陽），文宗大和三年，年十七，以文才見知於牛黨令狐楚，楚使其諸子與商隱交遊，並引爲幕府巡官。開成二年，年二十五，得楚兒令狐綯之譽，中進士，《新唐詩・李商隱傳》：

　　　令狐楚帥河陽，奇其文，使與諸子遊。楚徙天平、宣武，

皆表署巡官，歲具資裝使隨計。開成二年，高鍇知貢舉，
令狐綯雅善鍇，獎譽甚力，故握進士第。〔註1〕

開成二年冬，令狐楚病逝，商隱頓失所依，於次年入涇原節度使王茂
元幕，後又娶其女，《舊唐書・李商隱傳》：

王茂元鎮河陽，辟爲掌書記，得侍御史。茂元愛其才，以
子妻之。茂元雖讀書爲儒，然本將家子，李德裕素遇之，
時德裕秉政，用爲河陽帥。德裕與李宗閔、楊嗣複、令狐
楚大相仇怨。商隱既爲茂元從事，宗閔黨大薄之。時令狐
楚已卒，子綯爲員外郎，以商隱背恩，尤惡其無行。俄而
茂元卒，來遊京師，久之不調。會給事中鄭亞廉察桂州，
請爲觀察判官、檢校水部員外郎。〔註2〕

其時「牛李黨爭」，即以牛僧孺和李德裕爲首的兩大官僚集團間之鬥
爭，正進入白熱化階段，令狐楚父子屬牛黨，王茂元則接近李黨。李
商隱後雖轉依王茂元門下，然其本人並無黨派門戶之見，無奈令狐綯
及牛黨中人認爲其「背恩」、「無行」極力排擠之。自此其陷入黨爭旋
渦中，裡外不是人，成了犧牲品，由詩人參與博學宏詞科考試，先爲
考官所取，卻於復審時被除名，可知。又：

大中初，白敏中執政，令狐綯在內署，共排李德裕逐之。
亞坐德裕黨，亦貶循州刺史。商隱隨亞在嶺表累載。三年
入朝，京兆尹盧弘正奏署掾曹，令典箋奏。明年，令狐綯
作相，商隱屢啓陳情，綯不之省。弘正鎮徐州，又從爲掌
書記。府罷入朝，複以文章幹礩，乃補太學博士。會河南
尹柳仲郢鎮東蜀，辟爲節度判官、檢校工部郎中。大中末，
仲郢坐專殺左遷，商隱廢罷，還鄭州，未幾病卒。〔註3〕

其後李德裕爲牛黨所排擠，令狐綯掌大權，李商隱雖屢次上書、獻詩

〔註1〕語見宋・歐陽脩、宋祁等撰《新校本新唐書・卷230・列傳128・文
藝下・李商隱傳》：台北・鼎文書局・1979年。
〔註2〕語見晉・劉昫等撰《新校本舊唐書・卷190下・列傳140下・文苑下・
李商隱傳》：台北・鼎文書局・1979年。
〔註3〕語見晉・劉昫等撰《新校本舊唐書・卷190下・列傳140下・文苑下・
李商隱傳》：台北・鼎文書局・1979年。

予絢，明其志節、望其引掖，然終不得。爲求生計，李商隱只得遠赴
異鄉爲幕府，大中元年至九年，先後三次赴桂州、徐州、梓州。大中
五年，任梓州幕府前，其妻王氏病故，遭受沉重打擊，居東川時，抑
鬱不歡。大中十二年，罷職回鄭州閑居，不久，即病逝。

坎坷不平的人生歷程，飄泊無定的幕府生涯，促使詩人詩歌創作，
不論是內容題材、情感表述皆有所發展，感時、抒懷、言情、贈答、
行旅、田園、詠史、詠物之作皆有，又因終生處寄人籬下之矛盾環境
中，內心苦悶、情感沉鬱，表達委婉含蓄，詩意亦隨之曲折、晦澀，
因而有「隱詞詭寄」（張采田語）、「深情綿邈」（劉熙載語）、「寄託深
而措辭婉」（葉燮語）、「纖曲其旨，誕漫其詞」（朱長孺語）等評語。

歷代予以李商隱正面或負面批評，與義山隱晦難解之詩風，密切
相關。〔註4〕大體而言，雖然同時代之韓偓、唐彥謙、吳融等人，自
義山詩吸取養分，自成體派，然晚唐李涪卻謂其詩：「無一言經國，
無纖意獎善，惟逞章句。」〔註5〕，《舊唐書》亦言詩人「背恩」、「無
行」、「恃才詭激」，認爲商隱人品、詩品皆有所短，此等較負面批評，
影響力極大，成爲長期以來，詩評家之普遍觀點。

兩宋時期，雖有西崑體詩人群，宗法李商隱，學習其大量用典、
文藻瑰麗之風格，推崇至極。然由於西崑體詩人，忽略其詩情感眞摯、
寓意深刻的部分，遂使詩論家，將宋初詩風缺乏深沉情感、內涵，形
式上語言流於精巧，歸咎於西崑體之興盛，因而對義山亦多負面批
評，如：如范晞文：「詩用古人名，前輩謂之點鬼簿，蓋惡其爲事所
使也，李商隱集中半是古人名，不過因事造對，何益於詩？」〔註6〕、
敖陶孫亦言：「李義山如百寶流蘇，千絲鐵網，綺密環妍，要非適用。」

〔註4〕大陸學者劉學鍇所著《李商隱詩歌接受史》一書（安徽大學出版社，
　　　2004年），詳細分時論述歷代對李商隱詩之接受情形，本章不再贅
　　　述，僅概述各代褒貶之差異點何在。

〔註5〕語見唐・李涪《刊誤・釋怪》：台北・臺灣商務印書館，1982年。

〔註6〕語見宋・范晞文《對床夜話・卷三》：收錄於吳文治主編《宋詩話全
　　　編》：南京・江蘇古籍出版社，1998年。

〔註7〕，認爲其詩徒具形式，晦澀無義。及至王安石推尊李商隱爲「唐人知學老杜而得其藩籬者」〔註8〕，加以其後，宗法杜甫之江西詩派主掌詩壇，既然李商隱與杜甫有承繼關係，其詩雕章琢句之特色，又與江西詩派論詩主張相合，故對義山詩之評價轉趨正面，並爲其辯護，如范溫《潛溪詩眼》：「義山詩，世人但稱其巧麗，與溫庭筠齊名，蓋俗學只見其皮膚，其高情遠意，皆不識也。」〔註9〕，認爲義山詩除「巧麗」之外，亦具有「高情遠意」，西崑詩人不明此而一味模擬，方造成世人對商隱之誤解。

元明以來，「師法盛唐」之詩學觀，使晚唐詩長期被忽視，義山詩自然不受重視，如明初高唱「尊唐抑宋」、「詩必盛唐」之後七子代表王世貞言：「義山浪子，薄有才藻，遂工儷對，宋人慕之，號爲西崑，楊劉輩竭力馳騁，僅爾窺藩。」〔註10〕，既對宋代西崑體表達不滿，亦蔑視爲西崑體所宗法之李商隱，言其無才，方得借儷對成詩。其後主張「獨抒性靈，不拘格套」之公安派，求清新脫俗，亦不滿義山詩含蓄蘊藉、朦朧虛幻：「畫有工似，有工意。工似者親而近俗，工意者遠而近雅。作詩亦然。……若李錦瑟輩，直謎而已。」〔註11〕，「李錦瑟」，即李商隱，認爲其詩不工意、不工似，僅是一團謎，令人費解。蔣冕亦針對其詩難解言：

〈無題〉詩自李商隱而後，作者代有其人，然不傷於誕，則傷於淫，且詞晦旨幽，使人讀之，茫不知其意味所在。……

〔註7〕語見宋・敖陶孫《詩評》：收錄於吳文治主編《宋詩話全編》：南京・江蘇古籍出版社，1998。

〔註8〕詳見宋・蔡啓《蔡寬夫詩話》引王安石語：收錄於吳文治主編《宋詩話全編》：南京・江蘇古籍出版社，1998年。

〔註9〕語見宋・范溫《潛溪詩眼》：收錄於吳文治主編《宋詩話全編》：南京・江蘇古籍出版社，1998。

〔註10〕語見明・王世貞《藝苑巵言》：收錄於丁福保編《歷代詩話續編》：台北・木鐸出版社，1983。

〔註11〕語見明・袁宏道《袁宏道集箋校・卷三十二・《瀟碧堂集・八》・〈風林纖月落跋語〉》：上海・上海古籍出版社，1981年。

夫詩美教化，厚風俗，示勤戒，然後足以爲詩。詩而至於
不可解，是何說邪？〔註12〕

「誕」、「淫」「茫」等字，皆言其詩不可解，於世無益，甚而認爲義
山詩不足以爲詩。雖就〈無題〉詩而發，然〈無題〉詩可代表義山詩
本色，貶意極明。至明代末年，復古思潮漸退，義山詩之評價，由谷
回升，陸時雍言：「李商隱麗色閒情，雅道雖離，亦一時之勝。」、「李
商隱七言律，氣韻香甘。唐季得此，所謂枇杷晚翠。」〔註13〕，認爲
其詩雖字面上與「雅」相去甚遠，其詩境卻是深刻有韻味的。

時至清代，一來不滿元明以來，偏重盛唐之詩風；二來對明末心
學空疏之反動，重實學、考據學，李商隱箋釋學大興，涉及選評義山
詩之詩話、筆記、雜著亦多，自字釋句疏、詳引典故出處、史實材料
引證、詩歌意旨闡發、詩人家世行年考證、詩人詩文作品繫年等，無
所不包，義山詩跳脫了元好問以來「獨恨無人作鄭箋」之慨嘆，進而
使清代譽者多，吳喬言：

唐人能自闢宇宙者，唯李、杜、昌黎、義山。義山始取法
少陵，而晚能規模屈宋，游柔敦厚，爲此道之瑤草奇花。
凡諸篇什，莫不深遠幽折，不易淺窺。〔註14〕

所論與宋明評論家恰好相反，認爲義山詩之佳處，即在於其內涵深
遠，敘述卻幽折，淺窺無法明其寓意，不以用典難解作爲毀詆其詩之
根據，此點自然與清以來，義山詩箋注本倍出有關。然毀者亦有，如
沈德潛：「溫李擅場固在屬對精切，然或工而無意，譬之剪綵爲花，
全無生韻，弗尚也。」〔註15〕，可知譽毀之別，在於對義山詩是否含
情、有寓意之辨識。

〔註12〕語見明‧蔣冕《瓊臺詩話》：台北‧學生書局，1972年。
〔註13〕語見明‧陸時雍《詩鏡總論》：收錄於丁福保編《歷代詩話續編》：
　　　　台北‧木鐸出版社，1983。
〔註14〕語見清‧吳喬《圍爐詩話》：台北‧廣文書局，1973年。
〔註15〕語見清‧沈德潛《說時晬語》：收錄於丁福保編《清詩話》：台北‧
　　　　藝文印書館，1965年。

綜上所述，歷代評論者，因所處時代背景不同，依據不同文學觀念，或褒或貶，評價懸殊，毀譽參半；甚而同一評論者予以之批評兼及正反面之情形，如宋・楊億，既祖述之，又批：「義山為文，多簡閱書冊，左右鱗次，號獺祭魚。」〔註16〕，「獺」貪食，常捕魚陳列水邊，故稱「祭魚」，楊億用之比喻義山詩堆砌典故太過。又宋・張戒：

> 孔子刪詩，取其思無邪者而已。自建安七子、六朝、有唐及近世諸人，思無邪者，惟陶淵明、杜子美耳，餘皆不免落邪思也。六朝顏、鮑、徐、庾，唐李義山，國朝黃魯直，乃邪思之尤也。

> 「地險悠悠天險長，金陵王氣應瑤光。休誇此地分天下，只得徐妃半面妝。」李義山此詩，非誇徐妃，乃譏湘中也。義山詩佳處，大抵類此，詠物似瑣屑，用事似僻，而意則甚遠。〔註17〕

一方面自孔子詩教「思無邪」之角度，貶之；另一方面又以其艷詩中有寄託之深意而肯定之。

王船山對義山詩之評語，幾全屬正面，此點與清代譽者多之情形無異，然同中卻有異，本章以下先分析、歸納船山選評作品，而後其差異可見。

第二節　王船山選評李商隱詩析評

王船山《唐詩評選》中選評李商隱詩十五首，其中五言律詩選二首，其餘十三首為七言律詩，僅次於船山選杜甫七言律詩之三十七首。本節嘗試經由分析十五首詩之作法、寓意，探討王船山選評李商隱詩之重心，並輔以條列其他批評家對船山所選詩篇之評價，明二者之同異，同時據以呈現出船山選評之特色。

〔註16〕語見宋・楊億《談苑》：收錄於吳文治主編《宋詩話全編》：南京・江蘇古籍出版社・1998年。

〔註17〕語見宋・張戒《歲寒堂詩話》：北京・中華書局，1985年。

一、五言律詩體

（一）〈春宵自遣〉

地勝遺塵事，身閒念歲華。晚晴風過竹，深夜月當花。
石亂知泉咽，苔荒任逕斜。陶然恃琴酒，忘卻在山家。

王船山評：駸駸摩初唐之壘。

此詩描寫詩人於春天夜晚，獨居山中之悠閒。首聯二句互文，身處勝地，遺忘凡塵事，故曰「閒」；然在此「閒」中，又不禁回想起往日之風華，「身閒則歲月空過，故感春而有念也」〔註18〕，看似悠然自得中又隱含些許惆悵，此等傷感，正與題「自遣」暗合。頷聯，寫山中之景，春風徐徐穿過竹林，月色映照在花兒上，上句由聽覺寫動態之景，下句由視覺寫靜態之景，故雖同為寫景，句法亦相似，卻增添變化感。頸聯，亦寫山中之景，詩人選取山中特有之泉石、小徑、青苔進行描寫。上句「石亂知泉咽」，亦可作「泉咽知石亂」，由聽覺著筆，聽聞「泉咽」之聲，而得知水中亂石隔絕水流，方使得「泉咽」。下句「苔荒任逕斜」，同樣可作「逕斜任苔荒」，由觸覺著筆，山間小徑、蜿蜒崎嶇，故曰「斜」；又少人至，露水多，霧氣重，故「苔荒」。一「知」一「任」，一理性、一感性，呼應首聯雖悠閒，卻又惆悵之複雜、矛盾心情。尾聯，又回到題名，寫詩人以琴、酒，自遣春宵，陶然忘其身處山中。雖字面言忘，實不能忘也，委婉傳達詩人仍有理想，實不欲居此山中，首聯「念歲華」之原因可知也，即如馮浩所言：「念歲華，是不能忘也，陶然忘卻，聊自遣耳。」〔註19〕，詩人若真能超然物外，則毋需感念而作此詩。詩人此一筆法不但充分地反映出作者那種進退兩難之心情，且更加增強詩歌之感染力。

此詩歌全用白描手法，沒有隱晦難解的句子，也沒有燦爛奪目的

〔註18〕語見清・王文濡《唐詩評註讀本・下冊》：上海・中華書局，1939年，頁80。
〔註19〕語見清・馮浩《玉谿生詩集箋註》：台北・里仁書局，1980年。

濃艷色彩，更沒有義山詩中常見之用典用事，讀來清淡雋永，與晚唐綺麗唯美之作品截然不同。紀昀評此詩：「亦淺率無味，大似後人寫景湊句之詩，篇篇可以互換者也。」〔註20〕，紀昀此評，不甚客觀，觀此詩著意寫景之頷頸兩聯，微風敲竹，明月照花，詩人由聽覺感受，寫至視覺感受，景物亦由動態入靜態；泉水流動於亂石之中，荒苔則與斜逕共存，詩人描寫焦點同樣由動轉靜、由聽覺及觸覺，描繪景色層次有致。又「知」、「任」二字，使客觀景物，附著詩人主觀感情色彩，矛盾之間含蓄表達出詩人實不喜此種歸隱生活，所以四周的景物亦隨即變得有欠可愛——亂石、荒苔、斜逕，與頷聯所寫之風、花、竹、月，顯然不同，短短二十字，蘊意豐富，詩人字遣詞之精煉、融情入景之隱微，得以見。

再證諸王船山之評：「駸駸摩初唐之壘。」，「駸」者，有迅速之義。船山以爲此詩用詞千錘百煉，雖有初唐、晚唐之風格，然詩中卻更能述客觀景物之妙，傳主觀情感之深，故僅是略似、淺似初、晚唐詩風，詩中所蘊含之思想感情，才是船山認爲此詩之佳處。

（二）〈無題〉

照梁初有情，出水舊知名。裙衩芙蓉小，釵茸翡翠輕。
錦長書鄭重，眉細恨分明。莫近彈棋局，中心最不平。

王船山評：一氣不忤。　　艷詩不煉，則入塡詞。西崑之異於花間，其際甚大。

此詩詩旨歷來說法紛歧，或以爲詩人以此寄故人〔註21〕，或以爲寄其妻王氏〔註22〕，不論寄何人，詩人以佳人之容貌、衣飾、體態、愛情失意的悵恨喻己，句句寫佳人，實句句寫己。首聯，寫佳人之容

〔註20〕語見清・沈厚塽《李義山詩輯評》：台北・學生書局，1967年。
〔註21〕如程夢星《重訂李義山詩集箋注》：「此不平之鳴也，當是寄書長安故人而作。」
〔註22〕如馮浩《玉谿生詩集箋注》：「此寄內詩。」、張采田《玉谿生年譜會箋》：「此初婚後客中寄內之作。」

貌、聲名。「照梁」，典出宋玉〈神女賦〉：「其始來也，耀乎若白日初出照屋梁。」；「出水」，典出曹植〈洛神賦〉：「灼若芙蕖出綠波。」，皆用以言佳人之姿容光耀無比，令人驚艷。「初有情」為下文佳人愛情失意之伏筆，又承「照梁」與「晴」諧音雙關；「舊知名」，言佳人美貌名聲，由來已久，遠播千里。頷聯，寫佳人衣飾之華美、體態之娜娜。身著繡有芙蓉花紋之衣裳，頭頂由翡翠雕飾之頭釵；「小」、「輕」言佳人娜娜多姿。雖寫外在之清新脫俗，實已可想見其內在之高潔不凡。頸聯，寫佳人愛情失意而生愁恨。「錦書」用蘇蕙念夫，織錦為詩，以寄情之事〔註23〕；「眉細」，愁眉也〔註24〕。言佳人雖寄書頻頻，卻總如石沉大海，毫無回應；因而愁恨滿懷。此處回應首聯「初有情」。尾聯，承上聯，寫佳人心有不甘。「彈棋」為古時一種遊戲，棋局方二尺，中心高如覆盂〔註25〕，故曰「中心最不平」，此處諧音雙關，言佳人因愛情失意，心有不平，若近棋局，睹物傷懷，不平更甚。

　　縱觀全詩，詩人以佳人自比，首言其才華洋溢，早有盛名，欲以此才能用於天下。次以「芙蓉」、「翡翠」之剔透無瑕，暗喻其情操之高潔。後以佳人愛情失意，比其仕途失意，屢屢求援，皆不見回應，其亦同佳人愁恨滿懷。末言佳人之不平，實為詩人對有志不得伸之不平，「莫近彈棋局」亦為詩人對己之告誡。船山以為此詩結句，雖與前六句「艷體」形式不同，卻不會使人感到突兀，故言「一氣不忤」，而「不忤」之因，在於其中情感之承接是一致的，甚或因此結句使全詩情感更加鮮活。

　　船山所言：「西崑之異於花間，其際甚大。」之「西崑」、「花間」分別借代李商隱、溫庭筠。宋初，楊億、劉筠、錢惟演等館閣之臣在私閣奉詔修撰《冊府元龜》，修書之餘，相互唱和，馳騁文辭，輯錄

〔註23〕詳見《晉書・竇滔妻傳》中之記載。（蘇蕙，竇滔妻也。）
〔註24〕《後漢書・五行志》：「桓帝元嘉時，京都婦女作愁眉，細而曲折」、《風俗通》：「愁眉者，細細曲折」。
〔註25〕詳見宋・沈括《夢溪筆談》：「彈棋今人罕為之，有譜一卷，蓋唐人所為。棋局方二尺，中心高如覆盂，其顛為小壺，四角隆起。」

二百五十首詩，命名《西崑酬唱集》，後人遂稱之爲「西崑體」。集作問世後，西崑體風行一時，成爲當時詩壇上獨領風騷的詩歌流派，歐陽脩言：「蓋自楊、劉唱和，《西崑集》行，後進學者爭效之，風雅一變，謂之西崑體。由是唐賢諸詩集幾廢而不行。」〔註26〕，西崑體詩，大多師法李商隱詩之雕潤密麗、音調鏗鏘。

　　溫庭筠精通音律，「能逐弦吹之音，爲側艷之詞」〔註27〕，成爲晚唐首位大量創作詞之詩人。五代後蜀・趙崇祚選錄溫庭筠、韋莊、皇甫松等十八家詞，編爲《花間集》，詞風大體一致，故後人稱之爲「花間詞派」。花間詞派，奉溫庭筠爲鼻祖，絕大多數作品以冶遊享樂、閨情離思爲主要內容，題材狹窄；藝術上講究字句雕琢，風格柔媚，缺乏意境的創造。

　　世人以李商隱、溫庭筠二人同處晚唐、詩風相近，並稱「溫李」，王船山不贊同此並稱，認爲李商隱詩遠較溫庭筠爲佳，故言「其際甚大」。「溫、李」之詩，內容雖皆著墨於佳人閨情，然二者並不同，差別在於，商隱作品，雖看似寫佳人閨情，然用字遣詞造句，皆經過一番深思熟慮，尤爲重要者，詩人融情於其中，詩中之典實事故、瑰麗藻飾，皆與作者之情感緊密聯繫，而使詩寓意豐富，此即船山所謂之「煉」，船山認爲溫庭筠艷詩，徒具形式，不見深意，使花間詞派之作亦吸取此一缺失，故「艷詩不煉，則入塡詞」之「塡詞」乃對此而發，同時以爲後世所謂「詩莊詞媚」亦受溫庭筠、花間詞派之影響。范大士言：「玉谿艷體詩獨得驪珠，而此尤疏秀有致。」〔註28〕，以「驪珠」表述義山艷詩不同於一般，極爲珍貴，「疏秀」指其形式，「有致」指其內容，亦以爲義山艷詩，獨特之處在於其所蘊含之寓意。

〔註26〕語見宋・歐陽脩《六一詩話》：收錄於何文煥輯《歷代詩話》：北京・中華書局，1981 年。

〔註27〕語見晉・劉昫《新校本舊唐書・溫庭筠傳》：台北・鼎文書局・1979 年。

〔註28〕語見范大士《歷代詩發・評〈無題〉（照梁初有情）》：海南・海南出版社，2001 年。

二、七言律詩體

（一）〈藥轉〉

鬱金堂北畫樓東，換骨神方上藥通。
露氣暗連青桂苑，風聲偏獵紫蘭叢。
長籌未必輸孫皓，香棗何勞問石崇。
憶事懷人兼得句，翠衾歸臥繡簾中。

王船山評：義山詩寓意俱遠，以麗句影出，實自楚辭來。宋初諸人得其衣被，遂使「西崑」與「香奩」並目，當於此等篇什，了不解其意謂。

首聯，上句寫其人居室所在位置，「鬱金堂」、「畫樓」均點出居室之華麗。下句與題名「藥轉」呼應，寫因一帖神妙藥方，使人如脫胎換骨般通體舒暢，歷來箋釋家均以此句爲起點，對此詩作註解，所服之藥不同，便造成此詩詩旨之不同。頷聯，寫夜中之景，上句以嗅覺摹寫在迷濛霧色伴隨桂花之香氣，下句雖以聽覺摹寫陣陣風聲正吹過紫蘭花叢，然同時亦暗寫出紫蘭花之香氣。雖皆寫夜中花香，卻以不同筆法展現。頸聯二句用典，上句典出《法苑珠林》，東吳亡國之主孫皓不信佛，於後園得金像一尊，置於廁所，使其抱拿「長籌」〔註29〕；下句典出《世說新語》，石崇極爲富裕，如廁時，遣奴婢手捧裝有香棗之漆箱，將其團團圍住，棗香、漆香、女人香，香氣極濃。二句皆用以形容所處居室之富麗堂皇，與孫皓、石崇相差不遠。尾聯，觸景生情，寫其思念之情、感嘆之情，油然而生。

此詩所指爲何歷代爭論紛紜，題名〈藥轉〉，頸聯又用了兩個如廁典故，故歷代解此詩皆由此二方向延伸，或言詩人因服用瀉藥如廁，如高陽《高陽說詩·釋〈藥轉〉》；或言詩人如廁而思人，如程夢星《李義山詩集箋注》：「惟以詩意考之，誠爲夜起如廁，有所悵望而作。」；或言女子墮胎，如馮浩《玉谿生詩集箋注》認爲言此詩爲如

〔註29〕所謂「長籌」，即古代如廁後所用之小木片，功用同今日之衛生紙。

廁之詩乃誣也:「(此詩)頗似詠閨人之私產者。」、張采田《玉谿生年譜會箋》:「此蓋詠人『以藥墮胎』者耳!」(見卷四「義山四十七歲」「不編年詩」「藥轉」條);或言女子月事,張采田《李義山詩辨正》:「余謂若云專賦婦人月事,似亦可通。」;或言詩人食用壯陽藥:薛順雄〈李義山「藥轉」詩釋〉(收錄於《李商隱詩研究論文集》);亦有直言「此詩難解」或「此詩不可解」者,如朱鶴齡:「題與詩,俱不可解,不必強為之詞」;或是即使嘗試為之箋註,卻無法具體說明詩之內容所指為何。

船山選評李商隱此詩,重點不在探討其詩旨及所蘊含之確切意義,而是著重於李商隱創作之藝術手法,亦即「形式技巧」部分,僅以「寓意俱遠,以麗句影出」表達他對此詩之看法,又以「實自楚辭來」,簡要說明李商隱此一藝術手法之淵源。

同時認為此一手法,不僅成為其詩之整體特色、風格,亦對後世造成影響,如宋初「西崑體」、晚唐「香奩體」,皆承襲自此風格,故其言「當於此等篇什」。其又以為西崑、香奩,雖承襲商隱此一藝術表現方法,卻未真正瞭解義山創作之本質與內涵,故又言:「了不解其意謂」。前文於分析李商隱五律時,已略述西崑體以李商隱為宗,作品呈現出對仗工穩、用典富麗、用事深密、文字華美之藝術特徵,然由於西崑體詩人一味模仿李商隱詩之外在形式,忽略其詩所蘊涵之真摯情感,因此缺乏內在氣韻,劉攽《中山詩話》言:

> 祥符、天禧中,楊大年、錢文僖、晏元獻、劉子儀以文章立朝,為詩皆宗尚李義山,號「西崑體」,後進多竊義山語句。賜宴,優人有為義山者,衣服敗敝,告人曰:「我為諸館職撏撦至此。」聞者懽笑。〔註30〕

西崑體末流刻板堆砌義山詩之詩題、典故、詞藻,事事模仿,被視為剽竊,並嘲諷其體將李商隱「撏撦」得「衣服敗敝」。至於「香奩體」,

---

〔註30〕語見宋・劉攽《中山詩話》:收錄於清・何文煥輯《歷代詩話》:北京・中華書局,1981年。

乃以晚唐韓偓《香奩集》爲代表之詩風，一名「艷體」。宋代嚴羽《滄浪詩話·詩體》說：「香奩體，韓偓之詩，皆裾裙脂粉之語，有《香奩集》。」〔註31〕，其內容多寫男女之情和婦女的服飾容態，風格綺麗纖巧，與李商隱詩頗爲類似。又據《香奩集·自序》：

> 遐思宮體，未降稱庾信攻文；卻諱《玉臺》，何必倩徐陵作序？初得捧心之態，幸無折齒之慚。柳巷青樓，未嘗糠粃；金閨繡戶，始預風流。咀五色之靈芝，香生九竅；咽三危之瑞露，春動七情。〔註32〕

可知香奩體詩寫作淵源於六朝宮體，描寫範圍則自宮廷貴族擴大到一般士大夫之戀情、狎邪生活，筆致亦較爲酣暢、直接、大膽，與李商隱含蓄、委婉筆調有所不同。韓、李二人，因有親戚關係〔註33〕，加以所處時代背景、所遇生命經歷相似，韓偓有部分詩篇，欲效法李商隱以艷體詩刺邪僻，曲折隱晦其詞、其情，《香奩集·自序》：「如有責其不經，亦望以功掩過。」〔註34〕，此處所言之「過」，指《香奩集》中「不經」，即詩句迷離恍惚、不合常情、艷事俗情；而「功」則指韓偓有意識效法李商隱於此等描寫宮廷種種之作品中寄寓其對宮中醜聞、國勢衰微之感慨，然因情感不似商隱般眞摯、沉重，故境界不夠渾厚。選評一詩，評語卻足以代表詩人之整體風格，同時顧及對文學史之影響，此點批評特色乃船山選評中相當突出之處。

（二）〈二月二日〉

二月二日江上行，東風日暖聞吹笙。
花鬚柳眼各無賴，紫蝶黃蜂俱有情。
萬里憶歸元亮井，三年從事亞夫營。
新春莫訝遊人意，更作風簷夜雨聲。

王船山評：何所不如杜陵？世論悠悠不足齒。

〔註31〕語見宋·嚴羽《滄浪詩話·詩體》：台北·世界書局，1956年。
〔註32〕語見唐·韓偓《香奩集·自序》：台北·新文豐出版社，1989年。
〔註33〕據宋·計有功《唐詩紀事·卷六五·韓偓》，李商隱爲韓偓之姨父。
〔註34〕語見唐·韓偓《香奩集·自序》：台北·新文豐出版社，1989年。

大中五年（831 年），李商隱遭逢喪妻之痛，爲謀生，隻身前往四川，入梓州柳仲郢幕府。此詩作於大中七年（853 年）二月二日，入柳幕府的第三年。蜀中風俗，二月二日爲踏青節。〔註35〕

首聯，點明江上出遊時間，透過觸覺、聽覺摹寫詩人春季出遊的最初感受，輕風徐徐、旭日暖暖、笙聲繚繞，展現春回大地之景象。頷聯，承上聯，以春天常見之紅花、綠柳、紫蝶、黃蜂，進一步由視覺摹寫盎然春意。同時以「各無賴」寫花、柳恣意綻放，以「俱有情」寫蝶、蜂穿梭飛舞，表面上賦予花、柳、蝶、蜂生命力，極寫春日生機蓬勃，然實則委婉透露詩人感傷之情緒，姚培謙《李義山詩集箋注》：「無賴者自無賴，有情者自有情，於我總無與也。」〔註36〕，「無與」者，無關也，失去妻子、遠離子女、獨自一人來到四川，生命中早已無春天可言。前四句，愈是寫春色之喜樂，愈是反襯己心之悲苦，何焯：「前半逼出憶歸，如此濃至，卻使人不覺。」〔註37〕，「不覺」者，即言其表達感傷之含蓄與蘊藉。

頸聯，正面寫詩人懷鄉思家之情。上句典出陶淵明〈歸園田居‧其四〉，〈歸園田居〉共五首，爲一組詩，分別從辭官場、聚親朋、樂農事、訪故舊、歡夜飲等，幾個側面描繪了詩人豐富充實的隱居生活。詩人〈其四〉，寫其辭官回鄉後，拜訪故舊之經過及情緒轉折，自「農田」過渡至「山澤」、「林野」，步入「荒墟」，徘徊「丘壟」，然而，展現在他眼前的，卻是「井灶有遺處，桑竹殘朽株」的殘破景象，聽聞的是故友「死歿無復餘」的噩耗，一向通達的詩人也不禁陷入了「人生似幻化，終當歸空無」的深沉哀傷之中。李商隱結合陶淵明字號（陶淵明，字元亮）與詩句，表達其欲同陶淵明尋訪舊井灶、辭官歸鄉之心情。下句用周亞夫屯兵細柳營一事，暗寓其

〔註35〕《全蜀藝文志》：「成都以二月二日爲踏青節。」（明‧周復俊編，景印文淵閣四庫全書本，台北‧臺灣商務印書館，1983 年。）

〔註36〕語見清‧姚培謙《李義山詩集箋注》：轉錄自陳伯海《唐詩彙評》：杭州‧浙江教育出版社，1995 年，頁 2432。

〔註37〕語見清‧何焯《義門讀書記》：台北‧臺灣商務印書館，1971 年。

當下正從柳姓幕主〔註38〕，「三年」一詞可知詩人作此詩，已入四川第三年。以「萬里」、「三年」、陶淵明、周亞夫之典故，由空間、時間，心之所思、身之所繫，藉以言其久居異鄉、欲歸不得之苦悶。雖說是用典，卻不隱晦；雖正面描寫，仍不失含蓄、委婉。

末聯，呼應首句「江上行」，由聽覺和感覺，寫春江水漲，流水潺潺，本是悅耳之音，然在羈旅異鄉之遊人耳中，卻如午夜簷間淒切風雨聲般，撩撥著遊子思鄉之情，令人倍感哀愁。詩人主觀之鄉愁，卻借由客觀之灘水不解鄉愁著筆，又是一種含蓄、委婉之手法。馮浩：「悟字入微。我方借此遣恨，乃新灘莫悟，而更作風雨淒其之態，以動我愁，眞令人驅愁無地矣。」〔註39〕，詩人愁緒滿懷，歷歷展現。

以寫景始，以寫景結，觸景生情，寓情於景，情眞、景眞，不刻意雕飾，如信手拈來，終使情景交融。又全詩以樂境寫哀思，以生意盎然之春色反襯身世之淒苦、生命之頹然，以輕快之筆觸反襯抑鬱之心情，以清新空朗之語言反襯深沉蘊藉之思緒。

李商隱之遭遇、心境，頗似杜甫入夔州後，歷來評論此詩者，多將李商隱、杜甫二人相較，多以爲義山模擬杜甫之作，故不如杜甫，如清・賀裳《載酒園詩話》言：「全篇俱摹仿少陵。」〔註40〕，然船山以「何所不如杜陵？」此一反詰語氣，駁斥世論，以爲義山之含蓄而蘊藉、曲折有深意，實是佳作。何焯：「亦是客中思鄉，說來溫雅清逸。此等詩其神似老杜處，在作用不在氣調。」〔註41〕，認爲二人因爲有相同之背景，故構思、心境有所似，然二人之抒情風格卻大大不同，故詩所形成之氣調自然不同。

〔註38〕詳見漢・司馬遷《新校本史記・卷五十七・絳侯周勃世家・第二十七》：台北・鼎文書局，1980 年。
〔註39〕語見清・馮浩《玉谿生詩集箋註》：台北・里仁書局，1980 年。
〔註40〕語見清・賀裳《載酒園詩話》：收錄於郭紹虞編《清詩話續編》：上海・上海古籍出版社，1983。
〔註41〕語見清・何焯《義門讀書記》：台北・臺灣商務印書館，1971 年。

（三）〈寫意〉

> 燕雁迢迢隔上林，高秋望斷正長吟。
> 人間路有潼江險，天外山惟玉壘深。
> 日向花間留返照，雲從城上結層陰。
> 三年已制思鄉淚，更入新年恐不禁。

王船山評：一結初唐。

　　此詩亦作於大中七年（853 年），詩人所處之背景、環境，與上述〈二月二日〉一詩相同，然此詩之情調與前詩截然不同。

　　首聯，寫其登高遠眺京城。以「燕雁」自況，言其正處四川異地；「上林」，即指上林苑，故址在今陝西長安縣西，詩人以此借代唐京城長安，言其去國千里，思歸心切，故欲藉登樓遠眺，抒解鄉愁，然極望不得，故發爲哀吟長嘆。不同於〈二月二日〉寫初春，此詩寫「深秋」，面對蕭蕭秋色，心中離愁自是倍增。爲萬里山川所阻隔者，不只是地理上，亦是情感上，道路遙遠，消息阻絕，綿綿思緒，可以體會。

　　頷聯，寫眺望所見之遠景。「潼江」流急灘險，「玉壘山」高峻幽深，除呼應首聯之「迢迢隔上林」外，亦使詩人聯想人世之坎坷、人心之險深，馮浩：「亦暗喻人心險於山川也。」〔註 42〕，賦予景物多重意象，「氣韻沉雄，言有盡而意無窮」〔註 43〕。頸聯，寫眺望所見之近景。一寫落日斜照，因蜀地四周重山峻嶺，加以秋季雨多晴少，故有「蜀犬吠日」之語，日照只有在夕陽西下時斜映於花間時，方可見；一寫暮雲積結於蜀城上空，形成層層重重之陰影。與上聯同，詩人於此晦暗悲涼之景色中，或「（上句）譬餘光之無幾也，（下句）喻愁抱之不開也。」〔註 44〕；或寫羈旅他鄉之苦悶、遲暮之嘆息；或言

〔註 42〕語見清・馮浩《玉谿生詩集箋註》：台北・里仁書局，1980 年。
〔註 43〕語見清・錢良擇《唐音審體》：清唐熙甲申年（43 年，1704 年）昭質堂刊本。
〔註 44〕語見清・陸崑曾《李義山詩解》：台北・學海出版社，1986 年。

逐臣遊子憂時世之陰霾。一落日斜照、一雲層積結，卻可自不同角度解讀詩人之意謂，景物單一，意象繁複，無怪乎朱彝尊曰：「不言而神傷。」〔註45〕。

　　尾聯，由前六句自然烘托出末二句情語，「三年」言其入蜀已三年，此間心中所鬱積之悲傷，詩人勉強得以忍受，但若下一年仍得於此地度過，恐怕已無法再抑制了。紀昀：「結恐太直，故縈拂一層，才進一步收之。」〔註46〕，不言思鄉、不言悲痛至極，然其情感卻深深烙印於讀者心中，情感之委婉含蓄與〈二月二日〉是相同的。

　　詩題名為「寫意」，意即詩人抒寫己心意，詩中雖多寫景之處，然情寓景中，意在言外。全篇蒼茫淒迷，非確實經歷此人生困頓，無法成此詩篇。王船山僅以「一結初唐」四字評之，其中「結」字，應同時具有「總結」與「結束」之義，前者言義山詩與初唐詩一般，具有文辭華美、對仗精巧等形式上之特色；後者言義山詩不僅僅是對景物之雕琢鋪飾，當中更為突出的是寄寓了詩人個人感情色彩，描寫對象由齊梁體、臺閣體等以宮庭內事物為主，擴大至山川景色，以真摯之情感與寄託取代初唐詩之靡爛、頹然，由詩中「燕雁」、「上林」、「潼江」、「玉壘」、「返照」、「層陰」等景象，除烘托、渲染詩人離愁外，同時亦具有比喻、象徵、借代等意義，使全篇之愁緒不僅就思鄉而發，不得志之哀痛、世事之崎嶇、人心之陰險等皆可比附其中。較之〈二月二日〉意境更加深闊。

　　初唐詩雖有「初唐四傑」，力圖改變詩風、擴大詩歌題材，然尚未能完全擺脫六朝的浮華和纖弱，詩歌的現實性和思想性也略嫌不足，義山詩風雖與初唐詩有共通之處，但現實性和思想性卻較初唐詩大大增加。王船山此處對〈寫意〉之評語，如同其對〈藥轉〉之評語，著眼於商隱整體詩風而言。

〔註45〕語見清・沈厚埈《李義山詩輯評》：台北・學生書局，1967 年。
〔註46〕語見清・沈厚埈《李義山詩輯評》：台北・學生書局，1967 年。

（四）〈即日〉

一歲林花即日休，江閒亭下悵淹留。
重吟細把眞無奈，已落猶開未放愁。
山色正來銜小苑，春陰只欲傍高樓。
金鞍忽散銀壺漏，更解誰家白玉鉤。

王船山評：苦寫甘出，少陵初年乃得似此，入蜀後不逮矣。予爲此論，亦不復知世人有恨。

　　〈即日〉，爲詩人某日即景之作。首聯，以「一歲」與「即日」對比，寫一年中美麗的林花，在這一天全凋謝了，始感受到春天之氣息，時序卻瞬間進入深秋、嚴冬，面對此景，詩人以「悵淹留」三字展現其佇足於江間亭下悵然若失，久久無法釋懷之神情。對於其矛盾心理，作細微刻畫，一是「一歲」與「即日」時間上的矛盾；二是「悵淹留」中同時包含對春天逝去感到失望及對春天到來滿懷希望，兩種心境上的矛盾；三是詩人對花之「深情」對比大自然對花之「無情」，兩種情感之矛盾。三種矛盾使李商隱詩充滿多層次、多義性。

　　頷聯，寫詩人徘徊不去，拾起落花，細細把玩、低聲哀吟，甚是無奈。樹上仍有未落之花，詩人以「未放愁」，明寫花兒愁未放，實則暗言花兒正愁著自己即將凋零；或可謂花雖已落，愁卻無窮無盡。清·金聖嘆：

> 三四「重吟細把」，妙！已不必吟，而又「重吟」；已不足把，而又「細把」。此無奈，乃所謂「眞無奈」也！「已落猶開」，又妙！親見「已落」，何止萬片；便報「猶開」，豈能數朵？此愁故將如何可放也！〔註47〕

即言詩人用筆曲折，層層轉進，既「重吟」又「細把」，發之心聲，玩之手上，表現詩人對「即休」之林花，不忍捨棄之眷戀；而「眞無奈」又更進一層，言即使捨棄林花，亦是不得已。「已落猶開」四個

〔註47〕語見清·金聖嘆《貫華堂選批唐才子詩集》：台北·廣文書局，1982年。

字，既表現了林花，或開或落，又表現在絕望中發現了希望，但這個「猶開」又同時是「未放愁」，情感高低迴盪，詩意韻味無窮。明寫花，暗寫人，寫花愁，實是人愁，觸花生愁，移愁予花，詩人之悵惘、愁緒皆寄寓於花上，亦是情景交融之展現。

頸聯二句，寫暮春的山光暝色。林花即日休後，只剩翠綠繁盛之林葉，夕陽斜照，一片蓊綠之山影覆蓋於大地小苑上，以「銜」字生動刻畫，山影彷彿欲將小苑吞入口中。又傍晚之雲層，低低地依附於高樓旁，亦以「只欲」二字，使春陰彷彿具有生命力一般，得以選擇「傍高樓」。層層迭宕之詩意再次展現，「五六又跌進一層，言不特一歲之林花易休，即一日之景亦難駐。觀山銜小苑，而時將暮矣；觀陰傍高樓，而時益暮矣。」〔註48〕，一切都只是大自然中再平凡不過之景象，詩人卻以擬人、想像手法，使原本靜態之景象，幻化為動態，精妙而入神。

尾聯，「銀壺」，為古時滴漏，用以計時。「白玉鈎」，為飲酒時一種藏鈎遊戲〔註49〕。寫天色已晚，遊人皆踏上馬鞍離去，此時詩人邊聽聞計時之銀壺所發出之聲，邊想著今晚該和誰一同飲酒消愁。以遊人「忽散」，寫四周之寂靜，暗寓己之孤獨寂寞；以「醉誰家」，寫己無奈滿心、愁緒滿懷，無處排遣，只有借酒消愁，然而「借酒消愁，愁更愁」，可知詩人之愁和林花之愁皆「未放」。

愁緒，由花及人，由白晝、黃昏到黑夜，層層轉折，語語哀嘆，筆法雖工，卻無刻意雕琢之痕；憂時傷世哀己，不見己於詩中，卻又處處見己，委婉有致。所刻畫的季節，與〈二月二日〉同為春季，然不同於〈二月二日〉之生意盎然，此詩表現之心境則是同〈寫意〉的蒼茫沉鬱，全篇傷春。

歷來多認為商隱此詩仿效杜甫，如何焯：「學（杜甫）『一片花飛

_____

〔註48〕語見清・陸昆曾《李義山詩解》：台北・學海出版社，1986年。
〔註49〕邯鄲淳《藝經》記載：義陽臘日飲祭之後，叟嫗兒童為藏鈎之戲，分為二曹（隊），一曹藏鈎，另一曹猜鈎所在，以較勝負。

減卻春』」〔註50〕、又如錢鍾書：

> 惟義山於杜，無所不學，七律亦能兼茲兩體。如〈即日〉
> 之「重吟細把眞無奈，已落猶開未放愁」，即杜〈和裴迪〉
> 之「幸不折來傷歲暮，若爲看去亂鄉愁」是也。〔註51〕

王船山認爲義山此詩與杜甫入蜀之前詩風相近，而杜甫入蜀後之作品
則無法與義山相較，由此亦可知船山給予杜甫負面批評者，乃針對杜
甫入蜀後之作品，而非全部之作品。又「苦寫甘出」，言商隱此詩之
心境雖苦，卻不以己之苦著筆，對比杜甫入蜀後，以苦寫苦之作；表
面不寫苦、不寫愁，而愁苦卻迴盪其中，更是堪稱佳作。紀昀：「純
以情致勝，筆筆唱嘆，意境自深。〈曲池〉詩亦是此調，則近乎靡矣。」
〔註52〕，〈曲池〉爲杜甫作品，紀昀認爲杜甫此作與〈即日〉，情感基
調是相同的，但因太過直露，故顯得「靡」，不若商隱意境深遠，此
一論點與船山是相同的。

（五）〈一片〉

> 一片非烟隔九枝，蓬巒仙仗儼雲旗。
> 天泉水暖龍吟細，露畹春多鳳舞遲。
> 榆莢散來星斗轉，桂花尋去月輪移。
> 人間桑海朝朝變，莫遣佳期更後期。

王船山評：愴時託賦，哀寄不言，既富詩情，亦有英雄之淚。

此詩與〈藥轉〉一詩相同，其詩旨歷來衆說紛紜，因用事、用典
多，全詩文意隱晦。

首聯，借神仙之事物，使整體環境帶有神秘感、朦朧感。「非烟」，
慶雲也，《漢書·天文志》：「若烟非烟，若雲非雲，鬱鬱紛紛，蕭索
輪囷，是謂慶雲。」，又「慶雲」，祥瑞之雲也，後用以比喻國君、長

〔註50〕語見清·沈厚埌《李義山詩輯評》：台北·學生書局，1967年。

〔註51〕語見錢鍾書《談藝錄·七律杜樣》：台北·書林出版社，1988年，頁
173。

〔註52〕語見清·沈厚埌《李義山詩輯評》：台北·學生書局，1967年。

輩、居尊顯之位者；「九枝」，燈名也，典出沈約〈傷美人賦〉：「拂螭雲之高帳，陳九枝之華燭。」；「蓬巒」，蓬萊仙山也；「雲旗」，仙家儀仗也，典出《楚辭・離騷》：「載雲旗之委蛇。」二句以繁複之神話典故言，遠遠的天邊朦朧一片，彷彿隔著九光之燈，迷濛中看見的不知是雲或是烟；當中隱約可見蓬萊仙人的雲旗儀隊正行進著。

　　頷聯，承接首聯，仍用典，故詩意仍帶有神秘感、朦朧感，筆調由高昂轉向低沉。「天泉」出於《晉書・禮志》〔註53〕，爲晉都城中池，此處借指唐代都城內之泉水；「龍吟」用馬融〈長笛賦〉中事〔註54〕。以「天泉水暖」、「露畹春多」言春光美好，然接著卻言「龍吟細」、「鳳舞遲」，原以爲是一片美好春光，實際上卻隱藏著幽幽哀傷。

　　頸聯，同前兩聯，再度用典、用事，感慨時光匆匆。「榆莢散」，榆樹果實，農曆二月生、三月落，用「天上白榆」之神話典故；「星斗轉」，北斗星斗柄所指，各月不同；「桂花尋去」，相傳月中有桂樹，用吳剛伐桂於月中之神話典故；「月輪移」，僅有滿月時，似得見月中有桂樹影，此指月之圓缺改變。同樣之意思以不同事物象徵，詩人欲強化「時光日復一日、月復一月流逝」之震撼。

　　尾聯，承上聯，以人世朝朝不同，警悟不可使美好時光白白流逝。「桑海」，典出《神仙傳・王遠》：「麻姑自說云：『接待以來，已見東海三爲桑田。』」（見晉・葛洪《神仙傳・卷三》：廣文書局，1989 年），極言改變迅速。

　　或解爲諷刺武宗求仙淫樂、不恤國事：首二聯，借寫武宗登臺求仙、歌舞宴饗之事；三四聯，以時光匆匆，當把握當下，勸勉武宗應立即回歸正道，勤理國務，爲天下百姓著想。或解爲感嘆令狐綯不予

〔註53〕《新校本晉書・卷二十・志十一・禮下》：「漢儀，季春上巳，官及百姓皆禊於東流水上，洗濯祓除去宿垢。而自魏以後，但用三日，不以上巳也。晉中朝公卿以下至於庶人，皆禊洛水之側。趙王倫篡位，三日會天泉池，誅張林。漢懷帝亦會天泉池，賦詩。」
〔註54〕馬融〈長笛賦〉：「龍鳴水中不見己，截竹吹之聲相似。」

以援引：如馮浩《王谿生詩集箋注》，首聯，「一片非烟隔九枝」，朦朦朧朧，看不眞切，似乎在寫詩人企圖追隨令狐綯卻受制於「一片非烟」；次聯，自比爲才華洋溢之「龍」、「鳳」，卻因心中期盼之「伊人」，可望不可及，只能「吟細」、「舞遲」，因而感到痛苦；三、四聯，嘆時光不斷流逝，「伊人」仍在那「一片非烟」中，對己視若不見，故詩人聲聲呼告別再耽誤「得好音」、「親美質」之佳期。又如清・陸昆曾《李義山詩解》，同樣認爲商隱此詩表達欲援引於他人之心志，只是此「伊人」並不限定爲「令狐綯」。或解爲情詩、艷詩：如程夢星《李義山詩集補注》，認爲此詩爲詩人與佳人有約而作，「起二句言隔絕佳期，其人儼在；三四言地之深邃；五六言其時之久遠；七八密約丁寧之意也。」或解爲及時行樂：如清・屈復《玉谿生詩意》：「一燈燭輝煌，二旗仗之盛，三四歌舞之妙，五六夜已深矣，七光陰迅速，八當及時行樂也。」

　　詩中用了許多典故，塑造出朦朧之意象，使全詩既虛又實，曲折婉轉中，寄情抒懷，故是「愴時託賦，哀寄不言，富有詩情」。又船山認爲此詩並非一味哀婉，同時亦具有悲壯色彩，因「莫遣佳期更後期」一句，不論解此詩爲「望令狐綯之援引」、或「望武宗之奮發」，實際上皆展現詩人追求理想之執著心意，故船山認爲此詩「亦有英雄之淚」。

（六）〈無題〉

　　重幃（帷）深下莫愁堂，臥後清宵細細長。
　　神女生涯原是夢，小姑居處本無郎。
　　風波不信菱枝弱，月露誰教桂葉香。
　　直道相思了無益，未妨惆悵是清狂。

王船山評：艷詩別調。

　　此詩題曰「無題」，可知詩人欲寄託某種情志於其中，只是未明言，因此歷來對「無題詩」內容之闡釋，自然是眾說紛紜、莫衷是

一。此詩以女子之立場、口吻，描述女子愛情失意、相思未果之感嘆。

首聯，由女子所處居室寫起，企圖以環境烘托女子形象。「莫愁」，唐石城女子，善歌謠〔註55〕，作為此詩所描繪之主角，以女子居室位於重重幃帳中，明寫居處之幽深，暗寫女子之孤寂，順勢引出下句「清宵細細長」，夜不能寐，方知夜之細長，女子失眠，可知也。以「細」言夜之靜謐、以「長」言夜之漫長，觀察敏銳、刻畫入微。頷聯，上句用巫山神女夢遇楚王事〔註56〕，下句用樂府《神弦歌·清溪小姑曲》：「小姑所居，獨處無郎。」，言自己曾有過如神女般美麗而夢幻之愛情，今日一切成空，仍然如同小姑，獨自一人。「原」、「本」二字，強化昔日曾有，今日成空之無奈。頸聯，承接上聯，以二比喻，寫女子身世之悲，以今昔之不同作對比。上句言自己今日如「菱枝」般柔弱，卻偏遭受風波無情摧折；下言自己過去如「桂葉」般，因承蒙月露恩澤，方得以開花飄香。此聯措辭婉轉，含意隱晦，詩人似乎話中有話，意在言外。尾聯，直道女子雖感激曾使其桂葉芬芳之月露，然對方卻不領情，自己只得把這份癡情化作終身惆悵，展現女子堅持到底、至死不渝之相思。

此詩約略作於大中五年（851 年），詩人赴四川入柳仲郢幕之前，望令狐綯援引詩人入宮。詩人以詩中女子自比，「莫愁」善歌謠，詩人有才能；一情場失意、一官場失意；一望情郎回心轉意不成、一望當權者予以幫助不成；最後只能同樣帶著深深惆悵。雖用典，卻非單純用典，而是讓典故與己身之思想感情相結合，「驅使典故如同己出」，使典故有了新生命，亦使義山詩不致「景」「情」脫離、相隔，不抽象、不晦澀，讀者反而能因典故引起聯想與感悟。以「神女」、「桂

〔註55〕詳見晉·劉昫等撰《新校本舊唐書·卷二十九·音樂志·第九》：台北·鼎文書局·1979 年。

〔註56〕宋玉〈神女賦序〉：「楚襄王與宋玉遊於雲夢之浦，使玉賦高唐之事，其夜王寢，果夢與神女遇，其狀甚麗。」，又〈高唐賦序〉神女對楚王曰：「旦為行雲，暮為行雨。」

葉」，暗言詩人曾受令狐綯之幫助考上進士，〔註57〕表達詩人時時對其懷抱感恩之心；以「小姑」、「菱枝」暗言詩人無端捲入黨爭，因而仕途不順；最後言以相思無益、惆悵終身，言令狐綯仍不省陳情之哀傷，馮浩言此篇乃「眞沉淪悲憤、一字一淚之篇」〔註58〕。

王船山欣賞無題詩，是自藝術手法之角度切入，表面上看是「艷語」，卻又似乎別有深意，不同讀者可以予以不同解讀，故曰「艷詩別調」。晚唐以來，以愛情、艷情爲題之作品，日益增多，此類作品多以敘事爲主調，詩中描繪細緻，李商隱作品中亦可見此潮流，然最大之不同，在於商隱以抒情爲主調，重點在展現詩中人物之內心感受。然爲了加強抒情之情感張力，又往往要在詩中織入某些情節、融入某些敘事成分，卻又不希望情節、敘事破壞情感之表達，因此商隱借助比喻、用典、象徵、聯想等多種藝術手法，以增加詩中可感之程度，亦即使「興」之作用增強。雖然此一手法，使其作品意義隱晦不明，卻因此具有含蓄蘊藉、意境深遠、情感宏闊之特色。

《唐詩三百首》：「明知無益，而惆悵不已，直清狂本色耳。」〔註59〕，言李商隱明知不可爲而爲之，故謂之狂，此與王船山評〈一片〉之「既富詩情，亦有英雄之淚」，可相呼應。

（七）〈野菊〉

> 苦竹園南椒塢邊，微香冉冉淚涓涓。
> 已悲節物同寒雁，忍委芳心與暮蟬。
> 細路獨來當此夕，清尊相伴省他年。
> 紫雲新苑移花處，不取霜栽近御筵。

王船山評：有飛雪回風之度，《錦瑟集》中賴以此以傳本色。

〔註57〕據《晉書·卷五十二·郤詵傳》載，郤詵曾以「桂林之一枝」對晉武帝比喻自己舉賢良對策之才能，爲天下第一。後人遂以折桂，比喻科舉及第。

〔註58〕語見清·馮浩《玉谿生詩集箋註》：台北·里仁書局，1980 年。

〔註59〕語見清·蘅塘退士編《唐詩三百首》：台北·廣文書局，1979 年。

　　此詩爲詠物抒懷之作，一叢孤零搖曳之野菊，引發詩人無限聯想與感慨。詩人以野菊自比，寫物即是寫己，全詩物我交融、景情合一。

　　首聯，寫野菊所處環境，以及野菊之神態。上句，以野菊生長在「苦竹」與「辛椒」之間，喻所處環境惡劣冷清，亦暗喻詩人處於艱難淒苦之環境中。下句，因菊花不似他種花類可散發出濃郁之香氣，加以生長於蕭瑟之處，無人關注，故謂之「微香」；「淚」本指附著於野菊上之露水，詩人此處賦予野菊生命力，以擬人手法寫野菊因處困難之環境而「淚涓涓」。表面上寫菊花淚涓涓，實際上是詩人本人淚涓涓。有評注者，認爲此詩亦是以令狐綯作爲傾訴對象而作，故菊花之「微香冉冉」，同時亦喻詩人品格之清高。

　　頷聯，以「節物」之必然遠逝凋零，除烘托悲涼之氣氛外，進一步表達詩人之情感和心志。所謂「節物」，即每一時節特有之物，此指與野菊同樣生於秋季之「寒雁」、「暮蟬」，寒雁，隨著天氣轉寒，將飛向南方；暮蟬，盛夏已去，其將殞落，皆將承受與菊花相同之命運——遭棄。詩人爲此感到悲傷，乃因詩人亦遭受同等對待，但詩人又以「忍委芳心」，言其雖傷痛，卻不甘就此沉淪不起，故「忍委」期盼能有所轉機，實現其理想，何焯評此詩：「言棄置而心不灰」〔註60〕。

　　頸聯，以「當此夕」、「省當年」對比今昔。今日，我獨自一人於荒野中惜菊、自傷，因而回想起過去，大家一同宴酒之歡樂。「獨」、「伴」對比之間，再度流露出詩人之無奈與不甘。「細」、「獨」、「夕」將詩人孤獨寂寞、老而無成之惆悵，展現無遺。或解爲過去，詩人深受令狐綯之父令狐楚賞識；今日，令狐綯卻不肯援引自己，而感到今非昔比，亦可通。

　　尾聯，再度展現義山詩善於空間轉換、跳躍之特色。「紫雲」，指仙宮，與「御筵」皆用以比宮廷皇苑。「霜栽」，指菊花。言宮中

〔註60〕語見清・沈厚堁《李義山詩輯評》：台北・學生書局，1967年。

移植許多花木，卻獨獨缺少此等高潔冰清之菊花。又因詩人以花自比，此聯寓意爲宮中延攬許多人才，卻獨獨缺少如己般有才能、有品格之士。一方面，表達其對令狐綯之怨責，一方面又冀望其引薦入宮。以令狐綯在朝，對比詩人在野，呼應題名「野菊」之「野」，亦可知詩人以野菊自比，此聯用意頗深，近人‧張采田即言：「結句雖正面收足『野』字，而別有寓意，故不覺其淺直，與空泛閑語不同。」〔註61〕

　　王船山認爲此詩乃義山詩「本色」，此「本色」〔註62〕可分二方面論之：

　　其一，所謂「飛雪回風」，可與「英雄之淚」（王船山評〈一片〉之語）相參看，即便雪花受旋風吹拂而不斷飛散，仍極力抵抗之。李商隱處艱困環境中，雖「棄置而不灰」，企圖透過各種方法、比喻、暗示令狐綯或在上位者，此有良馬正待伯樂發現之期望。沉痛、哀傷中，仍有希冀，乃義山之「本色」。其二，「飛雪回風」，漫天大雪紛飛，畫面迷濛，即言朦朧美感，亦爲義山詩之「本色」。其三，紀昀：「結處嫌露骨太甚。」〔註63〕，照理說「露骨」乃船山所反對，然船山卻認爲此詩乃義山作品之「本色」，其中之差別在於，雖「抒胸臆」（冀望援引見用），然筆法、措辭卻「不直促」，借花喻己、借宮廷移花喻延攬人才、借不取霜栽喻不取菊、不重用自己，字字皆另有深意，可予以不同層面之解讀，仍是委婉含蓄的，因而曰之爲「本色」。

（八）〈和友人戲贈二首其二〉

　　迢遞青門有幾關，柳梢樓角見南山。
　　明珠可貫須爲佩，白璧堪栽且作環。

〔註61〕語見張采田《李義山詩辨正》：與張采田《玉谿生年譜會箋》合刊，台北‧臺灣中華書局，1966 年，頁 363。

〔註62〕「文學本色論」乃由明代唐順之等人所提出，有其意義及影響，本章僅就船山所言「本色」之意涵論述，後文「第六章、第二節」，有專節討論之，詳見頁 210～211。

〔註63〕語見清‧紀昀《玉谿生詩說》：台北‧新文豐出版社，1989 年。

子夜休歌團扇掩，新正未破剪刀閑。

猿啼鶴怨終年事，未抵熏爐一夕間。

王船山評：斯有麗情，不徒錦字。

　　此爲閨怨詩，以女子立場與口吻成詩，著力於女子之怨懟。雖以「戲贈」爲題，卻無「戲」之愉悅，通篇只感受詩人未能遇合之悲傷。詩人借女子閨怨，隱含其怨，似「戲」之不眞又眞，方爲詩人之本意。

　　首聯，寫閨中女子的想望。「青門」，爲長安城東出南之第一道門，因色青，故稱之青門。〔註64〕「南山」，即終南山，位長安之正南方。言女子因思念，立窗遠望，視野越過重重城門，始見青門，故曰「有幾關」；接著又自樓角，望見終南山，望穿秋水，極言其盼望心切。詩人是有意望青門、望南山的，所謂「終南捷徑，當時隱居終南山正是提高身價，等待朝廷徵聘入朝做官的捷徑。」〔註65〕，一寫女子所思念之人可能在終南山隱居，因此造成女子閨怨，一暗寓詩人自己欲循此捷徑，以見用於當世。

　　頷聯，寫女子盼望無果之幽怨。「明珠」理應「爲佩」，「白璧」理應「作環」，以一切是如此理所當然，言所思之人理應「復還」，不要白白浪費「明珠」、「白璧」、「女子之青春年華」。「明珠」、「白璧」又象徵女子清白高潔，詩人或以此暗寓己之高潔如明珠、清白如白璧；應當「成佩」、「成環」，亦即言己應當受重用。

　　頸聯，述女子因思念深切，夜不能寐，唱歌跳舞至深夜方停歇，如此仍無法抒解心中之愁思；想要做女紅，卻因未過正月十五，不得動剪刀，〔註66〕以其無聊之甚，曲折言其愁怨、相思無法排解，

〔註64〕　詳見清・徐松撰、清・孫星衍、莊逢吉校定《三輔黃圖》：「長安城東出南頭第一門曰霸門，民見門色青，名曰青城門，或曰青門。」(北京・中華書局，1985年。)

〔註65〕　參見周振甫注《李商隱選集》：南京・江蘇教育出版社，2006年，頁96。

〔註66〕　「新正未破」，指未過正月十五，程夢星注：「新正未動剪刀也，今

當然無法入睡。明明是人不能動剪刀,卻以「剪刀閒」言之,委婉而有致。

　　尾聯,承上聯,因夜不能寐,又無聊至極,加以思念未能排解,故引發女子之怨情,此夜其怨情較之猿啼鶴怨終年之怨,更深、更多。以「終年」、「一夕」相對比,可見怨之深;然怨愈深,則其相思亦愈深。馮浩:「結言一夕相思,甚於終年怨望,眞不可禁。」〔註67〕,文學史上有許多作品曾使用「終年不如一夕」,此一對比法,如唐‧李益「千年」不如「一日」,宋‧黃超然「前朝」不抵「一夜」,然商隱突出之處,在於前人皆用以對比「時間之長短」,商隱卻用以對比「怨情之深淺」,〔註68〕雖似摹擬,卻又有創新,更別具一格,此亦爲何世人認爲李商隱七律多學自他人,船山仍予以肯定之主因。

　　船山認爲此詩雖寫女子深情、閨怨,但實際意義卻不侷限於文字上之華麗、女子之情感,而是有更大之解讀空間,讀者可依個人生命經歷,盡情體會、聯想,之所以會有此種效果,主要還是李商隱確有此等感受,方在此「錦字」中寄託其「麗情」。李商隱此一創作手法,不只限於此詩,甚可謂此乃其作品之一大特色,亦爲其作品得以感動人心之主因。再次凸顯王船山選評作品,不只著眼於單一作品,甚而以其人之整體風格選詩及批評。

（九）〈漢南書事〉

　　　西師萬眾幾時回,哀痛天書近已裁。
　　　文史何曾重刀筆,將軍猶自舞輪臺。
　　　幾時拓土成王道,從古窮兵是禍胎。
　　　陛下好生千萬壽,玉樓長御白雲杯。

王船山評:大有宛折,但露鋒鋩。〈百一〉以來不乏此制。

都下尚有此風。」(朱鶴齡注、程夢星補注《李義山詩集箋注》:台北‧廣文書局,1981 年。)
〔註67〕語見清‧馮浩《玉谿生詩集箋註》:台北‧里仁書局,1980 年。
〔註68〕詳見錢鍾書《談藝錄‧三‧王靜安詩》:台北‧書林出版社,1988 年,頁 25。

　　關於此詩之創作時間，歷來說法不一，或以爲作於宣宗大中二年
（848 年），李商隱自桂州北歸，行經荆州一帶時所作；〔註 69〕或以
爲作於大中三年，「（朱鶴齡注）訂以爲大中四年之作，則非，四年義
山在徐州，惟三年自桂管入朝，乃過漢南耳。」〔註 70〕；或作於「四
年秋八月，發諸道兵討党項，連年無功，戍饋不已，上頗厭用兵。此
詩乃作於其時也。」；〔註 71〕又或以爲「党項之反，由邊帥利其羊馬，
數數欺奪誅殺所致，宣宗興兵致討，連年無功，此詩當在大中五年，
命白敏中充招討時作也。」〔註 72〕不論作於何時，約略可知，此詩乃
政治詩，商隱針對出兵党項之時事有感而作。宣宗好大喜功、窮兵拓
土，引發詩人不滿情緒，以此詩表面稱頌宣宗，實是予以諷諫。

　　首聯，「西師」，指出兵党項，党項本西羌種，故曰「西師萬眾
幾時回」也。「幾時回」，言歸返之日遙遙無期，詩人對出征士兵艱
辛、悲慘感到同情、傷痛。「天書」，原指漢武帝所下的制詞〈罪已
詔〉〔註 73〕，此指宣宗因戰役慘烈，於大中三年所下之制詞，故曰
「哀痛」。表面上似乎寫宣宗體恤征兵辛勞，實則諷刺宣宗窮兵黷武
後，方知征兵之苦。

　　頷聯，寫文武百官皆所用非人。以「刀筆」，指文官所定之制度、
所下之決策，「何曾重刀筆」，即指責文官政績不佳。以漢代西方邊境
「輪臺」〔註 74〕，代党項所在地，言武將仍於邊境殘殺異族，自以爲
強勢。以「何曾重刀筆」、「猶自舞輪臺」，含蓄表達朝廷內外所任用
之士，皆非良才；欲輾轉透露眞正如己有才之人，未得以受重用。

　　頸聯，以疑問句正面表述詩人對宣宗施政之不滿。欲藉開疆拓土

〔註 69〕如清・馮浩《玉谿生詩集箋註》所附〈年譜〉中之「詩文編年」。
〔註 70〕見清・程夢星《李義山詩集補注》：台北・廣文書局，1972 年。
〔註 71〕見清・朱鶴齡《李義山詩集箋註》：台北・廣文書局，1972 年。又見
　　　　清・屈復《玉谿生詩意》：台北・正大出版社，1974。
〔註 72〕見清・陸崑曾《李義山詩解》：台北・學海出版社，1986 年。
〔註 73〕詳見漢・班固撰、唐・顏師古注《新校本漢書・西域傳》：台北・鼎
　　　　文書局，1980 年。
〔註 74〕《新校本漢書・西域傳》：「輪臺西於東師國千餘里。」

成就王道，要等到何時？自古以來，窮兵黷武便是禍亂之根源。用以告誡宣宗，如此竭盡一切心力、兵力，對拓展國勢，毫無助益。

尾聯，語調趨緩，呼應首聯「哀痛天書近已裁」，再度對宣宗停止征戰、愛護百姓，表達肯定之意，並冀望宣宗萬壽無疆；同時亦是對國祚綿長之期望。即便祝願宣宗長壽，仍用典，「玉樓」指仙人所居；「白雲杯」，用《穆天子傳》中所載西王母神話，而西王母向來為長壽之代表。〔註75〕

〈百一〉詩，三國曹魏應璩所作，「百一」取百慮一失之寓意，內容多譏評時事，以警示當政者，劉勰評之曰：「應璩〈百一〉，獨立不懼，辭詭義貞，亦魏之遺直也。」〔註76〕，言其文辭雖詭譎婉轉，諷諫卻很明確；鍾嶸《詩品》列為「中品」言：「祖襲魏文。善為古語，指事殷勤，雅意深篤，得詩人激刺之旨。」〔註77〕，言其作雖多用典用事，卻不失為自古以來諷刺佳作之遺風。王船山認為商隱此作之筆法、用意，與應璩〈百一〉詩是相似的，明頌實諷之婉轉筆法，與傳統怨而不怒、溫柔敦厚之詩教相合，較一味譴責、直露張揚的表現更耐人尋味，更易收到諷諫效果，故以「不乏此製」讚賞商隱作品繼承〈百一〉之長處，得以使〈百一〉詩之深意，後繼有人，予以高度評價。

（十）〈贈別前蔚州契苾使君〉（原注使君遠祖，國初功臣也）

何年部落到陰陵，三世勤王國史稱。
夜捲牙旗千帳雪，朝飛羽騎一河冰。
蕃兒繈負來青塚，狄女壺漿出白登。
日晚鸊鵜泉畔獵，路人遙識邘都鷹。

〔註75〕「玉樓」，出自《十洲記・崑崙》；「白雲杯」，出自《穆天子傳》中有關「西王母」之記述。「崑崙山」、「西王母」皆具有長生之意象。
〔註76〕語見南朝梁・劉勰《文心雕龍・明詩》：台北・臺灣商務印書館，1965年。
〔註77〕語見南朝梁・鍾嶸《詩品・中品》：台北・臺灣商務印書館，1965年。

王船山評：平遠。

「契苾」本爲唐代北方鐵勒族之部落名，後以部落名爲姓；「前蔚州契苾使君」，指前蔚州刺史契苾通。唐武宗會昌二年（842年），回鶻侵擾唐邊境，唐朝廷詔命契苾通率河東少數民族軍隊開赴天德（今內蒙古自治區烏拉特旗西北），抵禦回鶻。此詩即作於契苾通奉命赴天德之時，詩旨在讚頌如契苾通等爲唐代效力之少數民族。詩題之下商隱自注，「使君遠祖，國初之功臣也」，故全詩歷敘契苾族祖孫各代爲唐朝效力之功績，以激勵契苾通抗擊回鶻，再度爲唐朝建功。

首聯，總括契苾族與唐朝乃長期同盟關係。以「何年」此一疑問詞發端，言契苾族「勤王」，已記不清是始於何年，以凸顯時間之長久；「三世」明言其族各代皆如此，再次呼應首句「何年」之長久；以「國史稱」表達詩人對其族之讚譽之情。

以下三聯分述各代「勤王」之事蹟。頷聯，寫契苾通先祖「契苾何力」夜晚雪中掩旗、駐營，白日越河踏冰、傳書之事蹟，「一夜一朝」寫其行動之迅捷；「千帳雪」、「飛冰河」寫其作戰之神勇。以虛筆、泛寫其祖保衛邊境之勞苦功高。頸聯，寫契苾通另一先祖「契苾明」因勤王有功，受人民愛戴之事蹟，「蕃兒繈負」，寫邊疆人民紛紛依附、「狄女壺漿」，寫人民備食犒賞軍隊，以具體實筆表明邊疆民族對其祖勤王之肯定。尾聯，將焦點轉至契苾通，設想其行軍至鷲鵜之情形。上句「鷲鵜泉」，爲蔚州至天德必經之地；以「打獵」象徵契苾通率兵抗回鶻。下句「郅都鷹」，指西漢都尉郅都，其人剛正不阿，人多所畏懼，時人稱其「蒼鷹」。〔註78〕此處「鷹」字一語雙關，一呼應上句「獵」字，以狩鷹比契苾通，言其勇猛如狩鷹；同時詩人又以郅都比契苾通，言其此次勤王必會如同郅都，令回鶻畏懼與受唐人尊敬。

〔註78〕《漢書·酷吏列傳》：「爲人有勇氣，公廉」、「行法不避貴戚，列侯宗室見都側目而視，號曰『蒼鷹』。」

二、三兩聯，一虛一實，一抽象一具體，用意除強調其族「三世勤王」外，亦是勉勵即將出師回鶻之契苾通，能如其祖英勇抗戰、效忠唐朝，倘若如此必定得以受邊境人民之擁護；尾聯即以隱喻、暗頌筆法證明之。

雖詩旨在激勵契苾通、讚揚少數民族勤王，卻不直接敘寫其應如此，而是藉由歷史評價表述，依然如同詩人作品之風格，含蓄蘊藉，筆法選擇、典故使用、結構安排均有深意。因此船山評之為「平遠」，言其「平」，乃因全詩八句均用賦體敘述；言其「遠」，乃因在敘述中又非平白直敘，間或用設問、概括、細摹、虛實交替、隱喻、象徵等筆法，詩人表達讚譽不露骨、不直接。《讀雪山房唐詩序例》言此詩「落句語盡意不盡」〔註 79〕、《唐詩貫珠》：「通首有聲有色，情旨含蓄，非庸筆可夢見。」〔註 80〕，等評語皆可為船山「平遠」做註。

何焯：「典麗極矣，但少題中一『別』字。」〔註 81〕，認為此詩雖有用典切合、文辭華麗等義山詩之風格，但卻不見詩題中之「別意」；張采田針對其論，言：「結句已帶別意，細閱方能會其深妙處。」〔註 82〕，認為結句設想契苾通行至鸊鵜，並勉勵其以郅都為楷模，均已表達出將別之意，雖未言「別」，卻有「別意」，其中「細閱方能會其深妙處」，即為船山所謂之「平遠」。

又此詩可與〈漢南書事〉相參看，詩人對為拓展國勢而窮兵黷武，極為反對，因此他反對宣宗好大喜功；但對為維護唐朝和平而戰，則極為支持，故他又大力讚頌契苾族之勤王。在探究二詩之藝

〔註 79〕語見清・管世銘《讀雪山房唐詩序例》：「落句以語盡意不盡為貴。如……李商隱『日晚鸊鵜泉畔獵，路人遙識郅都鷹』……足為一代楷式。」（收錄於郭紹虞編選《清詩話續編》：上海古籍出版社，1983年。）
〔註 80〕語見清・胡以梅《唐詩貫珠》：收錄於陳伯海《唐詩匯評》：杭州・浙江教育出版社，1995 年，頁 2486。
〔註 81〕語見清・何焯《義門讀書記》：台北・臺灣商務印書館，1971 年。
〔註 82〕語見張采田《李義山詩辨正》：與張采田《玉谿生年譜會箋》合刊，台北・臺灣中華書局，1966 年，頁 461。

術表現之外，二詩表現詩人對戰爭、國策之看法，此乃「遠」之另一涵意。

（十一）〈富平少侯〉

> 七國三邊未到憂，十三身襲富平侯。
> 不收金彈拋林外，卻惜銀床在井頭。
> 彩樹轉燈珠錯落，繡檀迴枕玉雕鎪。
> 當關不報侵晨客，新得佳人字莫愁。

王船山評：姿度雅入樂府。

此詩爲詠史詩，詩人託古諷時之意甚明。漢張安世封富平侯，其孫張放幼年繼承爵位，〔註83〕然此詩所述內容，與張放行事不合，故詩題「富平少侯」僅是一假託人物，所詠、所諷應另有其人。

首聯，上句「七國」原指漢景帝時所發生之七國之亂，此喻唐代藩鎮割據；「三邊」原指漢幽、並、涼三州，因臨近少數民族領土，須時常留心其侵擾，此喻唐代吐蕃、回鶻、党項等邊患；以「未到憂」寫其未知憂。下句點明雖處憂患卻「未到憂」，乃因年少即位。雖用典，卻使人不覺，全然融入所欲表達之事實中，此乃商隱作品用典之特色。先寫果，再寫因，逆向著筆，凸顯年少即居高位者，昏愚無知，不恤國事。此聯亦透露出所諷者，非泛泛貴族紈絝子弟，因首當爲國勢險惡憂心者，應爲在位者。

頷聯，寫富平少侯遊樂之豪奢。「不惜金彈」，用「韓嫣好彈，以金爲丸，所失者日有十餘」之事〔註84〕；「銀床架井」，寫井上之轆轤

〔註83〕《新校本漢書・列傳・卷五十九・張湯傳》：「昭帝即位，大將軍霍光輔政，以安世篤行，光親重之。……其封安世爲富平侯。……臨尚敬武公主。……子放嗣。」（按：安世乃張湯子）、《資治通鑑・卷第三十一・漢紀二十三》：「上始爲微行，從期門郎或私奴十餘人，或乘小車，或皆騎，出入市裡郊野，遠至旁縣甘泉、長楊、五柞、鬥雞、走馬，常自稱富平侯家人。富平侯者，張安世四世孫放也。」

〔註84〕詳見漢・劉歆《西京雜記》：台北・臺灣商務印書館，1967年。

架爲銀製〔註85〕，揮霍程度可想而知。化抽象爲具體，直述中又不失含蓄。頸聯，寫富平少侯居室之豪奢。「彩樹」，指華麗之燈柱〔註86〕；「綉檀」，指外飾著精美錦綉之檀木枕頭。著筆於居室中之燈柱、枕頭，連如此細微之處皆豪奢無比，其整體居室、其生活之富麗堂皇，不待言而明。二、三兩聯，一外一內，一動一靜，言其人之豪奢無一事、一處、一時遺露，昏愚奢侈至極點。

尾聯，緊承上聯之「燈」、「枕」而寫，言其人荒淫無度，無絲毫可取。上句寫守門人不通報清晨來訪之客人，下句寫此乃因富平少侯有美人相伴，暗喻其沉醉於女色，無法早起，更無心他事。同首聯以逆筆敘事，上句爲果，下句爲因，加重其人不識大體之諷刺力道。胡以梅《唐詩貫珠》：「妙在雙借『莫愁』以結之，收拾通篇。此是高手作法異人處。」〔註87〕，「莫愁」，唐石城女子，善歌謠〔註88〕，此非實指其人，而是借其音，以暗喻富平少侯「不愁」、「不知愁」，呼應首聯「未到憂」；深一層則言其人有愁卻不知愁，蘊含將有更大、更深憂愁之意味。詩人創作思想感情，表達含蓄之特色，再次展現。

馮浩引徐逢源言：

> 此爲敬宗作。帝好奢好獵，宴遊無度，賜與不節，尤愛纂組雕鏤之物。視朝每宴，即位之年三月戊辰，群臣入閣，日高猶未坐，有不任立而踣者。事皆見《紀》、《傳》、《漢書》：「成帝始爲微行，從私奴出入郊野，每自稱富平侯家人。」而敬宗即位年方十六，故以富平少侯爲比，不敢顯言耳。〔註89〕

〔註85〕典出《樂府詩集・淮南王篇》：「後園鑿井銀作床，金瓶素綆汲寒漿。」
〔註86〕典出《開元遺事》：「韓國夫人上元夜燃百枝燈樹，高八十餘尺，豎之高山，百里皆見。」
〔註87〕語見清・胡以梅《唐詩貫珠》：收錄於陳伯海《唐詩匯評》：杭州・浙江教育出版社，1995 年，頁 2451。
〔註88〕詳見晉・劉昫等撰《新校本舊唐書・卷二十九・音樂志・第九》：台北・鼎文書局，1979 年。
〔註89〕語見清・馮浩《玉谿生詩集箋註》：台北・里仁書局，1980 年。

徐逢源以爲，若詩人僅爲嘲諷如富平少侯般之貴族紈袴子弟，可以明白表述，不必託古諷之；所諷者，應爲位高權重之帝王，爲免惹禍上身，方借富平少侯之名來表述。加以義山詩中描述富平少侯之作爲，與敬宗暗合，故其認爲此詩當爲敬宗而作。敬宗面對險惡之國勢，全然不以爲意，放縱自己於宴饗遊樂、紙醉金迷之生活中，不愛江山、愛美人，最後自身及唐王朝，皆亡於其手。

　　清·紀昀《玉谿生詩說》：「太尖無品，格亦卑卑。」〔註90〕，近人·張采田《李義山詩辨正》：「通篇以冷語諷刺，律詩變格，何得目爲尖薄哉？」〔註91〕，可作爲船山「恣度雅入樂府」之補充，全詩雖以賦體敘事爲主，詩風亦偏樂府之遒勁，然詩中用事古今雜陳，撲朔迷離，使全詩寓意更加豐富，不侷限於表層之直述，借富平少侯比唐敬宗，委婉諷諫，故言情仍爲全詩主調。王壽昌：「雖甚切直，而終不失爲風雅之遺。」〔註92〕，在律詩此一抒情短章中，卻得以通過眞實、多元之細節描寫，完整刻畫出荒淫誤國之昏君形象，同時予以既直接又含蓄之諷刺，將「樂府」與「律詩」二體製，自然融合，足見李商隱強盛之創作能力。

（十二）〈柳〉

　　　　江南江北雪初銷，漠漠輕黃惹嫩條。
　　　　灞岸已攀行客手，楚宮先騁舞姬腰。
　　　　清明帶雨臨官道，晚日含風拂野橋。
　　　　如線如絲正牽恨，王孫歸路一何遙。

王船山評：《柳枝詞》演作律詩，倍爲高唱。

　　李商隱詠柳詩數量極多，託物詠懷，各篇皆獨具意蘊，然由於柳

〔註90〕語見清·紀昀《玉谿生詩說》：台北·新文豐出版社，1989 年。
〔註91〕語見張采田《李義山詩辨正》：與張采田《玉谿生年譜會箋》合刊，台北·臺灣中華書局，1966 年，頁 347。
〔註92〕語見清·王壽昌《小清華園詩談》：收錄於郭紹虞編《清詩話續編》：上海·上海古籍出版社，1983 年。

意象本身之含蓄多義，加以商隱寓意多在言外，不確定性高，因而歷來箋注、評論者說法皆難以統一。

首聯，「雪初消」、「輕黃」、「嫩條」點明冬盡春臨，柳葉初生，一片嫩綠；「漠漠」一詞，將「雪初消」之迷濛景象，細緻刻畫。頷聯，將逐漸生長、隨風搖擺之柳條，比喻爲楚宮中體態纖細柔媚之舞者。以逆向著筆，先寫遊人攀折柳條，再寫其因爲柳條柔美。句中或隱含著，詩人以騁舞之柳，喻己之有才，卻遭人忌而排擠。頸聯，時至清明，春色正濃，柳蔭繁茂，其時卻風雨霏霏；詩人此處以柳喻己，明白可感，正當盛年，卻身陷黨爭，遠赴異地，求取小位，無奈之情與柳頗爲相似。尾聯，承上聯，抒情寄意。上句，寫細長之柳條，如線如絲，彷彿牽引著千愁萬恨。下句，化用劉安〈招隱士〉：「王孫遊兮不歸，春草生兮萋萋」，一言詩人身處異鄉，思歸心切；二喻詩人殷切之功名意念，然皆不可得，故言「歸路遙」，則上句所牽之恨，明矣。亦同頷聯，逆向著筆，更加深其所恨。

全詩不採直寫，而用環境烘托，結合時令，於寫柳中透露情思，從雪消到輕黃的嫩條，到清明的綠蔭；從嫩條被攀折，到綠蔭的隨風舞蹈，到受風雨的吹打，從中寄託對柳的同情，實際上亦是詩人對己之同情。此詩句句寫柳，而全篇不著一個「柳」字；句句是景，又句句是情；句句詠物，而又句句寫人。李商隱十六歲就「以古文出入諸公間」（見詩人自編《樊南文集・序》），青年時就考中進士，懷有「欲回天地入扁舟」（見其詩〈登安定城樓〉）的遠大抱負，朝氣蓬勃，正像春柳；後由於黨爭傾軋，使他長期沉淪下僚，又由於妻子病故，自己將隻身赴蜀擔任幕府，心情、處境悽苦，正如同此詩歷不同時節之柳。

〈柳枝詞〉，唐代樂府曲名，亦稱〈楊柳枝〉、〈柳枝〉，此一曲名，由來已久，漢魏樂府〈橫吹曲〉有〈折楊柳〉，自北狄軍中樂曲而來；北朝樂府有〈折楊柳歌〉、〈折楊柳枝歌〉；唐玄宗朝教坊有〈楊柳枝〉，

仍爲古曲。〔註93〕中唐以後，〈楊柳枝〉或稱〈柳枝詞〉，或仍稱〈折楊柳〉，但已爲新曲，白居易晚年所作〈楊柳枝二十韻〉題下自注：「〈楊柳枝〉洛下新聲也。洛之小妓有善歌之者，詞章音韻，聽可動人，故賦之。」，此後作者甚多，劉禹錫、薛能等皆是，其形式多爲七言絕句或小詞，內容多以柳喻美女，李商隱不跟隨當時詩風，以七言律詩詠柳，並寄寓個人情懷，體物入微，故王夫之評之曰「高唱」。張采田亦評義山另一詠柳之作——〈柳〉（曾逐東風）：

> 含思婉轉，筆力藏鋒不露。

> 馮氏謂：初承梓辟，假府主（指柳仲郢）姓以寄慨，意兼
> 悼亡失意言之。遲暮之傷，沉淪之痛，觸物皆悲，故措辭
> 沉著如許，有神無跡，任人領味，眞高唱也。〔註94〕

雖然馮浩認爲義山〈柳〉詩「假府主姓」之說，未必可信，但具體分析，極爲精闢，亦可與船山所評之「高唱」相參看。船山以爲此詩成功之處在於，雖爲體製短小之律詩，卻能包容豐富之內涵，寓託深切之情懷，具樂府詩之特色；加以對賦詠之物，不拘囿於靜態和表象，擴展描繪角度與層次，使所詠之物，具鮮明之意象，進而顯現作者欲藉以表述之內心世界。葉嘉瑩：

> 義山所最用意寫的，正不僅是柳枝，而實在乃是義山自以
> 爲其知己相感的某種屬於義山自我的心靈之境界。〔註95〕

其評論重心與船山著眼處相同，雖詠柳非詩人獨創之題材，卻以新穎之體製爲之，賦予此一題材新的生命，故船山方言「倍」爲高唱。與船山對商隱〈富平少侯〉之評論相較，可知商隱不論是樂府、律詩，皆遊刃有餘，掌握各體之精髓，又予以新生命，此一既繼承又創新之創作手法，爲船山選評作品，予以正面或反面批評之重要因素。

〔註93〕詳見唐・崔令欽《教坊記・曲名》：台北・藝文印書館，1966 年。
〔註94〕語見張采田《李義山詩辨正》：與張采田《玉谿生年譜會箋》合刊，
　　　　台北・臺灣中華書局，1966 年，頁 321。
〔註95〕語見葉嘉瑩《迦陵論詩叢稿・舊詩新演》：北京・中華書局，2005 年，
　　　　頁 146。

（十三）〈九成宮〉（九成宮本隋仁壽宮，貞觀間修之以避暑，
　　　　　因更名）
　　十二層城閬苑西，平時避暑拂虹霓。
　　雲隨夏後雙龍尾，風逐周王八駿蹄。
　　吳嶽曉光連翠巘，甘泉晚景上丹梯。
　　荔枝盧橘沾恩幸，鸑鷟天書溼紫泥。

王船評：一結收縱有權，劉長卿以還不能問津也。

　　九成宮乃唐貞觀年間修葺舊宮而成，宮在鳳翔，去京師三百里，
王室每歲避暑於此，此詩藉詠九成宮，追憶唐朝盛世。

　　首聯，以「十二層城」、「拂虹霓」言九成宮之高，上至天廳，遠
離人間炎熱，故為避暑之用。頷聯，以「夏後」、「周王」代太宗；以
「雙龍」、「八駿」言跟隨太宗至九成宮之扈從隊伍之壯盛；「雲隨」、
「風逐」之涼爽，承首聯九成宮乃避暑之用。詩人已從中透露，太宗
得以如此盛大之排場至九成宮避暑，應為天下承平之時。頸聯，寫九
成宮山水景色，一曉一夕，吳岳遠景、甘泉近景，空間變化性強，九
成宮之所以為避暑之地，可明也。尾聯，以天子印璽之溼，言此時進
貢之物，即使如荔枝盧橘之微，都能得恩澤而賜御書。一說「遠方珍
果，時獻敬恩，皆承平之盛事也」〔註96〕，二說「天子信璽，何等鄭
重，而紫泥之溼，只為荔枝盧橘一物之細也，能無民亦勞止之歎乎？」
〔註97〕，二說皆可通，一以昨日之承平，見今日之紛亂；一以昨日之
不恤人民，見今日之衰頹，其中隱含多義，讀者得以自行體會詩人言
外寓意。

　　由王船山之評語，可知船山批評著眼於此詩之結句，並比之劉長
卿。王船山《唐詩評選》，選評劉長卿詩，五言律詩三首，五言排律
二首，七言律詩三首，共八首，其中船山多論及其結句，評〈經漂母
墓〉：「第四句以開得不俗，結亦巧合不傷。」、評〈遊休禪師雙峰寺〉：

〔註96〕語見清・馮浩《王谿生詩集箋註》：台北・里仁書局，1980年。
〔註97〕語見清・陸昆曾《李義山詩解》：台北・學海出版社，1986年。

「起句自中唐絕頂語，結獨蘊藉。」、評〈自道林寺西入石路至麓寺過法崇師故居〉：「末二語帶出崇法師即收，不另作結。」、評〈長沙早春雪後臨湘水呈同遊諸子〉：「一結自然清韻。」、評〈獻淮寧軍節度使李相公〉：「帶結但用本色，自爾烟波。」可知船山極爲讚賞劉長卿作品之結句，認爲其結句，具有自然清新、含蓄蘊藉、寓意深遠等特色，其後鮮有人能與之匹敵，而李商隱此詩結句氣象廣闊，深刻有力，亦具有劉長卿之特色，故言其爲中唐以來得以與劉長卿相比之作，讚賞之意，不在話下。方東樹：「先君云荔橘夏熟，故貢於九成宮，紫泥天書，只爲二物，諷刺極刻。然不覺，故妙。」〔註98〕，即言詩人此結妙處在於，雖具深切之諷刺意義，卻使人不覺，詩人期望得以體現「言之者無罪，聞之者足以戒」之作用，船山所言之「權」亦在此。

第三節　王船山選評李商隱詩之特色

　　經由前節分析王船山所選李商隱詩及對其詩之評語後，已可初步掌握船山選評李商隱詩之角度，以下分別歸納其「選詩」、「評詩」之特色，以作爲後文論述王船山對「三李詩」選評異同之基準點。

一、選詩：朦朧多義，情感眞切

（一）就思想內容而論

　　王船山所選李商隱詩，就思想內容而言，可歸納爲以下幾方面：

　　其一，詠史以諷刺。詠史詩所歌詠之歷史人事，並不一定得與現實政治有關；即使有關，詩人亦可純詠史，不涉時政，但李商隱詠史詩之顯著特徵，即具有強烈深刻之諷時性，船山所選商隱詠史詩，皆可視爲借詠史以諷時之政治詩。如：〈漢南書事〉，反對窮兵拓土，同時聯繫朝廷用人之失、政策之失；又如〈贈別前蔚州契苾

〔註98〕語見清・方東樹《昭昧詹言・卷十九》：台北・廣文書局，1962 年。

使君〉，以讚頌契苾族，提出鞏固邊防、與少數民族保持和睦關係之主張，皆不同於前人詠史之作，詩人著眼於借鑑歷史經驗之教訓，以指陳政事、譏評時世，寓意深刻，思想價值高。

又或借題託寓，僅在題目中假託古人古事，實際所詠完全是今人今事，如：〈富平少侯〉，假託富平少侯暗諷敬宗，尾聯「當關不報侵晨客，新得佳人字莫愁」，用「莫愁」巧妙結合愚昧天子「無愁」，諷其明明有「七國三邊」之內憂外患，卻沉迷於荒淫宴樂之中，勢必遭逢更大之憂愁。全詩寓議論諷刺於經過精心提煉熔鑄之典型場景、情節之中，不著議論，不下針砭，有案無斷，表面上看起來隱晦，諷刺意味卻鮮明無比。原本陳舊之史實，亦由於注入現實政治內涵而具有新鮮感與時代氣息。

商隱詠史詩，一向以正面讚頌、評論和抒發感慨為主，較少直接、強烈指責批判，如：〈九成宮〉，截取歷史上的特定場景加以鋪染，前六句皆由虛想落筆，末二句方引出確切題旨，以描述唐朝過去之盛世，諷刺今日之衰微，雖題名為「九成宮」，卻不侷限於九成宮之史實中，以小見大，將精警立意，蘊含於歷史畫面之想像虛構中，達到詞微而顯、意深而永之藝術效果。

其二，詠物以自喻、自傷。商隱詠物詩主要內容，多是借詠物抒發詩人個人身世境遇、人生感觸，除寄寓一己之遭遇，亦延伸至普天下人們之人生慨嘆。其詠物詩體物工切、摹寫入微，大多帶有悲劇色彩。如：〈野菊〉，一般人詠菊，著墨於菊之隱士節操而發，李商隱筆下之菊，雖亦有此不凡之品格，同時亦將菊與其身世結合，言菊及詩人生長環境之艱苦。〈柳〉一詩亦同，寫柳受「風雨」之摧殘，寄寓己同時受牛、李二黨排擠之哀傷。又如：〈即日〉，寫林花之落與愁，詩篇雖色彩艷麗，但艷麗中似乎又帶有晦暗之色調，因詩人曲折而多舛之人生經歷、纖細而憂傷之情感全投注於林花之上。商隱詠物之作，句句寫物，實句句寫己；有時詠物，卻全篇不見其物，如〈柳〉，全篇不見一柳字，全憑藉周圍景物組合成恬靜清幽的畫面，通過對柳

形神之典型、概括描繪，烘托出其特質及所寄寓之情感。

其三，艷詩以明志。齊梁、初唐以來之宮體詩、宮廷詩，以描繪女性體態與生活、宮廷帝王貴族生活中之艷事、艷物、艷情爲主要內容，以歌功頌德、宴遊享樂爲主要目的，形式上追求「清辭巧制」、「雕琢蔓藻」，以「綺靡」、「冶艷」爲其顯著特徵，故又被稱作「艷詩」。李商隱亦有部分作品繼承此一風格，然不同於之前艷詩，以華麗詞藻、精巧體製，掩飾空洞內容，李商隱之艷詩，表面以佳人、男女愛情相思、居室描繪爲主線，如〈無題〉（重幃深下）、〈無題〉（照梁初有情）、〈和友人戲贈〉，以刻畫女子所在居室的金碧輝煌起興，由女子立場、口吻敘寫，著墨於佳人愛情失意、相思未果之愁怨，實則以女子自喻，借女子之美，比詩人之才；借女子之相思，比詩人之望援引；借女子之失意，比詩人之不得志，故內容意蘊，遠較其以前之艷詩更深、更廣。又既是女子立場、口吻，風格必是細膩、優雅，義山詩風縹緲虛幻、纖柔低迴，與此不無關係。

其四，雖有題，實屬無題之作，以寄身世之感、不得志之悲。李商隱詩集中以〈即日〉、〈一片〉爲名之作，不只船山所選此二篇，故可知「即日」、「一片」等作，非一時一地之作，且無統一構思、筆法，乃詩人日常生活中因物觸發、感物起興之情思結晶。如：船山所選〈即日〉，詩人自林花凋零，想起自身之遭遇，對落花之感傷、無奈，亦是對自己已近遲暮之感傷、無奈。〈一片〉，用事用典多，隱晦曲折，興寄難明，託意於有無之間，故解說紛紜，然不論作何解，似皆可通，詩人期待與失望、痛苦與留戀、執著與彷徨，交織在一起的矛盾心情，才是船山選此詩之主因。自此層面而論，可知王船山強調詩歌之眞正價值與意義，不在文字本身，亦不在情志本身，而是在於能否興發讀者，即其所謂「作者用一致之思，讀者各以其情而自得。」

其五，敘寫飄泊異地，思歸心切。李商隱一生四處飄泊、客居他鄉、寄人籬下，因此亦有許多描寫鄉愁之作，如：〈二月二日〉、〈寫

意〉，皆作於詩人入四川柳仲郢幕第三年，一自美好的春光著筆，一自蕭瑟之秋意著筆。蕭瑟之景引發詩人思歸，當可體會；美好之景，卻引發同樣情感，更可體會詩人旅居異地之苦悶，無論多美好之景象，皆不曾入詩人之眼、詩人之心。又如：〈春宵自遣〉，詩人雖有意塑造悠閒之心境，卻不自覺透露其隱居之閒愁，淡筆寫來，哀傷卻濃厚無比，詩人去國千里、隱居山中非出己願，呼之欲出。

（二）就藝術手法而論

王船山所選李商隱詩，就藝術手法而言，最突出者非用典、用事莫屬。歷來箋注家、評論家對商隱用典、用事，看法不一，或言「若其用事深僻，語工而意不及，自是其短。」〔註99〕，認為其因過度使用典故史實，使其詩看似巧麗，卻缺少情意，故以其用典、用事為短；或言「惟李義山稍多典故，然皆用才情驅使，不專砌墠也。」〔註100〕，觀點正好相反，認為義山詩之用典、用事，可表述其思想情感。綜觀義山詩用典用事，自然、巧妙、不著痕跡，使典故與詩中情景自然融合，典故若有似無之寄意，使詩境更為開闊，一個詞、一句詩都是一個畫面，千萬個畫面組成一首詩，任憑讀者去觀察、想像和體會，因此詩人之用典，不僅無礙詩意的傳達，反而更增添其詩之藝術感染力。同時，義山詩中所用之典故史實，並非一味依循其原義，而是依循詩人之情感脈絡，重新賦予其新的意義，使其與詩人之情、詩篇之旨，渾融一體，古今經驗與情感，在典故中同時並存，使得詩歌不僅簡煉，而且極富意味，以〈二月二日〉：「萬里憶歸元亮井，三年從事亞夫營」為例，詩人不論是化用陶淵明之字號與詩句，表達出自己的「歸意」，或用周亞夫事言自己正從柳姓幕主，皆與詩人自身之經歷、情感相合，除用典不著痕跡外，亦使改變典故史實之既定意義。

〔註99〕語見宋·蔡啓《蔡寬夫詩話》：收錄於吳文治文編《宋詩話全編》：南京·江蘇古籍出版社，1998年。
〔註100〕語見清·袁枚《隨園詩話》：台北·廣文書局，1971年。

　　與用典、用事相聯繫，義山詩之另一藝術特色在於比興、象徵、暗示，或藉古諷今，或託物喻人，或感物起情，或言情寄概，往往寄興深微，寓意空靈，索解無端，而又餘味無窮。馮浩言其：「總因不肯吐一平直之語，幽咽迷離，或彼或此，忽斷忽續，所謂善於埋沒意緒者」〔註101〕，即是比興、象徵、暗示手法之展現。

　　「雙關」亦為商隱貫用之手法，目的與其使用典故、比興、象徵相同，皆求委婉見意，如：〈贈別蔚州契苾使君〉末句「路人遙識郅都鷹」之「鷹」字，一用以比契苾通如鷹勇猛，一比如鷹般令人畏懼、受人尊敬。同樣得以使激發讀者之想像力。又為求婉曲見意，李商隱詩，少直抒胸臆，為避免正面敘寫、抒情，故常借助於對環境景物之描繪來渲染氣氛、烘托情思，如〈無題〉（重幃深下），首聯即透過對居室之描繪，烘托佳人之形象；〈野菊〉，以「寒雁」、「暮蟬」烘托環境之悲涼、作者之遲暮。

　　李商隱詩，另一突出特點，在於「將物擬人」。詩人擅用聯想、擬人，故在其筆下，自然界之景物，無論是山、水、風、雨、花、柳，或是蜂、蝶、猿、鶴、雁、蟬，皆具有人味，「花」、「柳」是「無賴的」，「蝶」、「蜂」是「有情的」，林花是有愁的，菊花是「淚涓涓的」，柳絲是「牽恨的」，因此其詩雖寫景物，卻處處充滿生命力。同時，詩人又擅於移情，即將其情潛移至自然景物上，故詩中句句寫景物，實句句寫詩人，其詩之蘊意必然無窮。

　　此外，為了加強其詩之詠嘆情調、寓意深度，故詩中疑問句法多、逆向著筆多、空間跳躍大，詩篇末聯總能將全詩意蘊凝聚起來，既奇警遒勁，又韻味深長。至於其詩用字遣詞精美華麗、對仗工整等特色，不必贅述。

　　正由於上述義山詩之藝術手法，使其詩有我之境多、情景交融、物我合一、畫面朦朧、內容多義、寓意含蓄。

〔註101〕語見清・馮浩《玉谿生詩集箋注》：台北・里仁書局，1980年。

二、評詩：麗句影出，寓意俱遠

王船山對李商隱十五首詩之評語，多皆以簡潔爲訴求，甚至有以四字評論一詩者，然短短數字中，卻蘊含其詩學各個層面之觀點，以下歸納爲詩歌體派論、作家作品論、詩歌體裁論、創作鑑賞論等四方面進行論述。

（一）詩歌體派論：與其他體派詩風比較

嚴羽《滄浪詩話·詩體》列述歷代詩體，爲較早、較完整觸及詩歌體派之論述，然嚴羽所謂之詩體，實際上爲廣義之詩體，除包括詩歌體派，亦包括詩歌體式、詩歌體裁、技巧手法等，大至一代，如「建安體」、「盛唐體」，小至一人，如「太白體」、「李長吉體」、「李商隱體」，無所不包。本文此處所謂之「詩歌體派」，係指由特定體格風貌爲標的，而促成詩人群體聚合之現象。

船山於評論義山詩時，涉及不少詩歌體派，用以與義山詩進行比較，評〈藥轉〉，論及西崑體、香奩體，二體同起於文人相互酬唱，此乃與李商隱不同之處，李商隱並未成詩派，香奩與西崑卻成詩派、門派，此爲王船山不認同其二體之原因之一；原因之二在於二體詩人，專取商隱之典麗，忽略其深情遠意，襲貌遺神，得其糟粕。

於同詩，船山又論及「楚辭體」，認爲義山詩之風格淵源於「楚辭」，其一，義山詩承繼《楚辭》中「香草美人」之意象，王逸《楚辭章句·離騷經序》：

> 《離騷》之文，依詩取興，引類譬諭。故善鳥香草，以配忠貞；惡禽臭物，以比讒佞；靈修美人，以媲於君；宓妃佚女，以譬賢臣；虯龍鸞鳳，以託君子；飄風雲霓，以爲小人。其詞溫而雅，其義皎而朗，凡百君子，莫不慕其清高，喜其文采，哀其不遇，而潛其志焉。〔註102〕

認爲《離騷》將社會現象中是與非、善與惡、君子與小人全都物象化，即屈原筆下之物、人，皆另有寓意。屈騷寫「香草美人」在於「發憤

〔註102〕語見漢·王逸《楚辭章句》：台北·藝文印書館，1974年。

抒情」，以之表達自我在政治遭遇和人生挫折中的怨憤之情。李商隱詩亦如此，以其〈無題〉（重幃深下）爲例，詩中寫一深閨待嫁之佳人，獨守空堂而寂寞難耐，自己在變幻如夢的生涯之中，一直孤立無依。「風波」、「月露」兩句，實喻人生坎坷，無人賞識。借男女相思以寄託政治理想、人生慨嘆，本源於屈騷，然詩人僅是精神上之繼承，不循屈原之「比德」，而是將「美人」作爲一個完整而生動之藝術形象細緻描繪，使心靈深處之情感意緒，得以通過此一完整之藝術形象展露出來。又屈原、宋玉與李商隱，皆爲懷才不遇之文人，亦皆具有多愁善感之個性，三人皆對在上位者之荒淫腐朽，感到憤慨，卻只能婉言以諷，關心國家命運，希望爲衰世奉獻而又無能爲力，他們只能將這樣的痛苦付諸文字，因此感傷、艷情成了他們詩歌非常鮮明的特點之一，但於感傷、艷情中，仍不忘己之志向，故作品雖皆以「麗句影出」，卻「寓意俱遠」。

　　船山於〈寫意〉、〈春宵自遣〉又述及初唐體、晚唐體。初唐爲唐詩醞釀形成時期，此時詩歌主要創作傾向，是沿襲六朝華艷風習，雖有初唐四傑──王勃、楊炯、盧照鄰、駱賓王，努力擺脫齊梁詩風影響，積極開拓詩歌的思想題材的領域，探索詩的格律形式，對唐代詩歌發展，具有承先啓後之意義，然由於六朝華艷詩風積深難改，故詩風未獲得全面改善。直至陳子昂自覺地倡導革新，從理論和實踐兩方面掃除齊梁以來形式主義的殘餘，方眞正開創一代新的詩風。故大體而言，初唐詩壇所流行的是齊、梁形式主義詩風，宮體詩充斥詩壇，只求辭藻優美，但缺乏內容，晚唐詩風回歸初唐綺麗靡柔之特色，李商隱雖處晚唐，其詩自然亦有富麗精工的一面，但他不局限於華艷，反而於穠麗中帶沉鬱，柔美中又不失厚重，開創出自己的特色，故船山予以肯定。

　　由以上論述可知，船山欲凸顯其對詩人「本色」之重視，其所涉及之詩歌體派，皆與李商隱詩風有承繼關係，李商隱受「楚辭體」、「初唐體」、「晚唐體」影響，又影響「香奩體」、「西崑體」，以李商隱詩

於繼承前人詩風中，又具有自己之特色，對比受其詩風影響之體派，僅一味繼承，未開創出其體之本色。同時可與船山反對模擬成詩、反對反對門法、門庭、門派相呼應。

（二）作家作品論：與其他作家詩風比較

船山於實際批評之中，亦常將李商隱與其他作家比較，尤以杜甫爲然，於〈二月二日〉、〈即日〉二詩之評語可見，船山之所以常將李商隱、杜甫相提並論，乃因世人多以爲李商隱七律學杜，但船山卻反對此說，以〈二月二日〉爲例，商隱以白描手法寫景，透過視覺、聽覺、觸覺、感覺等摹寫法，直接敘寫所見、所聞、所感，毫無斧鑿之痕，雖首句即連用四仄聲，次句又連用三平聲，爲拗體，卻不失爽朗明快之節奏，亦非有意爲之，音律配製合情合境，不與詩中所敘之情景相背離。有別於杜甫之拗體，通常爲有意爲之的「全篇拗」，以拗律直言其抑鬱之情思；反觀商隱全詩以思歸不得愁苦之情爲基調，然所述之物、所寫之情，卻充斥著活力與熱情，將內心的哀傷幻化於亮麗斑爛的春景中，以含蓄隱微表達相同之抑鬱，船山認爲商隱情感之表述較杜甫更爲突出。對〈即日〉之評語：「苦寫甘出」，亦同此意。可知船山負面批評者，爲杜甫入蜀後「直抒胸臆」、「以苦寫苦」之作，並非杜甫全部作品。

同樣並列比較，而認爲李商隱詩較佳者，尚有溫庭筠。船山雖未明言溫庭筠，卻於評〈無題〉（照梁初有情）中述及「花間詞派」，用以借代溫庭筠。船山反對世人將二人並稱「溫李」，參見其評溫庭筠〈回中作〉：「溫、李並稱，自今古皮相語，飛卿一鍾馗傅粉耳。義山風骨，千不得一。」〔註103〕，認爲溫詩，徒具形式，而無內容，如同鍾馗傅粉；李詩則二者兼有，千古以來難得可見。差異如此大之二人，何能並稱？《薑齋詩話·卷上》：

〔註103〕語見王船山評選、王學太校點《唐詩評選·卷四》：北京·文化藝術出版社，1997年，頁211。

興在有意無意之間，比亦不容雕刻；關情者景，自與情相
爲珀芥也。情景雖有在心在物之分，而景生情，情生景，
哀樂之觸，榮悴之迎，互藏其宅。天情物理，可哀而可樂，
用之無窮，流而不滯，……唐末人不能及此，爲「玉合底
蓋」之說，孟郊、溫庭筠分爲二壘。天與物其能爲爾鬮分
乎？〔註104〕

批評溫庭筠詩，景、情分離，僅是雕章琢句，缺少李商隱詩中「煉情」
之工夫，其原因在於其詩，非自「興」起。故船山認爲「花間詞派」
之「少煉」，溫庭筠難辭其咎。

　　又於評〈九成宮〉提及劉長卿、評〈漢南書事〉提及應璩，以二
人與李商隱作正面比較，著眼於商隱「結聯」（或「結句」）之表現方
式，以及詩中含蓄之諷刺深意。

（三）詩歌體裁論：與其他詩歌體裁風格比較

　　王船山評〈富平少侯〉：「姿度雅入樂府」，評〈柳〉：「〈柳枝詞〉
演作律詩，倍爲高唱」，皆論及樂府詩。〈富平少侯〉，體裁是七律形
式，筆法卻是樂府形式；〈柳〉與之相反，體裁是樂府，筆法卻是七
律，不論何者，王船山均予以高度評價，可知李商隱詩兼採近體、樂
府之長。〈富平少侯〉，繼承漢魏樂府「感於哀樂，緣事而發」之現實
主義傳統，以「賦」筆敘寫，從中寄寓其思想感情；〈柳〉，雖擬樂府
舊題，卻予以新的筆法、新的意義，於五十六字中，表面概括柳自初
春至盛夏之形象，實則句句是詩人借物抒懷。以七律見長，又不限於
七律之既有體製之中；仿樂府創作，卻處處突破、創新，船山所欲傳
達、肯定者，正是李商隱此一獨特之風格。

（四）創作鑑賞論：李商隱詩獨有之風格

　　綜上所論，可據以歸結出王船山所肯定之詩風，即商隱獨有之詩
風。船山著重詩之境界是否開闊，而開闊與否，又與是否達到情景交

〔註104〕語見王船山《薑齋詩話・卷上・十六》：收錄於丁福保編《清詩話》：
　　　　台北・藝文印書館，1971。

融，密切相關，商隱〈二月二日〉、〈即日〉以樂景反襯詩人哀情、苦寫甘出，同樣達到情景交融之境界，並爲王船山「以樂景寫哀，以哀景寫樂，一倍感其哀樂」(《薑齋詩註・卷上・四》)之理論，提供了典型例證。又〈即日〉、〈野菊〉、〈柳〉，詩人皆以「以我觀物」、運用比興，使物皆著詩人之色彩，物我合一，亦是另一形式之情景交融。又如評〈漢南書事〉：「斯有麗情，不徒錦字」，亦是著眼於情景是否相應而評，可知李商隱詩，情致深蘊，爲其根本特徵，無論感時、抒懷、弔古、詠物或言情，皆滲透著詩人之眞情實感，具有一唱三嘆的韻味。

其次，基於情景交融之前提下，李商隱詩，以小景傳大景之神、優美中帶壯美之特色，亦爲船山所肯定。「艷詩別調」(評〈無題〉：重幃深下)、「既富詩情，亦有英雄之淚」(評〈一片〉)、「有飛雪回風之度」(評〈野菊〉)等，皆說明詩人寄寓之情思，遠超過所刻畫之小景小物本身所具有之意義。表面文字是精細、優美的，詩人之豪情壯志卻是遠大、壯美的。

又次，船山以爲李商隱詩之結句特出，除於評〈九成宮〉，直接取劉長卿與之相較，言其「一結收縱有權」外，評〈無題〉(照梁初有情)：「一氣不忤」，皆點出李商隱詩結句乃是經過千錘百煉，或傳達詩旨、或抒發抑鬱、或表達情思、或闡明理想，故其結句具有重要意義，並因此使「語盡而意不盡」，更能興發讀者對其詩之感悟，故於評語中特別言明。

最後，船山多選〈藥轉〉、〈一片〉、〈即日〉、〈無題〉此類歷來注解紛歧之作，可知船山對於李商隱詩，含蓄蘊藉、寓意深刻、富多義性、意象朦朧等特色，表示高度讚賞，或言：「大有宛折，但露鋒鋩」(評〈漢南書事〉)、或「愴時託賦，哀寄不言」(評〈一片〉)、或「平遠」(評〈贈別前蔚州契苾使君〉)。李商隱詩所包含之詩意，通常不只一個層面；又其詩歌常常不是直截了當地、明明白白地表達其情思，而是透過含蓄、曲折、隱晦之筆法，使詩歌帶有朦朧的效果，或

許詩人原來賦予詩歌之含義並不複雜，但由於表現手法比較曲折隱晦，以致讀者可以自不同角度去理解，從而得出多種解釋，作品不再只是作品本身，此爲船山所以欣賞其詩之關鍵處。

　　以上對王船山選評李商隱詩特色之歸納，後文將用以比較王船山選評李白、李賀詩特色，並對照船山理論批評著作《薑齋詩話》，探析船山選評三李詩之深層內涵。

第六章　王船山選評三李詩之內涵探析

　　由前文第三、四、五章，王船山對三李詩之選詩及評詩情形之析論，可得知船山選評三李詩，有相同之標準。首先，就思想內容而言，船山所選三李詩之主題，或詠史以諷刺，如李白之〈烏棲曲〉〔註1〕、〈登高丘而望遠海〉，李賀之〈金銅仙人辭漢歌〉、〈崑崙使者〉，李商隱之〈漢南書事〉、〈富平少侯〉；或詠物以自喻或自傷，如李白之〈夷則格上白鳩拂舞辭〉、〈謝公亭〉，李商隱之〈野菊〉、〈柳〉；或閨情以明志，如李白之〈烏夜啼〉、〈秋思〉、〈子夜吳歌·秋歌〉、〈長相思〉，李賀之〈後園鑿井〉，李商隱之〈無題〉（重幃深下）；或遊子離家懷鄉，如李白之〈太原早秋〉、〈渡荊門送別〉，李賀之〈秦宮詩並序〉，李商隱之〈二月二日〉、〈寫意〉等，以上屬於三李皆有創作者。此外，船山所選三李詩主題，亦有分屬三李獨有者，如船山選李白〈送張舍人之江東〉、〈灞陵行送別〉、〈送裴十八圖南歸嵩山二首其一〉等，以「贈別遣懷」為主題之詩，卻未選李賀、李商隱此一類詩；而李商隱之無題類詩，或寄身世之感，或陳不得志之悲，除直用「無題」為題

─────────────

〔註1〕本章所提及三李詩之原詩、船山評語之原文，詳見本論文第三、四、五章之第二節，本章不再詳引。

名外，亦有諸作雖有他名，實亦屬無題類，如〈即日〉、〈一片〉，爲李商隱獨有，船山選之，顯示船山選詩，重視可體現詩人獨創精神之作品。故探討船山實際批評，可同時掌握三李詩之異質與同構。

其次，就藝術手法而言，於船山所選三李詩中，皆可見三李典故運用能力，寫古人、用古事，輔以層出不窮之誇飾、想像、比興筆法，使詩歌託古諷今之意旨鮮明，如李白〈烏棲曲〉，以吳王、西施爲題材，想像吳王宴飮恣慾之情狀，與玄宗寵幸楊貴妃暗合，使詩歌之解讀層面開展，諷刺意味濃厚；李賀〈金銅仙人辭漢歌〉，以漢武帝所造之金銅仙人爲主要描述對象，想像金銅仙人爲魏明帝遷至魏宮時之情景，「金銅仙人」即具多角度之比興意義，不但是李賀自比，亦是對唐玄宗迷信求長生之諷刺，由漢至魏之轉折，更是唐國祚將亡之哀嘆；李商隱〈一片〉，「非烟」、「九枝」、「蓬巒」、「雲旗」、「天泉」、「龍吟」等，幾乎全首用典，詩人以想像筆法結合各典故史實，使其融爲一體，創造出詩人欲表現之種種意境，既虛又實，展現其高超之藝術手法。

最後，三李乃現實主義、浪漫主義兼具之詩人，自詩歌之內容與深意而論，是現實主義；自詩歌之筆法與情思而論，是浪漫主義。儘管三人精神上承受著苦悶的重壓，他們並未因此放棄對理想之追求，詩中仍貫注豪邁慷慨之情懷；作品或以遊仙詩呈現，或以妖鬼幻境呈現，或以艷體詩、宮體詩呈現，實是爲與現實世界之苦痛作對比，一方面反襯現實，一方面寬慰自己，使自己得以自詩歌中，宣洩愁怨，而得到堅持理念之動力，此乃另一種層面之浪漫主義，即「明知不可爲而爲之」之情懷。同時使詩歌關合現實政治意味濃厚，既是敘事、又是議論、又是抒情，此當然是現實主義之表現。

三李皆是倍受爭議之詩人，詩歌歷來毀譽參半〔註2〕，又皆有顯

〔註2〕有關歷代對三李之評價，本論文第三章第一節「李白生平與其詩歷代接受情形」（頁 48～53）、第四章第一節「李賀生平與其詩歷代接受情形」（頁 131～136）、第五章第一節「李商隱生平與其詩歷代接受

著之個人特色，如李白之「仙氣」，李賀之「鬼氣」、李商隱「謎氣」，船山卻對三人讚譽有加，可知「現實主義、浪漫主義融合」，乃船山論詩之準則。以下分別將船山對三李之肯定，與船山詩學形成之背景、船山理論批評──《薑齋詩話》、船山其他實際批評相印證，從而探析船山選評三李詩之內涵。

第一節　對應船山詩學形成之背景

　　本論文第二章〈王船山詩學之形成背景〉，已將船山詩論與時代詩風、其個人哲學、易學、儒學背景相聯繫。以下茲分成三部分，論述船山選評三李詩與其詩學形成背景之關係：

一、就門庭、門派、門法而論

　　王船山認爲自漢末建安至明末，由於建立門庭，使詩風日趨於下。《薑齋詩話》：

> 建立門庭，自建安始。曹子建鋪排整飾，立階級以賺人升堂，用此致諸趨赴之客，容易成名，伸紙揮毫，雷同一律。子桓精思逸韻，以絕人攀躋，故人不樂從，反爲所掩。子建以是壓倒阿兄，奪其名譽。實則子桓天才駿發，豈子建所能壓倒耶？故嗣是而興者，如郭景純、阮嗣宗、謝客、陶公，乃至左太沖、張景陽，皆不屑染指建安之羹鼎，視子建蔑如矣。〔註3〕

明末政治集團、宗派及文學集團、宗派林立，黨同伐異，致使國運衰微、文學發展遲緩、停滯。加以各門派多標榜某一特定之寫作方式作爲其特色，其結果便是造成文壇、詩壇由某一極端走向另一極端，或以某一種形式主義取代另一種形式主義之情形，故《薑齋詩話・卷下・

情形」（頁 156～161），有專節論述，此處不再贅述。

〔註 3〕語見王夫之《薑齋詩話・卷下・三十》：收錄於丁福保編《清詩話》：台北・藝文印書館，1965 年，頁 16。本章以下所引《薑齋詩話》皆爲此一版本，故後文不再贅述。

三四》言：

> 立門庭者必餖飣，非餖飣不可以立門庭。蓋心靈人所自有
> 而不相貸，無從開方便法門，任陋人支借也。人譏「西崑
> 體」爲獺祭魚，蘇子瞻、黃魯直亦獺耳！彼所祭者，肥油
> 江豚；此所祭者，吹沙跳浪之鱨鯊也。除卻書本子，則更
> 無詩。如劉彥昺詩：「山圍曉氣蟠龍虎，台枕東風憶鳳凰。」
> 貝廷琚詩：「別語兒溪上宅，月當二十四回新。」「如何萬
> 國尚戎馬，只恐四鄰無故人。」用事不用事，總以曲寫心
> 靈，動人興、觀、群、怨，卻使陋人無從支借；唯其不可
> 支借，故無有推建門庭者，而獨起四百年之衰。〔註4〕

因此王船山對門庭、門派極爲反感，以匡正詩風爲己任，認爲唯有反
門庭、反門派、反門法，文壇、詩壇方能「起四百年之衰」。船山給
予三李詩正面評價，正可與此相呼應，李白所處之盛唐，爲律體成熟、
發展至極點之時期，李白創作，卻以樂府、古詩爲多；李賀所處之中
唐，受杜甫影響，受元、白新樂府運動影響，多社會寫實諷諭詩，多
直抒所感、直陳諫言，李賀樂府作品一反常態，眞摯而含蓄，深刻而
有味；李商隱所處之晚唐，詩風走向精雕細琢，講求用典、用事，趨
向齊、梁、初唐之華艷無實，李商隱詩句雖麗、用典亦多，然卻皆蘊
含詩人情思，與時風不同。三人皆能不盲從時風，甚而自創詩風，非
「支借」自他人，與前後七子、公安、竟陵，截然不同，船山肯定之，
以顯示出對明末詩風之批判。

據此，船山對「死法」極爲不滿：

> 起承轉收，一法也。試取初盛唐律驗之，誰必株守此法者？
> 法莫要於成章；立此四法，則不成章矣。且道「盧家少婦」
> 一詩作何解？是何章法？又如「火樹銀花合」，渾然一氣；
> 「亦知戍不返」，曲折無端。〔註5〕

「起承轉合」歷來被視爲傳統詩文創作之法則，船山卻舉數首被稱許

〔註4〕語見王夫之《薑齋詩話・卷下・三四》：頁17。
〔註5〕語見王夫之《薑齋詩話・卷下・三八》：頁18。

爲佳作之詩篇爲例，說明佳作不盡然必得符合傳統「起承轉合」之結構要求，所謂詩法當爲輔助詩之成而設，然一味要求詩必符合四法，則舉天下之詩皆一也，故謂不成章，即無詩也，進一步而論，只要創作者之情意發展過程與四法同，則符合四法之作亦爲佳作。是以肯定三李詩之另一層意涵，即在於以三李繼承古樂府、古詩而又創新，對比前後七子以擬古爲復古，死守古法。體古而調新、格高，方爲船山主張之「繼承」意義。

　　船山對創立詩法、詩式之皎然，指責激切，《薑齋詩話》：

　　　　詩之有皎然、虞伯生，經義之有茅鹿門、湯賓尹、袁了凡，
　　　　皆畫地成牢以陷人者，有死法也。死法之立，總緣識量狹
　　　　小。

並將中唐以後詩歌創作之問題：「中唐之病在謀句而不謀篇，琢字而不琢句，以故神情離脫者，往往有之。」〔註6〕，歸咎於皎然《唐詩評選・卷三・評僧靈徹》：

　　　　所惡者不自料量，以其藕絲之力，妄欲縛人，如皎然老髡
　　　　以「扣門無犬吠，欲去問西家」之才，輒敢立《詩式》以
　　　　束天下鬚眉丈夫。

船山不喜中晚唐詩，選評中晚唐作家作品數量少，此亦原因之一。與此相對，亦可反過來推知船山選評李賀、李商隱詩歌，在於二人未受皎然詩法諸說之影響。

二、就船山「詩史說」而論

　　船山「詩史說」，強調者詩歌具有其獨特之審美特徵及藝術本質，故雖有「詠史詩」卻不可與「史」相混淆，詠史詩既無「以詩證史」之作用，亦無「以詩補史」之功能：

　　　　詩有敘事、敘語者，較史尤不易。史才固以隱括生色，而
　　　　從實著筆自易；詩則即事生情，即語繪狀，一用史法，則

〔註6〕語見王夫之著、王學太校點《唐詩評選・卷三・錢起〈早下江寧〉評
　　　語》：北京・文化藝術出版社，1997年，頁119。

> 相感不在永言和聲之中，詩道廢矣。〔註7〕

史作雖以敷陳記敘爲主，然對史實仍有所選擇，非事事皆錄，但所錄皆爲確實發生之事，不帶記錄者心中之感情色彩；詩歌創作雖亦有敘事，仍卻是「即事生情、即語繪狀」，文字間已透露作者主觀之情感，兩者之不同甚是鮮明，史作「貴事實而輕情思」、詩歌「貴情思而輕事實」。

船山所選評之三李詩，詠史詩爲數不少，其選評李白〈登高丘而望遠海〉：

> 後人稱杜陵爲詩史，乃不知此九十一字中有一部開元天寶本紀在內。俗子非出像則不省，幾欲賣陳壽〈三國志〉以雇說書人打匾鼓說赤壁鏖兵。可悲可笑，大都如此。

選評李白〈蘇武〉亦言：

> 詠史詩以史爲詠，正當於唱嘆寫神理，聽聞者之生其哀樂。
> 一加論贊，則不復有詩用，何況其體？

船山並不排斥詩歌創作以史實爲題材，但創作者能否化用史實，能否敘寫史實之神理，能否從而唱嘆出本身之情思，使讀者可自其詩歌中生發哀樂，方爲船山所肯定之詠史詩。三李詠史詩，將史實、典故、傳說重新排列組合，並運用誇飾、想像等種種藝術手法，賦予史實新的意義，使讀者透視「史實」之神理、詩人之情意，乃船山所以選三李諸多詠史詩，並予以極高評價之因。自其選評李賀〈金銅仙人辭漢歌〉：「奇意好，不無稚子氣，而神駿已千里矣。」、選評李商隱〈漢南書事〉：「大有宛折，但露鋒鋩。」，皆可得知，同時亦可與其「詩史說」相爲表裡。

三、就復興儒家詩教而論

前文已論述船山之儒學背景與淵源深厚，因此畢生遵循儒家思想、儒家詩教，主張「詩以情爲主」之同時，又強調「詩貴有益於

〔註7〕語見王夫之著、張國星校點《古詩評選·卷四·〈古詩十九首·上山采蘼蕪〉評語》：北京·文化藝術出版社，1997年，頁145～146。

世」，詩歌應該表達普天下人們「哀樂」之情，而反對表現一己之私情，故曰：「導天下以廣心，而不奔注於一情之發。」〔註8〕。此外，詩歌表達情感之方式，亦須合乎儒家傳統詩教之「溫柔敦厚」與「含蓄蘊藉」。

　　船山選評三李詩，體現其儒家立場，如選評李白〈送裴十八圖南歸嵩山二首其一〉：「只寫送別事，託體高，著筆平。」，詩人借送別友人，指言時政，抒發感懷，以己之情思為起點，終點卻導向大我之希冀。又如選評李賀〈崑崙使者〉：「此以刺唐諸帝餌丹暴亡者。」、「長吉於諷刺，直以聲情動古今」，船山明述此詩結合現實政治，具有深刻之寓意，同時又具有溫柔敦厚之語調。再如選評李商隱〈一片〉：「愴時託賦，哀寄不言。」，在曲折婉轉中，寄託情懷，表面上為詩人自身之感受，卻可解為諷刺武宗求仙淫樂、不恤國事。以上諸作三李皆將小我之情感昇華為大我之情感，因而受到船山之正面評價。

第二節　對應其理論批評

　　以下將船山選評三李詩，對應其理論批評著作——《薑齋詩話》，分別自詩歌本質論、詩歌創作論、詩歌鑑賞論三方面切入，以探究船山實際選評三李詩，與其理論批評之間，是否一致、統一。

一、詩歌本質論

　　此處所言之「詩歌本質」，自廣義而言，指船山對詩歌此一文體之本質認識；自狹義而言，則可細分為船山理想中「樂府詩」、「古詩」、「律詩」之本質。

（一）詩主性情、詩道性情、詩以意為主

　　王船山強調詩歌之抒情性，認為作者若沒有真摯之情感，則無法成佳作、甚至無法成詩。《古詩評選・卷四・評李陵〈與蘇武詩〉》：

〔註8〕語見王夫之《船山全集・第三冊》：台北・力行書局，1965 年。

詩以道情,「道」之爲言「路」也。詩之所至,情無不至;
情之所至,詩以之至。一尊路委蛇,一拔木通道也。〔註9〕

然此「眞情」當有所限制,凡著眼於「私意」、「小欲」之情,即便是
「眞情」亦不宜作爲詩歌之主體。而李賀詩之情,雖出其自身之遭,
然李賀已將個人之不遇投射至歷史洪流中,希望藉此抒發其忠君愛國
之情,王船山既以傳統儒家詩教爲依歸,則揭露朝廷弊端、社會黑暗,
文學家責無旁貸,故對李賀詩寓意之深,極爲欣賞。

　　與「情」相聯繫者爲「意」,故王船山認爲「意」於詩中亦相當
重要,且爲區別大家、小家之指標:

無論詩歌與長行文字,俱以意爲主。意猶帥也。無帥之
兵,謂之烏合。李、杜所以稱大家者,無意之詩,十不
得一二也。煙雲泉石,花鳥苔林,金鋪錦帳,寓意則靈。
若齊、梁綺語,宋人搏合成句之出處,役心向彼掇索,
而不恤己情之所處發,此之謂小家數,總在圈繢中求活
計也。〔註10〕

「意」指作品所內涵之意蘊,故凡大家之作皆有意。又此意既存於作
品誕生之前,經過作者內化,化爲文字則意又存於文字之外,故又言:
「意在言先,亦在言後,從容涵泳,自然生其氣象。」〔註11〕,船山
於實際選評三李詩,亦可見其對「意」之重視,如評李白〈北風行〉:
「前無含,後亦不應,忽然及此,則雖道閫人,知其自道所感。」,
由「知其自道所感」可知,李白此詩乃抒發情思,且有「意」貫串其
間、評〈古風其三十七〉(燕臣昔慟哭):「意至詞平,不害其直。」,
則直述詩中「意」已至。評李賀〈後園鑿井〉:「悼亡詩,託詞不覺,
乃於意隱者,於言必顯,如此方不入魔。」,借景物意象之選擇、語
言文字之敘述,呈現詩人之「意」。評李商隱〈藥轉〉:「義山詩寓意

〔註 9〕語見王夫之著、張國星校點《古詩評選‧卷四‧李陵〈與蘇武詩三首
　　　之一〉評語》:北京‧文化藝術出版社,1997 年,頁 149。
〔註10〕語見王夫之《薑齋詩話‧卷下‧二》:頁 8。
〔註11〕語見王夫之《薑齋詩話‧卷上‧三》:頁 4。

俱遠。」，即概括詩人詩歌創作含「意」之特色。

（二）樂府、古詩、律詩本色論

「重本色」，為明代唐宋派之論文主張，針對明代前後七子徒效古人文辭，不得古人之道而言，故唐順之於〈答茅鹿門知縣第二書〉提出了「文字工拙在心源之說」：

> 只就文章家論之，雖其繩墨佈置奇正轉折，自有專門師法，至於中一段精神命脈骨髓，則非洗滌心源，獨立物表，具今古只眼者，不足以與此。今有兩人：其一人心地超然，所謂具千古只眼人也，即使未嘗操紙筆呻吟學為文章，但直抒胸臆，信手寫來，如寫家書，雖或疏鹵，然絕無煙火酸餡習氣，便是宇宙一樣絕好文字；其一人猶然塵中人也，雖其專專學為文章，其於所謂繩墨佈置則盡是矣，然翻來覆去不過是這幾句婆子舌頭語，索其所謂真精神與千古不可磨滅之見，絕無有也，則文雖工而不免為下格。此文章本色也。〔註12〕

「唐順之是王學左派，論學以天機為宗，而論文也就主張隨意流露，不拘泥於法。」〔註13〕，故要求作者要有獨特之思想見解，不落於俗套，與李、何等以擬古為復古之觀點歧出。文中所言「洗滌心源」或「心地超然」等等，意味著擺脫束縛，力求思想感情之自然流露。於〈與洪方洲書〉又說：

> 近來覺得詩文一事，只是直寫胸臆，如諺語所謂開口見喉嚨者，使後人讀之，如真見其面目，瑜瑕俱不容掩，所謂本色。此為上乘文字。〔註14〕

故其所謂之「本色」，強調「真」，要求「直抒胸臆，信手寫出」，合於此者，不論秦漢之文或唐宋之詩，皆是「本色」，皆是「上乘」。

〔註12〕語見明・唐順之《荊川先生文集》：台北・臺灣商務印書館，1967年。
〔註13〕語見郭紹虞《中國文學批評史・唐宋派文論》：台北・五南書局，1994，頁333。
〔註14〕語見明・唐順之《荊川先生文集・卷七》：台北・臺灣商務印書館，1967年。

　　船山吸取唐順之主張，用於論詩，擴大「本色」之意涵，一指作家之「本色」，即作家之真情；二指作品之「本色」，包括詩中景物之真，詩體獨具之風格。其論樂府、古詩：

> 古詩無定體，似可任筆為之，不知自有天然不可越之矩矱。故李於鱗謂：唐無五古詩，言亦近是；無即不無，但百不得一二而已。所謂矩矱者，意不枝，詞不蕩，曲折而無痕，戍削而不競之謂。若於鱗所云無古詩，又唯無其形埒字句與其粗豪之氣耳。不爾，則「子房未虎嘯」及〈玉華宮〉二詩，乃李、杜集中霸氣滅盡，和平溫厚之意者，何以獨入其選中？〔註15〕

船山反駁李攀龍一派所言：「唐無五言古詩」，認為李派因不明古詩之本質，故不知唐有古詩。而古詩之本色，實是「意不枝」、「詞不蕩」、「曲折無痕」、「戍削不競」，得以體會「和平溫厚」、「含精吐微」之作。船山肯定李白五古之作，可與此論相參看。又：

> 一詩止於一時一事，自〈十九首〉至陶、謝皆然。……要以從旁追敘，非言情之章也。為歌行則合，五言固不宜爾。
>
> 〔註16〕

可知船山主張五言古詩，以抒情為尚；樂府歌行，方能用之敘事，然就船山：「太白胸中浩渺之致，漢人皆有之，特以微言點出，包舉自宏。」〔註17〕之論，可知其賦予樂府歌行之本色，仍是以「微言」點出「浩渺之致」，抒情為要。

　　至於律詩一體，船山以為創作者，必須不受格律、章法所圍，不因「法」影響「情景」之展現，以詩人本色、詩歌本色為依歸，方是律詩佳作，如其評李白〈送儲邕之武昌〉：「胸中無排律之名也」。

　　船山之所以如此定義樂府歌行、古詩、律詩之本色，與體裁演變過程有關：

〔註15〕語見王夫之《薑齋詩話・卷下・九》：頁9～10。
〔註16〕語見王夫之《薑齋詩話・卷下・八》：頁9。
〔註17〕語見王夫之《薑齋詩話・卷下・十一》：頁10。

> 五言絕句自五言古詩來，七言絕句自歌行來，此二體本在
> 律詩之前；律詩從此出，演令充早日暢耳。有云：絕句者，
> 截取律詩一半，或絕前四句，或絕後四句，或絕首尾各二
> 句，或絕中兩聯。審爾，斷頭刖足，爲刑人而已。不知誰
> 作此說，戕人生理？自五言古詩來者，就一意中圓淨成章，
> 字外含遠神，以使人思；自歌行來者，就一氣中駘宕靈通，
> 句中有餘韻，以感人情。脩短雖殊，而不可雜冗滯累則一
> 也。〔註18〕

船山以爲樂府歌行、古詩早於絕句，絕句又早於律詩，是以律詩須得
絕句之神，絕句又須得樂府歌行、古詩之神。而樂府歌行、古詩之神，
又不外乎「一氣靈通」、「句中有餘韻」及「一意成章」、「字外含遠神」。
故「本色」成爲船山選評三李詩中常用之批評術語及標準，如評李白
〈侍從宜春苑奉詔賦龍池柳色初青聽新鶯百囀歌〉：

> 兩層重敍，供奉於是亦且入時，虧他以光響合成一片，到
> 頭本色。

評〈金陵酒肆留別〉：

> 供奉一味本色，詩則如此，在歌行誠爲大宗。

評〈太原早秋〉：

> 其本色詩則自在景雲神龍之上，非天寶諸公可至，能揀者
> 當自知之。

評李商隱〈野菊〉：

> 有飛雪回風之度，《錦瑟集》中賴以此以傳本色。

船山所言之「本色」，既指詩人以親身體驗、個人感悟爲創作基礎，
出於眞切觀察、無復依傍之作品，又指符合各詩體本質要求之作品。
船山認爲三李詩兼備二層次，其一，乃詩人之整體詩風有個人「本
色」，如李商隱之《錦瑟集》；其二，分體而觀，不論是樂府歌行體、
古詩體、律詩體，皆體現船山理論批評中，各體所應呈現之「本色」，
如李白之〈金陵酒肆留別〉，即合乎船山對歌行本色之要求。

〔註18〕語見王夫之《薑齋詩話・卷下・四三》：頁 19～20。

二、詩歌創作論

詩歌創作過程，不外乎作者感物起情，即作者與宇宙社會之聯結；而後化爲文字，即作者與作品之聯結；最後爲讀者閱讀作品，從中體悟作者之思想感情。以下即自此三方面論述船山之觀點，及與船山評三李之關係。

（一）就宇宙社會與作者之關係而論：即景會心、感物起情

船山予以三李詩極高之評價，與「情景交融」此一標準密切相關，雖然其理論批評中並未明確提及「情景交融」一詞，但由許多其他關於「情」、「景」之論述，可知「情」、「景」二者乃密不可分，如：

> 景中生情，情中含景，故曰：景者情之景，情者景之情也。
> 〔註19〕

> 情景名爲二，而實不可離，神於詩者，妙合無垠。〔註20〕

> 「池塘生春草」，「蝴蝶飛南園」，「明月照積雪」，皆心中目中與相融浹，一時語出，即得珠圓玉潤，要亦各視其所懷來而與景相迎者也。〔註21〕

「情」與「景」本是分立之二事，船山卻將二者合併論述，認爲二者「實不可離」、「心中目中與相融浹」，將二者視爲一整體，故言其「情景說」或「論詩的境界」以「情景交融」爲上勝。

既然船山如此重視創作中「情」和「景」之問題，因此船山進而提出如何使二者之關係，與其「情以景生」、「景以情合」之理想相合，首先便是要「即景會心」或「興會標舉」，即是在創作的過程中須由心目相取處得景、得情、得句。於《唐詩評選》中評張子容詩〈泛永嘉江日暮回舟〉云：

〔註19〕語見王夫之著、王學太校點《唐詩評選‧卷四》評岑參〈首春渭西郊行呈藍田張二主簿〉：文化藝術出版社，1997年，頁96。
〔註20〕語見王夫之《薑齋詩話‧卷下‧十四》：頁11。
〔註21〕語見王夫之《薑齋詩話‧卷下‧四》：頁8。

只於心目相取處得景得句，乃爲朝氣，乃爲神筆。景盡意止，意盡言息，必不強括狂搜，捨有而尋無。在章成章，在句成句。文章之道，音樂之理，盡於斯矣。〔註22〕

而「即景會心」明確提出，則見於《薑齋詩話》：

「僧敲月下門」，只是妄想揣摩，如說他人夢，縱令形容酷似，何嘗毫髮關心？知然者，以其沉吟「推敲」二字，就他作想也。若即景會心，則或推或敲，必居其一，因景因情，自然靈妙，何勞擬議哉？「長河落日圓」，初無定景。

「隔水問樵夫」，初非想得。則禪家所謂現量也。〔註23〕

「僧敲月下門」，爲賈島〈題李凝幽居〉〔註24〕其中一句，王船山此處以之作爲反例，說明不合「景眞、事眞、情眞」之作品，無法動人。賈島此詩之成乃透過「妄想揣摩」，其於冥想中忽得句「鳥宿池邊樹，僧敲月下門」，初在「敲」月下門或「推」月下門之間，賈島猶豫不決，「推敲入神」迎面撞上韓愈之儀仗隊，賈島便向韓愈說明原由，韓愈立馬佇足，深思良久言：「作敲字佳矣！」〔註25〕雖然作品凸出了敲門聲驚動了宿鳥之瞬間，用以刻畫環境之幽靜，達成響中寓靜之藝術效果，但王船山不贊同此類藝術創作之過程，其認爲倘若藝術創作離開了經由眞實、具體情境而興發、感發，反著重於用字、成法，作品無法自然而生動，稱不上佳作。

由此反例，帶出其「即景會心」的藝術直覺理論，由其「因景因情」一句可知「即景」是直觀景物，指詩人對事物外在形態的直接觀照；「會心」是由直接觀照而心神領會，指詩人已將事物外在形態內化，與主體之情相結合；因此「即景會心」便是在直觀景物的一瞬間，

〔註22〕語見王夫之評選、王學太校點《唐詩評選・卷三・張子容〈泛永嘉江日暮回舟〉評語》：北京・文化藝術出版社，1997年，頁96。
〔註23〕語見王夫之《薑齋詩話・卷下・五》：頁9。
〔註24〕賈島〈題李凝幽居〉：「閑居少鄰並，草徑入荒園。鳥宿池邊樹，僧敲月下門。過橋分野色，移石動雲根。暫去還來此，幽期不負言。」
〔註25〕見胡仔《苕溪漁隱叢話・卷十九・引劉公嘉話錄》：台北・商務印書館，1968年。

景生情，情寓景，實現了形態與意味、形與神、感情與理性的完整的同時的統一〔註26〕。

至於「興會標舉」道理亦同，可視為「即景會心」的旁證外，《明詩評選》評袁凱詩〈春日溪上書懷〉：

> 一用興會標舉成詩，自然情景俱到。恃情景者，不能得情
> 景也〔註27〕。

同書中評見瓊詩〈寓翠岩庵〉：

> 迎頭入景，宛折盡情，興起意生，意盡言止，四十字打成
> 一片〔註28〕。

船山極力主張寫眼前所見之景，則何以反對賈島「妄想擬議」之創作過程，不待言亦明矣。

王船山以「現量」概括「即景會心」、「興會標舉」，並於《相宗絡索·三量》解釋「現量」：

> 「現量」，「現」者，有現在義，有現成義，有顯現真實義。
> 現在，不緣過去作影；現成，一觸即覺，不假思量計較；
> 顯現真實，乃彼之體性本自如此，顯現無疑，不參虛妄。
>
> 〔註29〕

「現在」，強調「即景會心」不依賴過去的印象，是當下眼前直接感官所得；「現成」，強調「即景會心」是在心物交感的剎那間即對外在物態的深刻了解，並且隨即能和自己的感情相對應，不需比較、推理、歸納、演繹等理性思維或抽象思維活動的加入。「顯現真實」，強調「即景會心」不僅是對事物表面的觀察，而且也是對事物內在「體性」、「實相」的把握，即從觀察外物的具體形象出發，終點除了呈現外物的真

〔註26〕 參考童慶炳《中國古代心理詩學與美學》「剎那間的直接把握」一章：
台北·萬卷樓圖書公司，1994 年，頁 78。

〔註27〕 語見王夫之評選、陳新校點《明詩評選·卷六·袁凱〈春日溪上書
懷〉》：北京·文化藝術出版社。

〔註28〕 語見王夫之評選、陳新校點《明詩評選·卷五·見瓊〈寓翠岩庵〉
評語》：北京·文化藝術出版社。

〔註29〕 見《船山全書·第十三冊》：嶽麓書社，1996 年。

實形象外，也呈現創作者本身內在的眞實情感。

試舉船山選評三李作品爲證，評李白〈烏夜啼〉：

> 只於烏啼上生情，更不復於情上佈景興賦，乃以不亂。直
> 敍中自生色有餘。不資爐冶，寶光爛然。

全詩由「烏啼」而起情，發展皆順此而下，非有意造景、造人、造事，具體、生動展現思婦之形象，不特意著墨，卻寓意鮮明，此即爲船山所主張之「情景妙合無垠」。又其選之李商隱〈二月二日〉，以景始，以景終，極寫春光爛漫，愈發凸顯詩人悲苦之情，因詩人確實經歷「即景會心」、「感物起情」之過程，故雖寫樂景，卻讓人更感受哀情，亦與船山所言：「以樂景寫哀，以哀景寫樂，一倍增其哀樂。」〔註30〕相呼應。船山評之：「何所不如杜陵？」以駁斥歷代僅視此詩爲「摹擬」之說，反面予以肯定。

（二）就作者本身而言：天才獨創、身歷目見

船山重視作者之「才」，以爲三李皆有才。周汝昌有「三李皆有才，只是才之意義不同」之論：

> （三李）在「才」的共同點之下，又各有特點。依我看來，
> 太白是才氣，長吉是才思，玉谿是才情加才調。其間當然
> 互有「串聯」，但大體而觀其表現，可以如此區別。〔註31〕

自太白詩之氣勢，而言其「才氣」，非他人可模擬；自長吉傾注生命於創造，而言其「才思」，亦因有「才」而「思」，故與同時代賈島等苦吟派詩人不同；自玉谿詩之清麗與濃情，而言其「才調」、「才情」。三人有所承，卻又不得一概而論，足見三李之異質與同構。船山重「才」，重個人特色，與其反對模擬因襲之創作方式有關。其評李白〈把酒問月〉：「於古今爲創調」，並以爲此乃詩歌創作之本質；又評李商隱〈柳〉（江南江北雪初銷）：「〈柳枝詞〉演作律詩，倍爲高唱」，

〔註30〕語見王夫之《薑齋詩話‧卷上‧四》：頁4。
〔註31〕語見初旭、宋緒連主編《三李詩鑑賞辭典‧周汝昌序》：長春‧吉林文史出版社，1992年，頁2。

〈柳枝詞〉本是樂府曲名，義山變之為律詩體，船山即對其創新，給予「倍為高唱」之肯定。可知船山對「獨創」精神之重視，亦反映於其選評三李詩歌上。

此外，作者感物起興與否，亦為船山肯定或否定其作品之主因：

> 興在有意無意之間，比亦不容雕刻；關情者景，自與情相為珀芥也。情景雖有在心在物之分，而景生情，情生景，哀樂之觸，榮悴之迎，互藏其宅。天情物理，可哀而可樂，用之無窮，流而不滯，窮且滯者不知爾。〔註32〕

此處之「興」，即劉勰《文心雕龍》所述：「興者，起也。」、「起情者，以微以擬議。起情故興體以立。」〔註33〕，「興」是起興，託物起興，憑藉含意隱微的事物來寄託情意。又：「觀夫興之託喻，婉而成章，稱名也小，取類也大。」，進而說明「興」之「託物喻意」，所託之景或物雖小、雖細，含意卻很大、很廣，而使作品情思之表述婉轉含蓄。因而船山又云：「善學詩者，何必有所規畫以取材？」〔註34〕，以疑問句式，否定作詩先規畫詞句、對偶、題名，而後刻意選擇相應之景物進行描繪。反之，應以「身之所歷」、「目之所見」為主，即：「身之所歷，目之所見，是鐵門限。」〔註35〕，三李詩中，比興迭出，船山當然贊同之。

感物起興之必然結果，為作品「神理兼備」：

> 以神理相取，在遠近之間，才著手便煞，一放手又飄忽去，如「物在人亡無見期」，捉煞了也。〔註36〕

「神」，指景物之神態；「理」，指詩人之情思；「相取」，言二者合而為一。不但原本具體之景物形狀，明白可感，詩人抽象之情思，亦通過景物，化為具體，故景物忽遠忽近，忽實忽虛，使讀者不僅關注物

〔註32〕語見王夫之《薑齋詩話・卷上・十六》：頁6～7。
〔註33〕語見梁・劉勰《文心雕龍・比興第三十六》：台北・臺灣商務印書館，1965年。
〔註34〕語見王夫之《薑齋詩話・卷上・十五》：頁6。
〔註35〕語見王夫之《薑齋詩話・卷下・七》：頁9。
〔註36〕語見王夫之《薑齋詩話・卷下・十一》：頁10。

象，更能體會情意。可以掌握的似物又似情，非物又非情，作品之美感層次更高，三李詩便給予讀者此等美之饗宴，故船山予以「須捉著」、「興比超忽」之形象評語。

（三）就作品本身而言：以意為主、含蓄蘊藉

船山一方面認為詩歌、詩意，若沒有通過語言文字，則無從展現，因此肯定語言文字之價值，論詩亦講求用字的精準及文字聲律的和諧；但在另外一方面，又認為如果詩意受限於語言文字聲韻，則會大大降低了作品之美感，因此亦不主張過份雕琢。統合二要求，船山認為詩情、詩意的表現，必須由語言文字入手，但應該充分把握文字的暗示性，用之傳達作品無限之內涵。正如同其評《毛詩·芣苢》時言：「『采采芣苢』，意在言先，亦在言後，從容涵詠，自然生其氣象。」〔註37〕

船山論詩之創作，重在心目相接處，心有所感，意境逐漸形成，然後通過語言文字，使之展現，故又極力反對先立定題目，而後寫詩，因而有言：「把定一題，一人、一事、一物，於上求形模，求比似，求詞采，求故實，如鈍斧子劈櫟柞，皮屑紛霏，何嘗動得一絲紋理？」〔註38〕，形模、比似、詞采、故實，皆以達「意」為目的，不可本末倒置。

既言「詩道性情」，又要求作者感物起情、託物喻意，故成「含蓄蘊藉」之表情方式，走向儒家「溫柔敦厚」之傳統詩教。主張詩情渾然天成，諷刺以不著痕跡為上。故三李以託古諷今、比興起情之手法所創作之詩歌，為船山理想之社會寫實詩。杜甫、元稹、白居易、韓愈之社會寫實諷刺詩，之所以遭致王船山嚴厲之批評，乃因其以「直露直促」之方式表達。故王船山並非否定杜甫等人於文學史上之地位，亦非反對社會寫實詩，而是仍以符合詩之藝術特徵及儒家傳統詩

〔註37〕語見王夫之《薑齋詩話·卷上·三》：頁4。
〔註38〕語見王夫之《薑齋詩話·卷下·三》：頁8。

教爲首要要求。基於此，王船山主張「詩」與「史」之體制、本質、書寫方式均不同，不可混爲一談，反對杜甫「詩史說」：

> 「賜名大國虢與秦」，與「美孟姜矣」、「美孟弋矣」、「美孟庸矣」一轍，古有不諱之言也，乃國風之怨而誹，直而絞者也。夫子存而不刪，以見衛之政散民離，人誣其上；而子美以得「詩史」之譽。夫詩之不可以史爲，若口與目之不相爲代也，久矣。〔註39〕

但王船山所主張之「含蓄蘊藉」與「比附影射」又有所不同，「含蓄蘊藉」所得之諷刺是明確的，「比附影射」所得主旨則是隱蔽的，既隱蔽則失去諷刺之意義。觀李賀五詩，雖然諷刺對象、事件爲何，無法明確得知，然所描述之意象卻是具體、生動、鮮明的。又透過恰當之聲樂表露情思，諷刺之旨得以自然彰顯，感動人心之力道，亦得以強化，此點可聯繫船山對詩樂關係之闡述：

> 《樂記》云：「凡音之起，從人心生也。」固當以穆耳協心爲音律之準。「一三五不論，二四六分明」之說，不可恃爲典要。「昔聞洞庭水」，「聞」、「庭」二字俱平，正爾振起。若「今上岳陽樓」易第三字爲平聲，云「今上巴陵樓」，則語蹇而戾於聽矣。〔註40〕

雖然詩歌創作有其韻律規定，然過分講究韻律，非但無法成佳作，反而損害內容情意之表現，因此「穆耳協心」，即「聲」與「情」之統一，應置於一切韻律規定之上，如此詩歌方能動聽，結合情意，始能動人。進而以此角度評說詩歌，如評李賀〈崑崙使者〉：「直以聲情動古今。」、評李商隱〈柳〉（江南江北雪初銷）：「倍爲高唱。」，其中「聲情」、「高唱」，皆與船山對音樂美之重視有關，三李詩歌，除融情景爲一體，更完成、體現船山聲情合一、詩樂一理之詩學理念。

船山又重視文學作品「象外之象」、「味外之味」：

> 知「池塘生春草」、「蝴蝶飛南園」之妙，則知「楊柳依依」、

〔註39〕語見王夫之《薑齋詩話・卷上・十二》：頁6。
〔註40〕語見王夫之《薑齋詩話・卷下・二十》：頁12～13。

「零雨其濛」之聖於詩；司空表聖所謂「規以象外，得之
圜中」者也。〔註41〕

所舉詩句，僅是詩人將即目所見之景物，化作文字，平易卻近人，所
描繪之景物，是每位讀者皆可想見的，故讀者進一步，可以透過景物
遙想詩人見此景之感受。雖不精細，卻巧妙，因烘托出詩人真切、豐
富之情思。其評李白〈長相思〉：「題中偏不欲顯，象外偏令有餘。」，
評李商隱〈贈別前蔚州契苾使君〉：「平遠」，其中之意涵，具出於此
一觀點。

是以船山評詩，注重「結句」：

句絕而語不絕，韻變而意不變，此詩家必不容昧之幾。「天
命玄鳥，降而生商。」降者，玄鳥降也，句可絕而語未終
也。〔註42〕

三李結句受船山喜愛，如李白〈烏棲曲〉，突破傳統〈烏棲曲〉偶句
收結之形式，變偶為奇，以一句「東方漸高奈樂何」，戛然收束，船
山評之：「蠆尾銀鉤，結構特妙。」，所謂「銀鉤蠆尾」，即指書法中
之趯法如銀鉤般的遒勁有力，同時增強詩末對荒淫者之諷刺力度；評
〈渡荊門送別〉：「結二語得象外於圜中」，則明述此詩意生詩外、意
生象外；評李賀〈秦宮詩並序〉：「末又以二艷細語結，如此生者，乃
可與微言。」，雖不似李白之結，強而有力，卻亦能有「微言」之效，
是以船山特點出之；評李商隱〈九成宮〉：「一結收縱有權，劉長卿以
還不能問津也。」，前文已述船山向來讚賞劉長卿之結句，船山認為
李商隱結句承其特色，雖具諷刺意義，卻使人不覺。三人之結句，皆
體現「句絕而語不絕」，言盡而意不盡，情味悠然，長存讀者心中，
與船山對結句之要求統一。

〔註41〕語見王夫之《薑齋詩話・卷上・十一》：頁 5。又船山此處所引「規
以象外，得之圜中」，於今可見司空圖《二十四詩品・雄渾》版本，
作：「超以象外，得其環中」，二者有所出入。

〔註42〕語見王夫之《薑齋詩話・卷上・十》：頁 4。

三、詩歌鑑賞論

王船山論詩，嚴守傳統儒家詩論，故推尊孔子「興觀群怨」說，但其進步之處在於聯繫了四者之關係。《薑齋詩話・卷上・二》：

> 「詩可以興，可以觀，可以群，可以怨。」盡矣。辨漢、魏、唐、宋之雅俗得失以此，讀《三百篇》者必此也。「可以」云者，隨所「以」而皆「可」也。於所興而可觀，其興也深；於所觀而可興，其觀也審。以其群者而怨，怨愈不忘；以其怨者而群，群乃益摯。出於四情之外，以生起四情；游於四情之中，情無所窒。作者用一致之思，讀者各以其情而自得。〔註43〕

王船山認為詩之所以為詩，必須既可以觸發人們感情意志，又可以考察社會政治和人心得失，亦可以團結人們，還可以抒發怨憤不平，亦四者是一體的，如此詩之「興」方能深遠，詩之「觀」方能明晰，詩之「群、怨」方能誠摯與動人。李賀五詩既能興發讀者情感，又能考察唐代政治社會亂象，於是人們「群而怨」、「怨而群」，為王船山理論批評觀作了最簡明之例證。

亦可知船山重視讀者對詩歌之反應，認為詩歌生動與否，能否感動與觸發讀者之感情，為其品評詩歌之關鍵，故於鑑賞評詩常用「動人」、「引人」、「入人」來說明作品對於讀者之感染力。如其評李白〈春思〉：「可群可怨」，便是站在讀者鑑賞之立場，說明詩歌寓意得以感染讀者，是以選之。

「興、觀、群、怨」四者之中，船山尤重視「興」，認為「興」乃區分詩與非詩之標誌。綜上所論，船山詩論之「興」有三意義：一是指創作論中之「興會」；一是指創作技巧中「賦比興」「託事於物」、「託情於景」之「興」；一是指鑑賞論中之「感興」、「感發」。三者既有別，又有內在聯繫，詩人因「興會」而有「意」，故「託事於物」、「託情於景」，作品「物我合一」、「情景交融」，讀者因此得以相感而

〔註43〕語見王夫之《薑齋詩話・卷上・二》：頁3～4。

發己之情思。詩歌創作亦完成於此「三興」之中。

第三節　對應其他實際批評（其他作家作品論）

船山實際批評三李詩，所並列用以對比之作家作品，皆爲於當時詩壇有影響力之作家作品，或爲與三李有共同生命經歷、體驗之詩人。三李詩，前有所承，又各自以獨特之風格，後啓來者。

一、前承古人

首先，是三李對屈原、《楚辭》、騷體之接受。合而論之，三李政治上之失意，與屈原相似，故繼承〈離騷〉傷時又自傷之情意、不願放棄，堅持到底之精神、「香草美人」象徵傳統，使作品寓意深遠。分而論之，李白〈遠離別〉、〈長相思〉、〈梁甫吟〉等作，仿〈離騷〉長短句法，於吞吐之間展現情感之頓挫、鬱結，又仿〈離騷〉以「求女」比「求君」，故僅是精神上之接受。李賀，「明知不可爲而爲之」之理念堅持，雖明知所諷對象不予以理會，卻仍以身爲貴族之後，再三呼告，與屈原對楚王之殷切盼望相同，使其詩具有楚騷體之遺風，杜牧言其詩：「蓋騷之苗裔，理雖不及，辭或過之。」〔註44〕，雖然「理雖不及（楚騷）」一語，有待商榷，不過，言李賀詩繼承楚騷精神，而又有所改變，大體可信。李商隱，船山評〈藥轉〉：「以麗句影出，實自《楚辭》而來。」，乃藝術手法承自屈原；就內容而言，商隱〈無題〉諸作，借男女相思以寄託政治理想、人生慨嘆，亦本源於屈騷，創新之處，在於將「美人」作爲一個完整而生動之藝術形象細緻描繪，使心靈深處之情感意緒，得以通過此一完整之藝術形象展露出來。

其次，是三李對詩經之接受。船山論《詩經》之藝術形式：

〈小雅・鶴鳴〉之詩，全用比體，不道破一句，《三百篇》

〔註44〕語見前文所引唐・杜牧〈李長吉歌詩序〉：收錄於《樊川文集・卷十》：台北・九思出版社，1979年。

中創調也。要以俯仰物理而詠歎之，用見理隨物顯，唯人
所感，皆可類通。〔註45〕

言〈小雅‧鶴鳴〉一首，創以物比人、以物比情之調。比體之用，
須見物象、物理而體情理，方爲成功之比法。船山選評三李詩，多
詠物以自喻、自傷、明志之作，與此觀點相符。又論《詩經》之主
題內容：

艷詩有述歡好者，有述怨情者，《三百篇》亦所不廢；顧皆
流覽而達其定情，非沉迷不反，以身爲妖冶之媒也。〔註46〕

以《詩經》中，有以艷詩表樂，亦有以艷詩表哀，而爲艷詩正名。詩
人創作艷詩，亦必有與本身情思暗合之處，否則入妖冶。三李艷詩、
閨情詩中之主角，或爲作者之化身，或爲借指君王，有眞情、有眞諷
刺，合乎「流覽而達其定情」。

最後，是三李對古詩之接受。包含對漢魏樂府、古詩十九首、唐
以前作家作品之接受。如：

「采采芣苢」，意在言先，亦在言後，從容涵泳，自然生其
氣象。即五言中，〈十九首〉猶有得此意者。陶令差能彷彿，
下此絕矣。「採菊東籬下，悠然見南山」，「眾鳥欣有託，吾
亦愛吾廬」，非韋應物「兵衛森畫戟，燕寢凝清香」所得而
問津也。〔註47〕

以爲古詩之神，「自然」與「有意」，在「語言文字」之上。自《詩經》、
〈古詩十九首〉至陶淵明，皆是如此。三李詩，以情意爲主體，與古
詩之神可相接。評李白〈設辟邪伎鼓吹雉子班曲辭〉：

從曹孟德父子問津，遂抵西京岸次。後人橫分今古，明眼
人自一葭片穿太白於樂府歌行，不許唐人分半席，惟此處
委悉耳。

曹孟德父子詩，多樂府歌行體，且創作不依循漢樂府成規，而是有所

〔註45〕語見王夫之《薑齋詩話‧卷下‧三七》：頁 18。
〔註46〕語見王夫之《薑齋詩話‧卷下‧四六》：頁 21。
〔註47〕語見王夫之《薑齋詩話‧卷上‧三》：頁 4。

發展，使詩篇感情深摯、氣韻沉雄、別有寄意，言李白樂府詩得二人之長。同樣評李白〈古風其四十〉：

> 直與步兵、弘農並驅天路矣！

「步兵」指阮籍，言其詩將情思透過詠物呈現，含蓄有味；「弘農」指郭璞，言其詩於遊仙中寄託情思，婉轉有致，船山認為李白此詩，直可與阮籍、郭璞，並駕齊驅。評李商隱〈漢南書事〉：

> 大有宛折，但露鋒鋩。〈百一〉以來不乏此制。

〈百一〉詩，三國曹魏應璩所作，「百一」取百慮一失之寓意，內容多譏評時事，以警示當政者，劉勰評之曰：「應璩〈百一〉，獨立不懼，辭詭義貞，亦魏之遺直也。」〔註48〕，言其文辭雖詭譎婉轉，諷諫卻很明確，王船山認為商隱此作之筆法、用意，與應璩〈百一〉詩是相似的，明頌實諷之婉轉筆法，與傳統怨而不怒、溫柔敦厚之詩教相合，較一味譴責、直露張揚的表現更耐人尋味，更易收到諷諫效果，故以「不乏此制」讚賞商隱作品繼承〈百一〉之長處，得以使〈百一〉詩之深意，後繼有人，予以高度評價。從中亦可知船山認為在繼承長處中又有創新，方為正確學習古人之態度。

二、後啟來者〔註49〕

　　三李，以其獨具之風格，對後世詩風、詩體、詩派造成影響。如宋代蘇、辛，學習李白不凡氣勢，而成豪放一派；中晚唐，自淺層因襲李賀創作方式，而成苦吟詩派；晚唐溫庭筠、宋初楊億、錢惟演，著意李商隱「麗句」、「艷情」，形成婉約詞、西崑體。

　　三李因前有所承，受船山肯定；後世承三李，卻遭到船山負面批評，原因在於三李所繼承者是「神」，後世所繼承者是「表」，隱約有對明代詩壇「文必秦漢、詩必盛唐」主張之駁斥，以為不學古之「神」，

〔註48〕語見南朝梁・劉勰《文心雕龍・明詩》：台北・臺灣商務印書館，1965年。

〔註49〕此部分可與前文第三、四、五章第三節「船山評詩與作家作品論」之論述相參看。

不明詩歌之根本，僅是「欺心以炫巧」〔註50〕，於創作詩歌無益。

　　三李前有所承，後有所啓，卻無意於成立門派、門法，此亦爲船山肯定三人而非後學者之因。結合船山對明詩演變之看法：

> （李夢陽〈贈青石子〉）此亦自關性靈，亦自有餘於風韻。立北地於風雅中，恰可得斯道一位座。乃若自尊已甚，推高之者又不虞而譽，遂使幾爲惡詩作誦，亦北地之不幸，要以平情論之，北地天才自出公安下；六義之旨，亦墮一偏，不得如公安之大全。至於引情動思，含深出顯，分脛臂，立規宇，驅俗劣，安襟度，高出於竟陵者，不啻華族之視儈魁。此皇明詩體三變之定論也。〔註51〕

「三變」謂李夢陽（涵蓋前後七子）、公安、竟陵派三派詩風之演進，船山以爲三家之嬗變之持論點，爲門庭是非之爭，而非藝術詩學觀點高下之爭。是以船山認爲三家才情均不足以爲一代宗工，所以船山於《明詩評選》中並不置之顯位，反是未曾帶領一代風氣，純以詩藝才情見世者，如劉基、高啓、徐渭等，受船山推崇而選評其作。更可明確知曉船山選評三李，關注之點亦在於三人本身之詩藝才情。

三、船山評三李詩與評杜詩之異同

　　茲整理船山選評三李詩，提及杜甫詩之處：

（一）選評李白詩，提及杜甫之處：

詩　題　名	王　船　山　評　語
〈遠離別〉	工部譏時語開口便見，供奉不然，習其讀而問其傳，則未知己之有罪也。工部緩，供奉深。
〈登高丘而望遠海〉	後人稱杜陵爲詩史，乃不知此九十一字中有一部開元天寶本紀在內。
〈古風〉其二十五	大似庾子山入關後詩，杜以爲縱橫，抑以爲清新，乃其不可及者，正在緬密。

〔註50〕語見王夫之《薑齋詩話・卷下・七》：頁9。
〔註51〕語見王夫之《船山全集》：台北・力行書局，1965年。

〈擬古西北有高樓〉	「明月看欲墜」二句從「高樓」、「玉堂」生出。雖轉勢趨下，而相承不更作意，少陵從中生語，便有拖帶。杜得古韻，李得古神，神韻之分，亦李杜之品次也。
〈謝公亭〉	五六不似擬古，乃以擬古。覺杜陵「寶靨」、「羅裙」之句，尤爲貌取。　「今古一相接」五字盡古今人道不得。神理、意致、手腕三絕也。

（二）選評李賀詩提及杜甫之處：

詩　題　名	王　船　山　評　語
〈秦宮詩並序〉	亦刺當時，無事如少陵之〈麗人行〉，主名必立。
〈崑崙使者〉	長吉於諷刺，直以聲情動今古，眞與供奉爲敵，杜陵非其匹也。

（三）選評李商隱詩提及杜甫之處：

詩　題　名	王　船　山　評　語
〈二月二日〉	何所不如杜陵？世論悠悠不足齒。
〈即日〉	苦寫甘出，少陵初年乃得似此，入蜀後不逮矣。予爲此論，亦不復知世人有恨。

　　綜前表格歸納言之，船山並列比較三李與杜甫：就題材而觀，以詠史詩爲多，因同樣寫「社會寫實諷諭詩」，三李與杜甫表現方式不同，即反映現實方式之不同。三李，以浪漫主義筆法，宏觀歷史爲主，自大處、整體現象著墨；杜甫，則以現實主義筆法，微觀史實爲主，自小處、單一事件著筆。

　　就情感情表現而觀，三李含情脈脈，杜甫咄咄逼人。委婉，故可感空間大；直促，故可感空間相對縮小，聯繫船山詩歌本質論、創作論、鑑賞論各項主張，可明船山並非反對社會寫實諷諭詩，亦非貶抑杜甫詩之成就，而是不贊同杜甫詠史詩之表現方式。

　　就詩人獨創性而觀，船山又比較李白與杜甫擬古作品，以爲李白雖寫古地、用古事、狀古人，卻別有用意，使今古相接，故言其得「古神」；杜甫詩中之「古」，則多以直敘、議論筆法呈現，未能翻轉古事、

古物、古人之本質,故只得「古韻」。船山有言:

> 「落日照大旗,馬鳴風蕭蕭」,豈以「蕭蕭馬鳴,悠悠旆旌」
> 爲出處耶?用意別,則悲愉之景原不相貸,出語時偶然湊
> 合耳。

雖用典且出語湊合,但用意別,即思想感情出於詩人本身,故仍予以
肯定,此亦船山所強調「獨創」之精神,即便是擬古作品,亦須具備
屬於詩人特有之神情物理。

　　整體而言,船山對杜甫之批評貶多褒少,除與其詩學理論呼應,
亦與其所處時代背景有關。明代文壇詩風,宗法盛唐,其中又以仿效
杜甫爲主,船山爲矯正時弊,使詩歌發展不囿於一隅,其於選評其他
作家作品時,常舉杜甫進行比較,以彰顯他家之長處,因而使人誤解
其對杜甫之評價,總以負面爲多;同時與明・鍾惺、譚元春之《唐詩
歸》之評述,有明顯針對性〔註52〕,如此一來,便遭來後代學者對其
詩論客觀與否之爭論。船山直接肯定杜詩之處,雖較少,卻不代表全
然否定,如「情語能以轉折爲含蓄者,唯杜陵居勝」〔註53〕,即肯定
杜詩轉折之含蓄;又「李杜所以稱大家者,無意之詩十不得一二也」
〔註54〕,便肯定杜詩以意爲主;「『吳楚東南坼,乾坤日夜浮』,作讀
若雄豪,然而適與『親朋無一字,老病有孤舟』相爲融浹」〔註55〕,
則肯定杜詩情景交融。

　　綜上所論,船山選評三李詩與其詩學之形成、理論批評著作——
《薑齋詩話》之詩學觀、選評其他作家作品之間,可謂一體多面,自
始至終,均遵循其所建立之詩學體系而行,批評脈絡前後統一,無怪
乎文學批評史上、歷來學者皆視其爲中國古代詩學理論之總結者。

〔註52〕參閱大陸學者涂波〈論王夫之選本批評〉一文:發表於《江西師範
　　　　大學學報》,第38卷第4期,2007年7月,頁50〜55。
〔註53〕語見王夫之《薑齋詩話・卷下・二六》:頁14。
〔註54〕語見王夫之《薑齋詩話・卷下・二》:頁8。
〔註55〕語見王夫之《薑齋詩話・卷上・一六》:頁6〜7。

第七章　結　論

第一節　船山選評三李詩與三李並稱

　　本論文，以王船山對三李詩之實際批評爲研究主體。首先，「論世」，即對船山所處明末清初詩學流變，做一扼要之爬梳，並聯繫船山詩論，以明瞭船山詩論發展之脈絡與有意創變之理由與結果。如船山對明代前後七子「復古、擬古」之反動，與其詩學重獨創、以情爲主之形成，密切相關；對公安、竟陵之反動，則與其重視儒家詩教之立場相合；針對明代文壇，門派充斥，又提出反門庭、反門法之主張；對清初「以詩補史」，提出「詩、史有別」以對應等等。而後，「知人」，即將其詩歌理論與其哲學、易學、儒學等領域之思想相對應，得知船山其他領域之思想，融入其部分詩論中，以作爲進一步認識船山詩論之基礎。如船山情景理論中，情、景一體兩面，相輔相成，即可與其易學「乾坤並建」、「陰陽合運」互參；而船山之儒學背景，體現於重溫柔敦厚、含蓄蘊藉與重新詮釋儒家「興、觀、群、怨」之詩教等等。

　　其次，析論船山選評李白詩，就選詩而言，不論是樂府歌行體、古詩體、律詩體，船山皆有選，或詠史、懷古以諷刺或明志，或詠物以自喻、自傷，或贈別以遣懷，或閨怨相思以抒己之情，多擇取廣闊意象，意境則多縹緲不凡；就評詩而言，船山讚賞李白樂府、古詩，

繼承《詩經》、《楚辭》、漢樂府、唐以前古詩，而又能創新，使各體
有詩人之「本色」，後世無詩人之「才」者，無法模擬、仿效，船山
重才、重創新，顯而易見。

又次，析論船山選評李賀詩，就選詩而言，全爲樂府歌行一體，
或詠史以諷刺，或閨情以自傷、諷刺，跳脫一般人對李賀「譎怪」、「無
理」之評價，而皆選其「有理」之作，即有現實意義之作；就評詩而
言，予以正面批評，以爲李賀得李白之長，且可與杜甫相匹敵，與世
論有異，而船山對「詩與史有異」、「詩之理」等獨特詩觀亦從中展現。

再次，析論船山選評李商隱詩，就選詩而言，全爲律詩一體，或
詠史以諷刺，或詠物以自喻、自傷，或艷詩以明志，不論何者，其內
容歷來多說法不一，闡釋意義紛歧，解讀空間大；就評詩而言，船山
肯定李商隱「麗句」，因其有「瑰情」相襯，自此出發，是以愈是寓
意不明，船山愈是欣賞之。

最後，歸納船山選評三李詩，不論思想內容或是藝術手法上，相
同之處頗多，使原本被目爲差異極大之詩仙、詩鬼、詩謎三者，有了
內在聯繫，得以呼應近來文學史、學術界並稱三李之現象，亦使本論
文之研究目的之一，有了結果。此外，船山選評三李，對應船山詩學
形成之背景，可知船山讚許三李，與三李不依門派、不遵門法，循「本
色」創作，有很大之關係。

再對應船山理論批評，分項觀之：其一，自詩歌本質論來看，船
山主張「詩道性情」，雖以抒情爲重，亦重視詩歌之寓意深淺，三李
詩不論何體，皆兼具「抒情性」與「言志性」，合「情」、「意」爲一
詩，故肯定之。

其二，自詩歌創作論來看，船山強調「即景會心」、「詩人有才」、
「詩史有別」、「不重典故史實、雕章琢句」、「作品有神理」等，三李
詩不論寫景、刻物、用典、敘事、議論、抒情，皆起於有所見、有所
感，即便是李賀爲世人歸屬於「苦吟」一派，船山仍選符合其詩觀之
作品，因李賀之「苦吟」與自身之遭遇，可相連結，作品中所呈現之

意象亦與其自身遭遇,可相印證,故力排眾論而肯定之。

其三,自詩歌鑑賞論來看,船山重新詮釋「興、觀、群、怨」,重視讀者於文學創作中所扮演之角色,因此其評述三李詩,亦考量了三李詩興發讀者感情之力度,三李政治上之不如意,與堅持理想、至死不悔之精神,生動地與文字交織,讀者得以見、得以感,船山自是支持三李創作。如對應船山對其他作家、作品之批評,可知船山對詩歌傳統——《詩經》、《楚辭》、〈古詩十九首〉之著重程度,品評三李詩,亦關注三李創作與詩歌傳統之承繼關係,既有承,又有變,對三人之「後出轉新」,評價頗高,並直言若不了解三李詩歌創作之用心而學之,僅流於形式上之模擬。

第二節 王船山選評三李詩之得與失

船山選評三李詩,有其獨創之意義,亦有因其所處時代背景下之侷限,如其對明末清初詩學狀況之不滿,免不了使其批評論有所圍,無法達到真正完全客觀,此點當為研究船山批評論者,應當留心之處。否則若一味以船山批評論為依歸,反倒忽視某些作家作品之優點、長處、意義及影響,此非研究學者所樂見。

一、實際批評之創獲

經由船山對三李詩之選評,可知王船山對於三李詩之實際批評與其詩學理論批評,大致相符,即使有看似不合之處,若將船山批評術語之視角擴大,亦能相合,此為其批評論一大長處。縱觀其三本實際批評著作,亦皆能依其批評標準——興觀群怨四者聯繫、詩主情意、含蓄蘊藉、反門庭、門派,選評詩人、詩篇,前後統一,實屬難得。

船山所選三李詩,多為一般詩選所忽略,船山能觀別人所不能觀,不因襲文學史、批評史對三李之評價而立論,並據此呈現其獨特之批評風格。又就其評論三李詩之部分而言,「多源於個人涵泳誦習,立乎其大,較少沿襲成說,也不專於考證」、「徒手直取文本的『哲意』

與『詩意』」〔註1〕，注重創作者親身之體驗、情景間之真實觸發，不以典冊、校注掩詩意，而以能否使讀者感動，作為評論之主軸，回歸詩歌本質評述詩歌。

另外，只要作家、作品與船山理論批評相合，便予以肯定，如對杜甫，雖反對杜甫史筆，卻肯定杜甫以意為主；對蘇軾，雖反對蘇軾「餖飣」，卻肯定其〈永遇樂〉得李白〈梁甫吟〉之神。否定之語多，並不代表船山對其人只有否定，一旦合於船山詩觀，仍不惜讚賞、肯定之。故評詩立場，前後一貫，縱觀三本實際批評著作，同樣呈現出此一特色。

船山實際批評之特出，亦展現在其對情景交融意義之闡揚與集大成。有關「情、景」關係之闡述，於中國古代文學理論中屢見不鮮〔註2〕，可知此二者於文學創作及作品中之重要性，宋人范晞文《對床夜語》言：「景無情不發，情無景不生。」〔註3〕、明人謝榛《四溟詩話》言：「情景相觸而成詩。」〔註4〕，此乃對情景關係之較基本且有系統之認識，情與景雖名為二，實為一，互相依存，一體兩面，缺一不可，而後歷代文論中即便論述二者之角度不同，然探討如何於創作過程使情景和諧地統一，卻成為歷代批評家相同之論述重心。情景理論發展至清初，王船山繼承前代情景說之精華，突破前人囿於情景靜態分析之局限、摒棄論述情景截然二分之觀

〔註1〕語見大學研究者胡光波〈王夫之的唐詩觀及唐選價值〉一文：發表於《大連大學學報》，第27卷第1期，2006年，頁34。

〔註2〕如魏晉南北朝時，陸機〈文賦〉、劉勰《文心雕龍・明詩篇》、鍾嶸《詩品》等，皆揭示了詩歌乃是詩人主觀感情受到客觀事物觸發而產生的，但尚未深入探討情景之內涵與二者之相互關係。唐宋以後，王昌齡《詩格》、皎然《詩式》、歐陽脩《六一詩話》、范晞文《對床夜語》、胡應麟《詩藪》，始對情景之相互關係作了歸納與概述，但多數詩論皆將情與景二者割裂而論。

〔註3〕語見范晞文《對床夜語》：收錄於吳文治主編《宋詩話全編》：南京・江蘇古籍出版社，1998

〔註4〕語見謝榛《四溟詩話・卷四》：收錄於吳文治主編《明詩話全編》：南京・江蘇古籍出版社，1997。

念，由多方面切入情景說，爲之作了全面而系統之總結，故情景說於王船山詩論中具有相當份量，主導著王船山之詩學觀。

此外，重視詩歌之藝術特徵，亦爲船山之創獲之一。大陸研究者崔海峰，有言：

> 王夫之在很大程度上擺脫了儒家詩教的束縛，對詩的藝術特性有重大發現。〔註5〕

崔氏所謂「儒家詩教」，應是就儒家重視詩歌之教化意義而言；所謂「擺脫」，應是指船山重視詩歌之抒發情思意義，重新詮釋與聯繫「興、觀、群、怨」四者，進而重視讀者於文學創作中之地位而言。而非指擺脫儒家對詩歌溫柔敦厚、含蓄蘊藉之情思表達方式。船山既然統合「詩緣情」、「詩言志」二派，又對鑑賞批評論有所發展，其「即景會心」之詩觀，因此彰顯，故謂之「發現詩歌之藝術特性」。

其次，以「現量」概括及定義「藝術直覺」，更是具有承先啓後之意義。所謂「藝術直覺」，指詩人在直觀景物的刹那間，同時地、完整地把握景物的形與神、景與情、形態與意味、外境與內境、外意與內意、味內與味外。〔註6〕乃文學創作能感人之必要條件。其前承鍾嶸「直尋說」：

> 至乎吟詠情性，亦何貴於用事？「思君如流水」，既是即目；「高台多悲風」，亦唯所見；「清晨登隴首」，羌無故實；「明月照積雪」，源出經史？觀古今勝語，多非補假，皆由直尋。〔註7〕

鍾嶸認爲文學作品之產生，乃創作主體「感物起情」之結果，是以詩歌之本質，在於表現創作主體之情感，以此本質爲基點，故主張自然、

〔註5〕語見崔海峰《王夫之詩學範疇・第八章・文體論》：北京・中華社會科學出版社，2006年，頁211。

〔註6〕參見童慶炳《中國古代心理詩學與美學》：台北・萬卷樓出版社，1994年，頁77。

〔註7〕語見梁・鍾嶸《詩品・序》：台北・臺灣商務印書館，1965年

清新之詩歌創作風格，反對種種妨礙感情表達之創作方法和表現技巧，進而對當代文學創作，追求典故堆砌、講究苛繁聲律之風氣，提出嚴厲批評，「直尋說」因而形成，並舉四詩爲證，只要直書眼前所見，未用經史典故來拼湊、比附詩人之情，亦爲佳作。此直接、即見、即觸、即感，便是「直尋」。又承嚴羽「妙悟說」：

> 大抵禪道惟在妙悟，詩道亦在妙悟。且孟襄陽學力下韓退之遠甚，而其詩獨出退之之上者，一味妙悟而已。惟悟乃爲當行，乃爲本色。〔註8〕

以爲詩歌之本質不在傳達知識、說明道理，因此詩人不是依恃思考理路創作，同時「以禪喻詩」，以爲禪道之妙悟，亦與詩道相通。所謂「妙悟」，是一種感官的、直覺的體察，不經分析、綜合過程之整體領悟，此方爲創作產生之主因，因而文學創作與學力深淺，並無必然聯繫。此外，與清代王士禎「神韻說」亦互有影響：

> 律句有神韻天然，不可湊泊者。如高季迪「白下有山皆繞郭，清明無客不思家」，曹能始「春光白下無多日，夜多黃河第幾灣。」〔註9〕

王士禎所舉符合「神韻天然」之詩句，大多是自外界景物所引發一種感興體悟之作，故其「神韻」，指創作者能由外在之景物，喚起一種微妙超絕之感興，同一時間將感興所得化爲文字，使作品含有不盡之意蘊。而後啓王國維「境界說」：

> 詞以境界爲最上。有境界則自成高格，自有名句。
>
> 能寫眞景物、眞感情者，謂之有境界。〔註10〕

王國維以「境界」作爲判別詞體創作優劣之最高標準。「境界」之所以能成，首要條件便是創作主體對所見、所感、所寫之物象，有鮮明眞切之感受。此眞景物、眞感情，方能使讀者感發。以上各說，皆涉

〔註8〕語見宋・嚴羽《滄浪詩話・詩辯》：台北・世界書局，1956年。

〔註9〕語見清・王士禎《漁洋詩話》：收錄於清・何文煥編《歷代詩話》：台北・藝文印書館，1971年。

〔註10〕語見清・王國維《人間詞話》：台北・學海出版社，1982年。

及直觀、直覺，亦主張真正之文學創作，可自表面有限之形象描繪中，體會作者無限情思、意蘊，皆與「現量說」之精神相通。

最後，船山實際批評之創獲，亦展現於辨正「詩」、「史」本質之不同。自其選評三李詩，多詠史、諷刺之作，可知非反對與現實意義有關之作品，而是反對直言不諱，寓意淺平之作。據此可引申船山認為詩之所以不同於史，即在於「詩」主張委婉諷刺、含蓄有寄託；「史」則強調秉筆直書、明確而直接，杜甫詩號為「詩史」，多以直抒胸臆方式揭示對政治社會之不滿，與船山理想中之諷諭詩不同，故船山批評論並非針對杜甫而發。

二、實際批評之侷限

人是有限的，詩論、批評論亦不可能臻於完美，船山選評三李詩，亦有瑕疵、侷限之處，後代學者亦須辨明，以期對其實際批評觀，作最正確、客觀之闡釋，或可作為後續延伸研究船山詩學觀之方向。個人撰寫論文後，歸納要點如下：

其一，船山多選評三李失意後，內容以抒發國家興亡盛衰之感慨為主之作品，此與船山所處明末清初，改朝易代有關。若僅重視此一類作品，而忽略其他類別作品，則其詩論，不得稱之為全面。

其二，船山嚴守儒家思想，對入世、理想、抱負等，甚為看重，故所選作品中，須呈現詩人用世之壯志；相對不喜純粹描寫山水田園風光、悠閒自適情懷之作品；同時嚴守儒家傳統詩教──「溫柔敦厚」、「含蓄蘊藉」，不喜杜甫平鋪直敘、諷刺鋒露，對具有強烈特色之建安風骨作品及以敘事為主之民歌作品，亦多給予反面評價，批評論所含蓋之範圍亦因此縮小，同時恐將造成後世，給予其批評論不甚理想之評價。

其三，船山選評三李詩，常以是否承繼唐以前作家作品，作為批評之標準，前文已述其評李白〈設辟邪伎鼓吹雉子班曲辭〉，以李白承繼曹孟德父子樂府詩，不依循漢樂府成規、感情深摯、氣韻沉雄、

別有寄意，而予以肯定；評李白〈古風其四十〉，認爲李白詠物詩、
遊仙詩得阮籍、郭璞之長，於詠物、遊仙中婉轉寄託情思，含蓄蘊藉，
而大力讚揚之；評李商隱〈漢南書事〉，以義山此作之筆法、用意，
與應璩〈百一〉詩，同以明頌實諷之婉轉筆法呈現，與傳統怨而不怒、
溫柔敦厚之詩教相合，高度評價義山詩繼承〈百一〉之長處。是以張
健《清代詩學研究・第六章・主情與崇正：王夫之的詩學理論》認爲
船山「貴古賤今」：

> 王夫之審美觀的一個突出特徵就是：他所崇尚的是漢魏、
> 六朝審美精神，而不是唐詩精神。他對於唐詩所肯定的是
> 符合漢魏、六朝傳統的部分，不能消納眞正代表唐詩面貌
> 的審美精神。王夫之的審美觀有其獨特性，但具有濃厚的
> 保守性。〔註11〕

審視張健之論點，只說對了一半，因船山除在意唐詩是否繼承古詩精
神之外，亦重視唐詩是否有創新之處，在繼承中有創新，方爲其給予
正面評價之主因，如其評李白〈把酒問月〉：「於古今爲創調，乃歌行
必以此爲質，然後得施其裁制。」，重點便在「古今創調」。但由於船
山實際批評時，用語多言約意豐，選唐代樂府歌行、五言古詩之比例，
又較其他選本爲高，遂使其詩學遭後世「貴古賤今」之誤解，此不能
不說是船山實際批評之瑕疵。

其四，分類選評三李詩歌「樂府」、「歌行」、「七古」不分。船山
《唐詩評選》分四卷，依次爲樂府歌行、五言古詩、五言律詩（含五
言排律）、七言律詩；相較於《明詩評選》分九卷，依次爲樂府、歌
行、四言、五言古詩、五言律詩、七言律詩、五言絕句、七言絕句。
可知其中「樂府歌行」一體，於《明詩評選》中析爲「樂府」、「歌行」
二體：沿用樂府舊題、可歌之作，入「樂府」一體；非樂府舊題、仍
歌行之作，入「歌行」一體。

〔註11〕語見張健《清代詩學研究》：北京・北京大學出版社，1999 年，頁
　　　　282～283。

　　但二選本皆未分「七言古詩」一體，於《唐詩評選》混入「樂府歌行體」，於《明詩評選》亦混入「歌行體」中，是以船山所選評三李「樂府歌行」，實包括繼承古樂府舊題、可歌之作，亦包括屬於樂府新題、可歌之作，更包括不可歌之七言古詩。又於評語，將「樂府」、「歌行」時而合用，如評李白〈設辟邪伎鼓吹雉子班曲辭〉曰：「明眼人自一蔑片穿太白於樂府歌行」；時而分用，如評李白〈遠離別〉：「通篇樂府」、又如評〈灞陵行送別〉：「夾樂府入歌行」、評〈金陵酒肆留別〉：「供奉一味本色，詩則如此，在歌行誠爲大宗。」等，而當屬七古之〈把酒問月〉則評：「於古今爲創調，乃歌行必以此爲質」，視其爲「歌行」，如此一來，造成文體學上之混淆，亦使後世研究者無法區別樂府、歌行、七古。雖然前文析論船山選評三李詩時，依循船山分類，不另分類，然此詩體學上之混亂，不得不視爲船山選評三李詩之侷限。

　　其五，又《唐詩評選》全本未選評唐絕句、三李絕句。針對此一問題，大陸研究者涂波，認爲與船山尊古體之傾向有關：未選絕句，則可將唐代樂府歌行、五古之選詩比例提高，以示其以古體爲尊；又認爲與宋以來，專選唐代絕句或首重絕句的選本太多有關，船山稍抑之以示矯枉之意〔註12〕。筆者以爲，船山未選絕句，主要原因除了「尊古體」，尚結合時代背景，以表達對明代文壇主張「詩必盛唐」之不認同，絕句乃是盛唐律詩興起後，方產生之詩體，船山對其評價不高，一與船山認知中絕句發展早於律詩有關：

　　　　五言絕句自五言古詩來，七言絕句自歌行來，此二體本在
　　　　律詩之前；律詩從此出，演令充早日暢耳。有云：絕句者，
　　　　截取律詩一半，或絕前四句，或絕後四句，或絕首尾各二
　　　　句，或絕中兩聯。審爾，斷頭刖足，爲刑人而已。不知誰
　　　　作此說，戕人生理？〔註13〕

〔註12〕參見涂波〈論王夫之選本批評〉：《江西師範大學學報（哲學社會科學版）》：第 38 卷第 4 期，2005 年 7 月，頁 50～55。
〔註13〕語見王夫之《薑齋詩話・卷下・四三》：收錄於丁福保編《清詩話》：台北・藝文印書館，1965 年，頁 19～20。

觀其說，可知船山之詩體論中，五言絕句直承五言古詩，七言絕句直承歌行，有其體之「本色」，與律詩無關。唐人絕句卻「截律詩之一半」而來，與船山之觀點有出入，是以不選之。又因船山認爲唐人絕句大多受格律、對偶束縛，有「局促」、「滯累」之病，承如其言：

> 七言絕句，初盛唐既饒有之，稍以鄭重，故損其風神。
> 至劉夢得而後宏放出於天然，於以揚扢性情，馺娑景物，
> 無不宛爾成章，誠小詩之聖證矣。此體一以才情爲主。
> 言簡者最忌侷促，侷促則必有滯累；苟無滯累，又蕭索
> 無餘。非有紅爐點雪之襟宇，則方欲馳騁，忽爾蹇躓；
> 意在矜莊，只成疲苶。以此求之，知率筆口佔之難，倍
> 於按律合轍也。〔註14〕

可知，絕句形式簡練，最宜表現詩人「率筆口佔」的才情，唯有「按律合轍」而不廢才情，方是最佳之創作方式，只有少數「天分高明」之詩人，方能爲之，大多數唐詩人絕句創作，不受船山稱頌，其有文爲證：

> 七言絕句，唯王江寧能無疵纇；儲光羲、崔國輔其次者。
> 至若「秦時明月漢時關」，句非不鍊，格非不高，但可作律
> 詩起句，施之小詩，未免有頭重之病。若「水盡南天不見
> 雲」、「永和三日蕩輕舟」、「囊無一物獻尊親」、「玉帳分弓
> 射虜營」，皆所謂滯累，以有襯字故也。〔註15〕

連「秦時明月漢時關」此等後世極爲讚賞之絕句，船山皆否定之，更遑論其他作家之絕句創作。然忽視可代表唐代詩歌發展、演變之絕句，不免形成後世論船山「尊古體」之另一有利例證，此乃船山未選絕句之瑕。

　　論述至此，發展船山批評論之創見，理解船山批評論之侷限，乃是研究船山批評論較客觀之角度，亦是筆者研究船山批評論之心得歸結。

〔註14〕語見王夫之《薑齋詩話・卷下・三四》：頁18。
〔註15〕語見王夫之《薑齋詩話・卷下・三九》：頁19。

參考書目

臺、專書

一、古籍文獻（按作者朝代排列）

（一）船山專著及箋注

1. 《船山全集》：清・王夫之，台北：力行出版社，1965 年。
2. 《莊子解》：清・王夫之，台北：廣文書局，1972 年。
3. 《詩廣傳》：清・王夫之，台北：河洛圖書公司，1974 年。
4. 《王船山詩文集》：清・王夫之，台北：河洛出版社，1975 年。
5. 《周易內傳》：清・王夫之，台北：成文書局，1976 年。
6. 《周易外傳》：清・王夫之，台北：成文書局，1976 年。
7. 《薑齋詩話》：清・王夫之，清・丁福保編《清詩話》本，台北：藝文印書館，1977 年。
8. 《古詩評選》：清・王夫之評選、張國星校點，北京：大陸藝術出版社，1997。
9. 《唐詩評選》：清・王夫之評選、王學太校點，北京：大陸藝術出版社，1997。
10. 《明詩評選》：清・王夫之評選、陳新校點，北京：大陸藝術出版社，1997。
11. 《薑齋詩話箋注》：清・王夫之原著、戴鴻森箋注，台北：木鐸出版社，1982 年。

（二）詩話、詩論及文學批評相關專著

1. 《文心雕龍》：梁・劉勰，台北：臺灣商務印書館，1965 年。

2. 《詩品》：梁・鐘嶸，台北：臺灣商務印書館，1965 年。

3. 《滄浪詩話》：宋・嚴羽，台北：世界書局，1956 年。

4. 《後山詩話》：宋・陳師道，清・何文煥編《歷代詩話》本：台北：藝文印書館，1971 年。

5. 《六一詩話》：宋・歐陽脩，清・何文煥編《歷代詩話》本：台北：藝文印書館，1971 年。

6. 《碧溪詩話》：宋・黃徹，清・丁福保編《歷代詩話續編》本，台北：藝文印書館，1971 年。

7. 《中山詩話》：宋・劉攽，清・何文煥編《歷代詩話》本：台北：藝文印書館，1971 年。

8. 《苕溪漁隱叢話》：宋・胡仔，台北：新興出版社，1983 年。

9. 《歲寒堂詩話》：宋・張戒，北京：中華書局，1985 年。

10. 《珊瑚鉤詩話》：宋・張表臣，吳文治主編《宋詩話全編》本，南京：江蘇古籍出版社，1998 年。

11. 《對床夜話》：宋・范晞文，吳文治主編《宋詩話全編》本，南京：江蘇古籍出版社，1998 年。

12. 《詩評》：宋・敖陶孫，吳文治主編《宋詩話全編》本，南京：江蘇古籍出版社，1998 年。

13. 《蔡寬夫詩話》：宋・蔡啓，吳文治主編《宋詩話全編》本，南京：江蘇古籍出版社，1998 年。

14. 《潛溪詩話》：宋・范溫，吳文治主編《宋詩話全編》本，南京：江蘇古籍出版社，1998 年。

15. 《談苑》：宋・楊億，吳文治主編《宋詩話全編》本，南京：江蘇古籍出版社，1998 年。

16. 《詩法家數》：元・楊載，清・何文煥編《歷代詩話》本：台北：藝文印書館，1971 年。

17. 《藝苑卮言》：明・王世貞，清・丁福保編《歷代詩話續編》本，台北：藝文印書館，1971 年。

18. 《詩鏡總論》：明・陸時雍，清・丁福保編《歷代詩話續編》本，台北：藝文印書館，1971 年。

19. 《歸田詩話》：明・瞿佑，清・丁福保編《歷代詩話續編》本，台北：藝文印書館，1971 年。

20. 《瓊臺詩話》：明·蔣冕，台北：學生書局，1972年。

21. 《詩藪》：明·胡應麟，台北：廣文書局，1973年。

22. 《升庵詩話》：明·楊慎，吳文治主編《明詩話全編》，南京：江蘇古籍出版社，1997年。

23. 《四溟詩話》：明·謝榛，吳文治主編《明詩話全編》，南京：江蘇古籍出版社，1997年。

24. 《昭昧詹言》：清·方東樹，台北：廣文書局，1962年。

25. 《文史通義》：清·章學誠，台北：藝文印書館，1966年。

26. 《鈍吟雜錄》：清·馮班，台北：廣文書局，1969年。

27. 《雨村詩話》：清·李調元，台北：廣文書局，1971年。

28. 《隨園詩話》：清·袁枚，台北：廣文書局，1971年。

29. 《貞一齋詩說》：清·李重華，清·丁福保編《歷代詩話續編》本，台北：藝文印書館，1971年。

30. 《詩辯坻》：清·毛先舒，清·丁福保編《清詩話》本，台北：藝文印書館，1977年。

31. 《說時晬語》：清·沈德潛，清·丁福保編《清詩話》本，台北：藝文印書館，1977年。

32. 《原詩》：清·葉燮，北京：人民文學出版社，1979年。

33. 《人間詞話》：清·王國維，台北：學海出版社，1982年。

34. 《圍爐詩話》：清·吳喬，郭紹虞編《清詩話續編》，上海：上海古籍出版社，1983年。

35. 《詩筏》：清·賀貽孫，郭紹虞編《清詩話續編》，上海：上海古籍出版社，1983年。

36. 《載酒園詩話》：清·賀裳，郭紹虞編《清詩話續編》，上海：上海古籍出版社，1983年。

37. 《讀雪山房唐詩》：清·管世銘，郭紹虞編《清詩話續編》，上海：上海古籍出版社，1983年。

38. 《小清華園詩談》：清·王壽昌，郭紹虞編《清詩話續編》，上海：上海古籍出版社，1983年。

（三）古詩、唐詩、明詩相關研究專著

1. 《唐詩紀事》：宋·計有功，上海：上海古籍出版社，1987年。

2. 《唐詩品匯》：明·高棅，台北：學海出版社，1983年。

3. 《唐詩鏡》：明·陸時雍，台北：臺灣商務印書館，1983年。

4. 《明詩評》：明・王世貞，北京：中華書局，1985 年。

5. 《唐詩歸》：明・鍾惺，《續修四庫全書本》：上海：上海古籍出版社，1995。

6. 《唐詩評註讀本》：清・王文濡評選，上海：中華書局，1939 年。

7. 《唐詩別裁》：清・沈德潛，台北：臺灣商務印書館，1965 年。

8. 《唐才子傳》：清・辛文房，台北：廣文書局，1969 年。

9. 《唐宋詩醇》：清高宗御選，台北：中華書局，1971 年。

10. 《唐詩三百首詳析》：清・蘅塘退士編，台北：中華書局，1972 年。

11. 《古詩源》：清・沈德潛，台北：華正書局，1975 年。

12. 《貫華堂選批唐才子書》：清・金聖嘆，台北：廣文書局，1982 年。

13. 《唐詩評三種》：清・黃生等，北京：黃山書社，1995 年。

14. 《古詩賞析》：清・張玉穀：《續修四庫全書本》，上海：上海古籍出版社，1995 年。

（四）李白詩集、選集、箋註

1. 《分類補註李太白集》：唐・李白著、南宋・楊齊賢註、元・蕭士贇補註，台北：世界書局，1985 年。

2. 《李太白全集》：唐・李白著、清・王琦注，台北：華正書局，1979 年。

3. 《李白集校注》：唐・李白著、瞿蛻園注，台北：里仁書局，1981 年。

4. 《李白詩選》：唐・李白著、馬里千選注・台北：遠流出版社，1982 年。

（五）李賀詩集、選集、箋註

1. 《李長吉文集》：唐・李賀著，台北：學生書局，1967 年。

2. 《李賀詩註》：唐・李賀著、明・曾益等注，台北：世界書局，1964 年。

3. 《李長吉歌詩彙解》：唐・李賀著、清・王琦彙解：《續修四庫全書本》，上海：上海古籍出版社，1995 年。

4. 《李長吉歌詩校釋》：唐・李賀著、陳弘治校釋，台北：嘉新水泥文化基金會，1969 年。

5. 《李賀詩集》：唐・李賀著、葉蔥奇校注，台北：里仁書局，1982 年。

（六）李商隱詩集、選集、箋註

1. 《李義山詩集輯評》：唐・李商隱著、清・沈厚塽輯，台北：學生書局，1967 年。
2. 《李義山詩集箋注》：唐・李商隱著、清・朱鶴齡箋注、清・程夢星刪補，台北：廣文書局，1981 年。
3. 《玉谿生詩集箋註》：唐・李商隱著、清・馮浩箋註，台北：里仁書局，1980 年。
4. 《李義山詩偶評》：唐・李商隱著、清・黃侃評，台北：學海出版社，1974 年。
5. 《李義山詩解》：唐・李商隱著、清・陸曾昆解，台北：學海出版社，1986。
6. 《義門讀書記》：清，何焯，台北：臺灣商務印書館，1971 年。
7. 《玉谿生詩意》：清・屈復，台北：正大印書館，1975 年。
8. 《玉谿生詩說》：清・紀昀，台北：新文豐出版社，1989 年。

（七）詩集、文集、雜記專著

1. 《西京雜記》：漢・劉歆，台北：臺灣商務印書館，1967 年。
2. 《楚辭章句》：漢・王逸，台北：藝文印書館，1974 年。
3. 《漢武故事》：漢・班固，台北：新興出版社，1976 年。
4. 《神仙傳》：晉・葛洪，台北：藝文印書館，1966 年。
5. 《世說新語》：南北朝・劉義慶，台北：臺灣商務印書館，1968 年。
6. 《教坊記》：唐・崔令欽，台北：藝文印書館，1966 年。
7. 《白蓮集》：唐・齊己，台北：臺灣商務印書館，1967 年。
8. 《元氏長慶集》：唐・元稹，台北：臺灣商務印書館，1967 年。
9. 《禪月集》：唐・貫休，台北：學生書局，1975 年。
10. 《樊川文集》：唐・杜牧，台北：九思出版社，1979 年。
11. 《白氏長慶集》：唐・白居易，台北：藝文印書館，1981 年。
12. 《刊誤》：唐・李涪，台北：臺灣商務印書館，1982 年。
13. 《香奩集》：唐・韓偓，台北：新文豐出版社，1989 年。
14. 《本事詩》：唐・孟棨，上海：上海古籍出版社，1991 年。
15. 《樂府詩集》：宋・郭茂倩，台北：中華書局，1970 年。
16. 《東維子文集》：元・楊維楨，台北：臺灣商務印書館，1967 年。
17. 《桐江集》：元・方回，台北：臺灣商務印書館，1981 年。

18. 《中州集》：元・元好問，台北：臺灣商務印書館，1983 年。

19. 《袁中郎全集》：明・袁宏道，台北：世界書局，1964 年。

20. 《荊川先生文集》：明・唐順之，台北：臺灣商務印書館，1967 年。

21. 《空同先生集》：明・李夢陽，台北：偉文書局，1976 年。

22. 《袁宏道集箋校》：明・袁宏道，上海：上海古籍出版社，1981 年。

23. 《焚書》：明・李贄，台北：漢京文化圖書公司，1984 年。

24. 《日知錄集釋》：清・顧炎武，台北：世界書局，1962 年。

25. 《南雷文定》：清・黃宗羲，台北：世界書局，1964 年。

26. 《列朝詩集小傳》：清・錢謙益，台北：世界書局，1965 年。

27. 《南雷文案》：清・黃宗羲，台北：臺灣商務印書館，1967 年。

28. 《復初齋文集》：清・翁方綱，台北：文海出版社，1969 年。

29. 《亭林詩文集》：清・顧炎武，台北：臺灣商務印書館，1975 年。

30. 《揅經室續集》：清・阮元，北京：中華書局，1985 年。

31. 《初學集》：清・錢謙益，上海：上海古籍出版社，1985 年。

32. 《南雷文定前集》：清・黃宗羲，北京：中華書局，1985 年。

33. 《三輔黃圖》：清・徐松撰、清・孫星衍、莊逵吉校定，北京：中華書局，1985 年。

34. 《三輔故事》：清・張樹編撰，北京：中華書局，1985 年。

（八）經史專著

1. 《新校本史記》：漢・司馬遷，台北：鼎文書局，1979 年。

2. 《新校本漢書》：漢・班固撰、唐・顏師古注，台北：鼎文書局，1980 年。

3. 《新校本晉書》：唐・房玄齡，台北：鼎文書局，1979 年。

4. 《新校本舊唐書》：晉・劉昫等，台北：鼎文書局，1979 年。

5. 《新校本新唐書》：宋・歐陽脩、宋祁奉敕撰，台北：鼎文書局，1979 年。

6. 《全蜀藝文志》：明・周復俊編，《景印文淵閣四庫全書本》，台北：臺灣商務印書館，1983 年。

7. 《十三經注疏》：清・阮元，台北：藝文印書館，1955 年。

8. 《新校本明史》：清・張庭玉等奉敕修，台北：鼎文書局，1978 年。

二、當代專著（按出版順序排列）

（一）船山生平相關專著

1. 《王船山學譜》：張西堂，台北：臺灣商務印書館，1965 年。
2. 《明王船山先生夫之年表》：張西堂，台北：臺灣商務印書館，1978 年。
3. 《王夫之學行繫年》：劉春建，鄭州：中州古籍出版社，1989 年。

（二）船山詩論研究專著

1. 《王夫之詩論研究》：楊松年，台北：文史哲出版社，1986 年。
2. 《船山詩學研究》：陶水平，北京：中國社會科學出版社，2001 年。
3. 《抒情傳統與中國思想：王夫之詩學發微》：蕭馳，上海：上海古籍出版社，2003 年。
4. 《船山美學思想研究》：吳海慶，鄭州：河南人民出版社，2004 年。
5. 《王夫之詩學範疇論》：崔海峰，北京：中國社會科學出版社，2006 年。

（三）詩話、詩論及批評史相關專著

1. 《中國文學批評史大綱》：朱東潤，台北：開明書局，1960 年。
2. 《詩的效用與批評的效用》：艾略特著、杜國清譯，台北：純文學出版社，1972。
3. 《清代詩學初探》：吳宏一，台北：牧童出版社，1977 年。
4. 《中國文學理論》：劉若愚，台北：聯經出版社，1981 年。
5. 《文藝論與文藝批評》：夏丏尊，台北：莊嚴出版社，1982 年。
6. 《中國文學批評》：方孝岳，北京：中國書店，1985 年。
7. 《比興物色與情景交融》：蔡英俊，台北：大安出版社，1986 年。
8. 《談藝錄》（補訂本）：錢鍾書，台北：書林書局，1988 年。
9. 《清代文學批評論史》：青木正兒著、陳淑女譯，台北：開明書局，1991。
10. 《中國文學批評史》：郭紹虞，台北：五南出版社，1994 年。
11. 《中國古代心理詩學與美學》：童慶炳，台北：萬卷樓圖書公司，1994 年。
12. 《中國文學批評問題研究論集》：楊松年，台北：文史哲出版社，1994 年。

13. 《清代文學批評論集》：吳宏一，台北：聯經出版社，1998 年。

14. 《清代詩學研究》：張健，北京：北京大學出版社，1999 年。

15. 《中國文學理論批評史教程》：張少康，北京：北京大學出版社，1999 年。

16. 《清代詩學》：李世英、陳水雲，長沙：湖南人民出版社，2000。

17. 《中國詩學批評史》：陳良運，江西：江西人民出版社，2001 年。

18. 《歷代詩發》：范大士，海南：海南出版社，2001 年。

19. 《明末清初詩論研究》：孫立，廣州：廣東高等教育出版社，2003 年。

20. 《論「詩史」的定位及其他》：許德楠，北京：學苑出版社，2004 年。

21. 《中國文學批評史》：蔡鎮楚，北京：中華書局，2005 年。

22. 《迦陵論詩叢稿》：葉嘉瑩，北京：中華書局，2005 年。

（四）古詩、唐詩、明詩相關研究專著

1. 《唐詩說》：夏敬觀，台北：河洛圖書出版社，1975 年。

2. 《唐詩散論》：繆鉞，台北：臺灣開明書店，1975 年。

3. 《唐詩鑒賞辭典》：蕭滌非等，上海：上海辭書出版社，1983 年。

4. 《古詩十九首探索》：馬茂元，台北：河洛圖書公司，1978 年。

5. 《唐詩研究》：胡雲翼，台北：商務出版社，1987 年。

6. 《唐詩風格美新探》：王明居，北京：中國文聯出版，1987 年。

7. 《唐詩探勝》：霍松林、林從龍選編，鄭州：中州古籍出版社，1987 年。

8. 《古詩十九首彙說賞析與研究》：張清鐘，台北：商務出版社，1988 年。

9. 《唐七律精評》：孫琴安，上海：上海社會科學院出版社，1989 年。

10. 《唐五律精評》：孫琴安，上海：上海社會科學院出版社，1991 年。

11. 《晚唐風韻》：葛兆光、戴燕，南京：江蘇古籍出版社，1991 年。

12. 《唐詩論評類編》：陳伯海主編，濟南：山東教育出版社，1992 年。

13. 《三李詩鑑賞辭典》：初旭、宋緒連主編，長春：吉林文史出版社，1992。

14. 《唐詩體派論》：許總，台北：文津出版社，1994 年。

15. 《唐詩彙評》：陳伯海主編，杭州：浙江教育出版社，1995 年。

16. 《唐詩風貌及其文化底蘊》：余恕誠，台北：文津出版社，1999 年。
17. 《唐詩的美學闡釋》：李浩，合肥：安徽大學出版社，2000 年。
18. 《古詩十九首論析》：鍾京鐸，台北：學海出版社，2001 年。
19. 《唐詩風格論》：王明居，合肥：安徽大學出版社，2001 年。
20. 《唐詩比較研究》：房日晰，合肥：安徽大學出版社，2005 年。

（五）李白相關研究專著

1. 《李白年譜》：黃錫珪，台北：學海出版社，1980 年。
2. 《李白詩文繫年》：詹鍈，北京：人民文學出版，1984 年。
3. 《李白年譜》：安旗，台北：文津出版社，1987 年。
4. 《李白歌詩賞析集》：裴斐主編，四川：巴蜀書社，1988 年。
5. 《古典文學研究資料彙編：李白資料彙編》：裴斐、劉善良編，北京：中華書局，1994 年 7 月。
6. 《李太白詩歌接受史》：楊文雄，台北：五南圖書公司，2000 年。

（六）李賀相關研究專著

1. 《李賀論》：周誠眞，香港：文藝書屋，1971 年。
2. 《古錦囊與白玉樓：李賀詩賞析》：蔡英俊撰，台北：偉文圖書公司，1978 年。
3. 《李賀詩研究》：楊文雄著，台北：文史哲出版社，1980 年。
4. 《中唐樂府詩研究》：張修蓉，台北：文津出版社，1985 年。
5. 《古典文學研究資料彙編：李賀資料彙編》：。
6. 馬蓉編，北京：中華書局，1994 年。
7. 《李賀詩新探》：李卓藩，台北：文史哲出版社，1996 年。

（七）李商隱相關研究專著

1. 《玉谿生年譜會箋》：張采田，台北：中華書局，1966 年。
2. 《中晚唐三家詩析論——李賀、李商隱與溫庭筠》：方瑜，台北：牧童出版社，1975 年。
3. 《牛李黨爭與唐代文學》：傅錫壬，台北：東大圖書公司，1984 年。
4. 《李義山詩析論》：張淑香，台北：藝文印書館，1987 年。
5. 《李商隱研究》：吳調公，台北：明文書局，1988 年。
6. 《李商隱詩歌集解》：劉學鍇、余恕誠，台北：洪葉文化出版，1992 年。

7. 《李商隱研究》：劉學鍇，合肥：安徽大學出版社，1998 年。

8. 《李商隱詩歌接受史》：劉學鍇，合肥：安徽大學出版社，2004 年。

9. 《高陽說詩》：高陽，台北：聯經出版社，2005 年。

10. 《李商隱詩箋釋方法論》：顏崑陽，台北：里仁書局，2005 年。

11. 《李商隱選集》：周振甫注，南京：江蘇教育出版社，2006 年。

（八）研究方法相關專著

1. 《研究方法：基礎理論與技巧》：Earl Babbie 原著、邱泯科等合譯，台北：雙葉書局，2004 年。

2. 《社會及行為科學研究法》：楊國樞等，台北：東華書局，1978 年。

3. 《大學學術研究與寫作》：王錦堂，台北：東華書局，1985 年。

4. 《文學論文寫作講義》：羅敬之，台北：里仁書局，2001 年。

貳、學位論文（按出版順序排列）

一、臺灣地區

1. 《王夫之詩論研究》：柳亨奎，輔仁大學碩士論文，1983 年。

2. 《王船山詩學的理論基礎及理論重心》：李錫鎮，台灣大學博士論文，1990。

3. 《王船山美學研究》：傅正玲，東海大學碩士論文，1990 年。

4. 《王船山詩學理論新探》：翁慧宏，成功大學碩士論文，2000 年。

5. 《王夫之「唐詩評選」研究》：游惠君，彰師大碩士論文，2003 年。

6. 《王船山評杜詩之研究》：吳靜慈，佛光人文社會學院碩士論文，2004。

二、大陸地區

1. 《論王夫之的詩學價值取向》：王鳳翔，湖南師範大學，2001 年 5 月。

2. 《王夫之「興」的美學意義》：龐飛，陝西師範大學，2002 年 4 月。

3. 《王夫之意象理論探微》：裴鼎鼎，河北師範大學，2004 年 4 月。

4. 《詩歌與識量——船山詩學闡釋理論探析》：陳善君，湖南師範大學，2004 年。

5. 《「唐詩評選」考論》：陳勇，西北師範大學，2005 年 6 月。

參、期刊論文（按出版順序排列）

一、臺灣地區

1. 〈王船山詩論探微〉：郭鶴鳴，《台灣師範大學國研所集刊》，第 23 期，1979 年 6 月，頁 855～957。

2. 〈薑齋詩話中之主賓說〉：姚一葦，《中外文學》，第 10 卷第 6 期，1981 年 11 月，頁 4～16。

3. 〈王船山詩觀〉：丁履譔，《中外文學》，第 9 期第 12 卷，1981 年 5 月，頁 22～35。

4. 〈王夫之詩評初探〉：柳亨奎，《文學評論》，第 8 期，1984 年 2 月，頁 239～277。

5. 〈王船山詩論初探〉：張長臺，《亞東學報》，第 7 期，1987 年 6 月，頁 17～31。

6. 〈對王船山詩論中「以意為主」說的一點看法〉：蔡振豐，《臺大中文學報》，第 4 期，1991 年 6 月，頁 383～397。

7. 〈王船山詩論中的情景說探微〉：杜松柏，《興大中文學報》，第 5 期，1992 年 1 月，頁 51～72。

8. 〈王夫之論「杜甫詩史說」〉：周艷娟，《輔大中研所學刊》，第 12 期，2002 年 10 月，頁 59～77。

9. 〈論船山詩論中的「勢」〉：黃聖旻，《樹人學報》，第 1 期，2003 年，頁 273～283。

10. 〈王夫之情感詩學與近現代西方美學〉：陳望衡，《鵝湖》，第 28 卷第 10 期（334），2003 年 4 月，頁 30～36。

11. 〈王船山「心」「物」關係在詩學美學中的開展〉：許育嘉，《思辨集》，第 7 期，2004 年，頁 119～136。

12. 〈中國美學的總結──王夫之美學思想淺談〉：李錦芬，《中國語文》，第 96 卷第 3 期（573），2005 年 3 月，頁 70～74。

13. 〈船山詩學「賓主」說與情景交融之關係〉：賀幼玲，《高師大國文學報》，第 5 期，2006 年，頁 187～200。

二、大陸地區

1. 〈王船山對杜甫反映現實詩歌的感受〉：宋小莊，《船山學刊》，第 1 期，1994 年，頁 185～188。

2. 〈王船山詩歌評論揚李抑杜剖析〉：曾也魯，《衡陽師範學院學報》，第 4 期，1999 年 8 月，頁 115～119。

3. 〈王夫之的杜詩批評〉：周興陸，《船山學刊》，第 3 期，2000 年，頁 18～20。

4. 〈王夫之諷刺詩論簡評〉：王思，《文藝理論研究》，第 6 期，2000 年，頁 86～94。

5. 〈千古少有的偏見——王夫之眼中的杜甫其人其詩〉：郭瑞林《湘潭師範學院學報》，第 4 期，2000 年 7 月，頁 82～87。

6. 〈王夫之評杜甫論〉：鄔國平、葉佳聲，《杜甫研究學刊》，第 1 期，2001 年，頁 55～61。

7. 〈王夫之《薑齋詩話》對杜詩的批評〉：朱學東，《杜甫研究學刊》，第 2 期，2001 年，頁 54～58。

8. 〈王船山的樂府詩評觀〉：曾玲先，《衡陽師範學院學報》，第 1 期，2002 年 2 月，頁 73～76。

9. 〈王船山對「三曹」詩的評介〉：薛泉，《陰山學刊》，第 5 期，2002 年 10 月，頁 8～10。

10. 〈論《唐詩評選》「以平為貴」的批評觀〉：陳勇，《衡陽師範學院學報》，第 25 卷第 5 期，2004 年 10 月，頁 48～51。

11. 〈論王夫之選本批評〉：涂波，《江西師範大學學報（哲學社會科學版）》，第 38 卷第 4 期，2005 年 7 月，頁 50～55。

12. 〈王夫之的美學體系〉：葉朗，《學術的風采：北京大學學報創刊五十周年論文選粹》，北京大學出版社，2005 年。

13. 〈王夫之與明代詩歌〉：朱迪光，《2005 明代文學國際學術研討會論文集》，北京‧學苑出版社，2005 年。

14. 〈王夫之的唐詩觀及唐選價值〉：胡光波，《大連大學學報》，第 27 卷第 1 期，2006 年 2 月，頁 34～38。

15. 〈對王船山《唐詩評選》貶斥杜詩的辨析〉：曾玲先，《衡陽師範學院學報》，第 27 卷第 1 期，2006 年 4 月，頁 26～29。